Natalie und die Zauberlords

Katherine Roberts

Natalie und die Zauberlords

Aus dem Englischen von
Cornelia Stoll

CARLSEN

Für meine Eltern

1 2 3 05 04 03

Originalverlag: The Chicken House
Originaltitel: Spellfall
First published in 2000 by The Chicken House, 2 Palmer Street,
Frome, Somerset, BA11 1DS

Umschlagillustration: Dieter Wiesmüller
Umschlagtypografie: Rafaela Nimmesgern
Satz: Dörlemann Satz, Lemförde
Druck und Bindung: Pustet, Regensburg
ISBN 3-551-55204-5
Printed in Germany

Inhalt

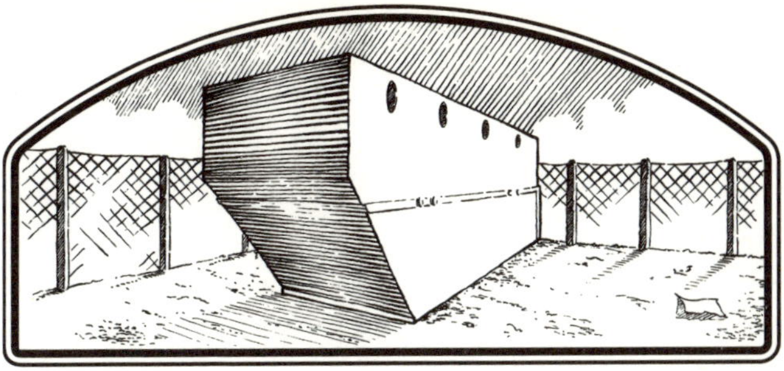

1

Die Zaubertonne

24. Oktober, Samstagvormittag

Das erste Zauberblatt sah Natalie auf dem Parkplatz des Supermarkts. Es schwamm in einer Pfütze bei den Müllcontainern und schimmerte braungrün im herbstlichen Nieselregen. Zuerst dachte sie, es sei ein richtiges Blatt, aber als sie genauer hinsah, sah es eher aus wie ein zerknülltes Bonbonpapier – ein sehr interessantes Bonbonpapier. *Heb mich auf,* schien es zu sagen und glitzerte verführerisch. *Bin ich nicht schön?*

Sie schüttelte den Kopf und rannte weiter. Sie war durchnässt und fror und außerdem hatte sie Besseres zu tun, als anderer Leute Abfall aufzusammeln. Doch der Köder war von jemandem ausgelegt worden, der über Zauberblätter viel mehr wusste als sie. Bevor sie wusste, was sie tat, hatte sie ihre klappernden Einkaufstüten abgestellt und war zurückgegangen. Als ihre Finger sich um das Bonbonpapier schlossen, hörte sie hinter sich ein Flüstern: *»Unschuldig genug, um durch den Bannstein zu kriechen.«*

Natalie rückte ihre Brille zurecht und sah sich unsicher

um. Alle Leute in der Nähe, die das gesagt haben konnten, hasteten entweder mit voll beladenen Einkaufswagen zu ihren Autos oder fuhren, wie ihre Stiefmutter und ihr Stiefbruder, auf der Suche nach einem Parkplatz im Kreis herum.

»Wer ist da?«, fragte sie streng.

Der Regen trommelte auf die Metalldeckel der Müllcontainer.

Keine Antwort.

Natalie spürte ein Kribbeln auf der Haut und starrte zu den bewaldeten Hügeln jenseits der Flussaue. Der Supermarkt befand sich am Stadtrand und die Abfalltonnen standen in der hintersten Ecke des Parkplatzes. Für eine umweltbewusste Gemeinde wie Millennium Green sah das nach Fehlplanung aus, allerdings war auf den ursprünglichen Plänen eine Wohnsiedlung am Fluss eingezeichnet gewesen. Offiziell hieß es, der Hochwasserschutz dafür wäre zu kostspielig geworden, aber an Natalies Schule kannten alle den eigentlichen Grund. Niemand wollte so nah am Einhornwald wohnen, in dem es angeblich spukte.

»Tim?«, rief Natalie aufgebracht. »Bist du das? Hör auf mit dem Unsinn!«

Immer noch keine Antwort.

Sie schüttelte den Kopf und kam sich veralbert vor. Ihr Stiefbruder war es wohl doch nicht gewesen, er war wahrscheinlich im Auto geblieben, damit seine neue Jacke nicht nass wurde. Er spielte den Beleidigten, weil seine Mutter auf seiner Hilfe beim Einkaufen bestanden hatte. Tim lehnte es grundsätzlich ab, an Samstagen im Haushalt zu helfen. Eigentlich war Natalie mit dem Altglas gar nicht an der Reihe. Sie hatte es erst letzte und vorletzte Woche fortgeschafft. Als Tim jedoch wie üblich anfing zu argumentieren, es sei ihr

Dad, der die Flaschen alle getrunken habe, und nicht seiner, übernahm sie die Arbeit freiwillig, um dem unvermeidlichen Streit aus dem Weg zu gehen.

Sie sah sich das Bonbonpapier genauer an. Es fühlte sich warm und wächsern an und auf der Oberfläche glitzerten Regentropfen. Unheimlich, wie die Farben wechselten, wie bei einem Hologramm. Sie entschloss sich, es doch nicht in den nächsten Mülleimer zu werfen, sondern stopfte es in ihre Anoraktasche, wo sie lauter Dinge aufbewahrte, die andere nicht sehen sollten. In der Tasche befand sich auch schon ihre Spinne Itsy. Eine Spinne als Haustier hatte den Vorteil, dass sie nicht viel Platz beanspruchte und sogar in eine Streichholzschachtel passte.

Natalie nahm die Einkaufstüten wieder auf und eilte zum Altglascontainer. Sie sah sich kurz um, ob niemand sie beobachtete, dann warf sie so schnell sie konnte die leeren Bierflaschen in das braune Loch. Sie war klein für ihre zwölf Jahre und musste sich auf die Zehenspitzen stellen, um das Loch zu erreichen. Die Kapuze rutschte ihr vom Kopf und ihr silberblonder Pferdeschwanz kam zum Vorschein. Vom Dach des Containers tropfte es in ihren Nacken, aber sie nahm sich nicht die Zeit, die Kapuze wieder hochzuziehen. Beim Klirren des herabfallenden Glases zog sich alles in ihr zusammen. Wie immer stellte sie sich vor, die Leute auf dem Parkplatz würden leise mitzählen – *sechsundsiebzig, siebenundsiebzig, achtundsiebzig* … »Zwei weniger als letzte Woche, Itsy«, flüsterte sie erleichtert, als die letzte Flasche scheppernd im Container verschwand.

Ihr Magen schaltete gerade auf normal, als sie wieder diese Stimme hörte: »Könntest du mir vielleicht das Schild da vorlesen, Schätzchen?«

Das Kribbeln kehrte zurück, doppelt so stark wie zuvor.

Im Schatten einer der Mülltonnen stand eine lauernde Gestalt, die Natalie beobachtete.

Ein alter Mann, stellte sie fest. Er stützte sich auf einen merkwürdigen Stock, dessen geschnitzter Knauf die Form eines Vogelkopfs hatte. Von der Krempe seines zerknautschten Filzhuts tropfte der Regen und färbte den Schal, der sein Gesicht fast vollständig verdeckte, dunkel. Dann machte der Mann einen Schritt auf sie zu und *schimmerte* – ein anderes Wort dafür fiel Natalie nicht ein. Einen Augenblick lang straffte sich der alte Mann zu stattlicher Größe, im Gesicht eine Hakennase, das Haar lang und schwarz, die Augen stechend gelb. Natalie starrte ihn an und hatte den Verdacht, dass die Regentropfen auf ihren Brillengläsern ihr die Sicht verzerrten. Er erwiderte ihr Starren mit einem langen, beunruhigenden Blick. Dann war er plötzlich wieder alt und schlurfte weiter, den Hut tief ins Gesicht gezogen, um diese merkwürdigen Augen zu verdecken. »Früher konnte ich besser sehen«, erklärte er.

Natalie entspannte sich ein wenig. Bestimmt hatte er die ganze Zeit dort gestanden, vom schlechten Licht und von dem dunklen Müllcontainer verdeckt. Seine Hände zitterten und irgendwie tat er ihr Leid, weil er noch schlechtere Augen hatte als sie. Dann fiel ihr ein, dass er sie beim Entsorgen von Vaters Bierflaschen beobachtet und gehört haben musste, wie sie mit Itsy sprach. Ihre Wangen glühten vor Verlegenheit.

Schnell warf sie einen prüfenden Blick auf die Mülltonne, hinter der er sich versteckt hatte. Sie konnte sich nicht erinnern, sie in der vergangenen Woche gesehen zu haben, aber die Gemeinde stellte ständig neue Container auf. Erst die für Altglas, dann die für Dosen, dann für Papier, dann für Plastik und dann für Altkleider. Neugierig betrachtete sie den neuen Container. Zuerst sah sie keine Beschriftung, doch dann entdeckte sie ganz unten ein paar verschnörkelte, silberne Buchstaben. Als sie sich bückte, um besser lesen zu können, schimmerten sie auf:

ZAUBERTONNE

Nichts weiter. Keine Hinweise, keine Erklärungen, keine Aufstellung darüber, was in die Tonne gehörte und was nicht.

Natalie runzelte die Stirn. *Zaubertonne?* Ein kalter Schauer lief ihr über den Rücken, aber dann fiel ihr ein, dass in der Autowerkstatt an der Ecke auch Sprühdosen mit Silberlack verkauft wurden.

Sie wandte sich wieder an den alten Mann. »Da ist kein Schild, ist wahrscheinlich abgegangen. Ist vielleicht zerstört worden … tut mir Leid.« Sie deutete vage auf die Schnörkelschrift und fragte sich, warum sie sich entschuldigte.

Der Stock schnellte hervor und der Knauf legte sich um ihren Ellbogen. »Verstecken kannst du das nicht, gib dir keine Mühe«, zischte der Mann.

Natalies Magen zuckte nervös. Die Stimme des Mannes klang gar nicht mehr zittrig. Sie klang kräftig – beinahe drohend. Vielleicht war er vom Sicherheitsdienst? Im Supermarkt gab es auch welche, wegen der Ladendiebe. Warum nicht auch auf dem Parkplatz, um Autodiebe und Rowdys aufzuspüren?

»Ich war's nicht«, sagte sie schnell.

Der Mann lachte glucksend. »Wovor hast du Angst? Weil ich mit dir spreche? Du und ich, wir sind vom selben Blut, dem uralten Geschlecht derer, die sehen, was der Mensch nicht sieht. Deshalb habe ich dich gebeten mir das Schild vorzulesen. Es war ein Test – den du übrigens bestanden hast. Die meisten Menschen können die Zaubertonne gar nicht sehen.«

Natalie zwinkerte mit den Augen. Anscheinend war er ein bisschen verrückt.

»Entschuldigen Sie«, sagte sie bestimmt und zog ihren Arm aus der Stockschlinge, »Julie – ich meine, meine Stiefmutter wartet dort drüben auf mich.« Sie zeigte zum Eingang des Supermarkts, der ihr plötzlich sehr weit entfernt vorkam, und wollte sich zwischen zwei Autos davonmachen.

Der Stock schoss so schnell hervor, dass sie kaum die Bewegung wahrnahm. »Pass bloß auf«, sagte der Mann und zog sie am anderen Ellbogen zurück, »sonst kommst du noch unters Auto. Ich möchte nicht, dass jemandem mit deinen Talenten etwas zustößt.«

»Lassen Sie mich los!« Natalies Herz hämmerte. »Sonst schreie ich.«

»Ich gebe nur auf dich Acht. Bei diesen beschlagenen Windschutzscheiben kannst du leicht übersehen werden. Und du willst doch nicht, dass deinem kleinen Schatz etwas passiert, oder? Wie nennst du ihn? Itsy? Zeigst du ihn mir?«

»Nein!« Das war unhöflich, das war ihr klar. Aber sie fand, dass der alte Mann zuerst unhöflich gewesen war. Sie versuchte erneut, sich zwischen den Autos davonzumachen, wurde aber gleich wieder zurückgezerrt.

»Ts, ts, ts. So eilig, und du hast mich noch nicht einmal nach dem Zauberblatt gefragt. Bist du nicht neugierig, was es alles kann?« Sein Lächeln war unheimlicher als alles, was er bis dahin gesagt oder getan hatte.

Mühsam versuchte Natalie sich loszumachen. Der Vogelkopf am Griff des Stocks hatte einen gebogenen Schnabel, der sich in ihren Ellbogen bohrte, und die gleichen schrecklichen hellgelben Augen wie sein Besitzer. »Lassen Sie mich in Ruhe!«, sagte sie. »Ich habe keine Ahnung, wovon Sie überhaupt sprechen.«

»Ach, tatsächlich? Ich habe gesehen, wie du es aufgehoben hast.« Sein Ton wurde strenger. »Schluss mit den Verstellungen! Ich möchte, dass du in meinen Zauberbund kommst. Du weißt genau, was ich meine, sonst hättest du das Zauberblatt gar nicht sehen können. Es war ein Teil meines Tests. Und jetzt will ich es wiederhaben.« Er streckte seine Hand aus und winkte mit den Fingern.

Er meint das Bonbonpapier, stellte Natalie erleichtert fest. Sie tastete in ihrer Tasche danach und hätte es ihm beinahe gegeben, hätte nicht irgendetwas sie zurückgehalten. Plötzlich hatte sie eine Wut auf die ganze nasse, elende Welt – auf Tim, der so tat, als sei sie an der Reihe mit dem Altglas, auf Julie, weil sie Tim das durchgehen ließ, auf Dad, weil er so viel Bier trank, auf den Regen, der ihr die Ferien verdarb. Und ganz besonders war sie auf den alten Mann wütend, weil er ihr so eine Angst einjagte.

Sie nahm all ihren Mut zusammen und sagte: »Sie sollten Papier nicht einfach wegschmeißen. Es ist Ihre eigene Schuld, wenn Sie es nicht mehr haben, dieses Ding. Und wenn Sie mich noch einmal anfassen, rufe ich die Polizei.«

Unter seiner triefenden Hutkrempe starrte er sie böse an und sagte: »Das wird dir noch Leid tun, dass du nicht freiwillig zu uns kommst. Und jetzt gib mir mein Zauberblatt zurück!« Sein Stock donnerte gegen die Mülltonne und nagelte Natalies Pferdeschwanz fest. Der Klang vibrierte durch ihren ganzen Körper, das Herz blieb ihr beinahe stehen.

Bevor das Echo verklungen war, hatte sie sich in den Verkehr gestürzt. Sie hatte keine Zeit, nach rechts oder nach links zu schauen. Bremsen quietschten, Wagen hupten, Autos schlingerten. Hinter ihr ein lautes Krachen, dann das Klirren von zerbrechendem Glas. »Dumme Göre!«, schrie jemand. »Willst du dich umbringen?«

Natalie rannte schneller, eine Hand in der Tasche, damit die Schachtel mit Itsy nicht herausflog. *Nicht zurückschauen,* hämmerte sie sich ein. *Egal was passiert, nicht zurückschauen.*

Hinter ihr reckte sich der Alte in die Höhe, lockerte seinen Schal und schlug mit dem Stock gegen den Randstein. Seine schmalen gelben Augen folgten seiner Beute, die im Supermarkt entschwand, während um ihn herum die an dem Unfall beteiligten Autofahrer aufgeregt stritten.

»Sie sind direkt auf mich aufgefahren!«, schluchzte eine Frau. »Sehen Sie doch mein Auto! Mein Mann bringt mich um.« ... »Meine Fenster waren ganz beschlagen«, sagte eine andere. »Ich habe Sie nicht gesehen.« ... »Wenigstens ist niemand verletzt«, sagte eine dritte, »das grenzt an ein Wunder, würde ich sagen.« ... Dann fragte endlich jemand: »Wo ist der alte Mann? Da war ein alter Mann mit einem Mädchen ...« Die Leute spähten durch den Regen, doch bei den Müllcontainern war niemand zu sehen. Niemand konnte sagen, wohin der alte Mann verschwunden war.

Auf dem Beifahrersitz eines verbeulten, weißen Lieferwagens, gleich hinter den Müllcontainern, saß ein rothaariger Junge mit hochgezogenen, knochigen Knien. Im Gegensatz zu den Leuten, die in den Unfall verwickelt waren, hatte Merlin seinen Vater nicht einen Moment aus den Augen gelassen, seitdem dieser drei Stunden zuvor in den Regen hinausgegangen war und ihm befohlen hatte im Auto zu bleiben. Es war kalt im Auto, wenn der Motor nicht lief, und jedes Mal, wenn ein voll beladener Einkaufswagen vorbeigeschoben wurde, knurrte Merlins Magen. Aber er hatte nicht gewagt wegzugehen, hatte sich nicht einmal getraut sich eine der schmuddeligen Decken aus dem hinteren Teil des Wagens zu holen. Jetzt beobachtete er mit einer Mischung aus Erleichterung und Panik, wie der Mann, der von allen Habicht genannt wurde, durch den Verkehr auf ihn zukam und jedem Auto, das ihn nicht vorbeilassen wollte, mit dem Stock drohte. Es sah nicht so aus, als ob sie bald nach Hause fahren würden.

Quietschend ging die Fahrertür auf, Regen sprühte herein. Sofort ging die Schimpferei los. »Nimm die Füße vom Sitz, Bursche!« Der Stock sauste auf Merlins Knie nieder, bevor dieser sich überhaupt rühren konnte, und stach durch seine löcherigen Jeans. »Was gibt es hier zu zittern?«

Merlin, der gesehen hatte, wie das hübsche blonde Mädchen mit dem Anorak sich gegen seinen Vater zur Wehr gesetzt hatte, fasste Mut. »Wenn du mir ein Zauberblatt dagelassen hättest, müsste ich nicht zittern.«

Diese Bemerkung brachte ihm einen strengen Blick ein. »Ein Zauberblatt? Und was hätte dir das nützen sollen?«

»Ich hätte ein Zauberfeuer machen können.«

»So, so. Nicht ein Funke wäre dir gelungen. Oder der ganze Wagen hätte Feuer gefangen, bis über deine dreckigen Ohren.«

»Aber ich hätte es versuchen können ...« Merlin hörte seine Stimme schwächer werden.

»Ach, und sonst versuchst du nie etwas?« Die Stimme seines Vaters hatte einen gefährlichen Klang. Einem zweiten Streich mit dem Stock entging Merlin nur, weil Habichts gelbe Augen wieder den Eingang des Supermarkts fixierten. Anscheinend war das Mädchen für ihn interessanter als sein Sohn. »Du weißt genau, dass wir für die Öffnung nächstes

Wochenende jeden Lebendzauber benötigen, den wir haben«, fuhr er fort, ohne Merlin anzusehen. »Zwei haben wir heute Morgen schon verschenkt, ohne dass etwas dabei herausgekommen wäre.« Er langte unter seinen Schal, zog etwas hervor, das aussah wie ein vertrocknetes Blatt, und warf es Merlin in den Schoß.

Merlin zuckte zusammen, fing das Zauberblatt aber reflexartig auf. Es fühlte sich kalt wie ein sterbendes Zauberblatt an. Sein Vater musste es fast vollständig verbraucht haben, so alt und zerbrechlich, wie es aussah. »Äh … dann war sie doch keine von uns?« Er wechselte das Zauberblatt ständig von einer Hand in die andere.

»Doch, sie gehört ganz sicher zu uns«, sagte der Vater leise. »Sie hat sogar das Trugbild durchschaut, das ich ihr vorgegaukelt habe. Das ist mir schon eine Ewigkeit nicht mehr passiert.«

Merlin blies in seine rechte Hand und ließ das Zauberblatt wieder in die andere Hand flattern. »Dann schließt sie sich uns also an?«

»Aber sicher. Nur weiß sie noch nichts davon.«

»Prima!« Das hatte anscheinend zu eifrig geklungen. Die Augen seines Vaters verengten sich. »Glaub nur nicht, ich sei mit dir fertig, Bursche. Auch wenn du der nichtsnutzigste Magier unseres Geschlechts bist – eine echte Fehlbesetzung –, bist du immer noch mein Sohn. Und ich lasse nicht zu, dass du dich über mich lustig machst. Rotauge bleibt für eine Weile noch bei mir.«

Merlin sank das Herz in die Tasche. Er hatte so gehofft, Rotauge vom Vater wiederzubekommen, wenn der Zauberbund erst einmal komplett wäre. Manchmal wurde ihm fast übel, wenn er an sein armes, wehrloses Mäuschen dachte, das in diesem Keller eingesperrt war. Schnell dachte er an etwas anderes, bevor die Gefühle für sein Zaubertier ihn übermannten.

»Mit ihr wird das nicht so einfach werden wie mit den anderen«, fuhr der Vater fort und starrte weiter zum Supermarkt hinüber. »Sie hat eine Familie, wir müssen also vorsichtig vorgehen. Und sie ist ein pfiffiges kleines Ding mit viel Kraft, auch wenn sie das selbst nicht zu wissen scheint. Sie zu unterrichten wird mir ein Vergnügen sein. Aber wenn wir bei der diesjährigen Öffnung dabei sein wollen, müssen wir uns beeilen. Für die sanfte Tour ist keine Zeit.« Wieder war dieses goldgelbe Funkeln in seinen Augen.

Merlin kauerte auf dem Sitz zusammen und versuchte sich so klein wie möglich zu machen. Er empfand eine Spur Mitleid mit dem Mädchen, aber besser, es traf sie als ihn.

Plötzlich beugte Habicht sich vor und öffnete die Beifahrertür. »Du kannst dich zur Abwechslung einmal nützlich machen«, sagte er. »Geh hinaus und freunde dich mit dem Mädchen an. Und schau, dass du irgendwie ihr Haustier zu fassen bekommst. Sie hält es in ihrer Anoraktasche – ich glaube, es ist irgendein Insekt. Dann komm sofort wieder.« Er stieß Merlin in den Regen hinaus und fügte grimmig hinzu: »Komm ja nicht mit leeren Händen zurück, du weißt, was sonst mit Rotauge geschieht.«

Merlins Knie wurden schwach. Er klammerte sich an die Tür. »A... aber was, wenn sie es mir nicht geben will?«

»Streng dein Hirn an! Sie ist ungefähr so alt wie du. Das kann doch nicht so schwer sein, selbst für dich. Und nimm ihr möglichst auch mein Zauberblatt wieder ab. Ach, und wenn du schon draußen bist, kannst du dies hier auch wieder zurückbringen, sonst kommen die Gehilfen nie wieder bei uns vorbei. Nach dem Wochenende werden wir sie zwar nicht mehr brauchen, aber wir müssen sie nicht vorzeitig auf unsere Pläne aufmerksam machen.« Er kicherte.

Merlin hatte das eiskalte Zauberblatt auf den Boden des Wagens fallen lassen und gehofft, sein Vater würde es nicht merken. Nun wurde es ihm wieder in die Hand gedrückt und seine Finger grob zusammengequetscht.

»Es liegt in deinem eigenen Interesse mir zu helfen«, sagte Habicht und quetschte weiter seine Hand. »Wenn sie sich uns anschließt, brauche ich dich und Rotauge nicht mehr.«

Seit der Vater damals, vor Jahren, seinen ersten Köder ausgelegt hatte, hatte Merlin an fast nichts anderes mehr denken können. Er biss sich auf die Lippen und nickte. Der Regen rann ihm in den Kragen, durch die Löcher seiner alten Turnschuhe drang Wasser und seine Hand mit dem sterbenden Zauberblatt fühlte sich zunehmend taub an. Doch er hütete sich, sein Unbehagen zu zeigen. Je mehr Umstände er machte, desto länger würde die Quälerei dauern.

Endlich entließ ihn der Vater. »Also, beeil dich«, sagte er kalt lächelnd, »bevor sie nach Hause geht.«

Natalie rannte, bis sie durch die Türen des Supermarkts schlitterte, wo Wärme und Licht sie wieder beruhigten. Keuchend zog sie sich die Kapuze vom Kopf und schüttelte ihren Pferdeschwanz aus. Dann nahm sie die Brille ab und wischte sie mit zitternden Händen am Pullover trocken.

Noch nie in ihrem ganzen Leben hatte sie so eine Dummheit begangen, sich einfach blind in den Verkehr zu stürzen. Ihr Herz hämmerte und ihre Beine fühlten sich an wie Pudding, aber gleichzeitig war ihr auch zum Lachen zu Mute. Hier, inmitten der vertrauten Einkaufswagen und der Familien, die zankend ihre Wochenendeinkäufe erledigten, kam ihr ihre Angst dumm vor. Sie erwartete fast, dass das verrückte Bonbonpapier, das der alte Mann unbedingt als Zauberblatt hatte ausgeben wollen, verloren gegangen war. Aber als sie in ihrer Tasche nachschaute, lag es immer noch auf der Schachtel mit Itsy. Sie zog es hervor, starrte einen Augenblick auf sein wechselndes Farbenspiel und steckte es wieder weg. Nachher wollte Jo vorbeikommen. Vielleicht konnte sie etwas damit anfangen.

Langsam ging Natalie durch die überfüllten Regalreihen, bis sie ihre Stiefmutter fand, die stirnrunzelnd einen langen Einkaufszettel studierte. »Julie«, sagte sie, »ich war gerade draußen und …«

»Natalie, Schätzchen, was ist passiert? Du warst so lange fort. Ich habe Timothy nach dir geschickt.« Das Gesicht ihrer Stiefmutter zeigte jenen Ausdruck von Besorgnis, mit dem Erwachsene Natalie von Zeit zu Zeit anzuschauen pflegten. »Du siehst so blass aus, Schätzchen. Du wirst doch in den Ferien nichts ausbrüten.«

Natalie lag die Geschichte mit dem alten Mann und dem Zauberblatt auf der Zunge, aber plötzlich kam ihr das Ganze irgendwie kindisch vor. Sie war doch kein kleines Mädchen mehr. »Mir ist nur kalt«, murmelte sie.

»Kein Wunder! Du bist völlig durchnässt. Fühlst du dich wirklich gut? Du wirst doch keine Lungenentzündung bekommen!« Julie legte ihre Hand auf Natalies Stirn.

Die Leute begannen sich neugierig nach ihnen umzuschauen. Verlegen wich sie zurück. »Schon in Ordnung«, sagte sie und biss sich auf die Lippen. »Äh, Julie?«

»Hm?«

»Hast du den neuen Müllcontainer gesehen?«

Aber die Stiefmutter hatte sich schon wieder über ihren Einkaufszettel gebeugt und strich sich eine Haarsträhne aus dem Gesicht. »Was meintest du?«, fragte sie geistesabwesend. »Ein neuer Müllcontainer? Sehr gut. Wir müssen uns jetzt sputen, sonst wundert sich dein Vater noch, wo wir bleiben. Würdest du so nett sein und das Salz suchen? Eine große Packung, du weißt schon, die mit den blauen Streifen.«

Gewöhnlich machte es Natalie Spaß, nach irgendwelchen Waren zu fahnden, vor allem wenn im Supermarkt die Regale umgeräumt worden waren wie in dieser Woche. Aber heute war sie in Gedanken ständig bei dem alten Mann und seiner Zaubertonne. Sie schlenderte an den Regalen entlang, ohne sie wahrzunehmen, und stieß gegen übellaunige Leute in triefenden Regenmänteln, die sie beschimpften, als sei sie daran schuld, dass das Wetter so schlecht war und sie nichts fanden. Dazu kam, dass sie den Eindruck hatte, von einem schmuddeligen Jungen mit roten Haaren und löcherigen Jeans verfolgt zu werden. Jedes Mal, wenn sie sich wütend nach ihm umdrehte, hielt er an und starrte interessiert die Regale an.

Natalies Nackenhaare sträubten sich. Sie steckte ihre Hand tief in die Tasche mit Itsy und dem Bonbonpapier. Dieser Rotschopf sah ganz danach aus, als wollte er sich anschleichen und etwas klauen. Jedes Mal, wenn sie sich schnell genug umdrehte, um ihn zu erwischen, erschrak sie über den verzweifelten Ausdruck seiner Augen.

Sie war so damit beschäftigt, den Jungen im Auge zu behalten und gleichzeitig nach dem Salz zu suchen, dass sie Tim erst bemerkte, als dieser sie am Arm packte. »Was versteckst du denn da in deiner Tasche, Schwesterchen?«, zischte er ihr ins Ohr und löste bei ihr damit beinahe den zweiten Herzanfall an diesem Tag aus.

Tim nannte sie nur »Schwesterchen«, wenn er besonders gemein sein wollte. Seine blonden Locken klebten wie feuchtes Stroh am Kragen seiner Geburtstagsjacke, und auf dem schwarz glänzenden Leder glitzerten Regentropfen. Die Jacke sah viel regenfester aus als Natalies verschlissener Anorak, doch Tim sah das offenbar nicht so.

»Das findest du wohl komisch, was?«, fuhr er fort. »Den ganzen Parkplatz konnte ich nach dir absuchen, dabei hast du dich hier im Trockenen versteckt. Komm schon, Schwesterchen, zeig her.«

Natalie bemerkte wieder den Blick des Rothaarigen und schnitt eine Grimasse in seine Richtung. »Da ist nichts«, sagte sie.

»Nichts, das ist aber komisch«, schimpfte Tim. Er dachte wohl, die Grimasse hätte ihm gegolten. Schmerzhaft gruben sich seine Fingernägel in ihr Handgelenk, als er ihre Hand aus der Tasche zog. »Bestimmt deine blöde Spinne, oder?«, sagte er grinsend. »Hast sie mit zum Einkaufen gebracht, was? Hast du keine Angst, dass sie abhauen und zertreten werden könnte?« Er bog ihr einen Finger nach dem anderen um.

Natalie wand sich unter seinem Griff. Aber ihr Stiefbruder war über ein Jahr älter als sie und viel stärker. Manche Kunden sahen streng zu ihnen hin, schoben dann aber ihre Einkaufswagen vorbei, als hätten sie nichts gesehen. Jetzt wünschte sie, sie hätte Itsy zu Hause gelassen, auch wenn Dad sie hätte finden und wie ihre letzte Spinne hätte tottrampeln können. »Du tust mir weh, Tim«, sagte sie und kämpfte mit den Tränen. »Hör auf! Wenn du sie hier freilässt, geraten die Leute in Panik.«

»Und wessen Schuld ist das dann?«, fragte Tim und bog ihr den letzten Finger nach hinten.

Natalie blinzelte überrascht. Sie war sich sicher gewesen, die Schachtel mit Itsy in der Hand zu halten, es war jedoch das »Zauberblatt« des Alten. Im Licht der Neonröhren glitzerten die Farben besonders intensiv. Sie spürte eine merkwürdige Hitze, die ihren Arm hochstieg und in ihren Zehen kitzelte. Aus dem Augenwinkel bemerkte sie den rothaarigen Jungen, der sich, sein verzweifelter Blick auf ihre Hand geheftet, näher schlich. Die Regale verschwammen vor ihren Augen ... die Menschen schienen sich in Zeitlupe zu bewegen, als befänden sie sich unter Wasser.

»Igitt!« Tim ließ angewidert ihren Arm los. Der Supermarkt nahm wieder Gestalt an, das Papier flatterte zu Boden und der Rothaarige hechtete hinterher.

Natalie raste vor Zorn. Mit derselben eigenartigen Entschlossenheit, die sie auf dem Parkplatz verspürt hatte, warf sie sich auf den Jungen und wälzte sich mit ihm zwischen Kundenfüßen und Rädern von Einkaufswagen auf dem Fußboden. Beide versuchten das Papier zu erwischen, und eine Sekunde lang trafen sich ihre Blicke über den schimmernden Farben. »Bitte«, flüsterte der Junge, »wenn du es mir nicht gibst, dann ...« Der Rest seiner Worte ging in einem blendenden, roten Blitz unter.

»Feuerwerk!«, schrie jemand. Natalies Magen zog sich zusammen. Der Junge ließ von ihr ab. Schnell stopfte sie das Papier wieder in ihre Tasche. Inmitten roter Rauchschwaden trat jemand auf ihre Brille. In ihrem Kopf explodierten Sterne, Konservendosen rollten scheppernd über den Boden und ein Übelkeit erregender Gestank von verbranntem Zucker zwang sie sich die Nase zuzuhalten. Als sie sich endlich aufgerappelt und ihre Brille wiedergefunden hatte, war Tim bereits auf dem Weg zu den Kassen, wo Julie gerade an die Reihe kam. Der rothaarige Junge war verschwunden und Natalie stand allein einer Schlange wütender Kunden gegenüber, die einen Schuldigen für ihre umgestürzten Einkaufswagen und verstreuten Lebensmittel suchten. »Tut mir Leid«, sagte sie und schlich sich aus dem Durcheinander fort, »ich bin gestürzt. Tut mir Leid …«

Ein Angestellter eilte herbei und beruhigte die Menge, die in Ermangelung konkreter Beweise anfing darüber zu streiten, was eigentlich geschehen war. Natalie nützte die Gelegenheit, sich aus dem Staub zu machen. Als sie zu Julie und Tim an die Kasse kam, waren ihre Beine wachsweich, innerlich aber kochte sie vor Wut. An einem Samstagvormittag mitten im Supermarkt ein Feuerwerk zu entfachen! Dieser Rotschopf war wohl ein Vollidiot.

Auf halbem Weg nach Hause stellte sie fest, dass in dem ganzen Trubel auch noch Itsy weggelaufen war.

2

Geheimnisse

24. Oktober, Samstagnachmittag

Merlin war erleichtert, dass sie die langsame Strecke nach Hause nahmen. Der Lieferwagen ratterte über aufgeweichte Sträßchen, die sich bald in unzugänglichen Waldwegen verloren, da sie, um den Bannstein zu vermeiden, einen Umweg machen mussten. Bei jedem Schlagloch wurde Merlin vom Sitz geschleudert, so dass er beinahe froh war, nichts im Magen zu haben. Als sie schließlich am Waldhaus ankamen, war er so zerschlagen, als hätte eine Herde wilder Einhörner auf ihm herumgetrampelt. Aber er hütete sich, etwas zu sagen, denn die blauen Flecken waren ihm lieber, als durch einen Zauber befördert zu werden.

Nachdem der Vater den Wagen geparkt hatte, rief er Claudia-den-Fisch. Die beiden Trickser, die sich auch gern als Magier bezeichneten, verschwanden mit der Spinne des Mädchens im Keller. Merlin seufzte. Er hatte keine Ahnung, was die beiden dort unten machten, aber immer, wenn Claudia mit nach unten ging, dauerte es Stunden, bis sie wieder auftauchten. Er musste sich also mal wieder selbst um sein Essen kümmern.

Er schlich sich an dem Käfig vorbei, wo der Hühnerhabicht seines Vaters hauste, und schmierte sich einen ganzen Stapel Marmeladenbrote, die er mit in seine Kammer nahm. Da ihm kalt war, zog er sich noch einen Pullover über. Dann kreuzte er die Finger und schaltete den Computer an.

Er fand das Waldhaus schrecklich. Es lag fünf Meilen vom nächsten Ort entfernt, hatte keinen Fernseher, kein Telefon und keine Heizung, außer ein paar rußigen Feuerstellen, um die sich kaum jemand kümmerte. Wasser musste von einem alten Brunnen aus dem verwilderten Garten herangeschleppt werden. Dort befand sich auch eine Jauchegrube, die bei schönem Wetter fürchterlich stank und vermutlich der Grund war, warum niemand aus dem Zauberbund gern im Garten arbeitete. Elektrizität wurde durch einen Generator im Keller erzeugt und von Habicht streng kontrolliert und eingeteilt. Manchmal reichte der Strom für Merlins Computer, sehr oft aber nicht. Wenn er den Unmut seines Vaters erregt hatte, wurde der Strom manchmal tagelang abgedreht. Dann musste er sich damit abfinden, bei Kerzenlicht seine Computerzeitschriften zu lesen.

Heute jedoch antwortete der Computer mit einem beruhigenden Summen und die bunten Lichter des Monitors flackerten über die verbarrikadierten Fenster, die alten, dunklen Möbel und die rohen Dielenbretter. Merlins Blick fiel auf den glänzenden Zeitschriftenstapel auf seinem Bett und zum ersten Mal an diesem Tag musste er grinsen. Oben auf dem Stapel lag ein neues Computerspiel. Begierig riss er die Hülle auf und legte es ein. Die Monster in dem Spiel waren nicht halb so schrecklich wie sein Vater, wenn er schlecht gelaunt war. Aber er hatte schon so lange kein neues Spiel mehr gehabt, dass er die Zeit vergaß und bald als starker, tapferer Held in Schlachten verwickelt war.

Ein kalter Lufthauch in seinem Nacken brachte ihn wieder in die Wirklichkeit zurück. Rasch griff er nach der Maus und klickte sich aus.

In der Tür stand Habicht und blickte böse auf den Bildschirm. Merlin entlockte dem Computer ein paar Piepstöne und hoffte seinen Vater damit zu vertreiben. Außer Claudia, die, bevor der Vater sie entdeckt und zum Waldhaus gebracht hatte, irgendeine Wissenschaftlerin gewesen war, konnte niemand aus dem Zauberbund etwas mit seinem Computer anfangen. Angeblich vertrugen technische Dinge sich nicht mit den Kräften der Zauberei. Aber das war Merlin egal. Er wollte endlich ins Internet, und wenn dadurch seine Zauberkräfte schwanden, sollte es ihm nur recht sein, denn dann würde der Vater keinen Grund mehr haben, Rotauge etwas anzutun.

Die Stille machte ihn nervös. Als er den Computer wieder piepsen ließ, spürte er den Habichtkopf des Stocks auf seiner Schulter. Eine sanfte Drohung.

»Hör auf.«

Merlin hielt sich an der Maus fest und schluckte.

»Neues Spiel?« Die Frage des Vaters klang gefährlich ruhig.

»Äh … ja.«

»Woher?«

»Ich weiß nicht mehr.«

Höhnisches Lachen. »Du und Claudia, ihr glaubt doch nicht, ich wüsste nicht, was hinter meinem Rücken in meinem eigenen Zauberbund vor sich geht?«

»Nein! Ich meine, ja, sie … ich meine …« Merlin schluckte wieder. Er wollte Claudia bestimmt nicht in Schwierigkeiten bringen, denn sie versorgte ihn mit Zeitschriften und Spielen. Von den anderen wagte keiner sich Habicht offen zu widersetzen.

»Du weißt wohl nicht, was du meinst? Hör auf zu zittern, Bursche! Ich bin nicht böse auf dich.«

»Nicht?« Merlin wartete, dass der Stock seine Schulter verließ, stattdessen strich er über sein Ohr. Er zuckte zusammen.

»Du hast heute gut mitgemacht.«

Ein Lob? Merlin spannte sich an. Deshalb war sein Vater bestimmt nicht hier. Sicher war da noch etwas anderes im Busch.

»Jetzt, wo wir ihr Schmusetier haben, wird uns auch das Mädchen bald ins Netz gehen. Ich habe Claudia ausgeschickt, um ihr Haus zu überwachen. Das kleine Fräulein sollte allmählich etwas kooperativer werden, aber irgendwie werden wir sie schon herbekommen. Wenn sie ankommt, möchte ich, dass du dich mit ihr unterhältst und herausfindest, wie viel sie weiß. Du kannst ihr auch Rotauge zeigen.«

»Ich darf Rotauge wiederhaben?«

Es war, als ginge die Sonne auf in seiner Kammer. Merlin drehte sich im Stuhl um und sah seinem Vater ins Gesicht. Doch er konnte keine Freundlichkeit darin entdecken. Die gelben Augen betrachteten ihn amüsiert, während der Vater den Griff seines geliebten Stocks streichelte.

»Wenn du etwas herausfindest, darfst du ihn vielleicht im Keller besuchen.«

Merlins Freude fiel in sich zusammen. Im Keller. Dunkel, stickig, wo niemand deine Schreie hören kann … »Ich tue mein Bestes«, flüsterte er.

Habicht lächelte. »Selbstverständlich, du weißt doch, was sonst mit Rotauge geschehen wird. Also gut. Und jetzt möchte ich wissen, was im Supermarkt schief gegangen ist. Der Zauberblitz war mindestens bis Anderserde zu sehen! Dass wir ihn verloren haben, macht nichts, ein toter Zauber nützt niemandem etwas.« Seine Stiefel hallten auf dem rohen Bretterboden, als er begann in der Kammer auf und ab zu gehen.

»Die Magier von Anderserde können tote Zauber wieder zum Leben erwecken«, formte Merlin lautlos mit den Lippen, traute sich aber nicht es auszusprechen. Jedes Mal, wenn sein Vater hinter seinem Stuhl vorbeikam, sträubten sich ihm die Nackenhaare.

»Also? Ich warte. Was hast du diesmal für eine Ausrede?«

»Ich … äh …« Er wollte eine Lüge erfinden, entschloss sich dann aber zur Wahrheit. Er reckte das Kinn ein wenig und sagte: »Ich habe ihn benutzt, um diese Spinne aus ihrer Tasche zu befördern.«

Habicht blieb stehen und lachte laut auf. »Mal ernsthaft! Du könntest doch nicht einmal eine Fliege befördern, die die halbe Strecke von sich aus fliegt! Wenn du mich schon anlügst, mach es wenigstens halbwegs glaubhaft. Um etwas zu befördern, brauchst du immer zwei Zauberblätter – an jedem Ende eins. Das habe ich dir bestimmt schon tausendmal gesagt.«

Merlin biss sich auf die Lippen. »Ich habe das alte Zauberblatt behalten, das, das ich in die Zaubertonne schmeißen sollte«, gestand er. »Es war noch nicht ganz tot und ich … äh … dachte, es könnte mir vielleicht noch nützlich sein.« In Wirklichkeit hatte er das Zauberblatt völlig vergessen gehabt. Er hatte nur noch daran gedacht, wie er an das Haustier des Mädchens kommen könnte. Aber das musste sein Vater nicht erfahren. »Ich hatte gar keine Zeit zum Nachdenken«, fuhr er eilig fort, »deshalb weiß ich auch nicht, wie es genau passiert ist. Aber du sagst ja selbst, dass man die Zauberei nicht analysieren soll, sondern einfach darauf loszaubern soll. Vielleicht hat es deshalb funktioniert?«

Hinter ihm Schweigen. Er drehte sich im Stuhl um und sah Habichts gerunzelte Stirn. Der Vater strich über seinen Stock und sagte langsam: »Das ändert die Sache allerdings. Sie hat den Zauber also selbst ausgesprochen? Wollte sie dich loswerden? Das könnte ich ihr nicht verübeln, aber ich dachte, sie wüsste nicht, wer wir sind. Wenn sie die Wahrheit über den Tod ihrer Mutter ahnt, könnte das die Sache für uns erschweren. Erzähl genau, was passiert ist. Wusste sie, was sie tat?«

Das Mädchen hatte also auch keine Mutter mehr? Merlin schob die Erinnerung an den Tod seiner Mutter von sich und dachte an die Kraft, die ihn wie eine Welle überschwemmt hatte, als er das Zauberblatt angefasst hatte. Es *musste* Zauberkraft gewesen sein. »Ich habe gezaubert«, sagte er etwas unsicher.

Habichts Lippen waren zu einem Strich geworden. »Ich habe dir gesagt, du sollst mich nicht anlügen. Du kannst nicht einmal Trugbilder zaubern, ganz zu schweigen vom Transportationszauber.«

»Dann waren wir es vielleicht beide? Vielleicht haben wir irgendwie unsere Kräfte vereint oder so.«

Einen Moment lang flackerte Zweifel in den gelben Augen auf. Dann lachte der Vater wieder. »Du bist wirklich ein Idiot! Nur ein Zauberlord kann auf diese Weise Kräfte übertragen. Und das ist das Letzte, was du je sein wirst, Bursche! Und das Mädchen ebenfalls nicht. Mit einer Spinne als Haustier, niemals. Selbst in Anderserde muss man ein Leben lang daran arbeiten, bis man Zauberlord wird. Und hier draußen wird diese Ehre nur denen zuteil, die bereit sind, alles zu riskieren.« Er lachte höhnisch. »Wenn mein Zauberbund vollständig ist, dann zeige ich dir vielleicht einmal, wie sich Kraftübertragung *wirklich* anfühlt.«

Merlin erschauderte.

Habicht fuhr fort: »Und jetzt sage ich dir zum letzten Mal: Ich möchte keine Lügen hören. Kapierst du das endlich?«

Die Tür knallte ins Schloss und einige Augenblicke später erlosch Merlins Computer mit einem Seufzer wie ein sterbendes Tier, und aus den mit Spinnweben verhangenen Ecken fielen dunkle Schatten auf ihn herab. Halb enttäuscht, halb ängstlich ballte er seine Fäuste.

»Ich habe nicht gelogen«, flüsterte er zu dem dunklen Bildschirm. »Ich habe wirklich gezaubert. Ganz bestimmt.«

Zur selben Zeit lag besagtes Zauberblatt auf Natalies Bett im gut geheizten Niedrigenergiehaus der Familie Marlins in Millennium Green. Natalie hatte ihre Brille abgesetzt, um zu sehen, ob das Farbenspiel wieder erscheinen würde. Jo, die sehr gute Augen hatte, drehte ihren Kopf von einer Seite zur anderen und blinzelte.

»Das bringt nichts, ich kann nichts entdecken«, sagte Natalies Freundin schließlich und strich sich eine kastanienbraune Strähne aus den Augen. »Ich finde, es sieht aus wie eine schmutzige, alte Chipstüte.«

Wegen des schlechten Wetters mussten die Mädchen in Natalies Zimmer bleiben. Bei zwei Personen war das ziemlich eng, vor allem, wenn Jo eine dieser Personen war. Sie war das größte und stärkste Mädchen der ganzen Schule und wurde immer als Erste für sämtliche Sportmannschaften ausgewählt. Sie hätte jede zur Freundin haben können. Als aber Gaz, ein Schlägertyp und Maulheld, der eigentlich

Gerald hieß, nur wagte niemand ihn so zu nennen, eines Tages Natalie die Brille von der Nase gerissen hatte und damit schlenkernd über den Schulhof gerannt war, hatte Jo ihn mit einem Schlag niedergestreckt, Natalie die Brille zurückgebracht und sich bei ihr untergehakt. Seitdem wurde Natalie nie mehr schikaniert und selbst Tim hielt sich zurück, wenn Jo in der Nähe war.

Natalie zupfte an einem losen Faden ihres Rocks und wünschte sich jetzt, sie hätte ihrer Freundin nichts von dem alten Mann erzählt. Wegen ihrer Spinne hielten manche sie sowieso schon für verrückt. Eigentlich hielt sie Itsy bloß, weil ihr Dad Haustiere verboten hatte. Wenn Jo sie fallen ließe, hätte sie niemanden mehr.

Der Regen schlug so hart ans Fenster, dass es klang, als schütte jemand eimerweise Wasser dagegen. Finster betrachtete Natalie das Papier. Warum um alles in der Welt hatte sie es überhaupt aufgehoben? Es hatte ihr nichts als Ärger eingebracht. In einem Anfall von Wut knüllte sie das Ding zusammen und warf es an die Wand.

Jo grinste, rollte sich auf den Bauch und strampelte mit den bloßen Beinen. »Du willst mich wohl zum Narren halten, Natalie. Das wäre ja noch schöner. Hexen in Millennium Green!« Sie kicherte.

Natalie hauchte auf ihre Finger, die sich auf einmal ganz taub anfühlten. »Ich weiß, was ich gesehen habe. Es hat wirklich anders ausgesehen. Da war so eine Art Hologramm drauf.« Sie zog eine Grimasse und sah zu dem Papier hinüber, das unter ihren Schreibtisch gefallen war. »Ach, vergiss es! Wahrscheinlich war es nur ein Halloween-Scherz.«

»Ein bisschen früh«, sagte Jo und zeigte, immer noch kichernd, hinaus. »Halloween ist erst am nächsten Wochenende. Ich wette, dann regnet es immer noch. Wie ich dieses

Wetter hasse. Ich könnte die Wände hochklettern vor Langeweile. Komm, Nat, wo hast du diese neue CD?«

Natalie nahm die Musik kaum wahr. Sie musste immer zu dem zerknüllten Papier hinüberschauen und wartete fast darauf, dass es anfangen würde zu schimmern wie vorher im Supermarkt. Aber es blieb farblos, wie es war.

»Ich habe Itsy verloren«, sagte sie nach dem ersten Song.

»Itsy?«, fragte Jo stirnrunzelnd. »Du meinst deine kleine Spinne?«

Natalie nickte. »Sie ist wahrscheinlich abgehauen, als das Feuerwerk losging.«

»Das tut mir aber Leid, Nat. Warum hast du das nicht gleich erzählt?« Jo legte den Arm um sie. Die Zeitschrift, in der sie geblättert hatte, rutschte zu Boden.

Verlegen schob Natalie den Arm fort. »So schlimm ist es auch wieder nicht. War ja nur eine Spinne. Wenigstens ist sie nicht totgetreten worden. Ich kann mir ja eine neue besorgen.«

»Wenn ich Bilbo verlieren würde, würde ich mich umbringen.«

»Nein, das würdest du nicht. Außerdem sind Spinnen nicht so wichtig wie Hunde.«

»Sind sie doch! Itsy war dein Haustier und Haustiere sind immer wichtig, egal wie klein sie sind.«

»Ich habe meine Mutter verloren, als ich drei war«, sagte Natalie zwischen zusammengebissenen Zähnen. »Ich werde doch jetzt nicht anfangen zu heulen wegen einer dummen Spinne.«

Ihr Blick fiel auf das Hochzeitsfoto ihrer Eltern, das einen Ehrenplatz auf ihrem Nachttisch einnahm. Ihre Mutter hatte sich beim Vater untergehakt, dunkle Gläser starrten blind in die Kamera. Dad sah in seinem flotten, grauen Anzug jung und stolz aus. Damals hatte er noch keinen Bart. Zu Füßen der Mutter saß ein großer, weißer Köter, der mit feuchtgelben Augen geduldig in die Kamera schaute. Augen, die die Welt für sein Frauchen erkundeten, nur an jenem schrecklichen Morgen nicht, als sie in den Fluss fiel und ertrank. Natalie wusste, dass Dad dem Hund die Schuld gab. Deshalb erlaubte er ihr auch kein richtiges Haustier. Das war so ungerecht! Entgegen ihren Worten füllten sich ihre Augen mit Tränen. Sie setzte die Brille ab und wischte sich zornig übers Gesicht.

Jo sah sie einen Moment lang ruhig an, dann öffnete sie das Fenster und streckte den Kopf hinaus. »He, meinst du, es hört auf?«, rief sie munter. »Wir könnten doch zum Supermarkt radeln und nachschauen, ob diese neue Tonne noch dasteht. Vielleicht finden wir heraus, was es damit auf sich hat.«

Der Regen peitschte zum Fenster herein, setzte Natalies Schreibtisch unter Wasser und blätterte ihre Schulbücher auf. Froh über diese Ablenkung sprang Natalie vom Bett und schloss das Fenster. »Es hört nicht auf, du Dummkopf. Es wird schlechter! Außerdem würde Julie mich nie bei diesem Wetter hinauslassen, vor allem, wo ich heute Vormittag so nass geworden bin.«

»Also gut«, sagte Jo, »dann gehen wir eben hin, wenn es dunkel geworden ist. Wenn dieser alte Mann wirklich ein Hexer oder Zauberer ist, kommt er wahrscheinlich gerade in der Dunkelheit zum Vorschein. Du könntest doch vom Fenster auf das Schuppendach klettern und dich am Regenrohr hinunterlassen.«

»Red keinen Unsinn, Jo.«

»Dann eben morgen früh. Punkt sechs. Wenn wir Glück haben, hat es bis dahin aufgehört zu regnen. Wir treffen uns an der Ecke. Ich nehme meine Inliner mit. Ich will dir ein neues Kunststück zeigen, das ich Bilbo beigebracht habe. Und weißt du was – ich bring dir die Inliner von meiner Schwester mit. Sie benutzt sie sowieso nie und sie hat ungefähr dieselbe Schuhgröße wie du. Um diese Zeit ist der Parkplatz leer und wir haben jede Menge Platz. Das wird lustig!«

Wenn Jo sich langweilte, war sie unberechenbar.

»Du weißt doch, dass ich nicht fahren kann«, sagte Natalie beunruhigt.

»Zeit, dass du es endlich lernst. Keine Angst, es ist kinderleicht. Du wirst begeistert sein.«

»Warum können wir nicht einfach zu Fuß gehen?«

Jo runzelte die Stirn. »Was ist los? Hast du Angst oder was? Das ist doch sonst nicht deine Art.«

Vor dem Inlineskaten habe ich keine Angst, wollte Natalie sagen. Aber es war zu kompliziert, Jo das zu erklären. Sie wusste selbst nicht genau, was mit ihr los war.

»Niemand steht sonntags so früh auf«, wandte sie stattdessen ein.

Das hätte sie nicht sagen sollen. Jos Augen bekamen einen ihr nur zu bekannten Glanz. »Darum gehen wir doch so früh, Dummchen! Dann sieht niemand, wenn wir in deine Mülltonne steigen.« Sie schwang ihre Jacke über die Schulter und warf Natalie unter ihrem Pony einen verschwörerischen Blick zu. »Du kommst doch, oder? Du darfst auch Bilbo an der Leine führen.«

Jo wusste, dass Natalie nie eine Gelegenheit ausschlagen würde, einen Hund auszuführen, nicht einmal, wenn es der fette, sabbernde Labrador der Carters war. Natalie überlegte, dass der Parkplatz am Supermarkt harmlos war im Vergleich zum Einhornwald, wo Bilbo sich im vergangenen Sommer in einem Dachsbau verirrt hatte und schließlich

Mr Carter mit einem Spaten kommen musste, um ihn wieder auszugraben.

»Also gut«, stimmte sie widerwillig zu.

Jo grinste und sah auf das Papier, das immer noch unter dem Schreibtisch lag. »Frag doch deinen Dad wegen diesem Ding, Nat. Er hat immer so verrückte Sachen verkauft, oder? Vielleicht weiß er, woher es kommt.«

»Ich glaube nicht, dass …«, setzte Natalie an, aber die Freundin war schon aus der Tür und konnte sie nicht mehr hören. Nachdenklich holte sie das Papier und strich es auf ihrem Knie glatt. Sie hatte schon lange keinen passenden Anlass mehr gehabt, mit ihrem Vater zu sprechen.

Natalie steckte das Zauberblatt in ihre Rocktasche. Sie wollte den Vater beim Abendessen abfangen. Doch der hatte wieder eine seiner Stimmungen und kam nicht zu Tisch. Julie musste ihm Eier und Pommes frites auf einem Tablett in die Garage tragen. Tim stocherte in seinem Essen herum und schnitt ausnahmsweise einmal keine Grimassen hinter dem Rücken seiner Mutter. Natalie vermutete, dass er immer noch beleidigt war vom Vormittag, und beachtete ihn nicht weiter. Sie aß so schnell sie konnte ihren Teller leer, dann sprang sie auf, um ihn in die Küche zu bringen. »Ich hole das Tablett von Dad wieder herein«, rief sie.

»Du bist mit dem Abwasch an der Reihe!«, rief Tim hinter ihr her. Wie durch ein Wunder hatte er seine Schmollstimmung vergessen. Doch Julie sagte: »Lass sie in Ruh', Timothy. Ich mach das schon – oder meldest du dich freiwillig?«

Tim schnaubte: »Ich muss mich fertig machen. Ich will ausgehen.« Natalie hörte den Stuhl rücken und einen Augenblick später seine schweren Schritte auf der Treppe nach oben.

Sie ging durch den Abstellraum. An der Tür zur Garage blieb sie stehen, atmete tief durch und klopfte. »Dad?«, rief sie und trat ein.

Das Garagentor war heruntergeklappt und es war dunkel. Ein kühler Luftzug wehte Garagengeruch in ihre Nase – Öl, Putzmittel, Farbe. Das Auto von Mr Marlins hockte da wie ein gefangenes Tier und nahm fast den ganzen Platz ein. Soweit Natalie sich erinnerte, hatte dieses Auto seit dem Tag, als ihre Mutter starb, nie die Garage verlassen, obwohl Dad Stunden damit verbrachte, es auf Hochglanz zu polieren. Über dem glänzenden, schwarzen Dach hingen Kabelschleifen wie riesige Spinnweben herab. Als ihre Augen sich an das Dämmerlicht gewöhnt hatten, kamen Regale mit typischem Werkstattgerümpel zum Vorschein – zerdrückte Pappkartons, rostige Büchsen, Gläser mit alten Nägeln.

»Dad?«, sagte Natalie mit spitzer Stimme. »Bist du da? Ich will das Tablett holen.« Sie stellte sich auf die Zehenspitzen, um die von der Decke baumelnde Schalterschnur zu erreichen. Als das elektrische Licht anging, musste sie blinzeln.

Das Auto machte einen griesgrämigen Ruck, als hätte sie es aufgeweckt. Die Fahrertür ging auf und heraus kroch eine abgerissene Gestalt mit Eigelb im Bart. Dad runzelte die Stirn, als er Natalie erblickte. »Habe ich euch nicht oft genug gesagt, dass ihr Kinder hier nichts zu suchen habt? Wo ist Julie?«

»Abwaschen.«

Er grunzte und klammerte sich am Auto fest. Innen rollten leere Flaschen auf den Beifahrersitz. Natalie zählte mit. Sechs Stück. Mr Marlins folgte ihrem Blick und sah sie einen Moment lang verlegen an. Dann strafften sich seine Gesichtszüge und er sagte: »Geh zurück ins Haus, sei ein braves Mädchen. Ich habe zu tun.«

»Ich … ich wollte dich etwas fragen.«

Er blinzelte sie an, als sei er überrascht, dass jemand etwas von ihm wissen wollte. »Probleme mit den Hausaufgaben? Frag Julie. Sie kann dir helfen.«

Natalie biss die Zähne zusammen. »Dabei kann sie mir nicht helfen. Ich muss etwas fragen wegen so einem verrückten Ding, das ich heute gefunden habe.«

Dads Miene verfinsterte sich.

Natalie zog das Papier heraus und kam sich reichlich dämlich dabei vor.

Sie wusste nicht, was sie eigentlich erwartet hatte. Vielleicht Hohn. Oder ein nachsichtiges Lachen, als wäre sie eine Fünfjährige. Doch keine der beiden Reaktionen erfolgte. Bevor sie sich's versah, war ihr Vater um das Auto getorkelt, hatte die Tür mit einem Tritt zugeknallt und ihr das Papier aus der Hand gerissen. Als er sie gegen die Wand stieß, wurde ihr übel von seiner Bierfahne. Ihr Herz hämmerte. Die Garage war vom Rest des Hauses schalldicht abgeschlossen. Ob Julie sie hören würde, wenn sie schrie?

Der Vater machte Anstalten, das Papier in Stücke zu zerreißen. Doch dann schien er es sich anders zu überlegen und packte sie am Oberarm. Seine Finger bohrten sich schmerzhaft in ihr Fleisch. »Woher hast du das? Was haben sie dir für Lügen erzählt? Antworte, Mädchen!« Er schüttelte sie, bis das Haargummi ihres Pferdeschwanzes riss. Grüne Perlen kullerten über den Boden.

Ihre Augen füllten sich mit Tränen. »Es war nicht meine Schuld …«

»*Wer hat dir das gegeben?*«

»Niemand. Eigentlich niemand. Ein alter Mann hat es heute Morgen auf dem Parkplatz des Supermarkts fallen lassen.«

»*Fallen lassen?*«

»Ja! Bei den Müllcontainern. Er hat es weggeschmissen.« Das war nicht ganz gelogen.

Die blutunterlaufenen Augen kamen ganz dicht an sie heran. »Du wirst nie mehr so ein Ding anrühren, verstanden? Nie mehr!«

Er ließ ihren Arm so plötzlich los, dass sie stolperte und sich die Knie aufschürfte. Während sie mit klopfendem Herzen ihren Vater anstarrte, griff der ins nächste Regal, holte eine Blechdose herunter, kippte die darin befindlichen Schrauben aus und faltete das Papier zusammen, bis es darin Platz fand. Dann stellte er die Dose auf den Boden und stampfte mehrmals mit dem Fuß auf den Deckel. Natalie hielt sich die Ohren zu. Schließlich schloss Mr Marlins den Kofferraum auf und schmiss die ziemlich zerbeulte Dose hinein. Im Kofferraum befanden sich auch noch andere Dinge, kleine, fest verschlossene Behälter. Bevor Natalie jedoch die Beschriftungen darauf entziffern konnte, hatte der Vater den Kofferraum zufallen lassen und den Schlüssel herumgedreht.

Natalie, die vor Schreck immer noch am ganzen Leib zitterte, riss sich zusammen und fragte leise: »Was war das für ein Ding? So etwas, was du früher verkauft hast?«

»Was weißt du davon?« Er drehte sich um, sein Gesicht war tiefrot.

Natalie zuckte zurück, der Blick ihres Vaters nahm einen merkwürdigen Ausdruck an. Er lehnte sich an das Autodach. »Mach dir nichts daraus«, sagte er etwas freundlicher. »Geh jetzt hinein. Es war schon tot und konnte keinen Schaden mehr anrichten. Aber wenn wieder jemand versucht dir so ein Ding anzudrehen, komm sofort zu mir, verstanden?«

Sie wagte sich etwas näher und berührte ihren Vater am Ärmelflicken. »Dad …« Er verzog das Gesicht, stieß sie aber nicht fort. »Dad, du weißt etwas, oder? Der alte Mann, er … äh … hat so komische Sachen gesagt.«

Grunzen.

Ermutigt holte sie Atem. »Dad, in Wirklichkeit gibt es doch keine Zaubersachen, oder? Richtige, meine ich, nicht irgendwelche Kindertricks.«

Er zog die Nase hoch. Ohne sie anzusehen, sagte er: »Sei vernünftig, Nat. Du bist doch kein Baby mehr.« Er gab ihr das Tablett und schob sie zur Tür des Abstellraums.

Natalie ging, die Gedanken schwirrten ihr durch den Kopf. Dann erinnerte sie sich an noch etwas, das der alte Mann gesagt hatte. Bevor sie hinausging, drehte sie sich noch einmal um und flüsterte: »Was bedeutet das: ›unschuldig genug, um durch den Bannstein zu kriechen‹?«

Der Vater war gerade dabei, sich ein neues Bier aufzumachen. Er unterbrach sich, seine Fingerknöchel am Flaschenhals traten weiß hervor und einen schrecklichen Augenblick lang dachte sie, er würde mit der Flasche nach ihr werfen. Dann kam aus seiner Kehle ein Geräusch, das sie schließlich als ein Kichern identifizierte. »Frag mich nicht so etwas – offensichtlich bin ich nicht mehr im Geschäft.«

Sollte das ein Witz sein? Oder wie sollte sie das verstehen? Als sie ging, hing er über dem Autodach, trommelte mit den Fäusten darauf herum und kicherte hilflos. Natalie schloss die Tür und eilte in die Küche. Sie hasste es, wenn er so betrunken war.

»Alles okay, mein Schatz?« Julie warf ihr einen fragenden Blick zu, als sie das Tablett nahm.

»Danke«, murmelte Natalie. Wie dumm von ihr anzunehmen, sie würde aus Dad auch nur ein sinnvolles Wort herausbringen. Trotzdem, er hatte doch merkwürdig reagiert, als er das Papier sah. War das nur das Bier gewesen oder noch etwas anderes?

Wütend schob sie sich die losen Haarsträhnen hinters Ohr, nahm ein Geschirrtuch zur Hand und begann abzutrocknen. Sie und Jo sollten morgen lieber doch nach anderen Antworten suchen. Diese ganze Zaubergeschichte wurde immer verrückter.

3

Entführt!

25. Oktober, Sonntagmorgen

In der Nacht hörte der Regen auf und der Wind ließ nach. Über dem Fluss sammelte sich dichter Nebel. Als Natalie um halb sechs von ihrem Wecker geweckt wurde, konnte sie kaum die Straßenbeleuchtung draußen erkennen. Die Welt lag unter einer Dämmschicht, wie ihr Wecker, der vom Kissen gedämmt wurde. Natalie zitterte. Sie zog sich so schnell sie konnte an und streifte noch ein zusätzliches Sweatshirt über. Dann schlich sie auf Socken die Treppe hinunter. Leise ging sie nach draußen, schloss die Tür hinter sich und setzte sich auf die Stufen, um sich die Schuhe anzuziehen.

Sie wollte sich gerade beglückwünschen, dass sie aus dem Haus gekommen war, ohne jemanden aufzuwecken, als aus dem Nebel eine Stimme zischte: »Und was hast du jetzt vor?«

Natalie stockte der Atem. Eine fremde Gestalt ragte vor ihr auf, deren Umrisse vom unheimlichen Orange der Straßenlaterne beleuchtet waren. Ihr Kopf war kahl geschoren, an einem Ohr baumelte ein winziger Totenschädel aus Metall und sie roch nach kalter Nachtluft.

Einen schrecklichen Augenblick lang war Natalie wie erstarrt. Dann erkannte sie die Lederjacke und die Stiefel. Erleichtert kicherte sie: »Tim! Hast du mir einen Schrecken eingejagt! Was hast du nur mit deinen Haaren gemacht? Dad wird einen Anfall kriegen!«

»Ich glaube nicht, dass er das überhaupt bemerkt«, sagte ihr Stiefbruder und schürzte verächtlich die Lippen, »dieser Blödmann.«

»So etwas darfst du nicht sagen.« Sie blickte zum Haus zurück und sprach leise weiter: »Und überhaupt, wo bist du gewesen? Ich dachte, du liegst im Bett.« Die Türkette war nicht vorgelegt gewesen, aber Tim vergaß oft abzuschließen, wenn er spät nach Hause kam.

»Dasselbe habe ich von dir gedacht.« Spöttisch betrachtete er die beiden Pullis, die unter Natalies Anorak hervorlugten. »Gehst du raus?«

»Das geht dich nichts an.« Sie sah auf ihr Handgelenk und merkte, dass sie ihre Uhr vergessen hatte. »Weiß Dad, dass du die ganze Nacht fort warst?«

Tims Augen verengten sich zu Schlitzen. »Nein. Und wehe, du verpetzt mich, das würde dir noch Leid tun.«

Natalie war auf der Hut. »Ach was! Ich dachte, es sei dir egal, was er denkt.«

»Reiz mich nicht, du Blindschleiche, du. Du hältst deinen Mund, verstanden?«

»Nur wenn du deinen hältst.«

Tim starrte sie an und kurz dachte sie, sie sei zu weit gegangen. Ihr Herz hämmerte. Dann verzogen sich seine Lippen zu einem Grinsen und er ließ von ihr ab. »So, so. Mein kleines Schwesterherz hat ihre eigenen Geheimnisse?« Lächelnd sah er ihr nach, als sie den Gartenweg hinunterhüpfte und dabei versuchte ihre Schuhe zuzubinden. »Wohin gehst du eigentlich?«

»Nirgendwohin.«

»Vielleicht schleiche ich dir nach.«

Das konnte sie bestimmt nicht gebrauchen. »Ich darf Bilbo ausführen, mit Jo, wenn du es genau wissen willst«, sagte sie und reckte ihr Kinn.

Tim schüttelte den Kopf und steckte den Schlüssel ins Schloss. »So früh am Morgen? Ihr seid doch verrückt, ihr zwei – es ist noch nicht einmal hell. Ich geh ins Bett. Und pass auf, dass du nicht in den Fluss fällst wie deine Mutter.«

Natalies Herz krampfte sich zusammen. Doch bevor sie sich eine passende Antwort überlegt hatte, war er schon im Haus verschwunden und hatte rasselnd die Kette vorgelegt. Mit Tränen in den Augen ballte sie die Fäuste. Manchmal hasste sie ihn so sehr, dass sie am liebsten laut geschrien hätte.

Als sie zum Treffpunkt eilte, voll Sorge, Jo könnte denken, sie käme nicht, hörte sie in einiger Entfernung das Tuckern eines Anlassers. Der Milchmann, dachte sie flüchtig und vergaß dabei, dass es Sonntag war.

Der Parkplatz des Supermarkts wirkte gespenstisch mit den Nebelschwaden und den silbernen Kegeln der Lampen, die ihn begrenzten. Zitternd begannen die Freundinnen zu rennen. Jo trug beide Inlinerpaare, die an Schnürsenkeln über ihrer Schulter baumelten. Bilbo rannte mit flatternden gelben Ohren und heraushängender Zunge vorneweg. Leer kam ihnen der Parkplatz viel größer vor als sonst und Natalie überlegte, ob sie die Stelle mit den Müllcontainern verpasst hatten. Als dann aber die eisernen Tonnen dunkel und tropfnass vor ihnen auftauchten, schrie sie vor Anspannung auf.

»Immer mit der Ruhe, Nat! Wir suchen doch nur deine Zaubertonne.« Aber auch Jos Atem ging etwas schneller. »Welche ist es denn? Die da?« Sie gab dem Glascontainer einen Stoß, der so laut widerhallte, dass sie meinten, die ganze Stadt müsse davon aufwachen. Bilbo begann zu bellen.

Nervös sah Natalie sich um. »Pst!« Sie betrachtete die Reihe der Mülltonnen und versuchte sich zu erinnern. Im Nebel sahen sie irgendwie anders aus. Sie bückte sich neben der Mülltonne, die dem Glascontainer am nächsten stand, wischte den Tau ab und suchte nach der silbernen Aufschrift. Nichts. Nur ein verblichenes Schild der Gemeindeverwaltung: »NUR FÜR PAPIER UND PAPPE!« Sie seufzte und kam sich ziemlich dumm vor. »Ich dachte, das wäre sie. Aber sie war kleiner und die Öffnung war weiter oben und es stand bestimmt nichts von Papier darauf.«

»Na gut, hier ist sie jedenfalls nicht mehr. Oder vielleicht kann ich sie nur nicht sehen?« Jo sah blinzelnd auf die Lücke zwischen dem Glascontainer und dem Papiercontainer, den Natalie gerade untersucht hatte.

Natalies Magen krampfte sich zusammen. Ihr ganzes Leben war sie wegen ihrer schlechten Augen gehänselt worden, aber Jo hatte so etwas nie getan. »Hör auf«, flüsterte sie, »das ist gar nicht komisch.«

Jos Lächeln erstarb. »Ach, Nat … so habe ich das doch nicht gemeint. Ich glaube dir doch. Wahrscheinlich ist sie gestern Abend zum Leeren fortgeschafft worden.«

»An einem Samstag?«

»Vielleicht war sie voll. Wir können doch morgen noch mal herkommen und nachsehen.« Sie setzte sich auf den

Randstein, um sich die Inliner anzuziehen. »Hier, zieh deine an.«

Natalie schaute sich wieder um. Der Nebel schien immer dichter zu werden und der Parkplatz war unheimlich still. Auf der Umgehungsstraße kein einziges Auto, nicht einmal eine Eule war von der Flussaue herauf zu hören. Der Sonnenaufgang ließ auf sich warten.

»Ich weiß nicht, ob das wirklich eine gute Idee ist«, sagte Natalie zitternd. »Vielleicht sollten wir lieber nach Hause gehen. Ich habe Julie nichts davon gesagt, dass ich weggehe. Sie wird sich Sorgen machen, wenn ich zum Frühstück nicht da bin …«

»Ach, komm schon, Nat! Du darfst mich jetzt nicht hängen lassen. Das ist die beste Zeit zum Lernen. Niemand da, der über dich lachen kann, wenn du auf die Nase fällst.« Sie warf ihr einen schelmischen Blick zu. »Außerdem wette ich, dass du nur halb so lange brauchst wie ich, bis du es kannst. Dein Schwerpunkt liegt tiefer, also fällst du nicht so weit.«

Natalie überwand mit Mühe ihre Nervosität und ließ sich von Jo beim Anschnallen der Inliner helfen. Als sie dann losfuhren, fühlte sie sich gleich besser. Auf den schmalen Räderkufen zu balancieren war nicht so schwierig, wie es aussah. Bald fühlte sie sich sicher genug, den Arm der Freundin loszulassen und allein weiterzuwackeln. Und dann machte es ihr richtig Spaß. Sie vergaß Zaubertonnen und verrückte alte Männer und fand beim Fahren ihren Rhythmus. Ihr Atem ging schneller und sie lachte. Ihre Wangen glühten in der kalten Luft. Jo gab ihr mit erhobenen Daumen ein Zeichen, dann rief sie Bilbo, um ihr neuestes Kunststück vorzuführen. Es bestand darin, dass sie dem Hund pfiff und dieser mit Jo am anderen Ende der Leine über den Parkplatz rannte. Sie sah aus wie eine Wasserskiläuferin, die von einem pelzigen, gelben, vierbeinigen Schnellboot gezogen wird. Das sah so witzig aus, dass Natalie einen Lachkrampf bekam und sich am Glascontainer festhalten musste, um nicht umzukippen. Die Freundin winkte ihr mit ihrer Kappe zu und jodelte, dann war sie im Nebel verschwunden.

Sie blieben lange fort. Während Natalie wartete, nahm sie ihre Brille ab und rieb sie trocken. Sie kam wieder zu Atem, aber gleichzeitig kam auch das unheimliche Gefühl wieder, stärker noch als zuvor, denn jetzt war sie allein.

»Jo?«, rief sie unruhig.

Stille.

Wie dumm von ihr. Wahrscheinlich war Bilbo stehen geblieben, um sein Geschäft zu verrichten. Er war nicht mehr jung und er brauchte immer eine Ewigkeit dafür. Und dann musste Jo es aufsammeln und entsorgen. Natalie setzte ihre Brille wieder auf und fuhr vorsichtig um die Tonnen herum zu der Stelle, wo sie ihre Schuhe gelassen hatten. Da stockte ihr der Atem – und sie musste sich wieder am Glascontainer festhalten.

Unter einer der Laternen stand eine hoch gewachsene Gestalt, von deren schwarzen Haarspitzen Nebel tropfte. In der einen Hand trug sie ihre Schuhe, in der anderen hielt sie einen ihr nur zu gut bekannten Stock mit Vogelknauf. Kalt lächelte sie Natalie an. »Suchst du die hier? Oder vielleicht suchst du deine kleine Spinne? Willst du vielleicht mitkommen und sehen, was ich mit ihr gemacht habe?«

Natalie schüttelte den Kopf. »Gehen Sie«, flüsterte sie, »lassen Sie mich in Ruhe.«

Der Mann lächelte wieder. »Diesmal nicht, mein kleines Spinnenmädchen. Diesmal kommst du mit mir.«

Als seine Hand vorschnellte, kam sie wieder zu Atem. Sie schrie.

»Jo-o-o!«

Zu mehr blieb ihr keine Zeit, dann wurde sie von starken Händen am Anorak gepackt und nach hinten gezerrt, weg von den Mülltonnen. Mit den Inlinern an den Füßen war sie hilflos und konnte sich nicht wehren. Aus dem Augenwinkel meinte sie eine blonde Frau zu sehen, die die Schuhe aufhob, die ihr Entführer fallen gelassen hatte, als er sie packte. Dann wurde sie gegen einen weißen Lieferwagen geschleudert und mit dem Stock quer über ihrer Brust dagegen gedrückt.

»Beeil dich«, zischte ihr Entführer, »bevor dieser Hund zurück ist.«

»Sagtest du nicht, du kämst allein zurecht?« Die Stimme der Frau klang provozierend.

Natalie drehte den Kopf und sah in ein Paar blaue Augen, die so gefühllos wirkten, dass ihr schauderte.

»Nur wenn es unbedingt sein muss. Ich möchte möglichst wenig Indizien hinterlassen. Das Letzte, was wir so kurz vor der Öffnung brauchen können, sind die Behörden der Menschen auf unseren Fersen.«

Die Frau verzog den Mund zu einem sonderbar schmalen Lächeln und einen winzigen Moment lang kam ein Leuchten in die leeren Augen. »Du zweifelst doch nicht an deinen Kräften, Habicht?«, fragte sie sanft.

Natalie schienen sie vergessen zu haben. Sie begann sich an dem Lieferwagen entlangzuschieben, bereit, jederzeit loszustürmen, sobald ihre Aufmerksamkeit nachließe. Doch der Mann packte sie am Arm und zog sie zurück. »Genug!«, zischte er. »Hol deine Sachen. Wir müssen anscheinend die harte Methode anwenden.«

Er drehte Natalie den Arm auf den Rücken, drückte sie mit der Wange gegen die Karosserie und hielt ihr mit der anderen Hand den Mund zu. Sie schmeckte widerlich, als hätte er Farbe an den Fingern. Natalie strampelte, sosehr sie konnte, tat sich dabei aber nur an der Schulter weh.

Die Frau ging um das Auto herum zum Beifahrersitz. Als sie wiederkam, waren ihre Augen kalt und leblos wie zuvor. In ihren behandschuhten Händen trug sie eine kleine Schachtel, aus der sie etwas herausholte, das im Licht der Laterne silbrig glitzerte.

Eine Spritze.

Voller Panik stemmte sich Natalie gegen den Mann und kickte mit ihren Inlinern nach hinten. Einmal traf sie ihn am Schienbein, er stöhnte und ließ ihren Mund los. Sie schrie, so laut sie konnte, aus dem Nebel löste sich ein gelber Streifen und kam auf sie zugeflogen. Er bellte wie verrückt, die Leine schleifte lose hinter ihm her. »Bilbo!«, kreischte sie erleichtert.

Die Frau sprang zur Seite, die Augen immer auf den Hund gerichtet, dabei stieß sie gegen den Mann, den sie Habicht genannt hatte. Die Leine verhedderte sich zwischen seinen Knöcheln, er stolperte und fluchte laut. »Stell dich nicht so an!«, schrie er die Frau an. »Das ist doch kein Zauberhund!« Bilbo stürzte sich auf Habicht und knurrte und bellte ungewöhnlich wild. Klappernd fiel der Stock mit dem Vogelknauf unter den Lieferwagen. Plötzlich war Natalie frei.

Sie raste über den Parkplatz, so schnell sie die Inliner trugen. »Hilfe!«, schrie sie. »Jo! Hierher! Hilfe!«

Hinter ihr erstarb Bilbos Bellen mit einem kurzen Jaulen. Sie hörte rennende Schritte. Natalie fuhr schneller, ihr Atem rasselte, und als vor ihr aus dem Nebel eine kleine Gestalt auftauchte, schluchzte sie vor Erleichterung. Es war der rothaarige Junge, den sie am Tag zuvor im Supermarkt gesehen hatte. Aber sie verzieh ihm alles. In diesem Augenblick wäre sie sogar froh gewesen, Gaz mit seiner ganzen Clique zu treffen. Sie wechselte die Richtung und raste auf den Jungen zu in der Hoffnung, er sei mit seinen Eltern oder sonst jemandem unterwegs, der ihr helfen konnte.

Die Augen des Jungen wurden immer größer und Natalie merkte, dass sie nicht bremsen konnte. In der letzten Sekunde brachte sie eine Kurve zu Stande, doch der Junge machte einen Satz, bekam ihren Anorak zu fassen und beide stürzten in einem Gewirr aus Armen, Beinen und Inlinern zu Boden.

»Geh!«, keuchte Natalie und stieß ihn von sich. »Hol Hilfe! Ein paar Verrückte wollen mich entführen und …«

Der Junge befreite sich aus dem Gewirr, stand auf und rieb sich den Ellbogen. Hinter ihm tauchten zwei atemlose Gestalten aus dem Nebel auf. Sie stießen den Jungen zur Seite und stürzten sich auf Natalie. Er stand nur da und guckte benommen.

Natalies Mut sank. Sie versuchte aufzustehen, aber bei dem Sturz war einer der Inliner auseinander gebrochen. Ihr Knöchel tat weh. Ihre Rippen taten weh. Alles tat ihr weh. Der Mann kniete neben ihr nieder, packte sie am Nacken und schob ihren Pferdeschwanz zur Seite. Die Frau mit den leblosen Augen hockte sich neben ihn und spritzte einen Tropfen gelblicher Flüssigkeit in den Nebel.

»*Tut mir Leid*«, murmelte der Junge.

»Rühr dich nicht«, riet ihr die Frau nicht unfreundlich. »Dann geht es leichter.«

»Mach schon!«, zischte Habicht.

Natalie schloss die Augen. Sie meinte Jo rufen zu hören, schwach und weit weg, aber die Angst hatte ihr die Sprache verschlagen und sie konnte nicht antworten. Sie spürte das Piksen der Nadel unter ihrem Ohr. Dann ein Wimmern … und sanft glitt die Welt von dannen.

4

Fragen

25. Oktober, Sonntagnachmittag

Als am Sonntagnachmittag die Polizei vor dem Haus der Familie Marlins vorfuhr, war Tim immer noch in seinen Boxershorts. Er war gerade aus einem Albtraum erwacht, in dem er von Gaz und der ganzen Bande verfolgt wurde. Sie wollten ihm den Schädel rasieren. Zuerst dachte er, das Auto gehöre zum Traum. Doch dann sah er sich im Spiegel und bekam weiche Knie. Das war kein Traum. Er war jetzt ein volles Mitglied der Totenkopfbande und hatte in der vergangenen Nacht zum ersten Mal in seinem Leben das Gesetz gebrochen. Wie hatte die Polizei das so schnell herausfinden können?

Fieberhaft dachte er daran, was in der vergangenen Nacht geschehen war. Nach dem rituellen Kahlschnitt hatte Gaz ihm eine Nadel durchs Ohrläppchen gerammt, damit er das Zeichen der Bande, den Totenschädel, tragen konnte. Es hatte höllisch wehgetan. Dann waren sie alle in die Stadt geradelt, wo Tim als erste Mutprobe seinen Namen auf die voll gekritzelte Wand hinter den öffentlichen Toiletten schreiben musste. Die ganze Zeit über hatte sein Herz wie verrückt gehämmert. Die fünf Minuten, die es dauerte, die drei Buchstaben aufzusprühen, waren die längsten Minuten seines Lebens gewesen, aber er hatte es geschafft. Gaz, Dave und Mike hatten ihm auf den Rücken geklopft und ihm von ihren eigenen Mutproben erzählt. Die Geschichten waren ihm ziemlich übertrieben vorgekommen. Dann hatten Pizzaface (dem seine Notration Chips ausgegangen war) und Little Paulie (der in der Bande nur geduldet wurde, weil er der Bruder von Dave war) über Hunger geklagt und sie hatten sich auf den Heimweg gemacht.

Er schob den Vorhang einen Spalt auseinander, um besser sehen zu können. Aus dem Auto stieg eine Polizistin und ging, zum Haus hinaufblickend, langsam über die Einfahrt. Es klingelte und einen Augenblick später wurde sie hereingelassen. Niemand stürmte die Treppe hinauf. Niemand hämmerte gegen Tims Tür.

Sein Herzschlag normalisierte sich. Er schlüpfte in Jeans und T-Shirt, wartete und kaute auf seinen Nägeln, aber niemand kam. Er hielt die Spannung nicht mehr aus und öffnete leise die Tür. Aus dem Wohnzimmer drangen gedämpfte Stimmen, dann das Weinen seiner Mutter. Tim runzelte die Stirn. Soweit er wusste, hatte sie seinen Kahlkopf noch nicht gesehen, das konnte es also nicht sein. Barfüßig schlich er die Treppe hinunter und legte sein Ohr an die Wand. Auf der anderen Seite ging jemand auf und ab.

»... und ich sage Ihnen, so dumm wäre meine Tochter niemals!«

Das war Mr Marlins.

»Selbst wenn sie eine Dummheit gemacht hätte, was bestimmt nicht der Fall ist, würde sie nicht einfach davonlaufen. Außerdem habe ich ihr immer eingeschärft, niemals allein wegzugehen. Sie kennt die Gefahren. Sie würde niemals ihre Freundin allein lassen.«

Nat!

Tim hatte plötzlich Gewissensbisse, denn er erinnerte sich daran, dass er sie heute früh ausgesperrt hatte. Aber diese kleine Idiotin hatte doch genug Verstand, um zu klingeln?

Er lauschte weiter. Es entstand eine Pause, als würde die Polizistin nicht glauben, was Mr Marlins gesagt hatte. Tim stellte sich vor, wie ihr, jedes Mal wenn sein Stiefvater an ihr vorbeikam, eine Fahne abgestandenen Biers entgegenschlug. Er konnte ihre Skepsis verstehen. »Sie haben gesagt, Natalie sei gestern Abend zeitig zu Bett gegangen, weil sie sich nicht wohl fühlte?«, fragte die Polizistin.

Ein Schniefen von Julie. »Das hat sie mir jedenfalls gesagt. Sie war am Morgen nass geworden und nach dem Essen sehr still gewesen. Ich dachte, sie brütet eine Erkältung aus.«

»Und um wie viel Uhr war das genau?«

»Ungefähr um halb neun.«

»Und keiner von Ihnen hat sie seither gesehen?«

»Nein.«

»Und was ist mit Ihrem Sohn, Mrs Marlins? Äh, Timothy Lockley, so heißt er doch?«

Tim erstarrte. Er sah zu seiner offenen Zimmertür, dann in den Flur. Ob er genug Zeit hatte, zur Hintertür hinauszuschlüpfen?

»Ich glaube kaum, dass er Ihnen irgendetwas sagen kann. Um diese Zeit war er schon ausgegangen.«

»Wo ist Ihr Sohn jetzt?«

»Er schläft noch, glaube ich. Wenn er nicht in die Schule muss, schläft er gerne aus.«

»Sie glauben?« Die Polizistin klang überrascht.

»Ach wissen Sie, in seinem Alter – da will er nicht gestört werden.«

»Trotzdem, ich muss Sie leider bitten ihn zu stören, Mrs Marlins. Ich muss auch mit ihm sprechen. Es wird nicht lange dauern.«

Tim machte einen rekordverdächtigen Rückzug in sein Zimmer. Er konnte nicht mehr hören, was als Nächstes gesagt wurde, aber als er seine Zimmertür hinter sich schloss und sich mit dem Rücken dagegen lehnte, hörte er von unten lautes Reden. Dann kamen zögernde Schritte die Treppe hinauf, und als seine Mutter zart anklopfte, zuckte er zusammen, obwohl er nichts anderes erwartet hatte.

»Timothy? Bist du da, Schatz?« Ihre Stimme klang gepresst. »Die Polizei ist hier. Sie will dir ein paar Fragen stellen.«

Tim riss sich zusammen und öffnete die Tür.

Die Augen der Mutter sahen rot aus. Sie redete schnell, wie immer, wenn sie sich ihre Aufregung nicht anmerken lassen wollte. »Natalie ist anscheinend heute früh mit Joanne ausgegangen, um den Hund auszuführen, und dabei ist irgendetwas passiert. Joanne kam ganz aufgeregt zurück und sagte die ganze Zeit, es sei ihre Schuld. Soweit ich verstanden habe, sind sie zum Parkplatz des Supermarkts gegangen, um Inliner zu fahren. Es war nebelig, der Hund hat sich losgerissen und Joanne hat beide aus den Augen verloren. Ich vermute, Natalie spielt mit Bilbo und hat darüber ganz die Zeit vergessen. Du weißt ja, wie zerstreut sie immer ist, wenn sie einen Hund sieht. Aber man kann heutzutage nicht vorsichtig genug sein und die Polizei – *Timothy*!« Die Mutter hielt sich die Hand vor den Mund. Sie realisierte erst jetzt, was sie vor sich sah. »Was hast du mit deinen Haaren gemacht?«

»Nur abrasiert«, nuschelte Tim. Eigentlich hatte er es sich anders vorgestellt. Nicht seine Mutter wollte er damit erschrecken, sondern Mr Marlins dazu bringen, ihn endlich einmal wahrzunehmen.

»Und dein *Ohr*! Wer hat das getan? Oh Gott! Zeig mal her. Hoffentlich hast du keine schmutzige Nadel benutzt, es sieht entzündet aus.«

»Es geht schon.« Er zuckte zurück. Sein Ohr pochte wirklich wie eine Bassgitarre, aber das konnte er nicht zugeben. Gaz hatte die Nadel zuerst durch eine Pfütze gezogen – zählte das als sauber? »Warum will die Polizei mit mir sprechen?«, fragte er und wandte sich wieder seinem aktuelleren Problem zu.

Die Mutter hatte die Hände immer noch über den Mund geschlagen. Einen Augenblick lang sah sie aus, als ob sie weinen wollte. Dann atmete sie tief durch und ließ die Hände sinken. »Wahrscheinlich wollen sie dich wegen Nat befragen. Dein Vater wird einen Anfall kriegen«, fügte sie ruhig hinzu.

»Er *ist* nicht mein Vater«, sagte Tim zwischen zusammengebissenen Zähnen. »Es geht ihn gar nichts an, was ich tue.«

»Timothy! Nicht schon wieder, nicht heute. Bitte.«

Sofort hatte Tim ein schlechtes Gewissen. Er wühlte unter seinem Bett und fand ein Paar alter Turnschuhe, mit denen er immer im Haus herumlief. Dann fuhr er sich über seinen kahlen Schädel. »Wenigstens musst du mich jetzt nicht mehr damit nerven, dass ich mich kämmen soll«, sagte er. Doch dieser Versuch, die Stimmung etwas aufzulockern, schlug fehl. Mit einem Zucken im Gesicht trieb die Mutter ihn die Treppe hinunter und Tim war froh, dass die Polizei erst einmal eine Ablenkung war. Jetzt, wo er wusste, dass es nicht um ihn, sondern um Nat ging, fühlte er sich ein bisschen sicherer.

Mrs Marlins hatte die Tür zum Wohnzimmer zugemacht, als sie ihn holen ging. Tim öffnete ohne anzuklopfen und geriet mitten in eine Auseinandersetzung.

»Wollen Sie behaupten, ich kenne meine eigene Tochter nicht?«, schrie Mr Marlins und ging vor der Terrassentür auf und ab. Seine Kleidung war zerknittert, Haare und Bart ungekämmt. Er hatte wieder im Auto geschlafen.

»Ich sage nur, dass Sie sich recht merkwürdig verhalten für einen Mann, dessen zwölfjährige Tochter gerade verschwunden ist«, sagte die Polizistin ruhig. Sie war jung und schlank und hatte hellblondes Haar. Sie drehte Tim den Rücken zu, aber er erkannte auch so, dass sie hübsch war. Mr Marlins regte sich immer auf, wenn er mit hübschen Frauen dieser Haarfarbe zu tun hatte.

Unterschätze sie nicht, dachte Tim. Gaz behauptete, weibliche Polizisten seien die schlimmsten. Wahrscheinlich waren sie erst furchtbar nett, und wenn man es am wenigsten erwartete, ließen sie die Falle zuschnappen.

»Hatte Natalie irgendwelche Probleme zu Hause?«, fragte sie.

»Was für Probleme?«

»Warum sagen Sie es mir nicht?«

Die beiden starrten einander an.

»Wissen Sie, ich habe jetzt die Nase voll!« Mr Marlins ballte die Fäuste und machte einen Schritt auf die Polizistin zu. Tim war sonderbar erregt und überlegte, ob er zuschlagen würde. Doch in diesem Moment nahm Mr Marlins seine Frau und seinen Stiefsohn in der Tür wahr.

Ganze dreißig Sekunden lang starrte er auf Tims Kopf. Sein Gesicht lief rot an, als er an der Polizistin vorbeiging.

Tim legte schützend die Arme um sich. Aber Mr Marlins rührte ihn nicht an. Mit einer Hand auf der Türklinke drehte er sich um und schimpfte: »Tun Sie Ihre Arbeit und finden Sie meine Tochter!« Auf dem Weg nach draußen zischte er Tim zu: »Dich nehme ich später noch ins Gebet, mein Junge.« Er schüttelte den Kopf in Richtung Julie und schlug die Tür hinter sich zu.

Die Polizistin betrachtete Tim mit ihren hübschen, blauen Augen. Er konnte förmlich spüren, wie sie ihn einschätzte. Er straffte die Schultern und sah sie trotzig an. Wenn sie ihn fragte, wo er vergangene Nacht gewesen war, wollte er alles ableugnen, was mit den öffentlichen Toiletten zu tun hatte. Die anderen würden ihn nicht verraten. Totenköpfe machten keine Aussagen gegenüber der Polizei.

Doch sie fragte nicht. Sie bat ihn und seine Mutter sich aufs Sofa zu setzen, nahm selbst im Sessel Platz und plauderte, als seien sie Freunde. Tim entspannte sich ein wenig. »Nein«, sagte er unschuldig, als sie fragte, ob er Nat habe hinausgehen sehen. »Ich war im Bett. Ich schlafe immer wie ein Toter. Ich habe niemanden durchs Haus schleichen hören.«

Das brachte ihm einen scharfen Blick von Julie ein. Sie sagte nichts, obwohl sie wissen musste, dass er länger aus gewesen war als gewöhnlich. Er hatte ein wenig Gewissensbisse wegen dieser Lüge. Aber so wichtig konnte das doch nicht sein, oder? Immerhin war Jo mit Nat zusammen gewesen, nachdem sie das Haus verlassen hatte.

»Aha.« Die Polizistin fragte noch einmal, wann er ins Bett gegangen sei, und schrieb »halb eins« in ihr Notizbuch. Dann fragte sie, wie er in der neuen Familie zurechtkomme und wie ihm Millennium Green gefalle nach dem Leben in der Großstadt.

»Mr Marlins mag mich nicht besonders«, sagte Tim schließlich, um sie zum Schweigen zu bringen. »Was mir ganz recht ist, denn ich mag ihn auch nicht.«

Die Mutter schalt ihn für seine freche Antwort und entschuldigte sich bei der Polizistin, die Tims Kopf betrachtete und der Mutter einen mitfühlenden Blick zuwarf. Tim biss die Zähne zusammen. Dann knatterte das Funkgerät der Polizistin, sie entschuldigte sich und führte drüben an der Terrassentür eine einsilbige Unterhaltung.

Tim sah verstohlen zu seiner Mutter. Sie drehte beständig eine Haarsträhne um ihre Finger. Sie ist wirklich besorgt, dachte er erschrocken.

Nach ein paar Minuten kam die Polizistin zurück. Sie machte ein merkwürdiges Gesicht. Julie sprang auf. »Was ist los?«, fragte sie.

Die beiden Frauen sahen sich an. Julie wurde leichenblass. Tim fuhr ein unangenehmes Prickeln über den Rücken.

»Sie haben den Hund gefunden«, sagte die Polizistin sanft, »im Fluss. Er war tot.«

Tim wurde es eiskalt. »Was ist mit Nat?«, fragte er, aber niemand antwortete ihm.

Seine Mutter warf sich mit leisem Stöhnen aufs Sofa. Die Polizistin setzte sich neben sie, hielt ihre Hand und redete tröstend auf sie ein.

Tim, den niemand beachtete, fingerte an seinem Ohrring. »Nat kann schwimmen«, sagte er störrisch. »Keine Sorge, sie ist bestimmt okay. Ich wette, zum Essen ist sie wieder da.«

Natalie träumte, sie würde ertrinken. Sie war mit Jo Inliner gefahren und dann war sie im Nebel in den Fluss gefallen. Das Wasser war eiskalt und verschlug ihr den Atem, so dass sie nicht einmal mehr schreien konnte. Dad, Julie und Tim standen am Ufer, konnten sie aber nicht sehen, denn das Wasser trug sie immer weiter flussabwärts. Sie versuchte gegen die Strömung zu schwimmen, aber die Inliner waren zu schwer. Sie zogen sie hinab. Dann führte der Fluss durch einen Zauberwald, es wurde dunkel und riesige Bäume streckten knorrige Finger nach ihr aus und flüsterten ihr merkwürdige Geheimnisse ins Ohr …

Keuchend wachte sie auf. Sie war schweißgebadet. Sie lag unter einer Decke in einem Bett, das Zimmer war dunkel. Mit einem erleichterten Seufzen rollte sie sich auf die andere Seite und langte nach ihrer Nachttischlampe. Nur ein Albtraum.

Die Lampe war nicht da.

Mit einem kalten Schaudern kam die Erinnerung zurück. Der Parkplatz am Supermarkt, der Nebel, die Spritze in ihrem Nacken. Sie fuhr hoch und starrte entsetzt um sich.

Ihre Entführer hatten ihr die Brille abgenommen – sie sah den Raum nur verschwommen. Aber an dem vom Mondlicht erleuchteten Fenster konnte sie ein Gitter erkennen, das seinen Schatten auf unbekannte Möbel, eine Dachschräge und einen Stuhl mit einer kleinen zusammengesunkenen Gestalt warf, die den Kopf an die Wand gelehnt hatte.

Natalie zog die Decke zum Kinn und starrte auf den Jungen. Selbst ohne Brille bestand kein Zweifel, sie erkannte das strubbelige Haar und die unmögliche Kleidung wieder. Ohne einen Gedanken zu verlieren warf sie die Decke zurück und stakste aus dem Bett. »Du gemeiner Schleimbeutel, du!«, schrie sie und schlug auf ihn ein. »Du hast mir absichtlich ein Bein gestellt!«

Der Junge zuckte zurück, sprang vom Stuhl und hob die

Arme schützend über den Kopf. »Nein, nicht aufstehen! Er hat deine …«

Natalies Zorn ging in einer Woge von Verlegenheit, Verwirrung und Angst unter. Während sie geschlafen hatte, hatte man ihr statt der Jeans und des Anoraks ein dünnes Baumwollhemd angezogen, das kaum ihre Knie bedeckte. Sie griff nach der Decke, die sie eben weggeschleudert hatte, und wickelte sie eng um sich.

»… Kleider«, beendete der Junge den Satz und starrte wie gebannt auf ihre Füße. »Es war nicht meine Schuld. Bitte tu mir nicht weh.«

Dachte er wirklich, sie könnte ihm wehtun? In diesem Aufzug?

Durch die Bewegung spürte sie nun die vielen blauen Flecken, die sie sich bei dem Sturz auf dem Parkplatz zugezogen hatte. Ihre Beine waren weich wie Pudding, ein Knöchel war steif und ihr Gaumen fühlte sich an wie Schmirgelpapier. Sie stand auf blanken Dielenbrettern, eiskalte Luft kroch an ihren Waden empor. Ein Heizkörper war nirgends zu sehen. Zitternd sah sie sich etwas genauer um: eine alte, dunkle Kommode, zwei Schränke, kein Teppich und nur der eine Stuhl. Die Tür, die an einer Ecke abgesägt war, um sie in die Schräge einzupassen, war fest verschlossen. »Wo bin ich?«, flüsterte sie. »Wer bist du? Warum habt ihr mich hierher gebracht?«

Sie zog die Decke fester, ging auf Zehenspitzen zum Fenster und spähte durch die Gitterstäbe. Draußen schien alles in verschwommene, silbrige Wellen getaucht, wie wenn man durch vereiste Fenster sieht. Trotzdem erkannte sie eine mit Efeu bewachsene, verfallene Mauer, einen von Unkraut überwucherten Garten, ein hohes Eisentor und schwarze Bäume, von denen Blätter fielen. »Der Wald«, flüsterte sie und erinnerte sich an ihren Traum. »Wir sind im Einhornwald, nicht wahr?«

Als plötzlich elektrisches Licht den Raum durchflutete, zuckte Natalie zusammen. Eigentlich hätte sie Kerzenlicht erwartet. Das Licht brachte sie vollends in die Wirklichkeit zurück. Sie stürzte an dem Jungen vorbei auf die Tür zu. Sie war verschlossen. Mit Tränen in den Augen rüttelte sie an der Klinke, dann holte sie tief Atem und drehte sich zu dem Jungen um. »Lässt du mich raus?«, fragte sie. »Bitte.«

Verlegen stand der Junge an der Wand und sah sie an, seine Haare berührten die niedrige Decke. »Geht nicht«, sagte er schlicht. »Sie ist von außen verriegelt. Und ich darf dir nicht sagen, wo wir sind.«

War er auch ein Gefangener? Sie hatte Gänsehaut auf ihren Armen. Sie konnte nicht vernünftig denken. Sie ging wieder ins Bett und steckte die kalten Füße unter die Decke. »Wäschst du dich eigentlich nie?«, fragte sie, denn es war ihr unangenehm, wie er sie anstarrte. »Deine Kleider sehen aus wie aus der Mülltonne.«

Der Junge rieb sich den Ellbogen und schwieg.

Natalie seufzte. Er hatte wenigstens etwas zum Anziehen. Sie versuchte es erneut. »Weißt du, ich habe Durst und mein Kopf tut weh. Ich verstehe nicht, was überhaupt los ist. Kannst du mir nicht sagen, was ihr von mir wollt? Wenn ihr mich entführt habt, habt ihr die Falsche erwischt. Mein Dad hat kein Geld. Er hat nicht einmal Arbeit, nicht mehr. Und Julies Geld reicht gerade, um Essen einzukaufen.« Sie blinzelte. »Wie heißt du eigentlich? In welche Schule gehst du?«

Der Junge biss sich auf die Lippen. »Versprich, dass du nicht lachst.«

Das war das Letzte, was Natalie in den Sinn gekommen wäre, aber sie sagte: »Versprochen.«

»Ich heiße Merlin und ich gehe nicht zur Schule. Aber dafür habe ich einen Computer mit Encarta und 'ner Menge anderem Zeug. Mein Vater gibt mir Zauberstunden. Oder hat es wenigstens getan, bevor er mit dieser ganzen Anderserde-Geschichte angefangen hat.«

Trotz ihres Versprechens prustete Natalie heraus: »Merlin? Wie der große Zauberer, meinst du?«

Er wurde rot. »Du hast versprochen, nicht zu lachen! Das mit dem Namen hat mein Vater wohl als Witz gemeint, weil ich zu nichts tauge. Wir sind so eine Art Zauberer, musst du wissen, auch wenn wir nicht so gut sind wie die Magier von Anderserde. Aber wir halten uns immer noch Zaubertiere und die meisten von uns benutzen auch ihre Namen wie früher. Als ich klein war, hat mir mein Vater einen echten Merlin geschenkt. Ich musste ihn mit in den Wald nehmen, damit er sich an mich bindet.« Er sah sie zögernd an. »Das ist so eine Art Habicht.«

»Ich weiß, was ein Merlin ist. Ich bin doch kein Dummkopf.«

»Entschuldige. Dann weißt du auch, dass ein Merlin viel kleiner ist als ein Hühnerhabicht. So einen hat mein Vater als Zaubertier, aber seine Klauen sind fast genauso scharf. Ich fürchtete mich und ließ ihn los, deshalb hat er mich dann stattdessen mit einer Maus verbunden. Das war wahrscheinlich auch so ein Witz von ihm, weil ich immer so viel am Computer sitze. Der hat nämlich eine Plastikmaus.« Als er ihren Blick sah, sprach er schnell weiter. »Natürlich, wenn du zur Schule gehst, weißt du wahrscheinlich eine Menge über Computer. Also, mir hat das nichts ausgemacht. Eine Maus ist mir sowieso lieber als ein Vogel. Sie heißt Rotauge.« Das Gesicht des Jungen entspannte sich, aber dann verschwand sein Lächeln gleich wieder. »Ich soll sie dir zeigen, aber Vater hat sie immer noch im Keller eingesperrt.«

Natalie rutschte unruhig auf dem Bett hin und her, eine Feder quietschte. Merlin war anscheinend genauso verrückt wie der Rest der Familie. Die blonde Frau, die ihr die Spritze gegeben hatte, musste demnach seine Mutter sein. Bei solchen Eltern wäre Natalie wahrscheinlich auch ziemlich gestört. Aber hatte ihr eigener Vater nicht auch sonderbar reagiert, als sie ihm das Bonbonpapier gezeigt hatte?

»Dein Vater hat mir etwas gegeben, das er Zauberblatt genannt hat«, sagte sie langsam.

Merlin nickte. »Genau! Um dich zu prüfen. Wir können Zauberblätter benutzen, sie aber nicht wiederverwerten. Das machen die Zauberlords in Anderserde für uns. Vater hasst es, ihnen die Zauberblätter abkaufen zu müssen, aber er hat keine andere Wahl.« Er leckte sich über die Lippen und sagte vorsichtig: »Äh – ich vermute, du kannst dich nicht daran erinnern, was im Supermarkt passiert ist?«

Bei dem Gedanken an den Supermarkt vergaß sie für einen Augenblick ihre Angst. »Du meinst das Feuerwerk? Das war eine Riesendummheit von dir! Weißt du nicht, wie gefährlich es ist, in geschlossenen Räumen zu zündeln? Du kannst von Glück reden, dass niemand verletzt wurde.«

Merlin sah sie stirnrunzelnd an. »Das war kein Feuerwerk. Es war ein Zauberblitz. Dann hast du ihn nicht ausgelöst?« Seine Stimme klang merkwürdig gespannt.

Natalie starrte ihn an. »Ach, hör doch auf! Ich habe die Nase voll davon. Zauber gibt es nicht in Wirklichkeit, das weiß doch jedes Kind. Das ist nicht mehr lustig, Merlin. Ich will meine Kleider wiederhaben und nach Hause gehen.«

Lustig war es eigentlich von Anfang an nicht gewesen. In einem fremden Haus aufzuwachen, nachdem man betäubt und entführt worden war, war überhaupt nicht lustig. Aber wenn sie versuchte das Ganze als übertriebenen Halloween-Scherz anzusehen, hatte sie nicht so viel Angst.

Merlin seufzte. »Ich bin froh, dass ich nicht zur Schule gehe. Du scheinst dort nicht viel zu lernen.«

»Wenigstens bilde ich mir nicht ein, eine Art Zauberer zu sein!«

Er wurde rot. »So etwas darfst du nicht sagen – das ist gemein. Wir sind Magier, das jedenfalls ist die offizielle Bezeichnung. In Anderserde werden wir Trickser genannt, aber das ist auch gemein. Und du bist eine von uns. Vater hat dich getestet und er irrt sich nie.«

»Na, diesmal aber doch«, sagte Natalie bestimmt. »Du kannst ihm also ausrichten, er soll mich gehen lassen.«

Der Junge kaute auf seinen Lippen. Dann fragte er zaghaft: »Machst du dir denn keine Sorgen wegen deiner Spinne?«

»Du hast sie also gestohlen! Dachte ich mir doch, dass du etwas im Schilde führtest, du kleine Ratte«, sagte Natalie böse.

Merlin wand sich. »Maus«, flüsterte er. »Mein Tier ist eine Maus, keine Ratte. Und schrei bitte nicht so. Vater hat deine Spinne zu Rotauge in den Keller gesperrt. Er ist gerade unten und könnte uns hören.«

»Ist mir doch egal. Du kannst Itsy behalten, wenn du unbedingt willst, aber lass mich jetzt gehen.«

Merlin sah sie überrascht an. »Ohne dein Tier? Fühlst du es denn nicht?«

»Was soll ich fühlen?«

»Die Sachen …« Er schluckte und sah sich nach der Tür um. »Die Sachen, die Vater mit deiner Spinne macht, um dich unter Kontrolle zu bringen.«

Das erinnerte Natalie an die Spritze auf dem Parkplatz. Sie fröstelte und schlug die Decke enger um sich. »Ich weiß gar nicht, wovon du redest«, sagte sie. »Mir ist kalt. Wo sind meine Kleider?«

»Das darf ich dir nicht sagen.«

Argwöhnisch beäugten sie sich.

»Kann ich wenigstens meine Brille wiederhaben?«, fragte Natalie. »Ich kann dich kaum sehen.«

Merlin biss sich auf die Lippe, sah wieder zur Tür und schüttelte den Kopf. »Vater meint, du könntest vielleicht versuchen wegzulaufen.«

»Ohne Brille kann ich genauso gut weglaufen! Ich bin doch nicht blind«, entgegnete Natalie wütend.

Das brachte ihr einen äußerst befremdeten Blick ein. »Ich weiß. Aber du brauchst Schuhe. Barfuß kommst du nicht weit im Wald.«

Das war leider richtig. Und sich aufregen brachte die Schuhe auch nicht wieder her. Sie holte tief Luft. »Wie lang habe ich geschlafen?«

»Den ganzen Tag.«

Kein Wunder, dass sie so durstig war! Wieder zitterte sie.

»Sieh mal«, sagte sie, so vernünftig es ging, »ich weiß, es ist nicht deine Schuld. So wie ich deinen Vater kennen gelernt habe, will ich dir keinen Vorwurf machen, dass du tust, was er dir sagt. Aber er beobachtet dich doch sicher nicht die ganze Zeit über? Sagtest du nicht, du hättest einen Computer?«

Er nickte.

»E-Mail?«

»Nein.«

Natalie seufzte. Das wäre zu schön gewesen, um wahr zu sein. »Telefon?«

Merlin schüttelte den Kopf.

»Irgendeine Möglichkeit muss es doch geben, eine Nachricht hinauszuschmuggeln. Wenn du mir hilfst meine Leute zu erreichen, sage ich der Polizei, du hättest mit der ganzen Sache nichts zu tun.«

Merlin schüttelte heftig den Kopf und deutete mit den Augen zur Tür. »Das geht nicht! Wenn Vater das merkt, wird er Rotauge etwas antun.«

Enttäuscht zupfte sie an der Decke. Dann kam ihr eine Idee. »Ich weiß! Du kannst einen Zettel in den Brief mit der Lösegeldforderung schmuggeln.«

»Es gibt keinen Brief.«

Eiseskälte kroch ihr den Rücken hoch. Sie wagte kaum zu fragen: »Warum bin ich dann hier?«

Merlin starrte auf seine Füße. »Du sollst das dreizehnte Mitglied in Vaters Zauberbund werden«, murmelte er. »Dann wird er ein Zauberlord und hat genug Macht, um Anderserde zu überfallen.« Er sah auf und grinste schwach. »Das klingt schlimmer, als es ist. Hätte Vater dich nicht rechtzeitig gefunden, hätte er mich dafür benutzt. Aber weil ich so unfähig bin, sieht der Zauberbund in mir ein Risiko. Wahrscheinlich will er nur ein paar Zauberblätter stehlen. Keine Sorge, den Bannstein musst du nicht benutzen. Am nächsten Samstag, zwischen Mitternacht und Morgen, öffnet sich die Grenze. Sie verläuft direkt an unserem Zaun, deshalb hat Vater dieses Grundstück gekauft. Wenn er seine Zauberblätter bekommen hat, lässt er dich bestimmt in Ruhe. Wir könnten zusammen Computerspiele machen. Das wäre toll.«

Das klang total verrückt. Aber es brachte Natalie auf einen Gedanken. »Du meinst an Halloween, oder?«

»Manche nennen die Öffnung der Grenze so, ja. Aber es geschieht schon seit Ewigkeiten, seitdem es die Grenze gibt.

Es gibt viele Namen dafür. Aber deine Eltern haben dir das sicher schon alles erzählt? Sie sind doch auch Magier, oder? Einer von ihnen wenigstens, sonst wärst du doch nicht von altem Geblüt.« Sein Lächeln erstarb, als erinnere er sich an etwas. Er kam näher und packte sie plötzlich an der Hand. »Ich soll herausfinden, wie viel du über uns weißt«, flüsterte er mit einem erneuten Blick zur Tür. »Wenn du es mir verrätst, versuche ich deiner Familie eine Nachricht zukommen zu lassen. Ich kann nichts versprechen, aber vielleicht schaffe ich es, ein Zauberblatt als Medium zu benutzen …«

Natalie schlug seine Hand fort. »Meine Eltern sind keine Magier!«, schrie sie. »Und auch keine Trickser oder Hexer oder so etwas! Mein Dad ist Kaufmann, wenigstens war er es, bis er arbeitslos wurde, und Mutter … Egal. Ich kann unmöglich eine ganze Woche hier bleiben, Julie und Dad werden sich zu Tode ängstigen.«

»Psst!« Merlin wich zur Tür zurück. »Du musst in jedem Fall länger als eine Woche hier bleiben. Verstehst du denn nicht? Wenn du in einen Zauberbund eintrittst, ist das für immer.«

Sie starrte ihn an, Eiseskälte im Rücken. *»Für immer?«*

»Tut mir Leid«, flüsterte er, »ich kann ihn nicht daran hindern, aber vielleicht …«

Er unterbrach sich, denn von außen näherten sich rasche Schritte. Die Riegel wurden zurückgeschoben. Natalies Magen zog sich zusammen. Doch die Tür öffnete sich nur so weit, dass der Vogelkopfknauf hindurchfahren und Merlin hinausziehen konnte. Dann schlug sie hinter ihm zu. Als die Riegel wieder vorgeschoben wurden, sprang Natalie vom Bett und trommelte gegen die Tür. »Kommt zurück!«, schrie sie gellend. »Ich habe Durst! Mir ist kalt! Ihr könnt mich doch hier nicht gefangen halten! Bitte, kommt zurück!«

Zwei Paar Füße entfernten sich, und die nackte Birne an der Decke wurde schwächer. Natalie hielt den Atem an, bis sie wieder hell wurde, dann warf sie sich zu Boden. Die Tränen, die sie seit ihrem Erwachen zurückgehalten hatte, stürzten mit einem Mal hervor. »Ich bin keine blöde Zauberin«, schluchzte sie, »ich bin normal, normal, *normal*! Und ich will heim!«

5

Gefangen

Montag, Dienstag, Mittwoch,
den 26., 27., 28. Oktober

Natalie tauchte weder zum Essen am Sonntag auf noch zum Essen am folgenden und darauf folgenden Tag. Niemand machte sich noch irgendwelche Illusionen, die Ferien waren verdorben. Julie verbrachte die halbe Zeit bei den Carters, um Jos Mutter zu trösten, und Mrs Carter verbrachte die übrige Zeit bei den Marlins und tröstete Julie. Mahlzeiten gab es nur noch unregelmäßig und dann waren sie entweder verkocht oder halb gar. Jos kleine Schwester, deren Existenz Tim bisher nie wahrgenommen hatte, trottete die ganze Zeit wie ein sommersprossiger Geist hinter Mrs Carter her und machte idiotische Bemerkungen wie zum Beispiel: »Vielleicht ist sie in einen Graben gefallen und hat sich das Bein gebrochen« oder: »Vielleicht ist sie ohnmächtig geworden und hat das Gedächtnis verloren.« Dann fiel ihr ein, mit welchen Inlinern Natalie unterwegs gewesen war, und sie heulte: »Ich will meine Rollerblades wiederhaben.« Tim hätte sie erwürgen können. Doch Mrs Carter sagte nur: »Pst, Sarah. Sei nicht so egoistisch. Menschen sind wichtiger als Inliner«, woraufhin beide Mütter wieder zu weinen anfingen.

Bei der ganzen Aufregung wurde Tim noch weniger beachtet als sonst. Mr Marlins war wieder in seiner Garage verschwunden. Seine Drohung, Tim später noch ins Gebet zu nehmen, hatte er noch nicht wahr gemacht. Die einzige Reaktion auf seinen Ohrring und seine neue Frisur kam von Sarah. Sie kicherte und sagte, er sähe aus wie ein Affe. Dabei versteckte sie sich hinter ihrer Mutter, so dass ihm nur übrig blieb, sie böse anzuschauen.

Jo sah er nur ein einziges Mal, als sie mit ihrer Mutter und ihrer Schwester am Montagmorgen herüberkam und sich entschuldigte, weil sie Natalie mit hinaus in den Nebel genommen hatte. So still und blass hatte er sie noch nie gesehen. Sie sah durch ihn hindurch, als sei er unsichtbar, und dann stürzte sie heulend zur Tür. Für die Totenkopfbande wäre das die ideale Gelegenheit gewesen, sich an ihr zu rächen, hatte sie doch ihren Anführer vor der ganzen Schule lächerlich gemacht. Doch als er Gaz und Mike dann in der Stadt über den Weg lief, hielt er den Mund.

»Ich habe gehört, dein Schwesterchen ist ausgerissen«, sagte Gaz. Er lehnte gegen eine Mauer, einen Fuß auf die Stange seines Mountainbikes gestützt, den anderen lässig vor- und zurückbaumelnd. »Gib mir mal einen Tipp. Ich würde meins auch gern loswerden.«

Tim überlegte, ob das als Witz gemeint war. Nach Gaz' Grimasse zu urteilen wohl nicht. Bevor er wusste, was er tat, hatte er dem Mountainbike einen Stoß versetzt. Krachend fiel es zu Boden, Gaz kreischend hinterher. Mike eilte herbei, um ihm aufzuhelfen, brachte dabei aber das Fahrrad nur erneut zum Umfallen. Bevor einer von beiden sich berappelt hatte, war Tim geflohen.

Typisch. Jetzt hatte er nichts mehr, wofür es sich lohnte rauszugehen. Niemand schien sich darum zu scheren, ob und wann er zu den Mahlzeiten auftauchte. In seinem Zimmer kickte er zehn Minuten lang frustriert mit den Absätzen auf dem Boden herum, dann nahm er seine Jacke und machte sich auf den Weg durch Millennium Green, um nach Spuren von Nat zu suchen. Jo hatte der Polizei anscheinend von einem alten Mann erzählt, der Nat am Samstag bei den Müllcontainern einen Schrecken eingejagt hatte. Jetzt nahm man an, dieser Mann hätte sie entführt. Doch war bisher kein Erpresserbrief eingegangen und die Polizei hatte keine Hinweise gefunden, wohin sie gebracht worden war. »Als habe sie sich in Luft aufgelöst«, sagte Julie unter Tränen zu Tim, als sie sich am Dienstag in der Küche über den Weg liefen.

Die Polizei hatte angefangen den Fluss auszubaggern. Warum sie das tat, hatte Tim keiner erklärt, aber er war kein Dummkopf. Er hasste es, immer nett zu Nat sein zu müssen, und er hasste das Theater, das seine Mutter immer um sie machte, gerade als sei sie seine richtige Schwester. Doch egal wie nervig sie auch sein mochte, den Tod hatte sie nicht verdient.

Sie *durfte* nicht tot sein.

Wenn sie starb, wäre es seine Schuld.

Ohne Erpresserbrief würde ihre Familie bestimmt denken, sie sei tot, und dann würden sie irgendwann aufhören zu suchen. Mit diesem schrecklichen Gedanken wachte Natalie am zweiten oder dritten Tag ihrer Gefangenschaft auf. Sie musste fliehen. Die Frage war nur – wie?

Sie wusste immer noch nicht, wo ihre Kleider waren. Sie wusste weder die Uhrzeit, noch welcher Tag es war, denn eine Uhr gab es in dem Dachzimmer nicht und zwischen den Mahlzeiten schlief sie immer sehr lang. Sie durfte das Zimmer nicht verlassen, nicht einmal, um auf die Toilette zu gehen – in einem der Schränke befanden sich eine chemische Toilette und eine Schüssel mit Wasser. Immer wenn sie die Tür aufmachte, stank es fürchterlich, aber sie hatte keine andere Wahl. Ihre Müdigkeit rührte wahrscheinlich von dem Mittel her, das sie ihr auf dem Parkplatz gespritzt hatten. Darauf durfte sie keine Rücksicht nehmen. Nur eins war wichtig: vor Halloween hier fortzukommen. Wer konnte schon wissen, was dieser verrückte Habichtmann und die Frau mit dem leeren Blick noch alles mit ihr vorhatten?

»Wenn die Tür das nächste Mal aufgeht«, entschied sie und zog die Knie an, um allen Mut zu sammeln.

Der Tagesablauf war ihr mittlerweile vertraut. Wenn das Essen gebracht wurde, hörte sie zwei Paar Füße die Treppe heraufkommen. Eine Person blieb draußen stehen, während Merlin mit dem Tablett durch die Tür schlüpfte. Obwohl sie mehrmals versucht hatte mit ihm ins Gespräch zu kommen, hatte er nur jedes Mal wie ein Trottel den Kopf geschüttelt und war wieder hinausgegangen. Selber Schuld, wenn sie ihm wehtun musste.

Das warnende Quietschen der Stufen ließ nicht lang auf sich warten. Angespannt lag sie da, als die Schritte näher kamen und vor der Tür Halt machten. Leise, leise glitt sie vom Bett und stellte sich mit dem Rücken zur Wand. Die Riegel schabten, die Tür ging wie immer einen Spalt auf und Merlin schlüpfte herein. Doch bevor er noch ganz im Zimmer war, wurde Natalie aktiv. Sie riss dem überraschten Jungen das Essen aus den Händen, stieß ihn mit dem Ellbogen zur Seite und klemmte das Tablett in den zufallenden Türspalt.

Vom Gang ertönte ein Fluchen und dann donnerte der Stock mit dem Vogelkopfknauf auf das Tablett und lockerte Natalies Griff. Gleichzeitig wurde die Tür zugezogen. Das Tablett rutschte scheppernd in den Flur hinaus und die Tür krachte auf Natalies Finger. Mit einem Aufschrei aus Schmerz und Enttäuschung zog sie ihre Hand zurück.

»Ich hasse Sie!«, schrie sie gellend und lutschte an ihren Fingerknöcheln. »Wenn ich hier rauskomme, werden Sie etwas erleben! Ich habe Sie auf dem Parkplatz gesehen! Ich werde Sie der Polizei genau beschreiben, und dann werden *Sie* eingesperrt. Für immer und ewig!«

»Nein, Spinne!«, schrie Merlin, womit er sein Schweigegebot brach, und packte sie am Arm. »Mach ihn nicht wütend, sonst tut er Itsy weh!« Sein Pullover war über und über mit Spaghetti Bolognese verschmiert. Angewidert schüttelte sie ihn ab.

Hinter der geschlossenen Tür ertönte ein bösartiges Kichern. »Eine kleine Demonstration wäre vielleicht nicht falsch. Aber ihr Tierchen wird sowieso bald meinen Hühnerhabicht treffen – und dann wird sie mich niemandem mehr beschreiben, ohne dass ich es anordne. Das Beste wird sein, wir binden sie schon morgen an den Zauberbund, dann macht sie uns weniger Probleme.«

Merlin erbleichte. »Nein, Vater, bitte. Claudia sagt, sie sei noch nicht so weit. Sie wird richtig gut werden, nicht wahr, Spinne?«

Die Tür quietschte in den Angeln. Natalie stand aufrecht da, doch ihr Herz hämmerte so laut, dass sie meinte, es müsste zerspringen. Habicht kam mit fliegendem schwarzem Haar herein. Seine gelben Augen sahen im Licht der nackten Birne besonders böse aus. Den Stock hatte er wie ein Schwert gezückt. Mit einem Blick sah er den kauernden

Merlin, den zerbrochenen Teller und die auf dem Boden verstreuten Spaghetti, dann heftete er seine Augen auf Natalie, die in ihrem mit Sauce Bolognese verschmierten, zerknitterten Hemdchen und mit wild ins Gesicht hängenden Haaren dastand.

Als sie seinem Blick begegnete, kräuselten sich seine Lippen. »Ich finde, sie sieht ziemlich bereit aus. Ich weiß, was ihr, du und Claudia, im Schilde führt, Bursche, aber eine wie sie, mit so viel Zauberkraft, findet ihr in den nächsten drei Tagen nicht. Was denkst du eigentlich, was ich in diesen ganzen Jahren getan habe? Meinst du, ich habe aus reinem Vergnügen Zaubertonnen beobachtet? Außerdem ist meine kleine Spinne ein ganz besonderes Exemplar.« Er kicherte wieder. Seine Stockspitze zielte auf Natalies Kinn und drückte sie gegen die Wand. Sie ballte die Fäuste, entschlossen nicht zu weinen.

»Muss dich ein bisschen fein machen, vor der Zeremonie«, fuhr Habicht fort. »Wenn ich nach Anderserde komme, soll mein Zauberbund nicht aussehen, als sei er gerade durch den Bannstein gekrochen. Als Zauberlord muss ich einen gewissen Stil wahren.«

»Sie sind verrückt«, flüsterte Natalie. »Ihr alle seid verrückt.«

Diese Worte riefen ein Lachen hervor. »Schlafend gefällst du mir besser, das muss ich sagen. Aber nach der heutigen Nacht brauchst du keine Schlaftabletten mehr, um ein braves Mädchen zu sein. Komm, Bursche. Lassen wir ihr Zeit zum Nachdenken. Auf das Abendessen kann sie ruhig verzichten, das wird ihr nicht schaden, sie geht sowieso nicht fort.« Der Stock ließ ihr Kinn los, hakte sich an Merlins Ellbogen fest und zog ihn mit sich aus dem Zimmer. Krachend fiel die Tür ins Schloss und die Riegel wurden vorgeschoben.

Natalie sank bebend aufs Bett. »Dumm, dumm, dumm!«, ächzte sie ins Kissen hinein. Das Einzige, was sie erreicht hatte, war ein ausgefallenes Abendessen. Und diese grausige Entdeckung.

»Ihr habt mir Schlaftabletten ins Essen gemischt«, flüsterte sie und rieb sich den Hals, wo der Stock sie gekratzt hatte. Das schien ihr das Schlimmste, was ihr bis jetzt widerfahren war. Und doch … »Wenn ihr richtige Zauberer wärt, brauchtet ihr kein Schlafmittel und keine Schlösser, um mich hier festzuhalten.«

Sie setzte sich auf und starrte zur Tür. Ein neuer Gedanke nahm von ihr Besitz. Wenn sie nicht wirklich Macht über sie hatten, was schadete es dann, ein bisschen mitzuspielen? Und wenn die Entführer ihr wieder so vertrauten, dass sie ihr die Kleider zurückgaben, dann würde sie fliehen. So schnell und so weit sie konnte.

6

Der Bannstein

28. Oktober, Mittwochabend

Am Mittwochabend, ungefähr um dieselbe Zeit, als Natalie ihren Ausbruchversuch unternahm, fällte Tim eine Entscheidung. Er schloss sich im Badezimmer ein, beugte sich zum Spiegel vor und untersuchte sein Ohr. Der winzige Totenkopf grinste ihn an. Seitdem er ihn trug, war alles irgendwie schief gelaufen, als besitze der Totenkopf böse Kräfte, wie Gaz behauptete. Tim biss die Zähne zusammen und lockerte ganz vorsichtig den Ohrring.

Mit einem Schwall gelben Eiters rutschte er heraus. Tim wischte ihn sauber und steckte ihn in eine der vielen Taschen seiner Geburtstagsjacke. Dann eilte er die Treppe hinab. Seine Mutter war gerade im Begriff sich den Mantel überzuziehen.

»Ich gehe rüber zu den Carters«, sagte sie ohne aufzublicken. »In der Gefriertruhe ist eine Pizza. Die kannst du dir zum Abendessen aufwärmen, wenn du Hunger hast.«

Er holte tief Luft. »Ich muss dir etwas sagen. Wegen Nat.«

Einen Ärmel halb angezogen blieb Mrs Marlins starr stehen.

Tim beeilte sich fortzufahren. »Ich habe diese Polizistin angelogen. Ich … äh … bin erst Sonntag früh heimgekommen und ich habe Nat getroffen, als sie gerade herauskam. Ich fand das verrückt, dass sie im Dunkeln und bei diesem Nebel rauswollte. Ich weiß, ich hätte sie zurückhalten müssen, aber dann dachte ich, mit Jo und dem Hund würde ihr schon nichts zustoßen. Es tut mir so Leid, dass ich sie einfach so habe gehen lassen. Ich habe die ganze Stadt nach ihr abgesucht. Wenn du willst, suche ich auch im Wald oder sonst wo nach ihr.«

»Ach, mein Junge.« Sie strich ihm über den glatten Schädel – ein sonderbares Gefühl, das ihm Schauer über den Rücken jagte. »Ich weiß, dass du gelogen hast.«

Er blinzelte überrascht. »Das weißt du? Dann – bist du nicht böse auf mich?«

Die Mutter seufzte. »Natürlich bin ich nicht gerade erfreut, dass du die Polizei angelogen hast. Das war sehr dumm von dir. Aber ich war auch dumm. Ich hörte die Tür an diesem Morgen und dachte, du kämst gerade nach Hause. Wenn ich nachgesehen hätte, hätte ich Natalie selbst zurückhalten können.« Ihre Stimme brach und sie schniefte. »Danke für deine Hilfe, mein Schatz, aber die Polizei lässt den Wald bereits absuchen und es kam auch schon ein Aufruf in den Nachrichten. Bestimmt werden sie bald etwas finden.« Sie lächelte ihn tapfer an. »Sei jetzt besonders nett zu deinem Vater. Du kannst ihm etwas zu essen bringen, wenn du daran denkst.«

»Aber …« Finster sah Tim zur Tür, hinter der die Mutter verschwand. Wenn er in die Garage ging, würde es nur Ärger geben.

Doch sein Stiefvater musste gelauscht haben. Kaum war die Mutter weggefahren, kam Mr Marlins in die Küche.

Er warf Tim einen fragenden Blick zu. »Du willst deine Dummheit wieder gutmachen, höre ich? Das ist ja etwas ganz Neues.«

Tim sah seinen Stiefvater mürrisch an. Irgendetwas war anders als sonst, aber er brauchte einen Moment, bis er wusste, was es war.

Mr Marlins hatte sich den Bart abrasiert.

Tim fingerte am Reißverschluss seiner Jacke. »Julie hat gesagt, wir sollen uns das Abendessen selber machen«, murmelte er. »Soll ich dir auch eine Pizza aufbacken?«

»Wie wäre es, wenn wir zu einem Imbiss gingen?«

Ungläubig starrte Tim ihn an. »Aber sie hat doch das Auto.«

Freundschaftlich legte Mr Marlins ihm die Hand auf die Schulter. »Wir nehmen mein Auto. Du bist, glaube ich, noch nie darin gefahren, oder?«

»Nein …« Tim blinzelte und versuchte zu verstehen, was diese Veränderung zu bedeuten hatte. Mr Marlins hatte sich nicht nur rasiert, er hatte auch zum ersten Mal, seit Tim ihn kannte, keine Bierfahne.

»Also, dann komm.«

Verwirrt folgte Tim ihm in die Garage. Er hatte das Auto seines Stiefvaters noch nie in Betrieb gesehen. Es sah sportlich aus und am liebsten hätte er seine eleganten, schwarzen Kurven in Ruhe untersucht. Doch Mr Marlins hatte das Garagentor bereits geöffnet, sich hinters Steuer gesetzt und den Motor angelassen. Tim setzte sich schnell auf den Beifahrersitz. Die Sitze aus echtem Leder knarrten unter seiner Jacke. Der Motor hustete, dann röhrte er auf. Das tiefe, kräftige Brummen erregte Tim, trotz der merkwürdigen Umstände. *Das* war eine Maschine!

Er stellte den Beifahrersitz nach hinten und gab sich ganz

lässig. Er kam sich richtig gut dabei vor, denn das hatte er bei den Totenköpfen gelernt. Aber Mr Marlins durchschaute ihn sofort.

»Stell den Sitz gerade«, befahl er. »Schnall dich an. Und fass nichts an, außer wenn ich es dir sage.«

»Sorry, Mr Marlins.« Schnell stellte er den Sitz wieder in die Normalposition und starrte in den Nebel hinaus. Draußen war es bereits dunkel. Die Straßenlaternen warfen verschwommene, orangefarbene Lichtkegel in die Finsternis, die ihn an den Morgen erinnerten, als Nat verschwunden war. Er schauderte.

Mr Marlins ließ den Motor aufheulen, als sei er ein Rennfahrer und kein Dad in mittleren Jahren. Tim wurde es unbehaglich. Er rutschte auf seinem Sitz hin und her und schielte zum Türgriff. Doch bevor er zu einem Entschluss gekommen war und wieder ausstieg, machte das Auto einen Satz nach vorn, die Räder drehten mit einem Übelkeit erregenden Geräusch durch und dann fuhr das Auto mit quietschenden Reifen zur Ausfahrt hinaus. Als Mr Marlins scharf nach rechts bog, wurde Tim gegen die Tür geschleudert. Nervös tastete er nach dem Sicherheitsgurt.

»Ich habe dich gewarnt, oder?«, sagte Mr Marlins. Inzwischen rasten sie durch die Stadt, schlängelten sich durch den Verkehr und kurvten waghalsig um die Ecken. Irgendwie schaffte es Tim, den Gurt anzulegen. Ihm war übel.

»Alles in Ordnung?«, fragte Mr Marlins.

»Ja«, antwortete er krächzend. »Aber wohin fahren wir? Der Pizza-Imbiss liegt doch dahinten.«

»Ich weiß.«

»Essen wir denn keine Pizza?« Tims Unbehagen steigerte sich von Sekunde zu Sekunde. Sie verließen Millennium Green und rasten über eine unbeleuchtete Landstraße, die von schwarz aus dem Nebel ragenden Baumstümpfen gesäumt war. Jedes Mal, wenn das Auto quietschend um eine Kurve bog, meinte Tim, sein letztes Stündlein hätte geschlagen.

»Hast du Hunger?«, fragte Mr Marlins nach ein paar weiteren Schreckensminuten.

»Eigentlich nicht.«

»Das ist gut, denn ich habe eine bessere Idee. Wir könnten doch Nat retten.«

Tim saß ganz still und schaute seinen Stiefvater von der Seite an.

»Du denkst, ich bin immer noch betrunken, nicht wahr?«

»Nein.«

»Doch. Du denkst, ich würde nicht so fahren, wenn ich nicht ein paar intus hätte.« Sie bogen um eine Rechtskurve und auf Tims Seite streifte das Auto knapp die Leitplanke. Funken sprühten gegen die Windschutzscheibe und Tim schloss schnell die Augen. Mr Marlins lächelte finster. »Wenn ich etwas getrunken hätte, würden wir jetzt schon im Straßengraben liegen. Entspann dich und genieße die Fahrt. Du hast deiner Mutter angeboten den Wald abzusuchen. Nun, jetzt hast du Gelegenheit dazu.«

Tim unterdrückte seine aufsteigende Übelkeit und betrachtete seinen Stiefvater. »Heißt das, du weißt, wo Nat ist?«

»Sagen wir mal, ich habe so eine Ahnung.«

Tim wurde wütend. »Warum hast du Mum nichts gesagt? Sie ist fast verrückt geworden.«

»Ich habe meine Gründe.«

Endlich dämmerte Tim, worauf er hinauswollte. »Ach, ich verstehe! Nat ist entführt worden und du hast einen Erpresserbrief bekommen mit der Drohung, nicht zur Polizei zu gehen! Deshalb haben sie auch nichts gefunden.«

Seine Angst ließ nach und machte einer bebenden Erregung Platz. Endlich geschah etwas und Mr Marlins schien genau zu wissen, was er mit dem Auto anstellte. Natürlich hatte er Julie nichts gesagt. So etwas war Männersache. Tim spürte eine Welle von Stolz, weil sein Stiefvater ihm zutraute zu helfen, und auch eine Welle von Freude, weil Nat noch am Leben war. Wenn alles vorüber wäre, könnte er Gaz und den anderen etwas richtig Aufregendes erzählen. Das war viel besser, als Namen auf Klowände zu sprühen. Dann fiel ihm ein, was er Gaz bei ihrer letzten Begegnung angetan hatte, und seine Freude schrumpfte ein wenig.

Mr Marlins sah ihn scharf an. »Vielleicht«, sagte er. »Sitz still und tu, was ich dir sage.«

Tim legte seine gewölbten Hände auf die kalte Fensterscheibe und beobachtete die vorbeirasenden Bäume. Bei der Geschwindigkeit, dazu bei der Dunkelheit und dem Nebel, war es kaum möglich, die Straßenschilder zu entziffern. Irgendwann verließen sie die Hauptstraße und schlängelten sich über einsame Sträßchen, die weder von weißen Streifen noch von Katzenaugen markiert waren. Mr Marlins fuhr jetzt äußerst konzentriert, die Finger fest um das Lenkrad geschlungen. Tim schwieg, doch als sie die Straße verließen und auf einem unbefestigten Weg mitten in den Wald hineinfuhren, hielt er es nicht länger aus.

»Wohin führt dieser Weg?«

»Dahin, wo ich früher gearbeitet habe.«

Tim wandte seinen Blick von den Bäumen ab und sah auf seine Armbanduhr. Er schüttelte sie, das dumme Ding war stehen geblieben. »Normalerweise sind Büros um diese Zeit doch geschlossen«, sagte er und runzelte die Stirn, denn er war sich sicher, dass seine Uhr vor kurzem noch funktioniert hatte.

»Die Leute, für die ich arbeite, haben keine Büros.«

»Und Nat? Ich dachte, wir holen sie raus?«

»Das tun wir auch.«

Mr Marlins kurbelte am Lenkrad und eine mächtige Matschfontäne ergoss sich über die Windschutzscheibe. Zwischen den Bäumen war der Nebel noch dichter. Tim bildete sich ein, ein Paar gelber Augen im Scheinwerferlicht zu sehen, doch bevor er einen Warnschrei ausstoßen konnte, waren sie wieder verschwunden.

»Sind wir bald da?«, fragte er schüchtern.

Mr Marlins knurrte: »Lenk mich nicht ab. Ich versuche mich an den Weg zu erinnern.«

Tim schlug den Kragen seiner Jacke hoch. In dem eleganten Auto herrschte eine ziemliche Kälte. Er schob die Hände in die Taschen und rutschte tiefer in den Sitz. Jetzt fielen ihm die Nachteile seines geschorenen Kopfes auf. Mit Haaren wäre es deutlich wärmer gewesen.

Er überlegte gerade, was die ehemaligen Arbeitgeber von Mr Marlins wohl mit Nat zu tun haben mochten, als sein Stiefvater ohne Vorwarnung hart auf die Bremse trat.

Das Auto kam ruckend zum Stehen und Tim richtete sich wieder auf. Sie befanden sich auf einer Lichtung, die von dichten Nebelschwaden eingehüllt war. In ihrer Mitte parkte doch tatsächlich ein Sattelschlepper, der gerade von geisterhaften Gestalten in langen Mänteln entladen wurde. Silbergraue Hunde, groß wie Schäferhunde, trotteten umher, als hielten sie Wache. Einer kam heran und untersuchte das Auto, drückte seine Nase ans Fenster und starrte Tim aus leuchtend gelben Augen an. Tim erschauderte.

»Angst?«, fragte Mr Marlins.

»Ich doch nicht!«

»Wäre vielleicht besser.«

Tim spähte zum Sattelschlepper hinüber und versuchte zu erkennen, was die Leute in den langen Mänteln dort ausluden. Säcke? Je genauer er hinsah, desto weniger konnte er erkennen. Sie gingen immer auf die andere Seite der Lichtung und verschwanden im Nebel, ebenso die Hunde. Er wischte über die Scheibe und blinzelte. Stand dort drüben nicht ein großer Stein? Er zog seine Jacke fester.

»Hast du etwas am Auge?«, fragte Mr Marlins.

Tim grummelte: »Es ist so dunkel. Da kann doch kein Mensch etwas sehen.« Die ganze Geheimnistuerei ging ihm allmählich auf die Nerven.

Ein angespanntes Schweigen machte sich breit.

»Also gut«, sagte sein Stiefvater endlich, »ich schulde dir eine Erklärung. Es ist nämlich so. Wir befinden uns an einem Grenzübergang zwischen den Welten. Dort drüben, auf der anderen Seite des Steins, liegt das Land Anderserde. Ich vermute, dass Nat dorthin verschleppt wurde. Meine Arbeitgeber kontrollieren den Grenzübergang und diese Hunde bewachen ihn. Er ist natürlich nicht immer geöffnet, nur wenn etwas über die Grenze geschafft werden muss. Ich habe ein paar Tage gebraucht, bis ich herausgefunden habe, wann sie da sind, aber ich habe noch meine Kontakte.«

»Wer sind deine Arbeitgeber?«, fragte Tim, obwohl er sich eigentlich nicht sicher war, ob er es so genau wissen wollte.

»Sie nennen sich Zauberlords. Nats Mutter stammte aus Anderserde, darum sind sie so an Nat interessiert. Sie glauben, sie hätte die Kräfte ihrer Mutter geerbt, was natürlich Unsinn ist.«

Tim rutschte unbehaglich auf seinem Sitz hin und her. »Was für Kräfte? Ich dachte, Nats Mutter sei blind gewesen.«

»Nur in unserer Welt. In Anderserde konnte sie besser sehen als du jetzt.«

Kunststück, dachte Tim und sah blinzelnd zu den geisterhaften Schatten beim Sattelschlepper. Wenn es nicht um Nats Verschwinden gegangen wäre, hätte er geglaubt, Mr Marlins würde sich einen Scherz mit ihm erlauben. Aber Mr Marlins und Scherze, das passte nicht zusammen. »Was hast du damit zu tun?«, fragte er und überlegte, ob er wohl im Sattelschlepper mit nach Hause genommen werden konnte.

Sein Stiefvater lächelte ihn finster an. »Ich bin ein Vasall.«

Allein der Klang dieses Wortes ließ Tim am ganzen Körper erzittern. Er starrte Mr Marlins unbehaglich an, wollte jedoch nicht schon wieder fragen.

»Du weißt nicht, was das ist, oder?«

Tim schüttelte den Kopf.

»Wenn du deine Geschichtsbücher gelesen hättest, wüsstest du, wovon ich spreche.«

Tim schwieg. Er las nie Bücher, wenn er nicht unbedingt musste. Stapelweise warteten sie oben in seiner Schultasche darauf, dass er endlich seine Halbjahresarbeit begänne.

»Genau genommen bedeutet es Sklave«, fuhr Mr Marlins mit ruhiger Stimme fort. »Doch heutzutage wäre die Bezeichnung Handelsreisender passender für meine Tätigkeit. Einige von uns arbeiten auch in der Müllverwertung, wie du siehst.« Er zeigte auf den Laster.

Tim befeuchtete sich die Lippen. »Weiß Nat, dass du ein – äh – so ein Waldgeist bist?«

»*Vasall.*« Das Gesicht von Mr Marlins verfinsterte sich. »Nein, das weiß sie nicht. Und wehe, du erzählst es ihr, Junge.«

Wieder kroch Tim ein Schauer über den Rücken. »Ich

sage ihr bestimmt nichts«, versprach er. »Aber ich verstehe das nicht. Ist sie denn hier?« Von den Gestalten in den Mänteln sah keine so klein wie Nat aus. »Und was ist in dem Laster? Was verkaufst du denn?« Tim stellte sich illegale Schmugglerbanden vor.

Mr Marlins lächelte geheimnisvoll und stieg aus. Der silberne Hund, der die ganze Zeit um das Auto herumgelaufen war, beschnüffelte ihn, griff aber nicht an. »Warte«, sagte Mr Marlins, dann warf er die Tür zu und entfernte sich.

Panisch wand Tim sich auf seinem Sitz. Ohne laufenden Motor war es eiskalt im Auto. Er rutschte zum Fahrersitz und tastete nach den Schlüsseln, aber Mr Marlins hatte vorgesorgt. Der Hund legte seine riesigen Pranken auf den Kofferraum und starrte ihn durch die Windschutzscheibe an. Tim schnitt ihm eine Grimasse, wagte jedoch nicht auszusteigen.

Drüben beim Laster wechselte Mr Marlins zornige Worte mit den Arbeitern. Dann löste sich die Gestalt eines großen Mannes aus dem Nebel und kam auf Mr Marlins zu. Seine Kleidung schimmerte grün wie zitterndes Laub. Tim sah ihm gebannt entgegen. Sein weißes Haar reichte beinahe bis zu den Knien und war voller Zweige und Dornen, als sei er gerade durch ein Dickicht gekrochen. Mr Marlins machte einen Schritt zur Seite, neigte höflich den Kopf und deutete zum Auto.

Tim fing Nats Namen auf und kurbelte das Fenster ein wenig herunter, um besser zu hören. Aber die Männer hatten die Stimmen gesenkt und er fing nur Wortfetzen auf.

»… weiß nicht, was Lady Atanaqui sich dabei gedacht hat …«

»… sie muss von den Tricksern …«

»… Ihren Pflichten nicht nachgekommen …«

Mr Marlins nannte den Mann »Lord«. Tim grinste. Aber sein Grinsen erstarb schnell, als der Zauberlord den Kopf hob und mit leuchtend grünen Augen zum Auto herübersah. Dann ging der Zauberlord über die Lichtung, Mr Marlins im Schlepptau. Tim fröstelte und bevor er daran dachte, die Tür zu verriegeln, wurde sie schon von außen aufgemacht.

»Nein!«, schrie er entsetzt, als der Hund das Maul aufriss und seinen Arm packte.

»Aussteigen«, befahl der Zauberlord.

Tim stieg aus und sah nach, ob die Zähne des Hundes seinen Ärmel zerrissen hatten. Erleichtert, dass nichts beschädigt war, wandte er sich an den Hundehalter und rief: »Rufen Sie Ihren Hund zurück. Die Jacke ist ganz neu.«

Der Zauberlord lächelte kalt. »Ich verstehe, warum Sie ihn mitgebracht haben«, sagte er zu Mr Marlins. »Die Frage ist nur, was wir jetzt mit ihm machen. Wir können ihn nicht einfach gehen lassen.«

»Aber wenn ihr meine Tochter nicht habt …«

»Selbst wenn wir sie hätten, meinen Sie, wir würden sie gegen ein so mieses Exemplar eintauschen?« Der Zauberlord schürzte die Lippen.

»He!«, rief Tim. Mit Grausen verstand er plötzlich, was Mr Marlins gemeint hatte, als er sagte, Tim könne seine Dummheit wieder gutmachen. Sein Stiefvater wollte ihn für Nat eintauschen! Was kümmerte ihn seine Jacke – er konnte auf eine neue sparen. Tim verschränkte die Arme, lehnte sich so fest er konnte nach hinten und bearbeitete gleichzeitig den Hund mit Tritten. Der knurrte böse und der Zauberlord sprühte grüne Blitze aus den Augen.

»Hör auf!«, befahl er.

Als Mr Marlins seinen Arbeitgeber am Ärmel zupfte und sagte: »Bitte, lassen Sie ihn gehen. Wir müssen Nat suchen«, gab Tim nach.

In jeder anderen Situation hätte Tim nicht im Traum daran gedacht, seinen Stiefvater zu verteidigen. Aber das hier war etwas anderes. Zähneknirschend sagte er: »Er hat Recht! Ich helfe ihm bei der Suche.«

Der Zauberlord sah Tim belustigt an. »Du lässt dich aber leicht zum Narren halten.« Und an Mr Marlins gewandt sagte er streng: »Sie hatten die Pflicht, Ihre Tochter an ihrem zwölften Geburtstag zu uns zu bringen. Dann hätte sie sich mit dem Hund ihrer Mutter verbinden und selbst entscheiden können, wohin sie gehört. Jetzt ist sie dem Feind in die Hände gefallen und ich nehme an, dass sie nichts von uns weiß. Wenn die Trickser ihr etwas antun, tragen Sie die Verantwortung.«

»Ich hatte keinen Grund, ihr irgendetwas zu erzählen! Sie ist ein normales, fröhliches Mädchen. Sie hat Freundinnen, sie geht in die Schule. Und sie kann in unserer Welt sehen – wenn das kein Beweis ist! Sie würde Anderserde hassen. Ich wollte doch nur, dass sie ein normales Leben führen kann.«

Mr Marlins schien den Tränen nahe. Tim hätte sich geschämt, hätte er selbst nicht so viel Angst gehabt. Er zwang sich zur Ruhe und hörte zu.

»Was meinen Sie, wie ihr Leben aussehen wird, wenn die Trickser mit ihr fertig sind?«, fragte der Zauberlord. »Ich gebe zu, es ist ungewöhnlich, dass sie bei euch so gut sehen kann, aber das liegt möglicherweise daran, dass sie in eurer Welt geboren ist. Wichtig ist jetzt nur, sie aus den Händen dieser Trickser zu befreien, bevor sie einen nicht wieder gutzumachenden Schaden anrichten. Ich werde K'tanaqui auf ihre Spur setzen. In der Zwischenzeit können Sie die Zauberblätter verbreiten, die Sie in Ihrem Auto gehortet haben, bevor sie vor Alter umkommen. Warten Sie, bis die Öffnung vorbei ist, bevor Sie wieder hierher kommen. Wir rechnen diesmal mit Ärger. Und was Ihren Stiefsohn anbetrifft – es tut mir Leid, aber er hat bereits zu viel gesehen.«

Tims Blut gefror. Er hatte dem Gespräch nur mühsam folgen können, aber die letzten Worte verstand er nur zu gut. Er starrte seinen Stiefvater an und zischte: »Tu etwas!«

Mr Marlins wich seinem Blick aus. Dann verneigte er sich vor dem Zauberlord, stieg in sein Auto und fuhr davon.

Ungläubig starrte Tim den verschwindenden Rücklichtern nach. Dann schrie er: »Feigling!«

Nachdem Mr Marlins gegangen war, ließ der Hund von Tim ab. Aber bevor er versuchen konnte wegzulaufen, kamen zwei Mantelmänner vom Laster herüber und stellten sich links und rechts neben ihm auf. In ihren Gürteln entdeckte Tim lange, blitzende Messer, was seine Fluchtgedanken zunichte machte. Auch auf eine Mitfahrgelegenheit legte er keinen Wert mehr, und als der Zauberlord auf einen umgestürzten Baumstamm deutete und ihm befahl sich zu setzen, blieb ihm nichts anderes übrig als zu gehorchen.

Während er wartete, betrachtete er den aufrechten, großen Stein. Er war vielleicht doppelt so groß wie Tim und in sich verdreht wie ein alter Baumstumpf. Nebelschwaden waberten um seine moosigen Windungen, was den Eindruck erweckte, er sei direkt dem Erdboden entwachsen. Die Lichter des Lasters warfen verzerrte Schatten über ihn. Etwa in Augenhöhe befand sich ein kopfgroßes Loch, das ganz durch den Stein hindurchzugehen schien. Die Mantelmänner legten ihre Säcke in das Loch, sie fielen aber merkwürdigerweise auf der anderen Seite nicht wieder heraus. Jedes Mal, wenn ein Sack verschwand, züngelte eine grüne Flamme empor und ein unheimlicher, kalter Luftzug entstand, der Tim bis ins Mark frösteln ließ.

Im Stein musste sich ein versteckter Mechanismus befinden, der von einem Hebel innerhalb des Lochs ausgelöst wurde, überlegte Tim. Vielleicht war der Stein hohl und die Säcke wurden nur zwischengelagert und später abtransportiert? Er musste sich das unbedingt genauer ansehen. Aber immer, wenn er sich erheben wollte, knurrte der Hund und die beiden Wächter richteten sich auf, worauf der Zauberlord zu ihnen hinsah. Tim setzte sich wieder und spielte am Reißverschluss seiner Jacke.

»Was ist in den Säcken?«, fragte er seine Wächter. »Warum legen Sie sie in den Stein?«

Die beiden sahen sich an, gaben jedoch keine Antwort.

»Sind Sie auch Trickser?«, fragte Tim neugierig.

Jetzt reagierten sie. Einer der Wächter spuckte aus. »Nein! Trickser sind in Anderserde nicht zugelassen. Die spielen ihr Leben lang mit Zauberblättern und erschrecken sich gegenseitig mit idiotischen Trugbildern. Mindestens die Hälfte von ihnen beherrscht nicht einmal das ordentlich. Kaum eine halbe Meile von hier, in einem alten Waldhaus, gibt es einen Zauberbund, aber in die Nähe des Bannsteins trauen sie sich nicht. Sie haben viel zu viel Angst vor der magischen Kraft der Grenze. Ph!«

»Zauberblätter?«, fragte Tim interessiert. »So etwas verkauft Mr Marlins, nicht wahr? Wie sehen die denn aus?«

»Die lebendigen glitzern ...«

»Pst!«, machte der zweite Wächter mit einem nervösen Blick auf den Zauberlord. »Er soll kein Vasall werden.«

»Na und? Was macht das schon?«

Doch dann schwiegen sie und sagten kein Wort mehr. Tim

spielte wieder mit seinem Reißverschluss und beobachtete aufmerksam die Säcke. Er hoffte vergeblich, einer würde vielleicht herunterfallen.

Es schien eine Ewigkeit zu dauern, bis der Laster endlich leer war. Schließlich aber stieg jemand ins Führerhaus und startete den Motor. Das riesige Fahrzeug schob sich vorsichtig über den matschigen Waldboden und verschwand. Der Zauberlord kam zu Tim und winkte ihm mit einer Geste aufzustehen. Dann ging er mit ihm zum Bannstein. Die übrigen Männer schlossen sich ihnen an und stellten sich schweigend um den Stein, als warteten sie auf etwas. Tim hatte sich mittlerweile an die Dunkelheit gewöhnt. Er merkte, dass der Himmel nicht mehr so schwarz war wie zuvor. Er musste die ganze Nacht auf dem Baumstamm verbracht haben. Kein Wunder, dass ihm kalt war.

»Wie lang bin ich schon hier?«, wollte er wissen. »Meine Mutter wird verrückt, wenn ich zum Frühstück nicht zu Hause bin.« Obwohl seine Uhr stehen geblieben war, starrte er demonstrativ auf das Zifferblatt.

Der Zauberlord sah ihn stirnrunzelnd an. »Es hat keinen Zweck, auf deinen Zeitmesser zu schauen. Entlang der Grenze befinden sich starke antitechnologische Zauber. Es tut mir Leid, dass du so lange warten musstest. Aber bestimmt verstehst du, dass wir nicht riskieren wollten, beim Abladen überrascht zu werden. Keine Sorge, wenn du mit uns zusammenarbeitest, kommst du bald wieder nach Hause.«

»Warum kann ich nicht gleich nach Hause?«, fragte Tim mit einem unbehaglichen Blick auf seine Wächter.

Der Zauberlord seufzte. »Für einen Vasallen bist du nicht geschaffen. Wir müssen erst die Erinnerung an uns aus deinem Gedächtnis tilgen. Betrachte es, wie wenn dir ein kranker Zahn gezogen würde. Es ist nur zu deinem und unserem Besten. Wenn du dich entspannst und Oq ihre Arbeit tun lässt, geht es ganz schnell.«

»Wer ist Oq?«, flüsterte Tim zitternd. Seine Erinnerung tilgen? Wie in diesen Filmen, wo sie Menschen in Pflanzen verwandelten? Nein, nur über seine Leiche.

Statt zu antworten ging der Zauberlord auf den Stein zu und legte seine Hände in das Loch. Grüne Flammen flackerten an seinen Handgelenken auf, krochen über seine Arme und versengten die Härchen. Ungläubig beobachtete Tim die Szene. Tatsächlich, der Stein schmolz! Dann erhob der Zauberlord seine Arme, das Loch wuchs, wurde weit und gab den Blick auf noch mehr Bäume und ein Feld weißer Blumen frei, die geisterhaft im Morgennebel wogten. Der Hund machte einen Satz und verschwand im Loch wie zuvor die Säcke.

»Gut«, sagte der Zauberlord zu den wartenden Männern, »mit dem Jungen werde ich allein fertig. Ihr nehmt die Zauberblätter und vergrabt sie. Wenn die Grenzöffnung stattfindet, soll nichts davon herumliegen. Wenn ihr fertig seid, verschwindet vom Bannstein, damit Oq sich an die Arbeit machen kann.«

Mit trockenem Mund begann Tim sich auf die Bäume zuzubewegen.

Um den Zauberlord abzulenken, plapperte er schnell weiter. »Sie müssen meine Erinnerung nicht tilgen, ich kann mich nie an etwas erinnern. Fragen Sie meine Lehrer! Bei den Klassenarbeiten bin ich immer der Schlechteste …« Wieder ein kleiner Schritt.

Der Zauberlord lachte. »Ach, wirklich? Dann bringen sie dir wahrscheinlich nicht die richtigen Dinge bei. Meiner Erfahrung nach lernt man gut, wenn man sich für den Stoff interessiert.«

Noch ein Schritt. »Aber Anderserde interessiert mich überhaupt nicht.«

»Wirklich? Für jemanden, der sich nicht interessiert, fragst du aber eine Menge. Bleib stehen! Oq versucht dich zu erreichen.«

Die meisten Mantelmänner waren während des Gesprächs eilig in das Loch im Stein geschlüpft und in dem grünen Licht verschwunden. Bei den letzten Worten des Zauberlords blieben die Verbleibenden jedoch stehen und drehten sich zu ihm um, die Hände an ihre Messer gelegt. In Panik durchsuchte Tim seine Taschen nach einer Waffe. Seine Finger berührten den Ohrring.

Der Zauberlord sprach leise ein paar Worte und von der anderen Seite des Steins ertönte ein Rasseln. Dann schob sich ein armdicker goldener Fühler durch das Loch und wand sich fest um Tims Handgelenk.

Sein Blut gefror zu Eis. Er zog die Hand mit dem Ohrring aus der Tasche und mit einem gellenden Schrei trieb er den Stachel in das Ding. Mit einem scharfen Knistern zog es sich zurück, wobei es einen Duft nach verbranntem Zucker absonderte. Tim nahm die Beine in die Hand und rannte auf die Bäume zu. Doch er war kaum drei Schritte gelaufen, da rief der Zauberlord einen Befehl und gehorsame Hände ergriffen Tim an den Armen. Er schlug mit aller Kraft um sich, aber die Mantelmänner schleppten ihn zurück zum Stein.

»Schiebt ihn durch«, sagte der Zauberlord mit kalter Stimme.

Tim schloss die Augen. Grünes Licht flackerte um ihn auf und in seinem Kopf explodierten schwarze Blitze.

Ich heiße Timothy Lockley, wiederholte er verzweifelt, immer und immer wieder. *Mr Marlins ist ein Vasall. Er verkauft Zauberblätter. Ich bin an einem Ort namens Anderserde und meine Stiefschwester Nat ist von Tricksern gefangen … von Tricksern gefangen … von Tricksern gefangen …*

7

Lord Habicht

29. Oktober, Donnerstagmorgen

Natalie verbrachte eine unruhige, schlaflose Nacht. Sie lauschte auf das Knirschen und Ächzen des alten Hauses. Der Morgen wollte und wollte nicht kommen. Dann endlich verwandelte sich das Glimmen vor ihrem Fenster in ein nebelhaftes Licht aus Bronze, Rot und Gold. Sie setzte sich auf und wartete. Das war vielleicht ihre letzte Chance. Diesmal durfte sie es nicht verpatzen.

Als sie die Schritte im Flur hörte, richtete sie sich auf, legte die Hände in den Schoß und setzte ein Lächeln auf. »Also gut«, rief sie zaghaft, »ich helfe Ihnen mit den Zauberblättern. Was soll ich tun?«

Habicht kam als Erster durch die Tür. In seinen gelben Augen blitzte Erstaunen auf, das sich schnell in Befriedigung verwandelte. »Siehst du?«, sagte er zu der Frau mit den leeren Augen, die ihm folgte. »Es hat nur ein wenig Überredung zum richtigen Zeitpunkt gebraucht. Du bist zu weich, mein Fisch, das ist dein Problem.«

Dann wandte er sich an Natalie. »Gut. Ich bin froh, dass

du Vernunft angenommen hast, das macht die Sache entschieden leichter. Zuerst richtest du dich ein bisschen her. Und dann kommst du mit uns mit.«

Die Frau legte ein weißes Kleid aufs Bett, ein Fähnchen, kaum dicker als das Hemd, das Natalie anhatte. Obenauf lag eine Haarbürste.

Natalie sah erst auf das Kleid, dann auf die Frau. »Solange er hier ist, ziehe ich mich nicht um«, sagte sie bestimmt.

Habicht gluckste: »Ab morgen wirst du dich nicht mehr so zieren, mein Spinnchen.« Aber er verließ das Dachzimmer und ging die Treppe hinunter. Die Frau half Natalie beim Ankleiden und spülte ihr die Haare mit Wasser aus dem Becken des winzigen Badezimmers. Als Natalies feuchte, silberblonde Locken ausgekämmt waren, trat die Frau einen Schritt zurück, um das Ergebnis zu mustern. Dann legte sie plötzlich eine Hand auf Natalies Wange und sah sie mit einem höchst merkwürdigen Ausdruck an.

Natalie bebte und schielte zur halb offenen Tür. »Was hat er mit mir vor?«, flüsterte sie. »Er ist verrückt, oder? Wenn Sie mir helfen zu fliehen, sage ich allen, dass Sie gut zu mir waren …«

Sogleich wurde die Hand zurückgezogen und die blauen Augen nahmen wieder den leeren Ausdruck an. »Wir müssen jetzt los«, sagte die Frau. »Komm.«

Im Halbdunkel stiegen sie die Treppe hinunter, deren Geländer mit riesigen hölzernen Eicheln verziert war. Es gab keinen Teppich und Natalie konnte die Unebenheiten der Stufen unter ihren bloßen Füßen spüren. Überall in den Ecken hingen Spinnweben, die ihr Habichts Drohung vom vergangenen Abend unangenehm in Erinnerung brachten. *Dein Tierchen wird sowieso bald meinen Hühnerhabicht treffen – und dann wirst du mich niemandem mehr beschreiben.* Warum hatte sie nur gesagt, dass sie ihn genau gesehen hätte? Das war dumm gewesen.

Im Vorbeigehen versuchte sie einen Blick in die Zimmer zu werfen, die meisten jedoch waren geschlossen. Dort, wo sie hineinsehen konnte, herrschte ein fahles Licht. Die Fenster, die nicht verrammelt waren, waren mit einer dicken Staubschicht bedeckt, durch die das Sonnenlicht zäh wie Sirup hindurchsickerte. Tapfer setzte sie einen Fuß vor den anderen und biss sich auf die Lippen, um nicht zu schreien. Als sie im ersten Stock ankamen, ging quietschend eine Tür auf, aus der ein Paar ängstliche Augen starrten. Bevor die Tür wieder zuging, erhaschte sie noch einen Blick auf einen strubbeligen roten Haarschopf. Die Frau musste ihn auch gesehen haben, doch sie schwieg, nahm Natalie an der Hand und zog sie weiter.

Die Treppe mündete in einen langen, schmalen Gang. Dort stand Habicht und stocherte mit seinem Stock in dunklen Ecken und hinter schweren Möbelstücken herum. Am Ende des Gangs befand sich eine schwere Haustür, die oben und unten verriegelt war. In dem großen Schlüsselloch war kein Schlüssel zu sehen. Natalie drehte den Kopf, um sich zu orientieren. Ja, diese Tür musste zu dem Gartentor führen, das sie von ihrer Dachkammer aus gesehen hatte. Wenn sie doch einfach …

Die Frau drückte warnend ihren Ellbogen und sie gab den Gedanken wieder auf. Außerdem hatte Merlin Recht. Selbst wenn sie die Riegel unbeobachtet aufmachte, ohne Schuhe würde sie im Wald nicht weit kommen.

Am Fuß der Treppe warteten sie, während Habicht sich mit seinem Stock der Haustür näherte. Er bohrte die Stockspitze in das Schlüsselloch, dann bückte er sich und zog etwas daraus hervor. Wütend drehte er sich um, im Halbdunkel glitzerten seine Augen gefährlich.

»Da hat jemand mit den Trugbildzaubern gespielt«, sagte er. »Erst heute Morgen habe ich hier einen neuen platziert und jetzt ist er tot. Selbst die wieder aufbereiteten Zauberblätter, die uns in letzter Zeit von den Vasallen gebracht werden, haben eine längere Lebensdauer!«

Natalie betrachtete blinzelnd das Ding in seiner Hand. Schon wieder so ein blödes Einwickelpapier. Er sah ihren Blick, kam auf sie zu und packte sie am Arm. Er wedelte mit dem Zauberblatt vor ihrem Gesicht. »Du weißt wohl etwas davon, oder?« Schnell schüttelte Natalie den Kopf.

»Wie sollte sie?«, erwiderte die Frau leise. »Sie hat vier Tage lang auf dem Dachboden geschlafen. Wahrscheinlich hat sich jemand von außen daran zu schaffen gemacht. Vielleicht ihre Familie. Ich habe dich gewarnt, dass sie nicht stillhalten werden.«

Die gelben Augen verengten sich zu Schlitzen. Habicht sah Natalie scharf an, dann grunzte er und zog sie zu einer weiteren schweren Tür, die sich im Schatten hinter der Treppe verbarg. »Die Vasallen können uns nicht mehr aufhalten«, murmelte er, nahm einen Schlüssel von seinem Gürtel und schloss die Tür auf. »Komm, Spinne. Jetzt wirst du verbunden, dann ist es sowieso egal, wenn sie einbrechen.«

Hinter der Tür herrschte völlige Dunkelheit. Aus der Tiefe kam ein dumpfes Pochen, das sich wie der Herzschlag eines Riesen anhörte. Als Natalie die nach unten führenden Stufen sah, sträubte sie sich.

Der Griff schloss sich fester um ihren Ellbogen und Habicht höhnte: »Merkst du, wie sie sich wehrt, mein Fisch? Erinnert dich das an jemanden? Gib ihr jetzt die Brille. Ich möchte nicht, dass sie etwas übersieht.«

Die blauen Augen der Frau hefteten sich kurz auf Natalie,

dann sah sie schnell wieder weg und ging eilig in den Flur zurück. Natalie versuchte zu erkennen, wohin sie gingen, doch Habicht schaltete ein Licht an und zerrte sie die Treppe hinunter.

Das Pochen wurde immer lauter. Der Keller war ein geräumiges, ziemlich hell erleuchtetes Gewölbe, dessen weiß getünchte Mauern eine unangenehme Kälte ausstrahlten, die Natalie in den Nacken zog und auf ihren bloßen Armen und Beinen eine Gänsehaut hervorrief. Irgendwie roch es muffig, fast wie in der Zoohandlung, wo sie und Jo immer Bilbos Hundefutter einkauften. Ab und zu nahm sie auch einen schärferen Geruch wahr, der sie an Urin erinnerte. Sie rümpfte die Nase.

Unter einem Mauerbogen stellte Habicht einen Stuhl auf und forderte sie auf sich zu setzen. Dann zog er eine Hand voll Zauberblätter hervor und legte sie in einem Kreis um ihre Füße. Er strich jedes Blatt sorgfältig mit der Hand glatt, wobei er leise in einer ihr unverständlichen Sprache sang. Die Zauberblätter begannen zu leuchten, genauso wie jenes, das sie in der Pfütze auf dem Parkplatz gefunden hatte. Natalie zog ihre nackten Füße an und presste die Knie zusammen. Sie überlegte, ob es richtig gewesen war, das Spiel mitzumachen.

Zu ihrer Erleichterung kehrte die Frau mit ihrer Brille zurück. Sie trat vorsichtig in den Zauberkreis und setzte sie Natalie auf die Nase. Blinzelnd nahm Natalie jetzt das ganze Ausmaß des Kellers wahr. Er war größer, als sie gedacht hatte. Was sie für Schatten im hinteren Teil gehalten hatte, entpuppte sich als ein tunnelartiger Gang, der in die Wand führte. Das Pochen kam von einigen großen Maschinen, die sich auf der anderen Seite befanden. Unter einem anderen Mauerbogen entdeckte sie eine lange Bank, auf der verschiedene Käfige und Glasbehälter standen. Die meisten schienen leer zu sein, der intensive Geruch ließ jedoch darauf schließen, dass sie nicht immer leer waren. Natalie schlug die Arme um sich und fror und schwitzte zur selben Zeit.

Habicht beobachtete sie belustigt. »Jetzt bist du nicht mehr so zuversichtlich, nicht wahr, Spinne? Sitz still und rühr ja nicht die Zauberblätter an. Ich hole Hunter, dann können wir anfangen. Hol du ihr Tier, Claudia, und pass gut auf sie auf.«

Er erklomm die Kellertreppe, drei Stufen auf einmal nehmend, während die Frau – *Claudia, merk dir das* – im Dunkeln verschwand.

Natalie betrachtete die Treppe und die geöffnete Tür am oberen Ende, dann wandte sie ihre Aufmerksamkeit den Zauberblättern zu. Es waren elf Stück, die im Abstand einer Armeslänge gleichmäßig um sie angeordnet waren. Da konnte sie leicht durchschlüpfen, wenn sie nicht weiter mitspielen wollte. Doch bevor sie einen Entschluss fassen konnte, kam Claudia mit einem kleinen Deckelglas zurück. Sie trat wieder in den Kreis, lächelte Natalie zögernd an und stellte das Gefäß neben den Stuhl.

Zuerst dachte Natalie, das Glas sei leer. Doch dann krabbelte eine große Spinne über den Glasboden. »Itsy?«, flüsterte sie. Das Tier sah wie eine Hausspinne aus, aber das musste nicht bedeuten, dass es die Spinne war, die sie verloren hatte. Ein Bein fehlte. Natalie runzelte die Stirn.

Claudia beobachtete sie mitfühlend. »Ich konnte ihn nicht stoppen«, sagte sie. »Er war so wütend, als du versuchtest ihn auszutricksen, dass er dir eine Lektion erteilen wollte. Aber keine Sorge, wenn du erst eine von uns bist, wird so etwas nicht mehr nötig sein. Nach einer Weile tut es nicht mehr so weh.« Ihre Augen füllten sich mit Tränen und sie starrte auf das Glas, als sähe sie etwas ganz anderes als eine Spinne darin.

Natürlich. *Mein Fisch.*

»Wo ist Ihr Fisch?«, fragte Natalie.

Sofort wurden die blauen Augen wieder leer. »Das erfährst du früh genug«, sagte sie, zog sich unter einen Mauerbogen zurück und starrte zur Kellertür hinauf.

Als Natalie ihrem Blick folgte, stockte ihr Atem. Merlins Vater kam mit ausgestrecktem Arm die Treppe herunter, seine Hand war von einem Lederhandschuh bedeckt. Und auf diesem Handschuh thronte ein riesiger, graubrauner Habicht, der flügelschlagend das Gleichgewicht hielt. Natalie klammerte sich an den Stuhl. So nah war sie noch nie einem großen Raubvogel gewesen, ohne dass ein Gitter sie vor ihm schützte. Sein Gefieder an Schwanz und Brust war schwarz gestreift, seine Beine hellgelb und sein Schnabel scharf und gekrümmt. Instinktiv wich sie zurück, als der Habicht sie aus einem goldglitzernden Auge anstarrte. Von ihrer Bewegung aufgescheucht, öffnete er seinen schrecklichen Schnabel und kreischte.

Kaa – kaa – kaa!

Der Schrei hallte im Gewölbe wider und übertönte das Pochen der Generatoren. Ein kleines Tier in einem der Käfige fiepte aufgeregt. Natalie presste die Hände auf ihre Ohren, und Claudia, die immer noch unter dem Mauerbogen stand, zuckte zusammen.

Habicht lächelte den Vogel liebevoll an und strich ihm übers Gefieder, bis er sich beruhigt hatte. »Das ist Hunter«, sagte er. »Er ist ein reinrassiger Hühnerhabicht. Ist er nicht eine Schönheit? Er ist hungrig, weil ich ihn heute noch nicht hinausgelassen habe.« Bei diesen Worten sah er bedeutungsvoll auf Natalie.

Sie leckte sich über die Lippen und schielte zu den Zauberblättern hinab. »Dann sollten Sie ihn vielleicht jetzt rauslassen?«

Zwei Paar gelber Augen starrten sie an. »Gib es auf, Spinne. Du weißt genau, warum er hier ist, und du hast versprochen mitzumachen. Das kann leicht sein oder auch nicht. Spinnen haben acht Beine, wie du weißt.«

Natalie sah zur Kellertreppe und überlegte, ob es nicht doch besser wäre, barfuß in den Wald zu laufen.

Spiel mit, befahl sie sich. *Es ist nur ein Vogel.*

Sie holte tief Luft. »Es tut mir Leid, aber ich weiß nicht, was ich tun soll. An so einer Zeremonie habe ich noch nie teilgenommen.«

Habichts Zorn erstarb so schnell, wie er gekommen war. »Ich habe vergessen, dass deine Erziehung sträflich vernachlässigt wurde. Wenn du dich wieder erholt hast, werde ich dir ein paar grundlegende Dinge beibringen. Den Rest wirst du nach der Öffnung erfahren. Claudia, mein liebes Fischchen, erklärst du es ihr?«

Claudia räusperte sich. »Das Mädchen ist noch sehr jung. Bist du sicher, dass das richtig ist, Habicht? Ihr Verschwinden wird einen Aufruhr verursacht haben. Das ist nicht wie bei einem Erwachsenen, um den niemand sich schert. Bei mir und den anderen warst du sehr vorsichtig. Warum willst du jetzt riskieren entdeckt zu werden?«

Habicht zischte und sein Vogel schlug schwer mit den riesigen Flügeln. Obwohl diese weit von ihr entfernt waren, duckte sich Natalie instinktiv. Ihr Magen krampfte sich zusammen, als der Schatten des Hühnerhabichts durch den Keller streifte.

»Wie oft muss ich es dir noch erklären?«, erwiderte Habicht. »Die Grenze wird Samstagnacht geöffnet. Alles ist vorbereitet. Aber mit einem unvollständigen Zauberbund hineinzugehen wäre Selbstmord, das weißt du genau. Und wenn wir es mit dem Rat von Oq aufnehmen wollen, müssen wir so mächtig wie möglich sein. Du musst zugeben, dass Spinne uns viel mehr nützt als Merlin. Entweder sie macht mit oder wir müssen wieder ein Jahr warten. Und wenn ich jemand anderen mit vergleichbaren Kräften suche, riskieren wir von der Polizei entdeckt zu werden. Mach dir das bitte klar, mein Fisch. Stell dir vor, den Rest deines Lebens hinter Gittern zu verbringen. Sie würden Hunter umbringen und was meinst du, wie es dir dann in Gefangenschaft erginge?«

Claudia erbleichte. »Es geht ganz schnell«, sagte sie zu Natalie. »Bevor du etwas merkst, ist es vorbei. Du musst gar nichts tun, nur still sitzen und dich entspannen. Was auch immer geschieht, rühr deine Spinne nicht an.«

Natalies Herz pochte aufgeregt. Wieder sah sie zur Treppe hinüber. Die Tür oben war jetzt zu, aber nicht abgeschlossen. Unmerklich begann sie sich an den Rand des Stuhls zu schieben.

Habicht umkreiste sie, berührte die Zauberblätter mit seinem Stock und sang leise vor sich hin. Die Luft im Keller knisterte merkwürdig und dann trat Habicht zurück und die Schatten um den Stuhl begannen zu leuchten.

Natalie erstarrte.

Claudia hob die Hand und bedeckte ihre Augen. Das hätte Natalie warnen müssen. Doch bevor sie es ihr nachtun konnte, erstrahlte der Keller in gleißend rotem Licht, gefolgt von purpurroten Rauchschwaden und dem Duft von verbranntem Zucker, den sie schon im Supermarkt wahrgenommen hatte. Ein zaghafter Schrei kam über ihre Lippen, was den Hühnerhabicht zu einem weiteren wilden Kreischen veranlasste.

Als der Rauch sich verzogen hatte, war der Keller voll von Menschen.

Natalie hielt sich am Rand des Stuhls fest und sah in die Gesichter ringsum. Sie versuchte ihre Aufregung zu bezähmen. Waren diese Leute aus dem Nichts gekommen? Sie bebte und schüttelte sich. Nein, sie mussten im Schutz des Rauchs durch den Tunnel gekrochen sein, als Natalie von der Explosion geblendet worden war. Im Fernsehen hatte sie einmal einen ähnlichen Magiertrick gesehen. Sie beruhigte sich etwas. Habicht hatte nicht einmal die richtige Anzahl Zauberblätter ausgelegt, denn es waren nur zehn Personen »erschienen«, sieben Männer und drei Frauen unterschiedlichen Alters. Sie sahen eigentlich ganz normal aus, bis auf ihre Augen, die Natalie mit brennender Neugier anstarrten.

Als sei ich ein Beutestück, dachte sie mit Schaudern.

»Das ist unsere kleine Spinne«, verkündete Habicht und streichelte seinen Vogel. »Einige von euch haben sie schon gesehen, als sie auf dem Dachboden schlief. Ich freue mich, euch mitteilen zu können, dass sie heute hellwach ist und bereit, unseren Zauberbund zu vervollständigen. Heute wird unsere Zauberkraft um das Dreizehnfache zunehmen. Heute werde ich Zauberlord!«

Aufgeregtes Flüstern erfüllte das Kellergewölbe, erstarb aber sogleich, als Habicht seinen Stock erhob. »Ruhe«, sagte er, »keiner rührt sich.« Sofort standen alle stumm und bewegungslos da.

Habicht zählte die Menschen durch, spähte in das Halbdunkel nach hinten und stocherte dann in einem der Zauberblätter, das im Gegensatz zu seinen Nachbarn noch immer leuchtete. »Wo ist dieser Bursche?«, schimpfte er. »Ich habe ihm doch gesagt, er soll sich für die Transportation bereithalten. Er soll dabei zusehen. Kann er denn niemals gehorchen, verdammt ...« Er ging mit seinem Hühnerhabicht zu dem Käfig, aus dem Natalie das aufgeregte Fiepen gehört hatte. Unruhig beobachtete sie Hunter, der nervös mit den Flügeln schlug. Im Käfig sah sie eine weiße Maus, die in ihrem Bau verschwand.

Eine kurze Pause trat ein.

Dann kam Merlin in halsbrecherischem Tempo die Kellertreppe heruntergesaust. Er drängte sich zwischen den herumstehenden Gestalten hindurch und riss den Käfig an sich. »Nein!«, schrie er und deckte schützend die Arme um ihn. »Lass ihn, bitte! Tu ihm nichts!«

Sein Vater zuckte mit den Lippen. »Stell das sofort wieder hin, Bursche, sei nicht kindisch. Wenn wir jetzt alle versammelt sind, können wir endlich anfangen. Für diesen besonderen Anlass werden wir, denke ich, das Zauberfeuer benutzen. Ferret! Stell das Ding aus, das ist ja zum Verrücktwerden.«

Ein Mann mit schwarzem Bart ging zum Generator. Einen Augenblick später verstummte das Pochen und das elektrische Licht erlosch. Von den Mauern strömte Dunkelheit, die nur vom schwachen bronzenen Glimmen des unbenutzten Zauberblatts zu Natalies Füßen durchbrochen wurde. Das Atmen der Umstehenden wurde immer lauter. Drüben bei der Bank stand Merlin und wimmerte. Natalie spürte Übelkeit in sich aufsteigen.

Habicht berührte das glimmende Zauberding mit seinem Stock. Flammen schlugen auf und der Hühnerhabicht, beleuchtet vom roten Schein des Feuers, drehte seinen Kopf und beäugte Natalie schräg von unten. Flüsternde Drohungen krochen aus den Schatten auf sie zu und der Keller erschien ihr hundertmal gespenstischer als zuvor. Sie schlug die Arme um sich und begann zu weinen.

»Bitte, nicht wehtun«, flüsterte sie und wusste, dass sie sich wie Merlin anhörte, konnte aber nichts dagegen tun. »Wenn Sie mich laufen lassen, verspreche ich, der Polizei nichts zu verraten. Ich sage, Sie hätten mir die Augen verbunden. Ich sage alles, was Sie wollen …« Ihre Stimme erstarb in einem Schluchzen.

»Mach schon weiter«, sagte Claudia, »quäl das Kind nicht länger.«

Mit zwei raschen Schritten war Habicht bei Natalies Stuhl. Sie machte sich so klein wie möglich und presste die Augen zusammen. Doch er fasste sie nicht an und nach einem Augenblick hörte sie ein leises Kratzen am Boden. Sie riskierte einen kurzen Blick. Itsy, die hatte sie völlig vergessen – wenn es wirklich Itsy war. Habicht hatte den Deckel des Glases entfernt. Und während sie noch nach unten sah, machte Hunter einen Satz, steckte seinen Kopf in das Glas und verschluckte anmutig die Spinne.

Drei Herzschläge lang rührte sich nichts und niemand. Dann kreischte der Hühnerhabicht, und Merlins Vater streckte beide Arme nach oben. Alle außer Merlin fielen auf die Knie und riefen: »Lord Habicht! Lord Habicht! Lord Habicht!«

Das war zu viel für Natalie. Die Anspannung wich von ihr wie Luft aus einem Luftballon. Ihre Beine, die seit dem Erlöschen des Lichts zusammengepresst gewesen waren, schienen auseinander zu fließen. Sie sank vom Stuhl und fiel Habicht wie ein armseliges Häufchen vor die Füße. Die anderen drängten sich nach vorn und sahen sie mit einer seltsamen Mischung aus Neugier und Mitgefühl an. In ihren Pupillen tanzte rot der Widerschein der Flammen.

Habicht tätschelte ihren Kopf. Doch anstatt ihr aufzuhelfen, drückte er sie noch weiter nach unten. »Braves

Mädchen. Nun küss meine Füße, dann darfst du dich ausruhen.«

Natalie erschrak. Seine Füße küssen? Seine Stiefel waren lehmverschmiert. Fast hätte sie ihm das gesagt, aber sie unterdrückte die Worte und dachte *Spiel mit.* Zaghaft kroch sie vorwärts und berührte mit ihren Lippen die sauberste Stelle, die sie finden konnte. Ein Seufzen zog durch das Kellergewölbe.

Sie wartete einen angemessenen Augenblick, dann hob sie ihr Gesicht empor und fragte so liebenswürdig, wie sie konnte: »Mir ist kalt und meine Füße tun mir weh. Könnte ich jetzt nicht meine Kleider und Schuhe wiederhaben, Lord Habicht?«

Sie hielt den Atem an. Hatte sie es übertrieben?

Habicht lächelte und wand eine Locke ihres immer noch feuchten Haares um seinen Finger. »Natürlich, meine kleine Spinne. Jetzt kannst du sie wiederhaben. Merlin! Hör mit dem Gejammer auf. Hol Spinnes Kleider und bring sie auf ihr Zimmer. Fisch, du begleitest sie nach oben und bringst sie zu Bett. Und die anderen begeben sich zum Schießstand und üben Bogenschießen! In diesem Jahr zeigen wir dem Rat von Oq, wer der Stärkere ist. Ich möchte, dass jeder von euch aus zwanzig Schritt Entfernung ein Einhorn trifft, wenn wir die Grenze überschreiten!«

8

Flucht

29. Oktober, Donnerstagmorgen

Merlin ließ sich mit dem Kleiderholen Zeit. Er war sicher, dass niemand merken würde, was er vorhatte, denn das Mädchen ruhte in der Dachkammer und der Vater übte mit den anderen unten am Schießstand Bogenschießen. Sollte sein Plan misslingen, würde er keinen Ärger bekommen. Aber wenn er gelang, war er frei. Er fühlte sich ein bisschen schuldig, als er an den Preis dieser Freiheit dachte. Aber er hätte Spinne sowieso nicht mehr helfen können, jetzt war alles zu spät. Nicht einmal sein Vater konnte jetzt noch die Uhren zurückdrehen.

Er verdrängte den Gedanken an das Mädchen und wartete in seinem Zimmer. Er hörte Türen schlagen und das Trappeln von Füßen, dann war alles still. Er kroch zum Fenster und spähte durch einen Spalt des Fensterladens.

Sein Zimmer ging auf den Käfig mit dem Hühnerhabicht hinaus, denn der Vater wollte, dass Hunter immer ein Auge auf Merlin hatte. Aber umgekehrt war das ebenso der Fall.

Merlin beobachtete, wie sein Vater den Vogel einsperrte und dann quer durch den Garten streifte, wobei er mit dem Stock durch das Unkraut schlug. Sein Haar hatte er zu einem Zopf geflochten und mit einer schwarz gestreiften Feder festgesteckt. Als er unter Merlins Fenster vorbeikam, sah er hinauf und lächelte. Merlin duckte sich, sein Herz klopfte. Aber die Schritte entfernten sich knirschend auf dem Kiesweg, und als er wieder hinauszuschauen wagte, war der Vater verschwunden.

Erleichtert atmete er aus und rannte schnell nach unten. Blassgoldenes Glimmern hinter den Garderobenhaken verriet ihm, wo sich die sterbenden Zauberblätter befanden. Merlin beachtete sie jedoch nicht und machte sich auf die Suche nach einem stärkeren Zauber. Wie er gehofft hatte, hatte Habicht das tote Zauberblatt im Schlüsselloch durch ein neues ersetzt. Es glänzte im Dämmerlicht wie ein grün leuchtender Stern. Seine Täuschungskraft reichte bis zum Eingangstor hinunter, so dass das alte Waldhaus für menschliche Augen unbewohnt erschien. Ein leichter Schauder fuhr Merlin den Rücken hinunter. Vorsichtig begann er das Zauberblatt herauszufischen.

»Was machst du da?«, ertönte hinter ihm eine Stimme.

Das Zauberblatt fiel auf den Fußabstreifer. Merlin drehte sich schnell um und suchte verzweifelt nach einer Ausrede. Wie immer in solchen Situationen hatte er einen totalen Ausfall. »Ich …« Er brach ab und musste unweigerlich nach oben starren.

Dort, am Geländer des ersten Stocks, stand das Spinnenmädchen in seinem weißen Kleid und mit seinem im Halbdunkel silberblond leuchtenden Haar. Sie hatte die Brille auf und sah ihn befremdet an. Merlins Herz setzte einen Moment lang aus.

»Ich dachte, du solltest meine Kleider bringen«, sagte sie und sah wütend auf die Fußmatte.

Plötzlich kam Leben in Merlin, er hob das Zauberblatt auf und stopfte es schnell unter seinen Pullover. Seine Wangen brannten. »Ich ... äh ... ich wollte sie gerade holen«, sagte er. »Ich dachte, du schläfst.« Sie müsste eigentlich schlafen. Sogar Claudia hatte fast zwei Tage lang geschlafen, nachdem Hunter ihr Tier gefressen hatte.

»Schlaf habe ich mehr als genug gehabt, danke! Mir ist kalt und ich will meine Kleider haben. Dein Vater hat gesagt, ich würde sie wiederbekommen.«

Er bemerkte ihr Zittern. Beim Sprechen verlor sie etwas von ihrer Hochnäsigkeit. Sie kam die restlichen Stufen herunter, sah aber immer noch wütend aus. »Was wolltest du mit dem Zauberblatt?«

Fast hätte Merlin ihr alles verraten. Aber sie gehörte jetzt dem Zauberbund an. Sie gehörte zum Feind. »Nichts«, murmelte er und schlüpfte an ihr vorbei. »Vater hat deine Kleider in die Abstellkammer gelegt. Ich hol sie. Du solltest dich ausruhen, Spinne.«

Zu seinem Erstaunen kicherte sie, auch wenn es etwas angestrengt klang. »Ich heiße doch nicht Spinne, du Dummkopf. Ich heiße Natalie, kurz Nat. Und ich verschwinde, bevor deine verrückten Eltern wiederkommen. Wenn du auch nur ein bisschen Grips im Kopf hättest, würdest du mitkommen.«

»Fort?«, entgegnete Merlin. »Aber das geht nicht! Du bist jetzt dein Leben lang mit dem Zauberbund verbunden. Außerdem ist Claudia nicht meine Mutter«, fügte er hinzu, als ihm klar wurde, was sie gesagt hatte. Beklemmende Erinnerungsfetzen drängten sich ihm auf. Er schob sie von sich, bevor sie ihn zum Weinen bringen konnten.

Natalie seufzte. »Ich bin mit gar nichts verbunden, du Blödmann. Diese Spinne hat mir gar nicht gehört.«

»Hat dir nicht gehört? Aber Vater hat gesagt …«

»Dein Vater hat gesagt – und deswegen glaubst du ihm alles? Werd endlich erwachsen, Merlin! In Wirklichkeit gibt es keine Zauberei, das weiß doch jedes Kind. Mir ist da unten im Keller nichts geschehen, das ist der Beweis. Ich finde es scheußlich von deinem Vater, dass er seinem Hühnerhabicht erlaubt, anderer Leute Haustiere zu fressen. Aber so etwas tun Habichte eben, sie sind schließlich Fleischfresser und wissen es nicht besser.«

Merlin starrte sie ungläubig an. Er würde Hunter nie verzeihen, wenn er Rotauge fressen würde. War das der Beweis, dass die Spinne nicht ihr Haustier war? Oder hatte die Bindung so gut funktioniert, dass sie nichts davon merkte?

»Du bist vom Stuhl gefallen«, wandte er ein. »Ist dir wirklich nichts geschehen? Fühlst du dich nicht krank oder schwindelig oder so?«

»Das habe ich nur vorgetäuscht«, sagte sie ein wenig unsicherer als zuvor. Dann schüttelte sie sich und ihre Stimme wurde wieder fester. »Wo sind meine Kleider? Ich hol sie mir selbst, wenn du Angst hast, Ärger zu bekommen.«

Merlin ging voraus und sah immer wieder nach hinten zu dem Mädchen. Auch wenn sie verächtliche Reden führte, gut sah sie wirklich nicht aus. Sie war sehr blass und ihre Hände zitterten. Sie musste sich beim Treppensteigen am Geländer festhalten.

»Bist du dir sicher, dass du nicht verbunden bist?«, fragte er misstrauisch und öffnete eine Tür im zweiten Stock.

Sie seufzte. »Natürlich bin ich mir sicher. Wenn es Zauberei in Wirklichkeit gäbe, würde ich das doch merken, oder? Dreh dich um. Nicht gucken.«

Merlin drehte ihr den Rücken zu und kaute auf seiner Unterlippe. »Nicht unbedingt. Du würdest es vielleicht erst merken, wenn du dich gegen Vater erheben und er dich strafen würde.«

Natalie war so schnell angezogen, dass sie, bevor er denken konnte, an ihm vorbei die Treppe hinunter war und an der Haustür zog. Da sich der ganze Zauberbund draußen befand, war die Tür nicht verriegelt. Trotzdem gab sie nicht nach. »Vater hat abgeschlossen, bevor er den Trugbildzauber hineingetan hat«, erklärte Merlin. Er hatte sich schon oft gewundert, warum Habicht sich die Mühe machte abzuschließen, wo doch die Zauberblätter dazu dienten, neugierigen Fremdlingen die Wahrheit vorzuenthalten. Jetzt aber war er froh über diese Verzögerung. »Und du willst wirklich fortlaufen?«

Sie drehte sich um, schloss ihre Augen einen Moment und schlug sie wieder auf. »Wo ist der Schlüssel?«

Merlin zögerte. Sie verhielt sich wirklich nicht wie jemand, der verbunden war, aber vielleicht stellte sie ihn auch nur auf die Probe. »Vater hat ihn.« Er überlegte. »Ich weiß, wo der Ersatzschlüssel liegt. Ich schließe auf und zeig dir den kürzesten Weg aus dem Wald, aber nur, wenn du mir hilfst Rotauge aus dem Keller zu befreien.« Er hielt den Atem an.

Natalie starrte ihn an. Er wusste nicht, was er davon halten sollte, auf ihrem Gesicht spiegelten sich wechselnde Gefühle. Schließlich sagte sie: »In Ordnung«, und sah ihn erwartungsvoll an.

Er berührte das Zauberblatt und befeuchtete seine Lippen. »Der Keller ist auch abgeschlossen«, gestand er, »aber irgendwo gibt es dafür einen Ersatzschlüssel. Vater hat ihn gut versteckt. Wahrscheinlich hat er ihn sogar mit einem Trugbildzauber belegt.«

»Ich habe keine Zeit, dir beim Suchen zu helfen, wenn du das meinst. Wir lassen deine Maus einfach da und holen sie später, wenn wir mit der Polizei wiederkommen. Hier ist sie am sichersten. Dein Vater tut ihr bestimmt nichts an, wenn du nicht dabei bist.«

Merlin wurde es übel bei diesem Vorschlag. »Nein! Du verstehst nicht! Ich kann ohne Rotauge nicht gehen.«

»Merlin!« Sie fasste ihn am Pullover und schüttelte ihn. Sie war wütend wie damals, als sie ihm das Tablett weggenommen hatte. Er duckte sich, sie holte tief Luft und versuchte es mit Vernunft. »Schau, ich weiß, du liebst deine Maus. Ich habe Itsy auch gemocht, obwohl sie nur eine Spinne war, die ich im Bad gefunden hatte. Aber du musst die Dinge realistisch sehen. Wenn wir nicht bald hier rauskommen, kommt dein Vater zurück und erwischt uns beide. Und dann gibt es wirklich Ärger. Akzeptiere einfach, dass es keine Möglichkeit gibt, diese Maus aus einem abgeschlossenen Keller zu holen.«

Merlin zitterte innerlich. »Lass das! Das ist gemein. Ich weiß, ich bin kein großes Licht beim Zaubern, aber ich dachte, du würdest mir helfen.«

Sie ließ ihn los und schimpfte: »Nicht schon wieder! Ich habe dir doch gesagt, ich bin keine Hexe.«

»Und ich habe dir gesagt, wir sind keine Hexen, sondern …«

»Magier! Ja, das hast du gesagt.«

Bebend vor Wut starrten sie sich an.

»Dann nenn uns eben Trickser, wie die anderen«, sagte Merlin schließlich seufzend.

Sie lachte nicht, aber sie sah auch nicht mehr so wütend aus. Zögernd zog er das Zauberblatt hervor, das er aus dem Schlüsselloch gepult hatte. Schweigend starrte sie auf seine Hände.

»Ich möchte es wenigstens versuchen«, sagte er. »Ich glaube, neulich im Supermarkt konnte ich deine Spinne auch fortzaubern, als du das Zauberblatt berührtest. Und als deine Bindungszeremonie lief, konnte ich in das Häuschen von Rotauge ein Zauberblatt schmuggeln. So funktioniert nämlich der Transportationszauber, an jedes Ende gehört ein Zauberblatt. Ich habe mir gedacht, wenn ich eins im Käfig habe und ein ganz starkes vor der Tür, dann könnte es klappen – vor allem, wenn du mir wieder hilfst. Vater behauptet, nur ein Zauberlord könnte so etwas, aber ich glaube, als wir im Supermarkt aufeinander fielen, ist etwas geschehen …«

»Mach's kurz. Was soll ich tun?«

»Eigentlich nichts. Das heißt … nur das Zauberblatt berühren, mehr nicht.«

Natalie nahm das Zauberblatt fest in die Hand und reckte das Kinn. Sie sah Merlin auffordernd an. »Dann geh schon. Aber diesmal lass ich dich nicht aus den Augen, du großer Zauberer. Und keine Feuerwerktricks, verstanden?«

Merlin schloss die Augen.

Die Kraft fließt durch deinen Arm. Du spürst sie in deinen Adern, ihre Hitze strömt durch deinen Körper …

Früher hatte sein Vater ihn oft in seinem Zimmer eingesperrt, um ihm beizubringen, wie man Essen herbeizaubert. Hungrig sei Merlin wenigstens zu etwas nütze, hatte er damals immer gesagt. Merlin war stets hungrig geblieben, aber die Zaubersprüche hatte er in- und auswendig gelernt.

Er hörte Natalie gepresst einatmen, öffnete seine Augen und sah sich neugierig um. Wenn es nach seinem Willen gegangen wäre, hätte der gesamte Inhalt des Kellers im Flur erscheinen müssen: der Generator, die Bank, die Stühle, die leeren Gläser, einfach alles. Denn er wollte nicht nur Rotauge in Sicherheit bringen, er wollte Natalie auch unbedingt beweisen, dass er zaubern konnte.

Doch von einem Zauberblitz keine Spur. Das Zauberblatt wurde kühler und sein Leuchten erstarb. Natalie öffnete die Hand, sah stirnrunzelnd ihre Finger an und schüttelte den Kopf.

»Jetzt zufrieden?«, fragte sie.

Merlin legte die Hand um das Ding und erschauderte, als ihm klar wurde, was das zu bedeuten hatte. Dieses finstere Lächeln. »Er hat es gewusst«, flüsterte er. »Vater muss den Zauber in Rotauges Käfig gesehen und ihn rausgenommen haben. Er wird mich umbringen!«

»Ein Grund mehr, endlich abzuhauen, oder? Wenn du mir nicht sagst, wo der Schlüssel ist, klettere ich aus dem Fenster.« Bleich, aber entschlossen öffnete Natalie die Tür zu einem der Zimmer.

Merlin rannte ihr nach und bekam sie hinten am Pullover zu fassen. Sie schlug seine Hand fort. »Der Schlüssel ist unter der Matte«, sagte er. Die Hoffnungslosigkeit in seiner Stimme hüllte ihn ein wie eine Wolke. »Nimm ihn und geh. Hinter dem Tor wende dich nach rechts, sonst kommst du zum Schießstand und wirst entdeckt. Ich werde Vater solang es geht ablenken. Aber ich warne dich. Wenn er versucht Rotauge ein Bein auszureißen, wie er es bei deiner Spinne gemacht hat, dann verrate ich alles.«

Natalie machte sich bereits unter der Matte zu schaffen. Sie fand den Schlüssel, schloss auf und riss die Tür auf. Sonnenlicht flutete herein und mit ihm kamen Kälte und der feuchte Duft des Waldes. Sie reckte ihr Gesicht zum Himmel und inhalierte die frische Luft, als nähme sie ihren ersten Atemzug. Dann drehte sie sich um und sah Merlin fragend an. »Mit dir ist alles in Ordnung?«

Merlin stiegen Tränen in die Augen. »Eigentlich nicht. Hunter wird Rotauge jetzt auffressen.«

Er glaubte nicht, dass sie ihn gehört hatte, denn sie war schon nach draußen gerannt. Nach drei Sprüngen blieb sie aber plötzlich stehen, kickte etwas Kies weg und kam zurück. »Was könnte deinen Vater dazu bringen, den Keller aufzuschließen?«

Merlin überlegte. »Ich weiß nicht. Vielleicht die Generatoren. Wenn sie ausfallen würden, müsste er hinunter, um sie zu reparieren. Und natürlich die Zauberblätter. Ich glaube, Vater und Claudia experimentieren mit ihnen. Sie haben sie in diesen Gang getan, den du gesehen hast.«

»Und wie wäre es mit Feuer?«

Er blinzelte. »Du meinst, wenn das Haus brennen würde?« Eine schreckliche, eine verrückte Idee. »Aber was ist, wenn die Zauberblätter Feuer fangen? Zauberfeuer ist sehr gefährlich, es geht nur aus, wenn die Zauberblätter sterben, und da unten gibt es säckeweise Zauberblätter. Der ganze Wald würde Feuer fangen!«

»Ein kleines Feuer würde ausreichen, wir brauchen nur etwas Rauch. Wenn dein Vater den Keller aufschließt, um seine Zauberblätter zu retten, schleichen wir uns hinein, schnappen deine Maus und hauen ab.«

Merlin war hin- und hergerissen. »Aber Rotauge könnte auch verbrennen.«

»Dann bringen wir ihn eben vorher hinaus.«

Merlin sah unsicher die Treppe hinauf. Und wenn das Feuer auf sein Zimmer übergriffe? Er schüttelte den Gedanken ab. Den Computer musste er sowieso hier lassen, ein Computer konnte außerdem ersetzt werden, Zaubertiere jedoch nicht. Er zitterte halb vor Aufregung, halb vor Schrecken. »Wir könnten ein paar alte Kleider von mir mit Dieselöl tränken«, sagte er langsam. »Dort draußen ist der Tank für die Generatoren.«

Ein seltsames Leuchten trat in Natalies Augen. Eine volle Minute stand sie da und starrte auf die Kellertür. Ihr silberblondes Haar zitterte bis in die Spitzen. Als sie endlich sprach, hatte ihre Stimme einen ungewöhnlich harten Klang.

»Dann wollen wir mal.«

Das Feuer griff viel schneller um sich, als Natalie gedacht hatte. Als die ölgetränkten Lumpen anfingen zu schwelen, füllte sich der Flur mit beißendem Rauch. Natalie hielt sich die Nase zu und verkroch sich im Schrank unter der Treppe ganz nach hinten, wohin Merlin sich bereits geflüchtet hatte. Der Rauch drang durch die Türritzen und brannte in den Augen, bei jedem Atemzug musste sie husten. Je länger sie warteten, umso unsinniger erschien ihnen der ganze Plan.

Sie wusste nicht, warum sie umgekehrt war. Sie hätte schon längst im Wald sein können und im Sonnenlicht davonlaufen. Frei. Stattdessen aber hockte sie in einem winzigen Verschlag neben einem Jungen, der sich für einen Zauberer hielt, und beide riskierten, bei lebendigem Leib geröstet zu werden. Und alles nur wegen einer kleinen Maus.

Oder war es doch mehr als eine Maus?

Jedenfalls war es eine schreckliche Vorstellung, was passieren würde, wenn Merlins Vater den Rauch nicht rechtzeitig entdeckte.

Merlin musste ähnlichen Gedanken nachgehangen haben, denn plötzlich warf er sich gegen die Tür und rüttelte am Riegel. »Rotauge!«, platzte er heraus. »Er verbrennt!«

Natalie packte ihn am Pullover. »Warte«, flüsterte sie, obwohl sie selbst am liebsten hinausgerannt wäre. Warum brauchten sie nur so lang?

Dann flog krachend die Haustür auf und der Flur füllte sich mit kreischenden Tricksern, die vor Hast, den Keller zu erreichen, übereinander purzelten. Natalie, Merlins Pullover immer noch fest im Griff, presste ihr Auge auf eine Ritze und spähte durch den Rauch. Ein paar Mitglieder des Zauberbundes hatten ihre Bogen dabei, die beeindruckend modern aussahen. Mit diesen versuchten sie die brennenden Lumpen wegzuschlagen. Ferret kam mit einem Eimer Wasser herbei, das er auf die Kellertür schüttete. Ein lautes Zischen und eine noch größere Rauchwolke war die Folge.

Dann bahnte sich Habicht – Lord Habicht – einen Weg durch das Chaos. Den Schal um Mund und Nase geschlungen fuchtelte er mit seinem Vogelknaufstock. »Zurück, ihr Idioten!«, rief er mit donnernder Stimme. »Zurück!«

Mit Hilfe seines Stocks schlug er eine brennende Jeanshose beiseite, als sei sie eine lästige Fliege. »Holt die Feuerlöscher!«, befahl er und schloss die Kellertür auf. »Holt die Decken von den Betten! Unten sind der Rabe und alle unsere Zauberblätter! Schnell!« Ohne abzuwarten, ob die anderen gehorchten, sprang er mit einem Satz durch den Rauch zur Kellertür und verschwand. Die Mitglieder des Zauberbunds rannten durcheinander, die einen treppauf, die anderen zur Küche.

»Jetzt!«, zischte Natalie. Sie stieß die Schranktür auf und zerrte Merlin hinaus. Die Kellertreppe war schwarz vor Rauch. Flammen züngelten an den Stromkabeln empor, aber wenn die Generatoren ausfielen, würden die auch nichts mehr nützen. Schwarz und schwer drückte die Stille von unten herauf. Natalie lauschte … Lord Habicht musste in dem Geheimgang verschwunden sein. »Schnell«, flüsterte sie, »hol deine Maus, bevor jemand kommt.«

Merlin kauerte zitternd auf der obersten Treppenstufe. »Ich kann nicht. Es ist so dunkel.«

Natalie musste an sich halten, ihm keinen Stoß zu geben. So ging es womöglich Jo, wenn *sie* sich weigerte, bei ihren verrückten Ideen mitzuspielen. »Natürlich ist es dunkel!«, sagte sie. »Nicht einmal dein Vater ist verrückt genug, dass er bei Feuer die Generatoren laufen lässt. Du weißt doch, wo Rotauge ist, oder?« Gleichzeitig hätte sie sich ohrfeigen können. Warum hatte sie Merlin nicht nach einer Taschenlampe gefragt?

Der Junge schlug die Arme um sich. »Bitte, Natalie«, sagte er kläglich, »kannst du ihn nicht für mich holen?«

Das einzig Vernünftige in dieser Situation wäre gewesen, ihn stehen zu lassen und davonzulaufen, solange die Bahn noch frei war. Aber seinem Mitleid erregenden, ängstlichen Blick konnte sie nichts entgegensetzen. Bevor sie wusste, was sie tat, hatte sie sich ihren Pullover über den Mund gezogen und war auf dem Weg nach unten. Es war nicht so dunkel, wie sie erwartet hatte. Das goldene Flackern des Feuers oben im Flur ließ das Gewölbe geisterhaft hervortreten und aus dem Geheimgang kam ein unheimliches, rotes Glimmen. Mit brennenden Augen machte Natalie Halt und versuchte sich zu orientieren. Dort drüben hatte sie auf dem Stuhl gesessen … Und von dahinten hatte Claudia Itsy geholt … Die Mitglieder des Zauberbunds waren genau hier erschienen, viel weiter von dem Geheimgang entfernt, als sie angenommen hatte – wie war das möglich? Das angsterfüllte Fiepen der Maus erinnerte sie daran, warum sie hergekommen war. Sie tastete sich in Richtung des Fiepens vor, ergriff den Käfig und floh die Treppe hinauf.

Keine Sekunde zu früh. Aus dem Geheimgang kam ein kratzendes Geräusch und ein plötzlicher Luftzug blies ihr die Haare ins Gesicht. Ein wütender Schrei ertönte: »Wer da? Bist du das, Bursche? Warte nur, bis ich dich erwische!«

Das heller werdende rote Licht warf lange Schatten und spiegelte sich in den angstvollen Augen der Maus wider. Mit rasendem Herzklopfen nahm Natalie immer zwei Stufen auf einmal. Rotauge rutschte in seinem Käfig von einer Seite zur anderen und quiekte jämmerlich.

Merlin kauerte immer noch auf der obersten Stufe und spähte in den Rauch. Als er Natalie kommen sah, sprang er auf und stieß einen spitzen Schrei aus. Dann eilte er ihr mit freudig ausgebreiteten Armen entgegen. »Rotauge …« Er erstarrte und alle Farbe wich aus seinem Gesicht, als er hinter sie blickte.

Natalies Herz blieb fast stehen, als sich der Griff von Lord Habichts Stock um ihren Knöchel legte. Außer sich versuchte sie ihn wegzustoßen, verlor aber mit dem Käfig in der Hand das Gleichgewicht. Verzweifelt warf sie Merlin den Käfig zu. »Renn!«, schrie sie, dann fiel sie auf alle viere.

Merlin fing den Käfig auf, schien aber nicht zu wissen, was er als Nächstes tun sollte. Ganze zehn Sekunden stand er da und fummelte unter seinem schrecklichen Pullover herum.

»Raus hier, du Idiot!«, zischte Natalie.

Merlin ließ einen glimmenden grünen Stern neben ihre Hand fallen. »Los, zaubere«, sagte er lautlos. Dann, endlich, drehte er sich um und rannte los.

Ihr blieb keine Zeit zum Nachdenken. Den Stock bekam sie nicht los und Lord Habicht hielt sie am anderen Knöchel mit der Hand fest und zog sie nach unten. Sie ergriff das Zauberblatt und warf es blind über ihre Schulter.

Dabei schrie sie das einzige Wort, das ihr in den Sinn kam: »Abrakadabra!«

Ihr Verfolger ließ sie los.

Natalie nahm sich nicht die Zeit zurückzuschauen, um zu sehen, was passiert war. Sie rannte die letzten Stufen hinauf, schlängelte sich zwischen den Gestalten hindurch, die das Feuer bekämpften, und war mit einem Satz aus der offenen Haustür hinaus, bevor irgendjemand reagieren konnte. Merlin war schon auf halbem Weg durch den Garten, den Mäusekäfig fest an die Brust gedrückt.

»Haltet sie, ihr Idioten!«, brüllte Lord Habicht und stürzte aus dem Keller. Er klopfte sich den Staub ab, als sei etwas auf ihn heruntergefallen.

Seine Leute, die mit den Feuerlöschern kämpften und vom Rauch halb blind waren, rannten zur Tür und vor lauter Eifer, seinem Befehl Folge zu leisten, purzelten sie alle übereinander. Als sie sich endlich wieder aufgerappelt hatten, waren Natalie und Merlin bereits am Tor.

Keuchend sah Natalie zurück. Das Feuer schien unter Kontrolle zu sein. Nur die Holzvertäfelung im Flur war verkohlt. Löschschaum quoll aus der Haustür und türmte sich an Lord Habichts Beinen auf, der aufrecht im Eingang stand und ihnen mit Augen, heller als die Herbstsonne, nachblickte. Er stoppte die Verfolger mit erhobenen Händen und richtete den Stock auf Natalie. Seine Stimme legte sich über sie wie eine eisige Haut. »Beim alten Schwur des Zauberbundes, ich befehle dir, Spinne, bleib stehen oder erstarre zu Stein!«

Natalie spürte ein seltsames Zucken im Bauch. Sie hatte Mühe, den Blick vom Waldhaus zu wenden. Sie hatte ihre eigene Regel missachtet: *Nicht zurückschauen. Was auch immer passiert, nicht zurückschauen.*

Das Tor war mit einer Kette verschlossen, aber die schmiedeeisernen Verzierungen boten genug Haltepunkte zum Klettern. Merlin war schon auf dem Weg nach oben, wurde allerdings vom Mäusekäfig behindert. Als er die Streben losließ, um den Käfig fester zu fassen, verlor er den Halt und fiel rücklings vor Natalies Füße.

»Bist du blöd, oder was?«, schrie sie ihn an. »Lass Rotauge frei. Ihm passiert schon nichts, hier gibt es genug Verstecke für eine Maus.«

Merlin sah sie zweifelnd an, begann jedoch am Türchen des Käfigs herumzufummeln. Überrascht beobachtete Natalie, wie die Maus geradewegs unter dem Gatter durchschoss und auf den Wald zulief. Viel schneller als zuvor war der Junge wieder oben und sprang über den Zaun. Natalie kraxelte ihm nach, ihre Füße kamen auf den feuchten Eisenstreben ins Rutschen. Oben angekommen machte sie eine Pause, um Atem zu schöpfen und einen Blick zurück zu riskieren.

Vom Zauberbund hatte niemand die Verfolgung aufgenommen. Lord Habicht stand immer noch auf der Außentreppe, der Luftzug des Feuers ließ die Feder in seinem Haar erzittern. Er sah Natalie ungläubig nach und schüttelte den Kopf. »Unmöglich«, sagte er mit aus dieser Entfernung kaum vernehmbarer Stimme, »ich habe dich doch verbunden.«

Claudia trat neben ihn, ihr blondes Haar war ganz zerzaust, ihre bleichen Wangen verunzierte ein Rußfleck. Sie sah den Fliehenden hinterher und ihre Lippen verzogen sich zu einem schwachen Lächeln.

9

K'tanaqui

29. Oktober, Donnerstagvormittag

Die ersten Minuten ihrer verzweifelten Flucht ließen ihr keine Zeit zum Nachdenken, geschweige denn, sich Gedanken darüber zu machen, welchen Weg sie einschlagen sollten. Natalie rannte so schnell wie noch nie, stolperte über Wurzeln und durch Lehmkuhlen, immer in der Erwartung des furchtbaren Stocks, der sich um ihren Hals legen könnte. Feuchte Blätter peitschten ihr ins Gesicht, Zweige verhakten sich in ihrem Haar. Durch die Baumkronen blitzten Sonnenflecken, und Blätter wirbelten herab. Dumpfer Pilzgeruch kitzelte ihr in der Nase. Aber hinter sich vernahm sie weder das Rascheln von Schritten noch wütendes Geschrei, und der Wald war so dicht, dass auch kein Fahrzeug hätte hindurchfahren können.

Sie blieb stehen, um Atem zu schöpfen und sich die Hand an die stechende Seite zu pressen. Merlin, den sie längst hinter sich gelassen hatte, holte auf und blieb ebenfalls stehen. Sein Gesicht war so rot wie seine Haare und er rang nach Atem.

»Warum verfolgen sie uns nicht?«, fragte Natalie keuchend.

Der Junge sah nervös über seine Schulter. »Weiß nicht, aber …«

Noch während er sprach, verstummten die Vögel und eine unheimliche Stille breitete sich aus, die plötzlich von heftigem Flügelschlagen unterbrochen wurde. Natalie sträubten sich die Haare. Sie drehte sich um und wusste mit einem Mal, warum der Zauberbund ihnen nicht folgte. In tödlichem Sturzflug segelte Hunter mit weit gespannten Flügeln auf sie zu.

»Lauf!«, schrie Merlin und verschwand zwischen den Bäumen. Natalie stolperte hinterher, blieb mit dem Fuß in einem Brombeerstrauch hängen und stürzte, Gesicht voraus, ins feuchte Laub. Der Raubvogel schoss so dicht über sie hinweg, dass sie den Wind seiner vorbeistreifenden Federn spürte. Aus den Augenwinkeln sah sie seinen blassen Bauch und die schwarz gestreiften Flügel, die die Sonne verdeckten. Dann war er fort, auf Merlins Spur. Die Spitzen seiner Flügel streiften die dicht beieinander stehenden Baumstämme.

Zitternd rappelte Natalie sich auf und klopfte sich den Schmutz von den Kleidern. Ihr Herz hämmerte, ihre Hände waren feucht vor Angst. Habichte machten doch keine Jagd auf Menschen, oder? Gewöhnliche Habichte jedenfalls nicht.

Und wenn alles doch wahr war? Mit dem Anflug des Hühnerhabichts war eine bedrohliche Stille eingetreten. Die Vögel sangen nicht mehr und auch im Unterholz rührte sich nichts. Selbst der Wind hatte sich gelegt. Natalie bekam vor Beklommenheit eine Gänsehaut. Wie rächte sich ein Hexer, dessen Haus in Brand gesetzt worden war? Natalie begann zu laufen, sie machte sich Sorgen um Merlin. Dann duckte sie sich erschreckt und das Herz blieb ihr beinahe stehen, denn aus dem Baum über ihr kam der riesige Vogel flügelschlagend hervor und segelte zurück, dorthin, woher er gekommen war.

Merlin stand bewegungslos unter der Eiche, von der Hunter gerade abgeflogen war, und starrte in das dunkelbraune Halbdunkel des Waldes. Der Habicht hat ihn verfehlt, dachte sie erleichtert.

»Was ist los?« Sie konnte nicht erkennen, worauf er starrte, und wischte schnell über ihre Brillengläser. Dann kam ihr ein schrecklicher Gedanke. »Rotauge?«

»Pst!«, flüsterte Merlin. »Nicht bewegen. Vielleicht geht er wieder weg.«

»Er ist doch schon fort. Hast du das nicht gesehen? Dort oben im Baum war er …«

»Nicht der Habicht. *Der Hund.*«

Während er sprach, löste sich ein riesiger, silberfarbener Hund aus dem Halbdunkel und trottete auf sie zu. Sein Fell schien jeden Funken Licht aufzusaugen. Natalie stockte der Atem. Ein so schönes Tier hatte sie noch nie gesehen, außer … sie überlegte angestrengt. Wo hatte sie schon einmal so einen Hund gesehen? Fast wie ein Wolf. Ein weißer Wolf.

Erst als der Hund näher kam, sah sie, dass sein langes, zotteliges Fell ziemlich zerfressen und an den Enden gelblich verfärbt war. Das eine Ohr fiel wie ein zerfetztes Taschentuch über die hellen, bernsteinfarbenen Augen. Merlin machte ein Geräusch, als würde er ersticken, und duckte sich hinter den nächsten Baum. Der Hund bleckte seine zerklüfteten Fänge, klappte das Ohr von seinem Auge zurück und knurrte leise.

»Mach keine unerwartete Bewegung«, flüsterte Merlin.

»Das ist ein Zauberhund. Nur Zauberlords, die dem Rat des Seelenbaums angehören, dürfen solche Hunde halten.« Er zitterte und fügte hinzu: »Sogar Vater hat Angst vor Zauberhunden. Ich frage mich nur, was er hier, außerhalb von Anderserde, zu suchen hat.«

Natalie sah plötzlich wieder die Szene vor sich, als Bilbo die Entführer auf dem Parkplatz angegriffen und Claudia sich ängstlich geduckt hatte … Bevor sie zu dem Teil mit der Spritze kam, schüttelte sie die Erinnerung ab und machte einen Schritt auf den Hund zu, wobei sie die Hand ausstreckte, damit er ihre Witterung aufnehmen konnte. »Meine Mutter hatte so einen Hund«, sagte sie, fasziniert von den Bernsteinaugen, die direkt in ihre Seele zu blicken schienen. »Ich kann mich eigentlich nicht an ihn erinnern, aber ich habe ein Foto von ihm auf dem Nachttisch. Brav, Hund, komm zu Natalie.«

»Was machst du da?«, kreischte Merlin und packte sie am Pullover. »Hast du nicht gehört? Das ist das Tier eines Zauberlords. Ich würde ihn lieber nicht reizen. Oder sie.«

Sie ließ die Warnung wie Regentropfen an sich abperlen. Merlin konnte anscheinend von nichts anderem reden als von Zauberei, aber sie musste ihm ja nicht dauernd zuhören. Der Hund schnüffelte an ihrer Hand, sah sie noch einmal mit diesem merkwürdigen Bernsteinblick an, dann schlug er das Ohr wieder vor die Augen, wedelte mit dem Schwanz wie mit einer silbernen Flagge und trottete unter den Bäumen davon. Natalie spürte ein seltsames Ziehen im Herzen. Sie nahm Merlin an der Hand und sagte: »Komm schon! Schnell!«

Der Junge stemmte seine Füße auf den Boden. »Wohin gehst du?«

»Er will, dass wir ihm folgen, siehst du das nicht?«

»Nein!« Merlin riss entsetzt die Augen auf. »Einem Zauberhund folgen? Bist du verrückt?«

Natalie musste lachen. Die Begegnung mit dem Hund hatte den letzten Rest ihrer Angst verjagt. Sie war dem Waldhaus entkommen, der Hühnerhabicht war fort und die Herbstsonne strahlte. Der Hund trug kein Halsband, aber er war zahm, das konnte sie sehen. Sie mussten nur noch seinen Besitzer finden, dann konnte sie wieder in ihrem eigenen Bett schlafen.

Sie ließ die Hand des Jungen los und lächelte nachsichtig. »Du bist verrückt mit deinem ewigen Geschwätz über Zauberei. Jetzt ist aber Schluss. Dein Vater ist nicht mehr da und wenn das Ding dort unter deinem Pullover nicht ein übergroßer Floh ist, ist auch dein Mäuschen in Sicherheit. Du musst mir also keinen Schrecken mehr einjagen, verstanden? Ich hatte schon genug davon, als ich dort unten im Keller war.«

»Ich will dich doch gar nicht erschrecken«, sagte Merlin leise und ließ seinen Blick nicht von dem Hund, als wollte ihn dieser gleich anfallen. »Ich sage die Wahrheit. Der Hund gehört einem Zauberlord aus Anderserde.«

Verärgert sah Natalie ihn an. »Du hast Angst vor Hunden, ist es das? Also, vor diesem musst du keine Angst haben. Er ist ganz lieb. Er hat mich nicht gebissen, oder?«

Jetzt sah Merlin wütend aus. »Nein … aber ich weiß nicht, warum. Zauberhunde hassen Trickser.«

»Das beweist doch, dass ich keine von euch bin«, sagte Natalie triumphierend.

Merlin schmollte. »Dann geh doch«, murmelte er. »Geh ihm doch nach. Du wirst es noch früh genug erfahren. Ich jedenfalls bleibe hier.«

Obwohl Natalie ein ungutes Gefühl im Bauch hatte, sagte

sie bestimmt: »Sei nicht dumm! Willst du wirklich, dass dein Vater dich findet?«

»Das ist immer noch besser, als von einem Mitglied vom Rat des Seelenbaums gefangen zu werden.«

Der Hund war zurückgekommen, als ihm die Kinder nicht sofort folgten. Jetzt knurrte er und zog mit den Zähnen sanft an Natalies Ärmel. Die Botschaft war klar – *lass ihn*. Die Versuchung war groß. Sie musste daran denken, wie Merlin ihr auf dem Parkplatz ein Bein gestellt hatte und ihr die vielen Schlaftabletten verabreicht hatte, ohne ihr ein Wort davon zu sagen. Dann dachte sie an den Stock von Habicht, der auf die schmalen Schultern niedersauste, und seufzte.

»Ohne dich geh ich nicht«, sagte sie bestimmt. »Wenn du nicht mitkommst, warten wir eben, bis dein Vater uns findet. Das dürfte nicht mehr lange dauern, wenn dieser Habicht wirklich mit ihm verbunden ist. Dann werden wir ja sehen, ob Hunter eine Maus genauso leicht schlucken kann wie eine Spinne.«

Das war grausam, aber es wirkte. Mit einem ängstlichen Blick auf den Hund setzte Merlin sich in Bewegung.

Der Silberhund führte sie tiefer in den Wald hinein und sah dann und wann über seine Schulter, um zu prüfen, ob sie ihm folgten. Merlin wurde immer stiller, je weiter sie kamen. Natalie setzte mehrmals an, etwas Beruhigendes zu sagen, aber ihr fiel nichts Passendes ein. Was sagte man jemandem, der gerade von zu Hause ausgerissen war? Selbst in den schlimmsten Zeiten, wenn ihr Dad in der Garage weinte und Tim besonders gemein zu ihr war, hatte sie nie daran gedacht fortzulaufen.

»Wenn wir zurück sind, kannst du mein Zimmer haben«,

versuchte sie ihn aufzumuntern. »Ich kann auf dem Sofa schlafen. Das ist auch ziemlich bequem.«

Merlin sah sie überrascht an. Aber bevor er etwas erwidern konnte, hob der Hund den Kopf und schnüffelte. Dann setzte er mit einem Sprung über eine Stechpalme und bellte freudig.

»Komm!«, rief Natalie und begann zu rennen. »Zum Mittagessen sind wir zu Hause.«

Schwanzwedelnd und mit heraushängender Zunge erwartete der Hund sie auf einer Lichtung, auf der ein rotgoldener Laubteppich wie ein flammender Teich das Licht der Sonne widerspiegelte. Der Hund sah mit sich zufrieden aus. Von einem Menschen aber gab es keine Spur, nur ein riesiger, in sich gewundener, bemooster Stein war zu sehen. Die Luft war seltsam still.

Natalie blieb wie angewurzelt stehen, nervöse Schauer zuckten über ihren ganzen Körper. »Was ist das?«

»Der Bannstein«, flüsterte Merlin und kauerte sich auf den Boden. »Ich wusste, er würde uns hierher bringen.«

Natalie wagte sich näher heran. Im Laub bemerkte sie große Reifenspuren voller Lehm. Und in dem Lehm sah sie Fußspuren. Hunderte von Fußspuren. Sie runzelte die Stirn. Und dann fiel es ihr wieder ein. *»Unschuldig genug, um durch den Bannstein zu kriechen«*, murmelte sie und fror plötzlich.

Merlin erwachte aus seiner Erstarrung und sah sie an. »Wer hat denn das gesagt?«

»Das hat dein Vater auf dem Parkplatz zu mir gesagt. Ich wusste nicht, was er meinte. Aber durch den kriecht bestimmt niemand so schnell.« Sie bezwang ihr Widerstreben, ging zum Stein und musste kichern. Da war tatsächlich ein Loch, aber so klein, dass höchstens ihr kleiner Finger hineinpasste. Sie tätschelte den Hund, der sie wieder mit Bernsteinblicken musterte. Dann stellte sie sich auf die Zehenspitzen und legte ein Auge auf das Loch.

»Nein«, kreischte Merlin. »Nicht!«

Der Stein fühlte sich überraschend kalt an. Als Natalie ihn berührte, versank ihre Hand in der Moosschicht. Erschreckt schrie sie auf und zog die Hand schnell wieder zurück. Doch dann vergaß sie die merkwürdige Struktur des Steins und auch Merlins Gerede von Zauberei und ihre eigene Unsicherheit, es könnte etwas Wahres daran sein. Denn im Gras auf der anderen Seite des Bannsteins lag reglos ein Junge mit einer Lederjacke und frisch geschorenen Haaren.

»Tim! Mein Stiefbruder«, rief sie voller Erleichterung. »Er hat mich wahrscheinlich gesucht. Sieht aus, als ob er eingeschlafen wäre!« Aufgeregt rannte sie um den Stein – und blieb verdutzt stehen. Sie wischte sich über die Brille und sah genauer hin.

Laub, Lehm, Bäume und Sonnenflecken. Aber kein Tim!

Sie ging wieder nach vorn und sah noch einmal durch das Loch. Dort auf dem Boden lag Tim, sein Kopf war in grüne Schatten gehüllt.

Sie starrte noch einmal auf die Bäume auf der anderen Seite, dann drehte sie sich zu Merlin um. »Ist das wieder einer deiner blöden Tricks?«, flüsterte sie. »Der ist aber gar nicht komisch.«

Merlin kroch näher, eine Hand schützend um die Maus gelegt. Nervös betrachtete er den Bannstein. »Ich habe es dir doch gesagt, aber du hörst ja nicht zu. Das ist ein Durchgang. Durch das Loch kannst du Anderserde sehen.« Auch er versuchte von seinem Platz aus durchzusehen. »Ich war noch nie hier, aber als ich klein war, hat Vater mir immer gedroht, mich hierher zu bringen und mich durchkriechen zu lassen. Das meinte er damit, verstehst du? *Unschuldig genug*. Kleine Kinder und Tiere passen angeblich durch.«

Natalie kicherte, obwohl ihr mehr nach Schreien zu Mute war oder nach hysterischem Weinen oder nach Weglaufen. »Nicht einmal deine Maus würde hier durchpassen!«, sagte sie und steckte zum Beweis ihren Finger in das Loch.

Merlin zog aufgeregt die Luft ein. Eine eisige Kälte kroch Natalie bis ins Handgelenk und der Stein, der plötzlich leicht wie Luft wirkte, begann zu *schimmern*. Sie verlor das Gleichgewicht und stolperte nach vorn. Grünes Licht blendete sie und ihre Ohren sausten. Sie schüttelte den Kopf und blinzelte, um wieder klar sehen zu können, und fand sich plötzlich einem großen Mann mit den längsten weißen Haaren, die sie je gesehen hatte, gegenüber. Er kehrte ihr den Rücken zu und sprach zu einer Gruppe von Männern in langen Mänteln, in deren Gürteln blitzende Messer steckten. Zu ihren Füßen lag Tim, er wand sich und stöhnte, als hätte er einen Albtraum. Was sie für Schatten gehalten hatte, entpuppte sich nun als ein Netz grüner und goldener Ranken, die aus dem Boden wuchsen und sich eng um seinen Kopf gewunden hatten.

Sie hatte keine Ahnung, woher die Männer kamen, aber offensichtlich hatten sie etwas mit dem zu tun, was Tim so quälte. Sie rannte auf den Weißhaarigen zu und packte ihn am Ärmel. »Was machen Sie mit meinem Stiefbruder?«, wollte sie wissen und bemühte sich tapferer zu klingen, als sie sich fühlte. »Lassen Sie ihn in Ruhe!«

Der Weißhaarige wirbelte herum und starrte sie entgeistert an. Natalie hatte den Eindruck, als leuchteten seine Augen grün und als sei sein strenges Gesicht von Dornen umrahmt. Aus einem glitzernden Dunstschleier schlängelten sich Ranken und Schlingpflanzen auf seine Schultern herab. Die Mantelmänner deuteten aufgeregt flüsternd auf den Bannstein, aber der Mann, den Natalie angesprochen hatte, fasste sie am Handgelenk und fragte wütend: »Wie bist du durch das Tor gekommen? Ich kann mich nicht erinnern, es offen gelassen zu haben.«

Seine Fingernägel gruben sich in ihre Haut. Blinzelnd versuchte sie die aufsteigenden Tränen zu verbergen. »Lassen Sie mich gehen«, flüsterte sie, »oder ich werde …«

Sie wollte eigentlich »schreien« sagen, begriff aber die Sinnlosigkeit ihrer Worte. Sie befand sich in einer anderen Welt, auf der anderen Seite des steinernen Tors. Merlin hatte also doch Recht gehabt. Ihre Knie gaben nach und sie schloss entsetzt die Augen.

Als sie plötzlich ein Knurren vernahm, schlug sie die Augen wieder auf und sah gerade noch, wie der alte Hund durch das Loch setzte und sich auf einen anderen Hund stürzte, den sie zuvor in den Schatten nicht bemerkt hatte. Silberne Fellbüschel flogen durch die Luft, als die beiden Tiere sich wütend ineinander verbissen.

Der weißhaarige Mann starrte sie überrascht an. »Du bist das!«, flüsterte er und ließ schnell ihr Handgelenk los. »Um Oqs willen!«, schrie er die Hunde an. »K'veriyan! K'tanaqui! Platz!«

Die Hunde kämpften weiter.

Da sagte er zu Natalie: »Ruf ihn zurück, du verrücktes Gör! Weißt du nicht, wen du vor dir hast? Ich bin Lord Pveriyan, erster Vorsitzender des Rats von Oq. Ich habe K'tanaqui nach dir ausgeschickt, allerdings habe ich nicht mit einer so heftigen Begegnung gerechnet. Aber von der Tochter Atanaquis hätte ich mir das denken können.«

Kaum war Natalie frei, ließen die Hunde voneinander ab

und knurrten leise. Natalie konzentrierte sich auf das, was ihr jetzt am wichtigsten erschien.

»Was ist mit Tim?« Sie kniete neben dem ausgestreckten Körper ihres Stiefbruders nieder und versuchte die Schlingpflanzen wegzureißen, aber sie waren so eng mit der Kopfhaut verbunden, als wären sie eingewachsen. Ihr wurde übel, sie ließ von ihm ab. Auf einmal war sie froh, dass er bewusstlos war.

Lord Pveriyan seufzte. »Lass ihn in Ruhe. Seine Erinnerung an uns muss ausgelöscht werden, sonst bleibt uns nichts anderes übrig, als ihn nach der Öffnung der Grenze außerhalb von Anderserde zu suchen. Und das würde unangenehm für ihn werden und Oq unnötig viel Kraft kosten, wenn wir sie am dringendsten benötigen.«

Natalie runzelte die Stirn. Seine Worte klangen so merkwürdig, und doch schien es ihr, als verstünde sie ihn, als hätte sie das alles einmal gewusst und nur wieder vergessen. Sie sah sich die Bäume genauer an. Sie unterschieden sich kaum von denen des Einhornwaldes, nur wirkten sie heller, als seien sie gebleicht oder angemalt worden. Hinter dem Vorhang aus Ranken, verdeckt von dichten Nebelschleiern, erahnte sie eine große, erhabene Kraft. Während sie sich umsah, hörte sie über sich ein Eichhörnchen eine Nuss knacken – oder war es gar kein Eichhörnchen? Unsicher sah sie nach oben und bemerkte, wie eine der hängenden Ranken mit leisem Rascheln herabfuhr und sich über Tims Kopf hermachte.

Plötzlich war ihr alles zu viel. Etwas in ihr zerriss. »Lass ihn los, du dummer Baum!«, schrie sie, griff zu und zog, so fest sie konnte.

Ein Knirschen folgte, dann ein Hauch von Zuckerduft, und dann zogen sich sämtliche Schlingpflanzen zurück.

Die, die sie in der Hand hielt, schlüpfte durch ihre Finger und ringelte sich oben im Dunstschleier ein, die anderen verschwanden im Erdboden. Überrascht und erleichtert ließ Natalie sich zurückfallen. Tim machte noch immer keine Anstalten, das Bewusstsein wiederzuerlangen, aber sein Atem wurde gleichmäßiger.

»Jetzt hast du es verdorben«, sagte Lord Pveriyan. »Noch keine zwei Sekunden in Anderserde und schon hast du ein Mitglied des Rats brüskiert und meine Befehle missachtet. Jetzt muss ich ihn wieder verbinden, das ist sehr mühsam. Tritt zurück.«

Natalie erstarrte. Doch bevor Lord Pveriyan Tims Kopf von neuem mit den Schlingpflanzen verbinden konnte, flackerte im Bannstein ein grünes Licht auf und mit einem leisen Kreischen stolperte Merlin aus dem Loch, landete auf allen vieren und begann das Gras abzuklopfen.

»Rotauge!«, rief er verzweifelt. »Rotauge! Komm her.«

Lord Pveriyan drehte sich um und war mit zwei Schritten am Stein, packte Merlin an der Schulter und zischte: »Trickser.«

Merlin rappelte sich auf. »Nein, Herr! Im Zaubern bin ich eine Niete, wirklich. Wir sind nicht hier, um Ihre Zauberblätter zu stehlen, bestimmt nicht. Wir sind vor Vaters Habicht geflohen und haben uns verlaufen, das ist alles. Wir gehen gleich wieder zurück …«

»Das glaube ich kaum«, sagte der Zauberlord. »Ich glaube, ihr kommt beide mit mir vor den Rat. Auf Atanaquis Tochter haben wir lange genug gewartet. Und was dich betrifft, kleiner Trickser, du kommst mit und erklärst uns, warum du in ihrer Begleitung bist. Soweit wir informiert sind, wurde sie entführt.«

Merlin versuchte zum Stein zu rennen, doch Lord Pveriyan war schneller. Er gab den Mantelmännern ein Zeichen, worauf einer von ihnen Merlin am Ellbogen festhielt. Der Zauberlord bombardierte Merlin mit Fragen, die dieser flüsternd beantwortete. Natalie wollte ihm helfen, konnte aber vor Zittern nicht sprechen.

Mit bebenden Händen berührte sie das blutige Loch in Tims Ohr. Er hatte seinen kleinen Ohrring verloren. »Tim«, flüsterte sie, »wach auf. Bitte, wach auf!«

»Aber ich weiß von nichts«, war Merlins empörte Stimme drüben am Stein zu hören, wo der Mantelmann ihn heftig schüttelte. »Vater hat mir nie vertraut.«

»Ich denke, wir beide wissen, dass das eine Lüge ist.«

»Ich will aber nicht mit euch gehen!«

»Du hast keine andere Wahl. Wo ist dein Tier?«

Merlin erbleichte. »Das verrate ich nicht«, flüsterte er, schielte aber gleichzeitig zur Seite.

Der Zauberlord lächelte und bückte sich zu einem Laubhaufen zwischen zwei Baumwurzeln. Als er sich wieder aufrichtete, hielt er ein strampelndes Mäuschen in der Hand. Merlin stöhnte auf.

»Ich frage dich zum zweiten Mal«, zischte Lord Pveriyan, »was hat dein Vater vor, wenn er die Grenze überschritten hat?«

»Ich weiß nicht!«, sagte Merlin. »Wirklich nicht! Ich weiß nur, dass sie Pfeil und Bogen haben und einen Sack voll lebender Zauberblätter. Vielleicht möchte er sie zum Transportieren benutzen?«

Lord Pveriyan atmete zischend ein und der Hund knurrte. »Er *transportiert*?«

»Ja, aber ich dachte, das wissen Sie.«

»Das ist ernster, als wir angenommen haben! Ein Transportationszauber könnte sie bis zum Herzen von Oq und vor Schließung der Grenze wieder zurück bringen. Wir müssen den Rat einberufen! Hier, jemand soll sich um die Maus kümmern. Der Menschenjunge muss durch das Tor zurück. Er soll auf der Lichtung bleiben. Ich kann mich nicht weiter mit ihm beschäftigen. Die Übrigen bringen Atanaquis Tochter und den Trickser zum Wurzelsystem. Schnell! Ich komme nach, sobald ich hier fertig bin.«

»Aber was ist, wenn sein Gedächtnis noch nicht ganz gelöscht ist, Lord?«, wagte einer der Männer einzuwenden. »Ich dachte, das sei gefährlich für Oq?«

Statt einer Antwort knurrte der Hund von Lord Pveriyan die Männer an, die sich beeilten den Befehlen Folge zu leisten. Als Tim hochgehoben wurde, wollte Natalie protestieren, aber sie fühlte sich plötzlich so eigenartig, dass sie nicht einmal mehr die Kraft hatte, ihre Beine zu bewegen.

Es ist alles wahr, dachte sie. Ich sollte schreien oder hysterisch weinen oder …

Bevor das Gefühl sich ganz ihrer bemächtigte, trottete der alte Hund zu ihr, legte die Schnauze in ihre Hand und klappte sein zerfetztes Ohr um. Sie legte ihm die Arme um den Hals und drückte ihn dankbar, aber er ließ nicht zu, dass sie ihr Gesicht in seinem süß duftenden Fell vergrub. Er sah sie mit seinen schönen Bernsteinaugen an, und in diesem Augenblick stürzte eine Mauer in ihrem Kopf ein und Worte, klar wie Kristall, traten dahinter hervor.

Natürrrlich ist es wahrrr. Kind muss jetzt auf K'tanaqui hörrren. Kind muss noch eine MENGE lerrrnen.

10

Der Seelenbaum

29. Oktober, Donnerstagnachmittag

Die Mantelmänner führten Merlin und Natalie in ein verwirrendes Labyrinth unterirdischer Gänge, deren moosiger Grund ihre Schritte erstickte. Mattgrünes Licht strahlte von den Wänden, was den Ort noch unheimlicher wirken ließ. Niemand sprach. Natalie starrte beim Gehen geradeaus, eine Hand in den Zotteln des Zauberhundes vergraben. Sie sah blass und ängstlich aus. Merlin vermutete, Anderserde war ein Schock für sie, die die Existenz von Zauberei immer so hochmütig bestritten hatte. Unter anderen Umständen hätte er ihre Unsicherheit genossen, denn jetzt musste sie zugeben, dass alles, was er gesagt hatte, der Wahrheit entsprach. Aber er hatte mit seinen eigenen Problemen zu kämpfen.

Den Schauergeschichten seines Vaters hatte er nie recht getraut – zum Beispiel, dass man in Anderserde erblindete, wenn man zu lange jenseits der Grenze gelebt hatte, und nur noch durch die Augen des eigenen Zaubertieres sehen konnte. Aber jetzt musste er feststellen, dass sich seine Sehkraft tatsächlich auf vage Umrisse reduzierte, sobald jemand die Hand über Rotauge legte. Zitternd blieb er stehen, bis die Männer ihren Fehler bemerkten und seine Maus wieder hervorlugen ließen. Doch selbst so sah er nicht sehr gut. Was er durch die Augen seines Tieres sah, glich mehr einem grünstichigen Bildschirmgeflimmer. Außerdem wurde ihm fast übel, da er immer zehn Schritte hinter seinen »Augen« herging. Und zu verstehen, was seiner Maus durch den Kopf ging, war auch nicht so toll, wie er sich vorgestellt hatte.

Also, was hast du eigentlich erwartet?, sagte Rotauge in seine Gedanken hinein. *Das nenne ich eine Rettung! Erst hast du mir ein lebendes Zauberblatt ins Bett gelegt, dass ich mir fast den Schwanz verbrannt habe. Dann hast du mir eine halbe Rauchvergiftung verpasst und mich an Stellen gequetscht, die ich lieber nicht nennen möchte. Dann hast du mich wie ein Opferlamm unter den Klauen dieses arroganten Habichts baumeln lassen und zu guter Letzt mich kopfüber durch ein Loch direkt in Feindesland geworfen. Und, als sei das nicht genug, bringst du es auch noch fertig, uns beide als Spione verhaften zu lassen. Ich glaube, der Keller wäre mir lieber gewesen. Wenigstens ist mein Käfig dort nicht reingeplumpst. Zauberbünde! Kannst du diesem Scheusal nicht sagen, er soll langsamer gehen? Wenn er nicht bald damit aufhört, mich herumzuschaukeln, kotze ich noch seinen Mantel voll.*

»Nein!«, kreischte Merlin. »Tu das nicht! Sonst bringt er uns um.«

Einer der Männer hatte ein paar Ranken zu einer Trage geflochten und schlenkerte Rotauge darin lustig hin und her. Merlin holte ihn ein und zupfte ihn am Mantel. »Bitte, könnten Sie meine Maus nicht etwas vorsichtiger tragen?«

Der Mann lachte. »Der Trickser wünscht, dass man sein

Tier vorsichtig behandelt. Sollen wir ihm zeigen, wie wir gewöhnlich mit so einem umgehen?« Er fasste an sein Messer.

Merlin zuckte zusammen und Natalie, die immer noch sehr blass war, sah sich fragend um. Sie flüsterte dem Zauberhund etwas zu und dieser stellte sich Merlins Quälgeist in den Weg, klappte sein Ohr zurück und knurrte.

Hastig trat der Mann einen Schritt zurück und ließ sein Messer los. »Keine Sorge«, sagte er zu Natalie, »wir haben Anweisung, deinen kleinen Freund und seine Maus sicher zu begleiten. Oq möchte ihre Trickser unbeschädigt empfangen.«

Die Männer fanden das anscheinend sehr komisch. Doch als sie weitergingen, klemmte der Mann die Trage unter seinen Arm.

»Besser?«, flüsterte Merlin.

Ph!, erwiderte Rotauge. *Seine Achseln stinken schlimmer als deine und du bist das schmuddeligste Kind, das ich jemals gesehen habe. Ein Wunder, dass das Mädchen dich mitgenommen hat.*

»Ich wünschte, sie hätte es nicht getan«, murmelte Merlin, der seinen Entschluss, von zu Hause auszureißen, bereits bereute. Aber wie hätte er wissen sollen, dass sie just in dem Augenblick zum Bannstein kommen würden, als ein Zauberlord ihn öffnete? Und was hätte er auch tun sollen, als Natalie durch den Stein geschlüpft war?

Du bist ein bisschen dumm, oder?, meinte Rotauge.

»Das ist gemein. Ich …«

Bevor er sich weiter verteidigen konnte, bogen sie um eine Ecke und kamen in eine große, matt erleuchtete Höhle, in der mehrere Gänge zusammenliefen. Merlin sah sich staunend um. Aus einer der dunklen Öffnungen auf der anderen Seite ertönte ein leises Pfeifen. Ein plötzlicher Luftzug blies Natalie die langen Haare ins Gesicht und fuhr durch die Löcher von Merlins Pullover, dass er eine Gänsehaut bekam. Die Männer, die sie begleiteten, lächelten wissend. Mit dem warmen Wind schwebten drei glänzende Ballons in der Größe kleiner Autos aus dem Gang und blieben etwa eine Handbreit über dem Boden in der Mitte der Höhle stehen. Die Luft war von einem süßlichen Duft erfüllt, der Merlin an Zuckerwatte erinnerte.

Jetzt ist keine Zeit, an deinen Magen zu denken, sagte Rotauge. *Der Zauberlord ist im Anmarsch.*

Bei diesen Worten verging Merlin der Appetit sofort. Lord Pveriyan betrat die Höhle und ging auf den ersten Ballon zu. Als er ihn berührte, öffnete sich eine seiner Seiten mit einem Geräusch wie zerreißendes Plastik. Er machte einen scherzhaften Diener in Richtung Natalie und deutete auf die Öffnung. Der alte Zauberhund sprang hinein und nach einem zögernden Blick über ihre Schulter folgte ihm Natalie. Der Ballon verschloss sich und mit einem Zischen waren sie verschwunden.

Das alles geschah so schnell, dass Merlin keine Gelegenheit zum Nachdenken oder gar zum Handeln hatte. »Natalie!« Mit klopfendem Herzen rannte er nach vorn und stellte sich vor den Zauberlord. »Was haben Sie mit ihr gemacht?«

Lord Pveriyan lächelte. »Um *sie* musst du dir keine Sorgen machen, Trickser. Hinein mit dir!« Er öffnete den zweiten Ballon.

Merlin schauderte. »Nicht ohne Rotauge«, flüsterte er.

»Meinst du wirklich, ich würde dich mit deinem Tier reisen lassen? Oq weiß genau, welches Unheil ihr zwei heraufbeschwören würdet! Hinein, habe ich gesagt.« Merlin schüttelte den Kopf, aber zwei der Mantelmänner packten ihn an den Ellbogen und warfen ihn in den Ballon. »Halt dich gut fest!«, rief Lord Pveriyan grinsend.

Zeit zum Festhalten hatte er nicht. Der Ballon erhob sich sanft, und dann wurde er Natalie hinterher in den Tunnel geschleudert. Hilflos wirbelte er umher, wurde nach vorn geworfen, dann zur Seite, dann wieder zurück und dann kopfüber nach unten. Als der Ballon endlich zum Stehen kam und sich öffnete, waren sie in einer anderen, noch größeren Höhle gelandet. Am ganzen Körper zerschlagen, kletterte Merlin stöhnend hinaus.

Jetzt weißt du, wie ich mich fühle, sagte Rotauge, der im dritten Ballon zusammen mit Lord Pveriyan und seinem Zauberhund gefahren war. *Oq spielt mit dir. Meistens sind Organazoomer nicht so unbequem.*

»Organa – was?«, fragte Merlin und vergaß vor Staunen seine blauen Flecken, als er die riesige Höhle sah. Über seinem Kopf zischten noch mehr dieser glänzenden Kugeln und verschwanden wie Sternschnuppen im glitzernden Nebel.

Wenn du nur endlich deine Denkohren waschen würdest! Organazoomer. Mit denen fährt man in einen Seelenbaum. Was weißt du eigentlich?

»Wir sind in einem Seelenbaum?«, flüsterte Merlin. Ihm wurde ein bisschen übel. »Ich hatte keine Ahnung, dass sie so groß sind.« Ängstlich sah er zu Natalie hinüber, die sich an ihren Zauberhund klammerte, als sei er das einzig Sichere in der Welt.

Lord Pveriyan ging zu ihm und gab ihm einen leichten Tritt mit dem Fuß. »Auf die Beine, Trickser. Wenn wir oben im Baumstamm sind, hast du reichlich Zeit, dich mit deiner Maus zu unterhalten.«

»Warum kann ich Rotauge nicht jetzt wiederhaben?«, fragte Merlin und rappelte sich auf, bevor der Zauberlord ihn noch einmal treten konnte. »Wenn ich den Weg sehe, kann ich auch schneller laufen.«

Die grünen Augen verfinsterten sich. »Du läufst so schnell, wie ich dir sage.«

Merlin ließ die Schultern hängen. Doch dann sah er erstaunt, wie Natalie erbebte, die Zotteln ihres Hundes fester krallte und verkündete: »Ihr seid nicht besser als sein Vater! Genau das hat er auch getan – ihm das Tier weggenommen. Das ist grausam.«

Merlin starrte sie an. Begriff sie es wirklich?

Natürlich begreift sie es!, sagte Rotauge. *Sie hat doch jetzt ein eigenes Zaubertier.*

»Aber die Spinne …«

Die Maus seufzte. *Sieh es dir doch mit meinen Augen an!* Merlin sah ganz deutlich die beiden Zauberhunde, die sich gegenseitig anknurrten, und plötzlich wurde ihm einiges klarer.

»Wie dumm von mir«, stöhnte er.

Das kannst du laut sagen, sagte Rotauge. *Dein Glück, dass du jemanden hast, der sich für dich stark macht. Du hast viel zu viel Selbstmitleid.*

»Er wird bestimmt nichts anstellen, wenn Sie ihm die Maus lassen«, fuhr Natalie fort. »Er hat die Wahrheit gesagt. Zaubern kann er nicht. Ich habe selbst gesehen, wie er es versucht hat.« Noch vor kurzem hätte Merlin lautstark protestiert, jetzt aber hielt er den Mund und war sogar dankbar, dass auch sie ihn für unfähig hielt.

Lord Pveriyan sah immer noch skeptisch aus. Aber dann streckte er Merlin seufzend das kleine Tragegestell hin. »Ich nehme an, im Stamm kannst du nicht viel anstellen. Aber wenn du auch nur einmal aus der Reihe tanzt, Tricksersöhnchen, hänge ich dein Tier mit dem Schwanz am höchsten Ast von Oq auf. Verstanden?«

Mit einem erleichterten Schluchzen nahm Merlin den Käfig und zerrte an den Ranken. Er überhäufte Rotauge mit Küssen, dass die Blätter flogen. Die Maus gab ein Fiepen von sich, wehrte sich aber nicht allzu sehr.

»Wie heißt dieser Ort?«, flüsterte er und ließ Rotauge auf seiner Schulter Platz nehmen, von wo aus sie unter seinem Ohr durchspähen konnte.

Lord Pveriyan antwortete. »Das ist die Mittelhöhle von Oq, unserem Seelenbaum«, verkündete er stolz. Seine Stimme hallte von den Wänden wider. »Um Mitternacht versammelt sich der Rat in der Baumkrone. Ihr habt also genug Zeit, euch frisch zu machen.« Er rümpfte die Nase und sah Merlin bedeutungsvoll an.

Der Nachmittag verging wie im Traum. Natalie konnte sich zuerst kaum vorstellen, dass sie sich innerhalb eines riesigen, intelligenten Baumes mit Namen Oq befanden. Seine hohlen Äste und Wurzeln bildeten ein Labyrinth von Gängen und Tunneln. Sie verbanden tief unten liegende Organazoomer-Stationen mit hoch gelegenen Laubhütten, durch die Sonnenlicht und süße Anderserde-Luft flutete. Als sie endlich auf der Höhe der unteren Äste in ein Wohnzimmer kamen, in dem ein liebliches Regenwasserbecken plätscherte, hatte Natalie schon so viele Merkwürdigkeiten gesehen und so viel Merkwürdiges von K'tanaqui erklärt bekommen, dass sie nicht erstaunt gewesen wäre, hätte der Baum sich aus dem Erdreich gelöst und wäre über die Wolken spaziert. Es war, als sei ihr Vorrat an Furcht und Staunen aufgebraucht und als gäbe es nichts mehr, was sie fürchten oder worüber sie staunen müsste.

An diesem Nachmittag wurden sie von einer jungen Frau begleitet, die orangefarbene Blumen und Beeren im Haar trug. Noch bevor K'tanaqui sie informieren konnte, schloss Natalie aus dem Grün ihrer Augen, dass sie eine Zauberlady war. Ihr Name war Lady Thaypari und das Erste, was sie zu ihnen sagte, war: »Keine Sorge, wir sind nicht alle so griesgrämig wie der alte Pveriyan. Ich fürchte, ihr habt ihn zu einem ungünstigen Zeitpunkt kennen gelernt. Widerworte sind ihm fremd, vor allem von Leuten, die nicht einmal ein Hundertstel so alt sind wie er!« Dann lachte sie mit weicher, erdiger Stimme, bei deren Klang Natalie sich sofort leicht und unbeschwert fühlte. Selbst Merlin schien sich ein wenig zu entspannen und seine Maus, die beim Anblick der jungen Frau unter seinen Pullover geflüchtet war, krabbelte wieder hervor und setzte sich unter sein Ohr.

Lady Thaypari legte einen Stapel moosgrüner Kleider neben das Becken und sagte lächelnd: »Hier sind Handtücher und saubere Kleider. Sie gehören den Hirtenkindern und müssten euch passen. Kleine Teufel sind das, sie kommen oft zu Oq zum Schwimmen und lassen immer etwas liegen. Sie vermissen die Sachen bestimmt nicht. Wenn ihr fertig seid, bittet K'tanaqui K'aypari Bescheid zu geben, dann komme ich wieder und helfe euch mit den Haaren. Wir müssen euch richtig fein machen, bevor ihr vor dem Rat erscheint. Und jetzt viel Spaß beim Schwimmen!«

Endlich waren sie allein.

Natalie spürte die Anspannung aus ihren Schultern weichen. Mit einem Seufzer kickte sie ihre Schuhe weg und ließ die Füße ins Wasser hängen. Während ihrer Expedition durch den Baum war es dunkel geworden. Das Mondlicht fiel durch die ausladenden Äste von Oq und spiegelte sich silbergrün im Wasser des Beckens wider. Das Wasser war angenehm warm und plätscherte um ihre Fesseln wie die Gedanken an Anderserde, die ihr durch den Kopf plätscherten. Sie schloss die Augen. Dann sprang K'tanaqui ins Wasser und spritzte sie nass. Merlin stieß einen leisen Schrei aus.

Natalie schüttelte sich und sah sich nach ihm um. »Komm schon. Das ist doch nur Wasser.«

»Es ist verzaubert«, flüsterte Merlin und wich zurück.

Natalie wollte lachen, hatte aber nicht die Kraft dazu. »Du warst doch derjenige, der immer von Zauberei gesprochen hat. Jetzt glaube ich dir.« Liebevoll sah sie zu K'tanaqui, der am anderen Ende des Beckens unter ein paar Ranken paddelte.

Kinderrr schwimmen jetzt, sagte der Zauberhund in einer Ecke ihres Kopfes.

Sie lächelte. »Gleich. Die Zauberlady hat uns keine Badeanzüge gegeben.«

Erstauntes Blinzeln aus den Bernsteinaugen. *Badeanzüge werrrden nurrr nass.*

Sie kicherte und merkte, dass Merlin sie beobachtete. Er sah immer noch ängstlich aus. Hatte er Angst, Lord Pveriyan wieder zu begegnen? »Ich werde nicht zulassen, dass der Rat dir etwas antut«, versprach sie. »Wenn sie die Wahrheit über deinen Vater erfahren, werden sie dich verstehen.«

Merlin streichelte seine Maus. »Sie hassen mich«, flüsterte er, »und der Baum hasst mich auch, das fühle ich. Dieser alte Lord hat es auf mich abgesehen, das weiß ich. Er wartet nur auf eine Gelegenheit.«

»Aber er hat dir doch die Maus zurückgegeben.«

»Nur weil du in der Nähe warst.«

»Und ich bin immer noch hier, oder etwa nicht? Also, Kopf hoch! Wir schwimmen jetzt ein bisschen und dann essen wir vielleicht etwas und dann sprechen wir mit diesem

Rat. Sie werden uns helfen, bestimmt. Und dann dürfen wir wieder nach Hause.« Kaum hatte sie ausgesprochen, gab sie sich im Geist einen Tritt und fügte schnell hinzu: »Du kannst zu mir nach Hause, da bist du sicher.«

Merlin schüttelte den Kopf, das Mondlicht warf Streifen auf sein Gesicht. »Vor Vater werde ich nie sicher sein. Er ist bestimmt wütend, weil ich dir geholfen habe. Er wird mich verfolgen und dann – dann wird er ...« Er schluckte und griff nach seiner Maus.

Mausekind ist trrraurrrig, berichtete K'tanaqui, *hat auch die Mutterrr verrrlorrren.*

Natalie runzelte die Stirn und erinnerte sich daran, dass Merlin ihr von Claudia erzählt hatte, sie sei nicht seine Mutter. »Was ist mit deiner Mutter, Merlin?«, fragte sie freundlich.

Er machte ein paar Schritte nach vorn, passte aber auf, nicht zu nah an den Beckenrand zu kommen, und starrte über das Wasser. »Vater war schuld daran. Er wollte sie nur bestrafen, aber dann ging etwas schief. Sie wollte mich ihm wegnehmen, weißt du? Ich kann mich nicht mehr erinnern, ich war damals noch ein Baby. Aber ich weiß genau, was danach passierte. Ihr Tier war ein goldiger, kleiner Kanarienvogel, der immer zwitscherte. Vater zwickte ihm eine Zehe ab, um meiner Mutter ein bisschen am Fuß wehzutun, als Strafe dafür, dass sie mit mir fortgelaufen war. Aber der Vogel starb vor Schreck.«

Seine Stimme versagte. Natalie starrte ihn an, unsicher, ob sie richtig gehört hatte.

Er schniefte und fuhr fort: »Danach fuhr sie mit dem Zug an die Küste und wanderte auf eine hohe Klippe. Eine Woche später wurde ihr Leichnam auf den Felsen gefunden. Vater sagte, ich dürfe keiner Seele etwas davon erzählen und wenn ich ihm nicht gehorchte, würde er mich genauso bestrafen und Rotauge etwas antun. Er hat mich dann in den Keller gesperrt und ich konnte nicht fortlaufen wie sie. Deshalb habe ich dir auf dem Parkplatz ein Bein gestellt und bei allem mitgemacht. Ich *musste* es tun.« Er fuhr sich mit dem Ärmel über die Nase.

»Wie schrecklich«, sagte Natalie, »das ist noch schlimmer als das, was mit meiner Mutter passierte. Die Polizei sagt, meine Mutter sei durch einen Unfall gestorben. Sie sei in den Fluss gefallen, weil sie blind war. Dad erzählte damals, K'tanaqui sei ebenfalls ertrunken, aber wegen des Hochwassers nicht gefunden worden. Ich habe ihm geglaubt.« Sie streichelte das zerfetzte Ohr des Zauberhundes. »Hätte ich nur die Wahrheit gewusst!«

»Deine Mutter war eine Zauberlady, nicht wahr? Vater erwähnte ihren Tod, als wir mit deiner Spinne zum Waldhaus zurückkamen, aber ich hatte keine Ahnung, wer sie wirklich war.«

»Sie war Lady Atanaqui«, sagte Natalie mit einer Spur von Stolz in der Stimme. »Und ich glaube, ich weiß jetzt, warum sie starb. Sie ertrank am ersten Tag im November. In der Nacht davor war die Grenze geöffnet worden und sie konnte wieder sehen. Irgendetwas sah sie damals, Merlin! K'tanaqui hat erzählt, sie seien auf dem Weg nach Anderserde gewesen, als es passierte. Plötzlich seien ein paar Männer aus dem Nichts gekommen und hätten sie in den Fluss gestoßen. Er sprang hinterher, um sie zu retten, aber sie schickte ihn nach Anderserde zurück, um den Rat zu warnen. Er weiß nicht, warum das so wichtig war. In meinen Gedanken taucht immer wieder ein schwarzer Vogel auf – ich dachte zuerst, es sei der Habicht deines Vaters, aber der ist nicht so schwarz.« Sie fröstelte. Mit allem, was der Zauberhund ihr seit ihrem ersten Treffen am Bannstein erzählt hatte, war die Wahrheit über den Tod ihrer Mutter fast nicht zu verkraften. Sie brauchte mehr Zeit, um darüber nachzudenken.

Merlin starrte sie entgeistert an. »Ein Rabe«, flüsterte er.

»Was?«

»Als wir das Feuer im Waldhaus legten, erwähnte Vater doch einen Raben, der im Keller sei.«

»Das hatte ich ganz vergessen!« Sie schloss die Augen und versuchte sich an das Bild zu erinnern, das K'tanaqui ihr gezeigt hatte. »Vielleicht ein Zaubertier?«

Merlin schüttelte den Kopf. »Nein. Hunter hat alle aufgefressen.«

»Vielleicht weiß der Rat mehr.«

Der Junge kroch näher und berührte zaghaft ihren Arm. »Das mit deiner Mutter tut mir Leid.«

»Und mir das mit deiner.«

Es herrschte ein verlegenes Schweigen. Dann drängte sich K'tanaqui mit seinem nassen Fell zwischen sie und schlug mit den Ohren. *Kinderrr schwimmen jetzt! K'ayparrri sagt Beeilung, derrr Rrrat warrrtet nicht gerrrn.*

Natalie gab die Nachricht mit einem Lächeln weiter. Sie entledigte sich ihrer beiden Pullover und ihrer Jeans und ließ sich vorsichtig ins Wasser gleiten, um ihre Brillengläser nicht zu bespritzen. Das Wasser war herrlich warm. Sie drehte sich auf den Rücken und strampelte träge mit den Beinen. Mit einem lauten Platsch schloss sich der alte Hund ihr an. Sie lachte, griff in sein Zottelfell und ließ sich von ihm quer durch das Becken bis zu den hängenden Ranken auf der anderen Seite ziehen. Dort entdeckte sie eine Art großer, goldener Birnen, die verführerisch dicht über dem Wasser hingen. »Sind die giftig, K'tanaqui?«, fragte sie.

Seelenfrrrüchte nicht giftig, Seelenfrrrüchte frrreundlich, sprach der Zauberhund rätselhaft.

»Heißt das, ich kann sie essen?« Bei ihrem köstlichen Duft lief Natalie das Wasser im Mund zusammen und sie stellte sich vor, wie der Saft zwischen ihren Zähnen spritzte und ihre vom Rauch wunde Kehle hinablief. Sie blieb paddelnd an der Wasseroberfläche und legte ihre Hand um die am nächsten hängende Frucht.

»Nein, Natalie!«

Merlin hielt sich nicht einmal die Nase zu, als er zum Sprung ansetzte und einen schmerzhaften Bauchplatscher landete. Sie musste ein Kichern unterdrücken, als er wieder auftauchte und wie ein Hund strampelte, nur ungeschickter. Er ging unter, tauchte wieder auf und schrie Wasser prustend: »Nein, nicht essen … Natalie! Hilfe!« Sein Schreien wurde immer verzweifelter, sein Strampeln wilder. Natalie verzog missbilligend das Gesicht, auf die Frucht wollte sie nicht verzichten.

»*Natalie!*« Er verschwand unter Wasser und tauchte nicht wieder auf.

»Merlin? Hör auf mit dem Unsinn!« Mit klopfendem Herzen schwamm sie ihm entgegen, K'tanaqui im Schlepptau.

Mäusekind dumm, sagte der Zauberhund.

Am liebsten hätte sie ihm zugestimmt, aber die Angst um Merlin verdrängte jeden anderen Gedanken. Sie tauchte in das silbergrüne Wasser ein und sah unter ihren Füßen seinen Haarschopf schweben wie roten Seetang. Ihr Magen krampfte sich zusammen. »Hilfe! So helft ihm doch!«, schrie sie. »Er ertrinkt! Lady Thaypari! Lord Pveriyan! Hilfe!« Sie riss sich die Brille von der Nase und warf sie zum Beckenrand, um tiefer zu tauchen.

K'tanaqui fing die Brille sacht mit der Schnauze auf.

Dummes Kind. Bitte Oq um seichtes Wasserrr. Aberrr verrrgiss diesmal nicht, bitte zu sagen.

»Aber …« Dann begriff sie. Sie hielt sich an einer Ranke fest und schrie: »Seicht! Seichtes Wasser, Oq, bitte!«

Fast wurde sie von einer großen Welle umgeworfen. Sie klammerte sich an der Ranke fest und fürchtete schon, der Baum wollte sich an ihr rächen, weil sie ihn beschimpft hatte, als sie Tim gerettet hatte. Doch plötzlich hockte sie in knietiefem Wasser, vor ihr Merlin, der hustete und spuckte wie ein Fisch auf dem Trockenen.

K'tanaqui stupste ihn mit der Schnauze an. *Mäusekind lebt,* sagte er. Es klang sehr zufrieden.

Mit zitternden Knien stand Natalie auf und sagte zu den verschlungenen Zweigen über ihr: »Danke, Oq.«

Das Blattwerk rauschte.

»Warum dankst du ihr?«, empörte sich Merlin und schlug die Arme um seine schmale Brust. »Fast hätte sie mich umgebracht!«

Natalie runzelte die Stirn. »Das glaube ich nicht.«

»Aber etwas hat mich am Bein gepackt und nach unten gezogen!«

»Das habe ich nicht gesehen.«

»Kein Wunder, dass du so etwas sagst, wo deine Mutter selbst dem Rat angehörte.«

K'tanaqui knurrte. *Mäusekind bildet sich das nurrr ein. Mäusekind kann nicht schwimmen.*

»Stimmt das?« Natalie betrachtete den zitternden Jungen mit neuem Respekt. Er war nur wegen ihr ins Wasser gesprungen.

»Stimmt was?«

»Dass du nicht schwimmen kannst? Hast du nicht gemerkt, wie tief das Wasser ist?«

Sein rotes Gesicht verriet ihn. Sie musste lächeln.

»Lach mich nur nicht aus!« Er krabbelte aus dem Becken und holte seine Maus, die bei seinem Sprung auf einem Zweig Zuflucht gesucht hatte. »Immer lachen alle über mich. Nichts mache ich recht, ich bin nur ein Witz, ein blöder Witz.« In seinen Augen glitzerten Tränen.

»Ich lache doch nicht über dich. Es ist nur noch nie jemand wegen mir beinahe ertrunken. Wahrscheinlich konntest du nicht einmal sehen, was du tust, nachdem Rotauge geflüchtet war. Wie war es denn, dich selbst beim Untergehen zu beobachten?«

Merlin schniefte und verzog das Gesicht zu einem Lächeln. »Furchtbar.«

Natalie konnte ein Kichern nicht unterdrücken. Sie wrang ihr nasses Haar aus und fühlte sich nach dem Bad fast wieder wie normal. »Wir machen uns jetzt lieber fertig. Hoffentlich dauert die Sitzung nicht so lang. Der Duft dieser Seelenfrucht hat mich daran erinnert, wie hungrig ich bin. Langsam bedauere ich sogar, dass ich meine Spaghetti Bolognese über dich geschüttet habe.«

»Ja, das war wirklich dumm«, stimmte Merlin ihr zu. »Wenn du sie nicht wolltest, hättest du sie mir überlassen können.«

11

Der Rat von Oq

30. Oktober, Freitag frühmorgens

Die mitternächtliche Versammlung des Rats von Oq wurde in schwindelnder Höhe unter dem Baldachindach des Seelenbaums abgehalten. Während des langen Anstiegs erzählte Lady Thaypari ihren zwei Schützlingen, dass der Versammlungssaal auf die Größe einer kleinen Haselnuss geschrumpft werden konnte, wenn er nicht benutzt wurde. Sie erzählte ihnen auch, dass einst, lang vor der Errichtung der Grenze, Oq einen Ratsbeschluss ablehnte und den Raum schrumpfen ließ, während die Ratsmitglieder sich noch darin aufhielten. »Wenn ihr an einem ruhigen Tag eure Ohren an die Zweige legt, könnt ihr die armen Zauberlords immer noch hören, wie sie jammern, hinausgelassen zu werden«, fügte sie flüsternd hinzu. »Also, seid vorsichtig, was ihr sagt, nicht dass Oq wieder so etwas tut.«

Merlin wurde kreidebleich. Doch K'tanaqui kräuselte seine Lippen zu einem zauberhündischen Grinsen und Natalie musste trotz ihrer Nervosität kichern. »Das ist nicht wahr, oder?«, fragte sie.

Die Zauberlady lächelte. »Und doch ist es schade, wenn ich bedenke, wie die Ratsmitglieder manchmal reden!« Dann bemerkte sie Merlins Gesichtsausdruck und meinte freundlich: »Nun, kleiner Trickser, nur Mut! Ich habe doch nur versucht euch aufzumuntern. Natalie hat völlig Recht, Seelenbäume haben noch nie einem Ratsmitglied etwas angetan. Und ohne Oqs Einverständnis kommt ein Beschluss nicht zu Stande. Ich dachte, das weißt du, du hast doch selbst Zauberblut in dir.«

»Aber ein Zauberlord bin ich nicht«, erwiderte Merlin und schniefte. »Vielleicht will Oq mich zusammenschrumpfen.«

Lady Thaypari tätschelte seinen Arm. »Nicht, solange du bei uns bist. Und nun putz dir die Nase. Nein, nicht mit dem Ärmel, nimm das – das ist besser.«

Sie reichte Merlin ein viereckiges Stück moosartigen Stoffes, und Natalie nahm seine Hand und drückte sie verstohlen. »Es wird bestimmt nicht lange dauern«, flüsterte sie und erinnerte sich mit Schaudern daran, dass Claudia genau diese Worte gebraucht hatte, bevor der Hühnerhabicht Itsy gefressen hatte. Ob der Rat für Rotauge dasselbe Schicksal vorgesehen hatte?

Zauberrrhunde besitzen viel Macht. Mäuschen lohnen sich nicht zu frrressen, belehrte K'tanaqui Natalie, was ihr keine Beruhigung war, sondern nur noch mehr Fragen aufwarf, die sie aber entschlossen beiseite schob und im Geiste auf die Liste der Fragen setzte, die sie Lady Thaypari bei nächster Gelegenheit stellen wollte.

Schließlich blieb die Zauberlady vor einem dichten Efeuvorhang stehen. »Wartet hier, bis ihr aufgerufen werdet«, befahl sie. »Ich gehe hinein und informiere den Rat, dass ihr da seid.« Sie strich ein letztes Mal über Natalies

Haare und zupfte von Merlins Umhang ein loses Blatt. Dann sagte sie lächelnd: »Keine Sorge, ihr seht prima aus.«

Ihr Aussehen war das Letzte, was Natalie Sorgen bereitete, aber angenehm war es doch, wieder gewaschen zu sein. Nach dem Schwimmen und Umziehen hatte Lady Thaypari kleine weiße Blüten in Natalies Haare geflochten, die bei jeder ihrer Bewegungen einen traumhaften Duft verströmten. Die Zauberlady hatte sogar Merlin ein passables Aussehen verschaffen können. Mit seinen sauberen Haaren, den ordentlichen Kleidern und den blank geschrubbten Ellbogen und Knien sah er fast wie ein Mensch aus.

Mäusekind nicht so menschlich wie Tochterrrkind, erinnerte sie K'tanaqui. Natalie musste lächeln. Dann wurde der Vorhang beiseite geschoben und sie nahm Merlin an die Hand.

Eine dröhnende Stimme rief: »Tretet ein und kniet nieder vor dem Rat von Oq!«

Als Erster ging K'tanaqui hinein. Auf dem makellos glatten Boden machten seine Pfoten klackende Geräusche. Natalie holte tief Luft und zog Merlin hinter dem Zauberhund her, wobei sie versuchte nicht an die Geschichte mit den geschrumpfen Zauberlords zu denken.

Innen bekam sie fast einen steifen Hals, weil sie immer nach oben schauen musste. Der Ratssaal war ein riesiger, runder, gewölbter Raum, an dessen Wänden zwei glitzernde Bankreihen aus lebenden Ästen standen. Zwölf Zauberlords und Zauberladys in schimmernder Anderserde-Tracht mit Kronen aus Blättern und Blüten saßen auf der oberen Bankreihe. Ihre Zauberhunde hatten auf der unteren Bankreihe Platz genommen und ließen die buschigen Silberschwänze über den Rand hängen. Das hohe Deckengewölbe bestand aus ineinander verwobenen Zweigen, die in der Mitte eine Öffnung freiließen, durch die das Mondlicht einen silbernen Kreis auf den Boden warf. K'tanaqui trottete geradewegs zu diesem Kreis und ließ sich in seiner Mitte nieder. Sein frisch gewaschenes Fell glänzte. Er reckte seine Schnauze und blickte stolz auf die zwölf anderen Zauberhunde.

Mit pochendem Herzen kniete Natalie neben ihm nieder und zog Merlin neben sich. Sämtliche Zauberlords, Zauberladys und Zauberhunde sahen sie an. Sie erschauderte unter ihren aufmerksamen Blicken. Lady Thaypari lächelte ihr aufmunternd zu.

»Willkommen, Tochter von Atanaqui«, dröhnte die Stimme, die sie auch hereingerufen hatte. Natalie zuckte zusammen und versuchte herauszufinden, wer gesprochen hatte, doch die Stimme schien überall zugleich zu sein. »Du mögest dich erheben.«

Natalie seufzte erleichtert. Doch kaum waren sie auf den Füßen, sprang Lord Pveriyan von seinem Platz und zeigte mit einem knotigen Finger auf Merlin.

»Der Trickser ist ein Spion!«, verkündete er. »Sein Vater ist der Magier, der sich Habicht nennt, den wir vor vierzehn Jahren auf Grund des Zauberregenerlasses aus Anderserde verbannt haben. Er hat ihn hergeschickt. Habicht beherrscht offensichtlich die alte Kunst der Transportation und möchte mit ihrer Hilfe während der diesjährigen Öffnung einen Angriff auf Oq starten. Seinen Sohn hat er durch den Bannstein geschickt, damit er seine Zauberblätter an strategischen Plätzen in Anderserde verteilen kann. Ich verlange, den jungen Trickser sofort zum großen Herzen zu führen und alles, was er weiß, aus ihm herauszupressen.« Er setzte sich.

Natalies Magen spielte verrückt. Ängstlich sah sie zu Merlin.

Der Rat aber schien belustigt. »Der Junge sieht aus, als würde er noch nicht einmal einen strategischen Platz erkennen, der sich direkt vor seiner Nase befindet«, sagte einer der Lords und gab ein Kichern von sich. »Außerdem, was sollte das nützen? Wenn Habicht wirklich die Transportation beherrscht, kann er sich jedes beliebige Kraftfeld als Ziel aussuchen. Fast jeder Ort in Oq ist besser geeignet als ein Zauberblatt. Aber das ist alles nur Theorie. Kein Trickser würde es wagen, unaufgefordert einen Seelenbaum zu betreten, schon gar nicht während der Öffnung.«

»Habicht hat schon immer getan, was andere nicht wagen würden«, entgegnete Pveriyan. »Vergesst nicht, dass er viele Jahre lang diesseits der Grenze gelebt hat. Seine Zauberkräfte sind nicht unerheblich.«

»Selbst wenn sie ihn direkt ins große Herz bringen könnten, brauchte er einen vollständigen Zauberbund, um ernsthaft Schaden anzurichten«, widersprach ein anderer.

»Sie sind schon zwölf. Auch wenn sie sich mit Natalie geirrt haben, ein anderer Trickser ist schnell gefunden, um die Zahl zu vervollständigen. Vielleicht wollen sie sogar ihren Jungen aufnehmen, wenn sie erst einmal über der Grenze sind.« Das kam von einer der Zauberladys.

Merlin erbleichte. Lady Thaypari sah ihn mitfühlend an und sagte bestimmt: »Dann müssen wir sicherstellen, dass ihnen das nicht gelingt. Wir müssen ihn bis zum Ende der Grenzöffnung versteckt halten.«

»Lieber gleich seine Maus hinrichten und sichergehen, dass er für sie nicht zu gebrauchen ist«, murmelte Lord Pveriyan düster.

Natalie drückte Merlins Hand und überlegte, ob es ein

Fehler gewesen war, ihn hierher zu bringen. Aber Lady Thaypari war immer noch auf ihrer Seite.

»Das ist doch Unsinn, Pveriyan«, sagte sie und machte den Kindern ein Zeichen, »das wird nicht nötig sein, solange er sich innerhalb von Oq aufhält.«

Pveriyan sah sich wütend um. »Ich weiß, was ihr alle denkt. Ihr denkt, er sei keine Gefahr, weil er so klein ist. Und ich sage euch, das ist ein Trick! Welchen Grund sollte Habicht sonst haben, seinen Sohn direkt vor der Öffnung in die Nähe der Grenze zu lassen?«

Diese Worte lösten eine heftige Diskussion aus. Die Stimmen der Zauberlords wurden lauter, einige erhoben sich von ihren Plätzen und schrien durch den Raum. Die Zauberhunde auf der unteren Bank knurrten. Es war kaum auszumachen, wer was sagte, aber Natalie beobachtete, wie Lady Thaypari eine der roten Blüten in ihrem Haar in ihren Fingern drehte.

»Du sagst kein Wort«, flüsterte sie Merlin zu. Sie verstärkte ihren Griff in K'tanaquis Fell und hob ihren Arm. Die heftige Diskussion nahm kein Ende. Natalie wartete einige Minuten, doch niemand schien sie zu bemerken. Sie räusperte sich.

Der alte Zauberhund schlug sein Ohr zurück. *Denk darrran, Kind, immerrr höflich sein!*

»Lords! Ladys!«, rief Natalie, bevor sie der Mut verlassen konnte. »Ihr Seelenbaum ist tatsächlich bedroht, doch nicht von Merlin!«

Jetzt fand sie Beachtung. Ihr Herz hämmerte, während es still wurde im Rat. Unter den Blicken von Lord Pveriyan kam sie ins Stocken, aber dann reckte sie ihr Kinn und sprach.

»Merlin ist kein Spion! Er hat mir geholfen aus dem Zauberbund seines Vaters zu fliehen. Nur deshalb war er bei mir, als wir durch den Bannstein kamen. Er kann nichts dafür, als Trickser auf die Welt gekommen zu sein.«

»Das wäre das erste Mal, dass ein Trickser einem anderen als sich selbst hilft«, murmelte jemand und erntete da und dort ein Lachen.

»Pst!«, rief Lady Thaypari. »Das Mädchen soll sprechen.«

Vierundzwanzig Augenpaare sahen Natalie erwartungsvoll an. Sie lächelte dankbar zu Lady Thaypari hinüber. Doch bevor sie die Bilder, die sie von K'tanaqui empfangen hatte, einordnen konnte, wurde sie von Lord Pveriyan unterbrochen.

»Natürlich wurde der Junge angewiesen, sich mit Atanaquis Tochter anzufreunden und ihr all diese Lügen aufzutischen«, sagte er. »Je früher sie getrennt werden, desto besser.«

»Das stimmt nicht!«, platzte Merlin heraus. »Also, eigentlich sollte ich mich schon mit ihr anfreunden, aber damals wusste ich nicht, wer sie war, das schwöre ich! Vater erzählt mir nie etwas.«

»Habe ich es nicht gesagt?«, sprach Lord Pveriyan zum Rat gewandt. »Alles Lügen.«

»Er lügt nicht«, warf Natalie schnell ein. »Und wenn Sie ihm etwas antun, werde ich Ihnen nicht helfen, egal wer meine Mutter war. Ich habe auch noch einen Vater, wie Sie wissen, und ich denke, er macht sich große Sorgen um mich.« Gießt wahrscheinlich eher den fünften Kasten Bier in sich hinein, dachte sie beschämt, schob aber den Gedanken schnell wieder von sich. »Und dann meine Stiefmutter Julie und der arme Tim! So wie Sie Ihre Gäste zu behandeln scheinen, sind Sie auch nicht besser als die Trickser.«

Die Ratsmitglieder gerieten außer sich. Lord Pveriyan sprang wild gestikulierend auf, während K'veriyan seine Schnauze in die Luft reckte und zu jaulen begann. Einige der anderen Zauberhunde stimmten in sein Geheul ein und stellten sich mit gesträubten Haaren auf die untere Bank.

K'tanaqui schlappte wieder mit dem Ohr. *Bist du verrückt, Kind? Das ist eine grrroße Beleidigung!*

»Jetzt hast du alles verdorben«, flüsterte Merlin und drückte Rotauge an sich, während er zum Efeuvorhang hinüberschielte.

Natalies Mund wurde ganz trocken. Ein paar Minuten vergingen, dann setzten sich die Zauberhunde wieder und die Ratsmitglieder verstummten. Lord Pveriyan nahm auch wieder Platz, sein Gesicht halb von Dornen verdeckt.

Ein alter Lord mit roten Beeren im Haar beugte sich vor und lächelte Natalie freundlich zu. »Keine Angst, mein Kind. Ich bin Lord Gerystar, zweiter Vorsitzender des Rats. Von welcher Bedrohung sprichst du? Du hast das Wort.«

Natalie griff so fest in die Hundezotteln, dass die drahtigen Haare ihr in die Finger schnitten. Sie schloss die Augen. »Meine Mutter hat etwas gesehen, bevor sie ertrank. K'tanaqui hat mir Bilder und Worte gezeigt. Ich habe einen schwarzen Vogel gesehen und einen Sternenregen, der vom Himmel fällt …«

»Nicht das schon wieder!«, stöhnte jemand.

»Ruhe!«, befahl Lord Gerystar. »Fahre fort, mein Kind.«

»Ich verstehe nichts davon, Herr«, gestand Natalie. »Aber als wir das Waldhaus in Brand setzten, schrie Habicht etwas von einem Raben im Keller. Und ich habe dort unten einen Gang gesehen. Merlin glaubt, die Mitglieder des Zauberbunds experimentierten dort mit Zauberblättern.«

»Sie sind immer nach unten gegangen«, warf Merlin eifrig ein, »und sind stundenlang dort geblieben. Claudia-der-Fisch war immer ein …«

»Niemand hat dir das Wort erteilt, Trickser!«, brauste Lord Pveriyan auf und sprang wieder von seinem Sitz. »Wenn du noch einmal den Mund aufmachst, sehe ich mich gezwungen, Oq zu bitten, dich zum Schweigen zu bringen.«

»Setzt Euch, Pveriyan«, sagte Lady Thaypari seufzend. »Wir haben nie das Geheimnis von Atanaquis Tod ergründet, nicht wahr? Die Bilder, die unsere Zauberhunde von K'tanaqui erhielten, waren sehr unscharf. Es ist nur logisch, dass Natalie deutlicher sieht, vielleicht können wir das Geheimnis doch noch lüften. Sprich weiter«, sagte sie freundlich an Natalie gewandt. »Was hast du in dem Keller gesehen?«

»Nichts«, gestand Natalie mutlos, »aber ein echter Vogel kann das jedenfalls nicht gewesen sein, denn Merlin erzählte mir, dass der Hühnerhabicht seines Vaters sämtliche Zaubertiere gefressen hat.« Ein Schauer lief ihr über den Rücken.

»Ursprünglich bedeutet Rabe Überbringer des Unheils«, erklärte ein dunkelhäutiger Lord. »Vielleicht verbirgt sich dahinter ein Geheimcode? Oder die Bezeichnung für eine neuartige Waffe der Menschen?«

»Dann müssen wir uns keine Sorgen machen«, fiel eine Lady ein. »Unsere antitechnologischen Zauberkräfte sind verlässlich. Selbst wenn die Trickser es fertig brächten, eine Waffe über die Grenze zu schaffen, würde sie in Anderserde nicht funktionieren. Oq ist sicher.«

Erleichterung machte sich breit.

»Habicht hat schon einmal versucht Oq zu schaden«, bemerkte Lord Gerystar finster. »Deshalb wurde er aus Anderserde verbannt. Wenn ich mich recht erinnere, wurde er dabei ertappt, als er versuchte einen der äußeren Äste zu zerstören. Mit Sternenregen könnte Zauberregen gemeint sein. Seit Jahren sinnt Habicht auf Rache und er ist auf der Suche nach Zauberblättern. Vielleicht möchte er beides zugleich bekommen? Was, wenn er einen Weg gefunden hat, Oq zu töten?«

Empörte Schreie folgten diesen Worten. »Unmöglich!« … »Keine Kraft ist mächtig genug, einen Seelenbaum zu töten!« … »Oq ist noch nicht alt!« … »Bis zum Zauberregen dauert es noch Jahrhunderte!«

Lord Pveriyan hatte mit zusammengekniffenen Augen zugehört. Nun hob er eine Hand. »Das bestätigt doch nur, was ich euch die ganze Zeit sagen will«, rief er. »Wir hätten Habicht schon lange unschädlich machen müssen. Diesen Unsinn mit dem Raben können wir vergessen, lieber sollten wir uns um den Mann kümmern. Er hat seinen Sohn nicht grundlos hergeschickt und je früher der Junge verhört wird, desto besser.«

»Bist du sicher, dass du uns nicht mehr über diesen Raben erzählen kannst, Natalie?«, fragte Lady Thaypari ohne auf Lord Pveriyan einzugehen. »Könnte das ein Geheimcode für etwas sein?«

Natalie schüttelte den Kopf und fühlte sich plötzlich ganz erschöpft. Nicht einmal mehr die Berührung von K'tanaquis Fell konnte ihr noch Kraft spenden.

»K'tanaqui sieht nur einen schwarzen Vogel«, sagte sie leise, »einen Vogel, der fliegt.«

»Vielleicht könnte Oq uns helfen die Bilder zu deuten, wenn sie sich dem großen Herzen öffnen würde«, schlug eine Lady vor und löste damit eine neue Diskussion aus.

Natalie schloss die Augen und ließ die Stimmen über sich

hinwegspülen. Sie genoss den Duft der Blüten in ihrem Haar. Ihr war gleichgültig, was sie mit ihr vorhatten, Hauptsache, sie konnte bald schlafen.

Nicht schlafen, Kind, sagte K'tanaqui streng und stupste sie am Bein. *Thayparrri hat zu viele Mondblumen benutzt.*

Schließlich wurde es wieder still im Ratssaal und die unwirkliche Stimme dröhnte: »Beide Kinder werden zum Verhör ins Herz von Oq gebracht.«

»Ja!«, zischte Lord Pveriyan triumphierend.

Die Stimme fuhr fort: »Vor dem Verhör dürfen die Kinder essen und sich ausruhen. Bis zur Grenzöffnung sind es noch fast zwei Tage. Es besteht kein Grund zur Panik. Unsere Hirten müssen auf der Hut sein und ihre Einhörner für die Schlacht rüsten. Alle anderen Stämme von Anderserde müssen vor einer möglichen Invasion der Trickser gewarnt werden. Zur Vorbeugung werden sämtliche Eingänge in unser Wurzelsystem für die Dauer der Grenzöffnung geschlossen werden. Gibt es noch andere Punkte?«

Die Zauberlords und ihre Zauberhunde streckten sich, gähnten und scharrten mit den Füßen, um aufzustehen und den Raum zu verlassen. Doch Lord Pveriyan erhob gebieterisch die Hand. »Ein Problem ist noch die Gedächtnislöschung dieses Menschenjungen. Sie wurde unterbrochen und konnte nicht zu Oqs Zufriedenheit abgeschlossen werden.«

Natalie blickte auf, durch den süßen Nebel der Mondblüten drang ein Gefühl des Unbehagens. Tim.

Nach einer kurzen Pause sprach die unwirkliche Stimme: »Wenn die Grenze offen ist, werden wir mit Hilfe des Wurzelsystems die Gefahr, die von ihm ausgeht, ermessen können.«

»Und die Auslöschung der Erinnerung beenden«, beharrte Lord Pveriyan. »Wir können es nicht riskieren, dass ein freier Mensch unsere Geheimnisse kennt.«

Lady Thaypari lächelte. »Ich glaube, darüber müssen wir uns keine Sorgen machen«, sagte sie. »Die Leute werden ihn auslachen, wenn er versucht ihnen von uns zu erzählen. Die Wissenschaftler der Menschen denken, sie wüssten alles. Niemand wird ihn ernst nehmen.«

Mehrere Ratsmitglieder nickten zustimmend, doch K'veriyan fletschte seine Zähne und knurrte leise.

»Dieser Rat zeigt immer mehr Schwäche!«, schrie Lord Pveriyan. »Ich kann mich an Zeiten erinnern, als Menschen nur deshalb einer Gedächtnislöschung unterzogen wurden, weil sie durch das Loch im Bannstein geschaut hatten! Ich kann mich an Zeiten erinnern, als jeder Trickser, der es wagte, seinen Fuß über die Grenze zu setzen, durch ganz Anderserde gejagt wurde und sein Körper zur Warnung aller in dreizehn Teilen am nächsten Grenztor ausgestellt wurde! Und nun darf der Sohn eines Tricksers in Oqs Wassern baden und wird in feines Hirtengrün gekleidet. Pfui!«

Er spuckte nach Merlin aus, traf aber seinen eigenen Hund am Fuß. Angeekelt warf K'veriyan einen Blick auf seinen Herrn und begann dann würdevoll seine befleckte Pfote abzulecken.

»Und der Rat erinnert sich auch sehr gut daran, dass Ihr es wart, der die Gedächtnislöschung des Jungen ursprünglich hat platzen lassen«, sagte Lord Gerystar ruhig.

Kichern machte sich breit.

»Der Menschenjunge ist meine Sache«, sagte Lord Pveriyan zwischen zusammengebissenen Zähnen, »und wenn die Grenze geöffnet wird, werde ich alles daransetzen, seine Gedächtnislöschung zu Ende zu führen.«

Würdevoll erhob er sich und verließ den Ratssaal, K'veriyan mit aufgerichtetem Fell auf seinen Fersen.

Mit seinem Abgang schien die Luft reiner zu werden. Natalie stand schwankend auf, eine Welle von Mondblumenduft schwappte über sie hinweg. Merlin packte sie am Arm. »Was ist los?«, fragte er flüsternd.

»Nichts. Ich bin nur müde.«

Kind nicht schlafen, sagte der Zauberhund besorgt, als Lady Thaypari auf sie zukam. *Zeit zum Frrrühstücken. K'tanaqui ist hungrrrig!*

12

Erinnerungen

30. Oktober, Freitagnachmittag

Stunden nachdem der Rat von Oq über sein Schicksal entschieden hatte, kam Tim im Einhornwald wieder zu Bewusstsein. Er hatte fürchterliche Kopfschmerzen.

Blinzelnd sah er zum bedeckten Himmel und zu den regennassen Bäumen hoch, dann starrte er kurz den in sich gewundenen, moosbewachsenen Stein an, legte eine Hand an seine Stirn und stöhnte. War er geschlagen worden? Dann musste das mit einem Felsbrocken geschehen sein. Er rief einige Male, doch niemand antwortete.

Steif stellte er sich auf und begann den tiefen Reifenspuren zu folgen. Die Ereignisse der vergangenen Nacht lagen wie im Nebel. Mr Marlins hatte ihn im Auto hergefahren, er erinnerte sich an einen Sattelschlepper und an hektische Aktivitäten rund um den Stein. Was noch? Ein alter Mann mit langen, weißen Haaren und grünen Augen? Er schüttelte den Kopf. Alles Übrige erschien ihm wie hinter einer Rauchwolke verborgen. Außerdem gab es dringendere Probleme.

Der Pfad war uneben und seine Stiefel drückten. Auf ebenen Straßen mochten sie gut aussehen, für Wanderungen auf matschigem Waldboden waren sie jedoch völlig ungeeignet. Jetzt begann es auch noch zu regnen. Er stapfte vorwärts, stolperte über Wurzeln, platschte durch Pfützen und verfluchte Mr Marlins mit sämtlichen Schimpfwörtern, die ihm einfielen.

Als er endlich auf eine Straße kam, war seine Jacke nass und schwer wie flüssiger Beton. Ein paar vorüberfahrende Autos spritzten ihn mit Dreckwasser voll, doch niemand hielt an, wenn er den Daumen hochhielt. Er war so verzweifelt, dass er sich einmal sogar einem Geländefahrzeug in den Weg stellte. Die Fahrerin machte einen Schwenk und wich auf den Randstreifen aus. »Halt, du dumme Kuh!«, schrie Tim hinter ihr her. »Ich brauche Hilfe, kannst du das nicht sehen?« Dann brach etwas in ihm zusammen und er hockte sich mitten auf die Straße, zog die triefende Jacke über sich und schluchzte wie ein kleines Kind.

Als der Regen nachließ, hatte er sich etwas beruhigt. Er stand auf, schlug seinen Kragen hoch und marschierte los. Um sich von den Blasen an seinen Füßen abzulenken, malte er sich aus, was er Mr Marlins alles sagen wollte, wenn er wieder zu Hause war. Wie lange war er bewusstlos gewesen? Als er die Lichtung verlassen hatte, hatte seine Armbanduhr wieder funktioniert, aber das nützte ihm wenig, da er nicht wusste, wie spät es gewesen war, als er aufgewacht war. Die Sonne war bei dem verhangenen Himmel nicht zu sehen, aber seinem Gefühl nach musste es später Nachmittag sein. Seine Mutter würde bestimmt sehr wütend auf ihn sein.

Als er die Treppe zur Haustür hinaufhinkte, fiel ihm ein, dass er keinen Schlüssel dabeihatte. Von Mr Marlins wollte er sich auf keinen Fall öffnen lassen, denn ihm war immer noch kein passendes Schimpfwort eingefallen.

Er wollte sich gerade ums Haus schleichen und nach einem offenen Fenster suchen, als die Tür aufging und Jo Carter herausstürmte.

»Hast du …« Ihre Stimme erstarb. Sie starrte Tim mit unverhohlenem Entsetzen an.

Mrs Carter rief von innen: »Wer ist es, Joanne?«

»Was machst du denn hier?«, fragte Tim, als das Mädchen ihn immer noch anstarrte. »Wo ist meine Mutter? Ist Mr Marlins …« Fast hätte er sich verraten, änderte seine Frage aber noch rechtzeitig ab. »… immer noch in der Garage?«

»Es ist Tim«, rief Jo mit belegter Stimme.

Mrs Carter kam an die Tür, warf einen Blick auf Tims aufgeweichte Jacke und seine verdreckten Jeans und stemmte ihre Hände in die Hüften. »Das wird Ärger geben, mein Junge«, sagte sie. »Wie konntest du ihr das antun, nach dem, was mit deiner armen Schwester passiert ist? Wo bist du die letzten zwei Tage gewesen? Sie ist außer sich, dachte, du und dein Vater seien auch entführt worden.«

»Mr Marlins ist nicht mein Vater!« Tims Erwiderung kam so automatisch, dass er erst realisierte, was sie gesagt hatte, als er schon an ihr vorbei in der Diele war. Zwei Tage?

»Timothy Lockley!«, rief Mrs Carter hinter ihm. »Komm sofort hierher! Ich spreche mit dir.«

Tim konnte nicht mehr. Er humpelte zu seinem Zimmer hinauf, schlug die Tür zu und schloss ab.

Er setzte sich aufs Bett, biss die Zähne zusammen und zog die Stiefel aus. Seine Socken waren blutverkrustet, er streifte sie ab und starrte auf seine Füße. Übelkeit stieg in ihm auf. *Zwei* Tage?

Er hörte Schritte auf der Treppe und wollte schon losschimpfen, als er merkte, dass die Stimme, die dem Klopfen folgte, nicht die von Mrs Carter war.

»Tim? Bist du dadrin?«

Jo.

»Geh weg.«

Die Türklinke klapperte. »Tim, mach auf! Wir müssen mit dir sprechen.«

Wütend sah er zur Tür und quälte sich mühsam vom Bett. Vor Schmerzen keuchend hinkte er zur Tür, zog Jo zu sich hinein und schloss gleich wieder ab. Jo stolperte über seine Stiefel und wollte ihm gerade sagen, was sie von Leuten hielt, die ihre Sachen über den ganzen Boden verstreuen, als sie seine Füße bemerkte.

»Was, um Himmels willen, ist mit dir passiert?«

»Ein Nachtspaziergang im Wald, was hast du gedacht? Warum ist deine Mutter hier? Wo ist meine Mutter? Und wo ist Mr Marlins?«

»Das würden wir alle gerne wissen.« Jo ließ sich aufs Fußende des Betts plumpsen und runzelte die Stirn. »Anscheinend hat er am Mittwochabend das Auto genommen, als deine Mutter bei uns drüben war, und seither ist er nicht mehr aufgetaucht. Du warst doch hier. Hat er denn nichts zu dir gesagt?«

Tim biss sich auf die Lippen. Wirre Bilder des in sich gewundenen Steins und des weißhaarigen Mannes mit den grünen Augen schwirrten durch seinen Kopf. Er schüttelte die Erinnerung von sich ab und sagte: »Mit mir spricht er doch nie. Vielleicht sucht er Nat?«

Jo sah ihn misstrauisch an. »Das hat die Polizei auch gesagt. Aber deine Mutter regt sich furchtbar auf. Sie hat ständig davon gesprochen, dass er in betrunkenem Zustand nicht Auto fahren dürfe. Aber als die Polizei kam, war kein Wort mehr davon zu hören. Sie wollte ihn wohl nicht in Schwierigkeiten bringen. Jetzt ist sie zum Polizeirevier gegangen, um ihnen ein paar Fotos von dir zu geben. Sie glaubt, du seist ebenfalls entführt worden. Meine Mutter ruft gerade dort an, um zu melden, dass du wieder da bist.« Mit belegter Stimme fuhr Jo fort: »Es ist alles meine Schuld, weil ich Nat überredet habe, die blöden Inliner auszuprobieren. Hätte sie weglaufen können, hätten sie sie vielleicht nicht geschnappt …« Sie starrte aus dem Fenster.

Tim folgte ihrem Blick. Hinter dem Fluss, über den Dächern der Stadt, lag der Einhornwald wie eine nasse rotgoldene Decke, deren Farben beim Waschen verlaufen waren. Die Spitze des Hügels war in Nebel gehüllt. Er erschauderte. Die Nacht von Mittwoch erschien ihm jetzt, wo er in seinem eigenen Zimmer in Sicherheit war, wie ein böser Traum. Der einzige Beweis waren seine Blasen und zwei verlorene Tage.

»Es ist nicht deine Schuld.« Zu seiner eigenen Überraschung beugte er sich vor und berührte Jo am Arm. »Im Einhornwald geschehen merkwürdige Dinge. Ich glaube, sie haben etwas mit Nats Verschwinden zu tun …«

Bevor er zur Gegenwehr schreiten konnte, lag das Mädchen schon über ihm und drückte ihn auf das Bett nieder. Sie packte ihn an seinem entzündeten Ohr und drehte es brutal um. »Du Schwein! Wenn du etwas mit Nats Entführung zu tun hast, dann …«

Da ihr anscheinend keine geeignete Drohung einfiel, beschränkte sie sich darauf, seinem Ohr eine weitere schmerzhafte Drehung zuzufügen.

»Au!«, brüllte Tim und packte sie am Handgelenk. »Ich habe damit nichts zu tun! Was glaubst du denn, was ich bin? Geh runter! Jemand könnte uns hören.«

Das zeigte Wirkung. Jo wurde rot, ließ sein Ohr los und krabbelte vom Bett. Sie strich sich die Haarsträhnen aus dem Gesicht und sah Tim abschätzend an. »Ich weiß, dass dein Verschwinden kein Zufall war. Also, dann schieß mal los.«

Tim richtete sich auf und fasste sich ans Ohr. Ihr Angriff hatte eine neue Welle von Kopfschmerzen ausgelöst und außerdem hatte er seine Füße mit den Blasen am Bettpfosten angeschlagen. Er konnte nicht sagen, welcher Schmerz schlimmer war. »Du glaubst mir doch nicht, wenn ich es dir erzähle.«

»Schieß los!«

Widerwillig erzählte er alles, woran er sich erinnern konnte, angefangen mit dem Augenblick, als Mr Marlins am Mittwochabend mit quietschenden Reifen aus der Ausfahrt gefahren war, bis zu dem Augenblick, als er im Schatten des merkwürdigen, in sich gewundenen Steins aufgewacht war. Er ließ nichts aus und erwartete bei jedem Wort, dass Jo lachen und hinauseilen würde, um allen zu erzählen, Timothy Lockley sei jetzt total übergeschnappt. Doch sie hörte schweigend zu. Und als er aufschaute und sie immer noch stirnrunzelnd am Fenster stehen sah, konnte er es kaum glauben.

»Und du hältst mich nicht für verrückt?«, fragte er.

Sie verzog ihre Lippen zu einem schmalen Lächeln. »Nicht mehr als sonst.« Sie begann auf und ab zu gehen. »Das passt alles zusammen. Nat glaubte fest, am Samstag im Supermarkt sei ihr etwas Merkwürdiges zugestoßen, und was du mir erzählst, ist nicht weniger merkwürdig. Sie hat einen Mann getroffen, der etwas in eine Mülltonne warf, von dem er behauptete, es sei ein Zauberblatt. Mr Marlins hat doch gedacht, der Zauberlord hätte Nat entführt. Aber der Zauberlord hat behauptet, die Trickser hätten sie. Die sind auch eine Art Zauberer, nicht wahr?«

Tim nickte. »Ich glaube schon.«

»Also muss der Mann auf dem Parkplatz ein Trickser gewesen sein. Und wenn er seine Zauberblätter dort entsorgt hat, muss er in der Nähe wohnen. Die Frage ist nur, wo?«

»Das alte Waldhaus«, rief Tim aufgeregt.

»Was?«

Tim sprach langsam weiter, verschwommen erinnerte er sich. »Einer der Männer erwähnte ein altes Waldhaus, nur eine halbe Meile vom Bannstein entfernt. Dort soll sich ein Zauberbund der Trickser befinden.«

»Das wird es sein! Dort muss sie sein!«, rief Jo mit blitzenden Augen und lief zur Tür. »Das müssen wir unseren Müttern sagen, der Polizei …«

Erschrocken sah Tim auf. »Uh-uh! Du erwartest doch nicht von mir, dass ich der Polizei das erzähle? Vergiss es! Die halten mich doch für übergeschnappt. Oder sie verhaften mich, weil sie mir die Ermordung von Mr Marlins unterstellen.« Er lachte. »Eigentlich würde ich ihn am liebsten ermorden. Wenn ich daran denke, wie er mich da draußen im Stich gelassen hat.«

»Wir müssen es ihnen sagen, Tim!« Jo schloss die Tür auf. Ihre Stimme bekam einen harten Klang. »Wer immer diese Leute sind, sie haben Bilbo getötet. Niemand tötet meinen Hund und entführt meine beste Freundin und kommt ungeschoren davon. Vielleicht sollten wir die Sache mit den Zauberblättern wirklich nicht erwähnen, aber wir müssen sie dazu bringen, dieses Waldhaus zu durchsuchen. Wenn du es ihnen nicht sagst, mach ich es.«

»Aber woher wissen wir, dass es derselbe Zauberbund ist, der auch Nat entführt hat?«

»Er muss es sein. Wie viele Zauberbünde gibt es wohl in Millennium Green? Außerdem, selbst wenn sie es nicht waren, wissen sie vielleicht, wo Nat ist.«

»Na prima, als ob sie uns das verraten würden.« Tim seufzte und wälzte sich vom Bett. Wenn Jo sich etwas in den Kopf gesetzt hatte, ließ sie nicht locker. Er machte die Tür wieder zu, bevor sie hinausrennen und im Alleingang etwas unternehmen konnte. »Okay, aber wir müssen unsere Geschichte ein bisschen zurechtmachen. Wenn ich nicht die Wahrheit sagen darf, muss ich mir etwas ausdenken.«

Jo grinste. »Das dürfte nicht schwer sein. Du bist dafür berühmt, dass du Weltmeister im Erfinden von Ausreden bist.«

Am Ende einigten sie sich auf eine Geschichte aus Halbwahrheiten: Mr Marlins habe Tim mit in den Wald genommen, damit er ihm bei der Suche nach Nat helfe. Vorher habe ein anonymer Anrufer behauptet, ein kleines Mädchen allein im Wald umherstreifen gesehen zu haben. Im Nebel hätten sie sich verloren und als Tim den Platz, wo sie das Auto geparkt hätten, wiedergefunden habe, sei das Auto fort gewesen. Dann sei er in der Dunkelheit in ein Loch gefallen und habe sich den Kopf an einem Stein angeschlagen. Das sollte die merkwürdigen Prellungen an seiner Stirn erklären. Als er wieder aufgewacht sei, sei er fünf Meilen nach Hause gelaufen.

Tim wappnete sich für eine lautstarke Auseinandersetzung. Aber was dann geschah, war viel schlimmer. Seine Mutter umarmte ihn vor den Augen von Jo und Mrs Carter, dass seine Ohren ganz heiß wurden. Dann wischte sie sich die Tränen aus den Augen, zog eine Landkarte hervor und verlangte von Tim, ihr die genaue Route zu zeigen, die Mr Marlins am Mittwochabend gefahren war. Er versuchte sein Bestes. Doch die Karte schien keine Ähnlichkeit mit den Straßen zu haben, die sie in der Dunkelheit und im Nebel genommen hatten. Schließlich schüttelte er den Kopf. »Irgendwie passt es nicht«, sagte er.

»Aber du musst dich erinnern, Timothy!«, sagte seine Mutter. »Du hast doch auch wieder zurückgefunden.«

»Ja, aber ich habe mich ziemlich schlecht gefühlt. Vielleicht hatte ich eine Gehirnerschütterung oder so?«

Das hätte er lieber nicht sagen sollen. Der genervte Gesichtsausdruck seiner Mutter verwandelte sich sofort in eine besorgte Miene. Sie tätschelte seine Wunden, dass er zusammenzuckte. »Oh Gott, daran habe ich gar nicht gedacht. Fühlst du dich krank? Wir sollten dich zur Untersuchung ins Krankenhaus bringen.«

Es war Jo, die ihn rettete. Sie zeigte auf die Karte und sagte strahlend: »Da, mitten im Wald ist ein Haus eingezeichnet! Es sieht ganz einsam aus. Vielleicht halten sie Nat dort gefangen? In der Nähe ist zwar kein besonderer Fels eingetragen, aber …«

Tim musste ihr einen Stoß in die Rippen geben, aber wenigstens hatte sie seine Mutter wieder vom Krankenhaus abgebracht.

Aufgeregt studierte Julie die Karte. Dann ließ sie die Schultern hängen und sank auf ihrem Stuhl zusammen. »Wir sind alle übermüdet«, sagte sie. »Timothy, geh hinauf und lass dir ein Bad ein. Im Schrank ist eine Wundsalbe. Wir warten ab, wie es dir nachher geht.«

»Aber das Waldhaus!«, sagte Jo. »Willst du denn nicht die Polizei unterrichten? Was, wenn Nat wirklich dort ist?«

»Dort haben sie zuerst gesucht, Joanne«, sagte Mrs Carter sanft. »Das alte Haus ist seit Jahren verlassen. Niemand wohnt dort und als die Polizei es durchsuchte, gab es keinerlei Anzeichen irgendwelcher Bewohner.«

»Aber wenn sie Nat danach erst dorthin gebracht haben?«,

sagte Tim. »Und selbst wenn sie nicht dort ist, vielleicht hat Mr Marlins den Ort gefunden und ist eine verfallene Treppe hinuntergestürzt und hat sich etwas gebrochen?« Er bemerkte den Ausdruck auf Julies Gesicht und fügte schnell hinzu: »Ich meine, er könnte doch bewusstlos sein, so wie ich es war? Wenn niemand dort wohnt, sollten wir wenigstens nachsehen, ob er Hilfe braucht.«

Tims Mutter seufzte. »Dein Stiefvater ist ein erwachsener Mann, Timothy. Weißt du, die Polizei macht sich um sein Verschwinden keine Sorgen, zumindest nicht so wie um Natalie.« Sie sah Mrs Carter an und eine unausgesprochene Furcht verband die beiden Frauen. »Ich bin fast beruhigt, seitdem ich weiß, dass er sich auf die Suche nach Nat gemacht hat. Und er war nicht betrunken. Das bedeutet mir viel. Mach dir nicht so viele Sorgen, mein Schatz.«

Das waren tapfere Worte, aber Tim spürte die Unruhe, die dahinter lauerte. »Er hätte anrufen können«, sagte er bestimmt. »Es ist nicht richtig, dass er dich so im Ungewissen lässt.«

Julie sah ihn für einen Augenblick streng an. Dann legte sie ihre Hand auf seinen kahlen Schädel. »Du bist ein guter Junge, Timothy, egal was dein Stiefvater denkt. Wenn das hier überstanden ist, wird alles anders werden, das verspreche ich. Manchmal ist so eine Krise nötig, um eine Familie wieder zusammenzubringen.«

Eine Familie wieder zusammenbringen? Ha! Das sollte wohl ein Witz sein.

Tim ließ das Wasser einlaufen, so heiß es nur ging, schrie auf, als er mit seinen offenen Blasen hineinstieg, und streckte sich dann seufzend in der Wanne aus. Er beobachtete den Dampf, der sich unter der Decke sammelte, und hoffte ein bisschen, sein Stiefvater möge wirklich verletzt in irgendeinem Loch liegen. Nur würde das seine Mutter aufregen.

Er schüttelte den Kopf. Vasallen. Zauberlords. Anderserde. Trickser. Zauberbünde. Wo war er da hineingeraten?

Er musste weggedämmert sein, denn als er von einem Klopfen an der Tür wieder zu sich kam, war das Wasser kalt. Er zog den Stöpsel und legte schnell ein Handtuch um, wobei er darauf achtete, seinen Kopf und seine Füße nicht zu berühren. »Einen Moment!«, rief er.

Von draußen ertönte ein Kichern. »Bist du immer noch nicht fertig? Du bist ja schlimmer als ein Mädchen! Deine Mutter hat mich geschickt, um dir mit den Füßen zu helfen.«

Tim schlüpfte hastig in seine Jeans. »Ich dachte, ihr seid nach Hause gegangen! Ich komm schon allein zurecht.«

Wieder ein Kichern. »Da ist sie wohl anderer Meinung.« Jos Stimme wurde zu einem Flüstern. »Aber das ist nicht der einzige Grund, warum ich hier bin. Ich habe eine Idee, wie wir Nat retten können.«

Unwillig schloss Tim die Tür auf.

Bevor er wusste, wie ihm geschah, kniete Jo vor ihm auf dem Badeteppich und hielt seinen einen Fuß in ihrem Schoß. »Ich habe mir alles genau überlegt«, sagte sie und schmierte Salbe auf seine Blasen. »Wenn uns niemand glaubt, müssen wir eben das Waldhaus auf eigene Faust untersuchen und ein Beweisstück finden, das sie überzeugt. Allerdings brauchen wir Unterstützung. Wenn wir nur zu zweit sind, können wir genauso verschwinden wie Nat. Aber in einer Gruppe wären wir sicher. Ich dachte an die Bande von Gaz.«

Tim zog seinen Fuß zurück. »Bist du verrückt? Gaz würde niemals helfen! Du hast vielleicht vergessen, was du ihm in der Schule angetan hast, er aber nicht. Er ist nicht der Typ, der so etwas vergisst.«

Jo blitzte ihn an. »Vor Gaz hab ich keine Angst!«

»Solltest du aber! Er ist größer und stärker als damals, als du ihn niedergeschlagen hast, und er kann es nicht erwarten, sich zu rächen. Komm ihm nur nicht zu nahe.«

Jo lachte und legte Tims Fuß zurück in ihren Schoß. »Timothy Lockley! Ich glaube fast, du machst dir Sorgen!« Sie schmierte noch eine Portion Salbe auf den Fuß.

»Na ja«, sagte Tim, »allein können wir da jedenfalls nicht hin. Wenn Nats Entführer wirklich in der Hütte sind, können wir eine Menge Ärger bekommen. Und deine Mutter wird dir kaum erlauben im Wald herumzurennen, nachdem, was mit Nat passiert ist.«

Diese Worte brachten ihm einen vernichtenden Blick ein. »Ich dachte, du magst Ärger? Du handelst dir doch ständig welchen ein, oder? Ich meinte ja auch nicht, dass wir Nat auf eigene Faust befreien, du Dummkopf. Wir schauen nur, ob sie dort ist. Und wie wir meine Mutter dazu bringen, mich fortzulassen, weiß ich auch schon. Du bietest ihr an, mit mir morgen Abend zur Halloween-Disko im Ruderklub zu gehen. Dann machen sich unsere Eltern keine Sorgen, wenn wir spät heimkommen. Wir können unsere Räder im alten Bootsschuppen verstecken. Ich leih mir Dads Handy – samstagnachts benutzt er es nie – und sobald wir etwas gefunden haben, rufen wir die Polizei an. Das müssten wir schaffen, bevor die Disko aus ist. Versprochen.«

»Stopp!« Tim zog seinen Fuß zurück und kippte beinahe nach hinten in die Badewanne. »Du willst doch nicht ernsthaft an Halloween im Einhornwald herumwandern?«

Jo grinste. »Das ist ja gerade der Trick. Wir ködern Gaz und die anderen damit, an Halloween in ein Spukhaus im

Einhornwald zu gehen. Da müssen sie mitmachen, wenn sie ihr Gesicht wahren wollen.« Ihre Augen funkelten. Sie schien sich richtig darauf zu freuen.

Tim schluckte. »Aber Nats Entführer sind so eine Art Zauberer! Die machen an Halloween bestimmt alle möglichen schrecklichen Dinge.«

»Hast du etwa Angst?«

Ja!, wollte Tim sagen. Stattdessen murmelte er: »Autsch! Pass auf!«

»Denk nur, was die arme Nat alles durchmachen muss«, sagte Jo. »Wir können sie doch nicht ihrem Schicksal überlassen. Wenn du nicht mitkommst, gehe ich eben allein.«

Tim starrte auf den dicken Pony, der wieder über ihre Augen gefallen war, und auf ihren entschlossenen Mund. Sie meinte es ernst.

Er schob den Gedanken an seine letzte Begegnung mit Gaz von sich und seufzte. »Die Totenköpfe treffen sich Samstagabend um halb sechs am Brunnen bei der Kirche. Wir versuchen sie zu ködern, aber nur, wenn du mir versprichst, dass ich mit ihnen reden darf. Kein Wort von Zauberblättern, Hexen oder Anderserde, sonst lachen sie uns aus. Und wenn Gaz ablehnt, gehst du mit mir, ohne Widerrede, und wir vergessen die ganze Sache. Einverstanden?«

»Einverstanden!«, sagte Jo und lächelte.

Tim sah sie nachdenklich an. »Irgendwann muss ich mit diesen Stiefeln mal wieder einen Fünfmeilenmarsch machen«, sagte er schelmisch.

Jo wurde rot und rappelte sich auf. An der Tür warf sie ihm die ausgequetschte Salbentube zu. »Hier, mach sie alle! Und denk daran, morgen Abend Turnschuhe anziehen, Cowboy!«

13

Im Herzen von Oq

30. Oktober, Freitagabend

Erst am Freitagabend führte Lady Thaypari Natalie zum Verhör ins Herz von Oq. Bis dahin hatte Natalie eine Menge über den Seelenbaum gelernt.

Wie erwartet, kam sie gut mit Lady Thaypari aus. Sie war von allem so fasziniert, dass die Zeit wie im Flug verging. Sie fütterten ihre Zauberhunde, erforschten die großartigen Laubkammern und trafen sogar ein paar der glücklichen Baummagier, die in den Ästen von Oq hausten und den Baum pflegten. Sie frühstückten auf einem luftigen, sonnenübersprenkelten Balkon, von wo aus sie einen Blick über den ganzen Anderserde-Himmel hatten. Und Natalie hatte auch nichts dagegen, dass Merlin unten in Lady Thayparis Privatgemächern warten musste (er hatte sich strikt geweigert bei der Hundefütterung mitzumachen), weil sie die Zauberlady so lange wie möglich für sich haben wollte. Sie kam sich ein bisschen egoistisch vor, trotzdem war sie froh, dass der Junge ihr die Freude am Essen nicht verderben konnte. Die Seelenfrüchte schmeckten so gut, wie sie aussahen, und nachdem Lady Thaypari ihr versichert hatte, dass sie unschädlich seien, aß sie so viele davon, bis ihr schwindelig wurde. Nach dem Frühstück sollte sie sich hinlegen und ausruhen und obwohl sie das gar nicht vorhatte, schlummerte sie ein, noch während sie auf dem Balkon war. Der Wind von Anderserde spielte um ihr Haar. Irgendwann am Nachmittag wachte sie auf und hatte ein schlechtes Gewissen, doch Lady Thaypari beruhigte sie und sagte, auch Merlin ruhe sich aus, und sie versprach ihr, den Freund sehen zu dürfen, sobald das Verhör im Herzen beendet sei.

Voller Vertrauen folgte Natalie der Zauberlady die spiralförmig angelegten Gänge hinunter, die immer tiefer in den Baum hineinführten. K'tanaqui und K'aypari folgten ihnen auf dem Fuß. Als sie sich jedoch dem Herzen näherten, senkte sich eine schwere, grüne Stille um sie herum. Natalies Nervosität nahm wieder zu.

»Wie ist es dadrin?«, flüsterte sie und traute sich kaum die Stimme zu heben.

Thaypari lächelte und sprach ebenso leise: »Jeder erlebt es anders. Keine Sorge, Oq wird sich freuen dich zu sehen.«

»Sehen?«, fragte Natalie atemlos. »Wie kann ein Baum sehen? Hat sie denn Augen?«

»So könnte man es ausdrücken«, sagte Thaypari lächelnd. »Du wirst direkt mit ihr verbunden und in deinem Kopf entstehen Bilder wie die, die K'tanaqui dir gezeigt hat. Und Oq erhält Bilder von dir. Du kannst dir das wie ein Telefon vorstellen, nur viel besser, weil es nicht nur den Ton übermittelt. Aber los jetzt, wir sind da.«

Sie blieb vor dem Eingang zu einem kleinen Raum stehen, aus dem grünliches Licht drang. Natalie spähte hinein und hielt den Atem an. Die Wände und der Boden waren mit vielen Schichten leuchtenden Mooses bedeckt. An der Decke hingen Girlanden aus süßlich duftenden Ranken. Zwischen ihren Blättern glitzerten winzige Sterne. Der Raum war von einer sanften Musik erfüllt. In der Mitte stand ein Stuhl, halb verborgen zwischen dem üppigen Grün. »Soll ich da sitzen?«, fragte Natalie.

»Genau. Oq kann uns natürlich überall hören, durch jede kleinste Wurzel. Im Ratssaal spricht sie mit ihrer offiziellen Stimme zu uns. Aber nur hier können wir ganz persönlich mit ihr reden. Hier im Herzen hörst du ihre private Stimme und sie deine.« Sie warf Natalie einen merkwürdigen Blick zu und wollte etwas sagen, änderte aber ihr Vorhaben und sagte: »Du kannst jetzt hineingehen.«

Natalie hatte plötzlich Angst und zitterte. Thaypari gab ihr einen sanften Stoß. »Geh jetzt. Oq tut dir nichts. Das verspreche ich dir.«

Beim Hineingehen musste Natalie sich bücken und als sie unsicher zum Stuhl ging, musste sie den Kopf einziehen. Doch kaum hatte sie sich gesetzt, war ihre Nervosität verflogen. Wärme und süße Düfte begrüßten sie und die Anspannung wich von ihr. K'tanaqui schob ängstlich seine Schnauze durch den Eingang. *Kind vorrrsichtig. Kind im Zentrrrum derrr Krrraft.*

Das musste Natalie niemand sagen. Unter ihrem Stuhl pochte ein uraltes Herz. Die Ranken, die ihr übers Haar strichen, prickelten auf ihrer Haut. Eine fuhr ihr sanft unter den Pony und berührte ihre Stirn mit einem klebrigen Kuss.

Sie klammerte sich am Stuhl fest.

»Keine Angst, Natalie!«, rief Lady Thaypari. »Denk daran, ich bin die ganze Zeit hier draußen und K'tanaqui auch.«

Natalie zwang sich still zu sitzen, während Oq die restlichen Verbindungen legte. In ihrem Kopf spürte sie ein merkwürdiges Kitzeln. Dann strömten Worte hindurch, kühl wie der Wind und ganz anders als die raue Stimme von K'tanaqui.

WILLKOMMEN, TOCHTER VON ATANAQUI. JEMAND MÖCHTE MIT DIR SPRECHEN.

Natalie löste langsam die Finger. »Wer?«, flüsterte sie.

Statt einer Antwort fielen Sterne aus den Blättern und fügten sich zur Gestalt einer grünäugigen Frau zusammen, deren langes, silbergoldenes Haar glänzte wie das Licht des Mondes. Sie trug ein Kleid aus grünen Schatten und ihre bloßen Füße schwebten ein Stückchen über dem Boden. Natalie starrte die Gestalt an. Tausenderlei Gefühle erschütterten sie. Nein, das durften sie ihr nicht antun.

Die Frau streckte ihre Sternenarme zu ihr aus und lächelte. »Hallo, Natty«, sagte sie, »ich bin so froh, dass K'tanaqui dich endlich gefunden hat.«

Natalies Herz machte einen Satz. »Mutter?« Die Stimme versagte ihr fast. »Aber du bist … du bist doch …« Ihre Augen schwammen vor Tränen. Die Frau sah älter aus als auf ihrem Foto und sie trug auch nicht diese dunkle Brille, aber nur eine Person hatte sie je Natty genannt.

Natalie glitt vom Stuhl. Doch bevor sie sich in diese glitzernden Arme werfen konnte, wurde sie von einer Ranke umschlungen und festgehalten. Sie schlug wild um sich, Tränen schossen aus ihren Augen. »Lass mich, du blöder Baum!«, schluchzte sie. »Das ist meine Mutter! Lass mich los!« Aber diesmal gehorchte Oq nicht, nicht einmal als sie verzweifelt auf die Ranke einschlug.

»Natty«, sprach die glitzernde Gestalt leise, »Natty, beruhige dich und hör mir zu. Oq hält dich fest, weil es zu deinem Besten ist. Es wäre sehr gefährlich, mich in diesem Zustand zu berühren. Mein Leib ist gestorben. Aber wenn eine Zauberlady oder ein Zauberlord stirbt, kehrt ihr Geist in den Baum zurück, zu dem er gehört. Deshalb kannst du mich jetzt sehen. Pst, meine Tochter, setz dich hin. Wir müssen etwas Wichtiges besprechen und uns bleibt nicht mehr viel Zeit.«

Natalie sank auf den Stuhl, ihr Kopf schwirrte. »Aber wie …«

»Das erkläre ich dir gleich. Erst muss ich wissen, ob du bei deiner Stiefmutter glücklich bist.«

»Ich …« Natalie schloss kurz die Augen. Dann sagte sie: »Julie ist nett.«

»Gut. Wir haben außerhalb von Anderserde nicht mehr so viel Macht wie früher, aber manchmal können wir die Dinge doch ein wenig beeinflussen. Warst du überrascht, als dein Vater zur Heiratsvermittlung ging?«

Natalie sah die Mutter erstaunt an. »Du hast ihm das eingeflüstert? Du hast Julie dazu gebracht, ihn zu heiraten?«

Die Mutter lächelte. »Nein, so weit reicht meine Kraft nicht. Aber wenn die Grenze geöffnet ist, kann ich deinen Vater manchmal noch erreichen – mit Träumen und Gedanken. Sagen wir so, ich habe das Schicksal ein wenig zu ihren Gunsten beeinflusst. Also, erzähl, wie geht es ihm?«

»Ganz gut.«

Ihre Miene musste sie verraten haben. Oder vielleicht las Oq ihre Gedanken und gab sie an ihre Mutter weiter? Die glitzernde Gestalt wurde ein wenig matter. »Er hat mich sehr geliebt«, sagte sie leise. »Es war bestimmt nicht leicht für ihn. Doch bevor ich seine Frau wurde, war ich eine Zauberlady, und das kann man nicht einfach aufgeben. Das wusste er, genauso wie er wusste, dass ich eines Tages nach Anderserde zurückkehren würde. Es geschah früher, als wir beide es erwartet hatten.«

Die Gestalt kam näher. »Nicht weinen, Natty. Ich weiß,

das kommt dir alles fremd und neu vor. Ich möchte dir so viel sagen und will alles von dir hören, doch das muss warten, bis diese Krise überstanden ist. Jetzt aber musst du deine Tränen trocknen und sehr tapfer sein. In diesem Jahr soll eine Invasion der Trickser stattfinden, nicht wahr?«

»Das meint der Rat.«

Lady Atanaqui seufzte. »Ich wusste, es würde irgendwann einmal so kommen. Die Wissenschaft der Menschen hat sich schneller entwickelt, als wir angenommen haben.« Sie holte tief Luft und fuhr fort: »Hör zu, Natty, das ist sehr wichtig. In den vergangenen zehn Jahren hat der Trickser Habicht an der Entwicklung einer Waffe gearbeitet, mit der er den Seelenbaum töten kann. Wenn er jetzt einen Überfall plant, bedeutet das, es ist ihm gelungen oder er glaubt zumindest, dass es ihm gelungen ist. Er darf diese Waffe auf keinen Fall morgen Nacht über die Grenze bringen, sonst könnte Oq sterben.«

Natalie saß ganz still. »Du meinst den Raben, nicht wahr? K'tanaqui hat mir das Bild eines schwarzen Vogels gezeigt, aber er wusste nicht, was es bedeutet, auch der Rat weiß es nicht. Einer der Lords meinte, es könnte sich um eine neue Waffe handeln, aber die anderen waren der Meinung, die antitechnologischen Zauber von Anderserde können sie abwehren. Sie sagten, im Baum wären wir am sichersten.«

Die Mutter schüttelte traurig den Kopf. »Sie irren sich. Du musst versuchen das zu verstehen, Natty. Die Ratsmitglieder leben schon so lange in Oq, dass sie die Denkmuster des Baums übernommen haben. Ein Jahrhundert ist für sie wie ein Augenblick und sie wollen nicht wahrhaben, dass die Dinge sich geändert haben. Sie glauben, sie können weiter so isoliert in Anderserde leben und ab und zu ein paar verbrauchte Zauberblätter beleben, um die Trickser bei Laune zu halten. Erst als ich hinausging, um mit deinem Vater zu leben, wurde mir klar, wie frustriert die Trickser sind. Ich vernahm Gerüchte über eine Waffe, die den Untergang von Anderserde herbeiführen soll, deshalb stellten K'tanaqui und ich auf eigene Faust Ermittlungen an. Wir fanden heraus, dass Habicht dabei war, eine Waffe zu entwickeln, mit der er die antitechnologischen Zauber von Anderserde überwinden kann. Doch bevor ich den Rat warnen konnte, wurde ich von Habichts Zauberbund in den Fluss gestoßen.« Die Sterne der Muttergestalt zitterten. »Als Geist habe ich nicht so viele Möglichkeiten. Ich habe alles versucht, den Rat zu warnen, habe über K'tanaqui mit den anderen Zauberhunden Kontakt aufgenommen. Aber ich kann mit ihnen nicht direkt sprechen, so wie jetzt mit dir. Sie können nichts dafür, dass sie meine Warnungen nicht verstanden haben. Sie haben keine Ahnung, wie rasant sich die menschliche Wissenschaft in den letzten Jahren entwickelt hat.«

Natalie erinnerte sich, was Lord Pveriyan über den Raben gesagt hatte, und war sich nicht sicher, ob ihre Mutter Recht hatte. Aber sie sagte nichts.

»Du darfst dem Rat keine Vorwürfe machen, Natty«, nahm die Mutter ihre Gedanken auf. »Zeit macht blind, das ist etwas ganz Typisches, das geht jedem von uns so, wenn wir alt werden. Mütter, zum Beispiel, glauben, ihre Kinder würden immer klein bleiben. Und eines Tages sehen sie sie an und entdecken, dass sie erwachsen geworden sind.« Ein Glitzern trat in die Augen der Mutter, als sie das sagte. Vielleicht war es ein Stern. »Und deshalb musst du dem Rat berichten, was ich über die antitechnologischen Zauber gesagt habe. Der Rabe wird möglicherweise hier eindringen. Sie sollen handeln, bevor es zu spät ist. Es wäre leichter gewesen, wenn dein Vater dich rechtzeitig hierher gebracht hätte, aber noch ist nicht alles verloren. Sie können Truppen durch den Bannstein schicken und verhindern, dass Habicht morgen Nacht den Raben über die Grenze schafft. Das ist riskant und könnte von den Behörden deiner Welt entdeckt werden. Aber es ist ein Notfall, denn der Rabe kann gefährlicher für uns werden, als sie sich vorstellen.«

»Aber ich verstehe immer noch nicht«, sagte Natalie. Bei dem Gedanken, dass ihre Entführer den Seelenbaum überfallen könnten, spielte ihr Magen verrückt. »Warum will Lord Habicht Oq überhaupt töten?«

»Hast du vom Zauberregen gehört?«

»Ich glaube, der Rat hat so etwas erwähnt.«

»Genau. Also, wenn ein Seelenbaum stirbt, entstehen neue Zauberblätter, wie Samen. Die Seelenfrucht enthält keine solche Samen, denn Seelenbäume leben so lang und sind so groß, dass sie nicht jedes Jahr unbegrenzt Samen produzieren können, sonst wäre Anderserde von Wurzeln vollständig untergraben. Aber wenn ein Seelenbaum zum Sterben kommt, fallen von seinen Ästen Zauberblätter wie Sternschnuppen. Nur eins davon fällt genau auf die richtige Stelle und entwickelt sich zu einem neuen Seelenbaum. Das dauert Tausende von Jahren, während deren die anderen Zauberblätter altern und zu Grunde gehen. Außer, jemand, der auch von altem Geblüt ist, hebt sie auf und benutzt sie.«

»Wie die Trickser, meinst du?«, fragte Natalie.

Die Mutter lächelte. »Das würden sie gerne! Aber du hast Recht. Als sie noch in Anderserde lebten, konnten sie die Zauberblätter einfach vom Boden aufheben, das war das eigentliche Problem. Früher gab es viele Seelenbäume und überall lagen Zauberblätter herum. Aber Menschen vermehren sich schneller als Seelenbäume, und manche Magier begannen Zauberblätter zu horten, um ihre Macht zu vergrößern. An die Zukunft dachten sie nicht. Natürlich suchten sie sich die stärksten Zauberblätter aus, die die Seelenbäume produzierten. Es gab auch verantwortungsvolle Magier, die versuchten durch einen künstlichen Zauberregen neue Zauberblätter herzustellen, aber es gelang ihnen nicht. Im Lauf der Jahrhunderte schwand die Zahl der Seelenbäume, deshalb wurden zum Schutz der verbleibenden Bäume besondere Räte gegründet. Diese Räte schufen ein Gesetz, den Zauberregenerlass, nach dem alle neuen Zauberblätter dort liegen bleiben mussten, wo sie hingefallen waren. Jeder Magier, der sich nicht daran hielt, wurde aus Anderserde verbannt.«

»Im Rat hieß es, Habicht sei verbannt worden!«, sagte Natalie.

Lady Atanaqui nickte. »Richtig. Am Anfang durften die verbannten Magier keine Zauberblätter außerhalb der Grenze benutzen, was sich als schwerer Fehler erwies. Als die Zahl unzufriedener Trickser größer wurde, schlossen sie sich zu Zauberbünden zusammen, überfielen die Grenze, zerstörten Eingänge und drangen während der Öffnung in Anderserde ein und stahlen Zauberblätter, wo sie nur konnten. Sie verursachten so viel Zerstörung, dass die Räte sich gezwungen sahen, den Zauberregenerlass abzuändern. Sie erklärten sich bereit, die Trickser als Anerkennung bei Wohlverhalten mit wiederbelebten Zauberblättern zu versorgen und im Austausch dafür die abgestorbenen Zauberblätter zur Wiederbelebung entgegenzunehmen. Für das Verteilen und Einsammeln der Zauberblätter außerhalb der Grenze mussten allerdings menschliche Vermittler eingesetzt werden, doch wurde so wenigstens der Frieden gewahrt ... bis jetzt. Wenn es Habicht gelingt, bei Oq einen Zauberregen auszulösen, besitzt sein Vorrat von Zauberblättern mehr Kraft, als es je seit der Blütezeit von Atlantis in deiner Welt gegeben hat. Was er mit dieser Macht anfangen wird, daran wage ich nicht zu denken. Zuerst wird er sich wahrscheinlich am Rat rächen wollen, weil sie ihn aus Anderserde verjagt haben. Und danach, wer weiß?«

Natalie rutschte unruhig auf ihrem Stuhl hin und her. Während Lady Atanaqui von Zauberblättern, Seelenbäumen, Erlassen und Rache sprach, konnte sie nur an eins denken.

Wenn Oq starb, wäre der Geist ihrer Mutter heimatlos.

»Wir müssen ihn aufhalten!«, sagte sie und fasste schon einen Plan. »Der Rat braucht eine Ewigkeit, bis er zu einer Entscheidung kommt. Aber K'tanaqui und ich könnten durch den Bannstein hinaus und der Polizei von dem Raben erzählen ...«

»Nein, Natty!« Atanaquis Gestalt blitzte vor Erregung. »Auf keinen Fall! Ich erlaube nicht, dass du dich wieder in Gefahr begibst.«

»Aber du hast doch selbst gesagt, der Rat denkt in Baummustern! Sie diskutieren den ganzen Tag und die ganze Nacht und dann ist es zu spät! Mir ist der Rat egal – mit Ausnahme vielleicht von Lady Thaypari, die ist nett, aber wenn wir Habicht nicht rechtzeitig aufhalten, stirbst du ...« Sie schluckte. »Das wäre zu viel, das würde ich nicht noch einmal überstehen.« Tränen traten ihr in die Augen. Wütend zog sie ihre Brille ab und schleuderte sie in die Ecke.

Die Mutter sah sie liebevoll an. »Schsch, Natty. Alles wird gut werden, bestimmt. Dein Angebot ist sehr mutig, aber der Rat wird auf dich hören, wenn er merkt, wie ernst die Lage ist. Der alte Pveriyan hat die Trickserkriege nicht vergessen und er hasst Habicht. Er wird dafür sorgen, dass etwas geschieht.«

Natalie holte tief Luft. »Ich werde mein Bestes tun«, versprach sie und versuchte verzweifelt nicht daran zu denken, wie sie ihr Versprechen einlösen wollte, wenn Oq ihre Gedanken der Mutter mitteilte.

Lady Atanaqui lächelte. »Braves Kind. Wenn alles vorüber ist, sprechen wir uns wieder und dann werden wir uns richtig unterhalten. Hast du irgendwelche Fragen, bevor du gehst?«

»Was ist das für eine Waffe, dieser Rabe?«, fragte Natalie arglos.

»Ach – genau das ist das Problem. Ich weiß es nicht genau. Ich habe nur ein paar Kisten mit einem Rabensymbol gesehen, aber damals war die Waffe sicher noch nicht zusammengebaut. Ich vermute, sie ist so klein, dass man sie tragen kann, aber wahrscheinlich werden sie sie mit einem Pferdekarren transportieren.«

Natalie stand auf und zog an den Fühlern, die an ihrem Kopf befestigt waren. »Kann ich jetzt gehen? Ich sollte mich beeilen.«

Atanaqui lächelte wieder. »Ja, das solltest du. Aber nimm erst die Mondblumen aus deinem Haar. Thaypari meint es gut, doch sie stumpfen deine Sinne ab und du wirst deinen ganzen Verstand brauchen, um den Rat davon zu überzeugen, rechtzeitig zu handeln.«

»Deshalb habe ich mich so schläfrig gefühlt!« In einem Anfall von Wut riss Natalie sich die süßlich duftenden Blüten vom Kopf, warf sie auf den Boden und stampfte darauf herum. »Das hat sie mir nicht gesagt! Wie konnte sie nur so etwas tun? Sie ist auch nicht besser als die Trickser mit ihren Schlaftabletten!« Wütend starrte sie auf den efeuverhangenen Eingang.

»Sei nicht böse auf Thaypari«, sagte die Mutter leise. »In

Anderserde gibt es keine Medizin und als du hier ankamst, standest du unter Schock. Mondblumen wirken wie ein Beruhigungsmittel, sicher hat sie gedacht, du würdest so mit der neuen Situation besser zurechtkommen. Also, wirst du dich auch an alles erinnern?«

»Natürlich!« Natalie zertrat die letzte Blüte und reckte die Schultern. Sie fühlte sich bereits wacher, aber auch ein bisschen ängstlich. »Und wenn … ich meine, wenn es zu spät ist?«

Die Mutter wurde wieder ernst. »Dann, meine Tochter, bleibt uns nur noch zu beten, dass die Rabenwaffe nicht funktioniert. Denn wenn die Technologie der Menschen erst einmal in Anderserde ist, können wir nicht verhindern, dass sie uns vernichtet.«

Natalie verließ das Herz von Oq. Bebend schlang sie ihre Arme um K'tanaquis Hals und vergrub ihre Hände in seinen Zotteln.

Kind hat geweint. Der Zauberhund schien verwirrt. *Warrrum weinen, wenn glücklich?*

Sie blinzelte. Glücklich? Sie musste nur aus Oq herauskommen, ohne dass der Rat es merkte, zum Bannstein zurückfinden, die Polizei überreden, Lord Habicht zu verhaften und eine unbekannte Waffe zu beschlagnahmen, die vielleicht gar nicht funktionierte – und das alles bis morgen vor Mitternacht oder ihre Mutter würde zum zweiten Mal sterben. Ein tiefer Schluchzer schüttelte sie.

»Nun, nun«, sagte Lady Thaypari, »das Herz kann beim ersten Mal ziemlich aufregend sein, ich weiß. Wie wäre es, wenn wir in meine Gemächer gingen und du mir alles erzählst.« Sie strich Natalie über den Kopf und stutzte. »Du hast deine Mondblumen verloren, du Arme. Ich werde ein paar neue für dich suchen.«

Das erinnerte Natalie daran, dass sie Thaypari nicht trauen konnte. Sie rappelte sich auf und rieb sich die Augen. Sie musste sich beeilen, bevor die Zauberlady Verdacht schöpfte. Aber da war auch noch Merlin. Sie konnte ihn nicht hier lassen, so verführerisch dieser Gedanke auch war.

»Wo ist mein Freund?«, fragte sie. »Ich möchte ihn sehen, bevor er zum Verhör geht.«

Lady Thaypari hüstelte leise. »Der Trickser war bereits im Herzen.«

Natalie starrte sie ungläubig an. »Was? Aber du hast gesagt …«

»Ich weiß, und du darfst nicht schlecht von uns denken. Der alte Pveriyan hatte ganz Recht. Es war für uns lebenswichtig, so früh wie möglich alles über die Pläne der Trickser herauszufinden.«

»Aber ich habe ihm versprochen mitzukommen. Ich habe es versprochen! Armer Merlin, er hatte solche Angst. Ich hätte ihn nicht allein lassen dürfen!«

»Nun reg dich nicht länger auf«, sagte Thaypari und legte ihr eine Hand auf die Schulter. »Es geht ihm gut. Er schläft immer noch in meinen Gemächern. Egal was der alte Pveriyan im Rat gesagt hat, heutzutage gibt es keine totale Gedächtnislöschung mehr. Er wird darüber hinwegkommen, bestimmt.«

»Das wird er nicht! Du kennst Merlin nicht.«

Nach allem, was sie gerade im Herzen erfahren hatte, war das zu viel für sie. Sie dachte nicht daran, Thaypari zu fragen, was der Rat herausgefunden hatte und was er plante, sondern machte sich von der Zauberlady frei und rannte die gewundenen Wege hinab. Luftströme wehten ihr die Haare ins Gesicht, sie atmete stoßweise und versuchte sich die ganze Zeit zu erinnern, wo der Weg zu Thayparis Gemächern entlangführte. Baummagier hüpften zur Seite und schüttelten grummelnd den Kopf über diese verrückten Jugendlichen, denen der Zutritt zu den oberen Ästen verwehrt werden sollte. K'tanaqui kam keuchend hinter ihr her und sagte ihr seine Meinung. *Kind verrrückt! Kind soll langsamerrr rrrennen, sonst brrricht es sich noch den Hals!*

Natalie rannte immer schneller und griff nach Zweigen, um das Gleichgewicht zu halten, wenn sie ausrutschte. Wahrscheinlich wäre sie gefallen, hätte Oq sie nicht beschützt. Sie erreichte Thayparis Gemächer ohne Sturz und kämpfte sich durch die Ranken, die den Eingang versperrten. Ihr panischer Blick streifte den Tisch mit der Schale unangetasteter Seelenfrüchte, die leeren Stühle und die Mooskissen. In einer schattigen Ecke lag Merlin zusammengekauert auf einer Couch, die Arme hatte er fest um den Kopf geschlungen.

»Merlin!« Sie eilte zu ihm und ließ sich neben ihm auf die Knie fallen. »Oh, das tut mir so Leid! Sie haben mich ausgetrickst. Ich wusste nicht …«

Mit einem Ruck richtete der Junge sich auf und rieb sich die Augen. Einen Moment lang sah er verdutzt und ängstlich aus. Dann räkelte sich eine sehr schläfrige Maus aus dem Kragen seines Umhangs und blinzelte sie an. Merlin grinste.

»Natalie! Wo bist du gewesen? Du errätst nie, was mir im Herzen passiert ist! Es war fantastisch, wie im Mittelpunkt der Welt. Du hättest das Gesicht des alten Pveriyan sehen sollen, als ich wieder herauskam und er … Was ist los? Warum weinst du?«

Natalie hielt sich an der Couch fest, ihre Knie waren weich wie Pudding. K'tanaqui trottete ins Zimmer und beschnüffelte sie besorgt. Dann schimpfte er. *Kind dumm! Lorrrds sind böse, haben Angst, das drrreizehnte Rrratsmit-*

glied zu verrrlierrren. K'tanaqui hat auch Angst. Kind hat nurrr zwei Beine, kann leicht fallen.

Doch Natalie war zu sehr damit beschäftigt, sich Merlins plötzlichen Wandel zu erklären, als dass sie über die Worte ihres Zauberhundes hätte lachen können. Der Junge schien die Schrecken der vergangenen Nacht vergessen zu haben. Außerdem schien er voller Energie und heiter, wie sie ihn nie zuvor erlebt hatte.

»Es war wie eine riesige Spinnwebe«, fuhr er aufgeregt fort. »Viel besser als das Internet! Ich war total verkabelt. Ich musste nur an etwas denken und *wumm*, war ich schon dort. Ich habe mit Seelenbäumen auf der ganzen Welt gesprochen. In Rumänien gibt es einen knorrigen, alten Seelenbaum, sie heißt Fz und hat unter den Bergen durch Verbindungen bis auf die andere Seite geknüpft. Dort wird die Grenze nicht so streng geschlossen und die Einheimischen glauben, die Zauberhunde seien Werwölfe. Fz kann tolle Geschichten erzählen – he!«

Sein Wortschwall endete in einem Aufschrei, denn Natalie packte ihn am Umhang und zog ihn hoch. »Später, okay? Wir müssen so schnell wie möglich zum Bannstein zurück. Ich erkläre es dir unterwegs. Komm schon!« Sie zerrte den protestierenden Jungen zum Gang hinaus und sah sich vorsichtig um.

»Aber wir sind doch gerade erst angekommen!«

»Nun, jetzt gehen wir wieder. Außerdem habe ich gedacht, du hasst Anderserde.«

»Jetzt nicht mehr. Ich habe dir noch nicht erzählt, was bei der Öffnung geschieht. Es ist unglaublich! Die Wurzeln von Oq führen überallhin, bis hoch zur Grenze und ...«

»Das kannst du mir später erzählen.« Natalie war nach dem wahnsinnigen Lauf immer noch außer Atem. »Wir müssen los, bevor der Rat uns aufhalten kann. Erinnerst du dich an den Weg zum Wurzelsystem?«

Am Ende des Ganges erschien atemlos Lady Thaypari. »Natalie! Warte. Es tut mir Leid, dass du im Herzen so schlimme Dinge erlebt hast. Lass uns darüber reden …«

»Geh!«, zischte Natalie dem immer noch zögernden Merlin zu und gab ihm einen Stoß.

Sie ließen Thaypari stehen, die ratlos den Kopf schüttelte, und rannten durch das Labyrinth von hohlen Ästen, K'tanaqui immer vorneweg. Er führte sie sicher bis zur Mittelhöhle von Oq mit ihren schwebenden Organazoomern und den unheimlichen Luftströmungen. Als Natalie jedoch weitergehen wollte, blieb Merlin stehen und verschränkte die Arme.

»Ich geh keinen Schritt weiter, wenn du mir nicht sagst, warum wir fortlaufen!«, verkündete er.

Sicher schuldete sie ihm eine Erklärung. Aber wenn sie sich jetzt damit aufhielt, ihm zu erzählen, was ihr die Mutter gesagt hatte und warum sie Grund hatte, dem Rat zu misstrauen, wären sie noch bei der Grenzöffnung im nächsten Jahr hier und würden sich streiten. »Ich sag es dir im Organazoomer«, erwiderte sie, ging einen Schritt zurück und wollte ihn am Ärmel packen.

Merlin schüttelte den Kopf, seine trotzige Miene wich einem Ausdruck von Furcht. Natalie sah sich um und das Herz blieb ihr fast stehen. Lord Pveriyan eilte auf sie zu, eine Spur von Dornen hinter sich lassend. Merlin wich zurück, eine Hand schützend um seine Maus gelegt. K'tanaqui richtete seine Nackenhaare auf und knurrte K'veriyan an, der zurückknurrte. Hinter dem Zauberlord glänzte verlockend eine Reihe von parkenden Organazoomern.

»Wohin des Wegs?«, fragte der Zauberlord. »Ich meine mich zu erinnern, dass der Rat euch befohlen hat, zu eurem eigenen Schutz bis nach der Öffnung innerhalb von Oq zu bleiben.«

Natalie hielt sich an K'tanaquis Zotteln fest. Sie sah erst zu Merlin, dann zu den Organazoomern. Lord Pveriyan lachte leise auf und trat einen Schritt beiseite. »Geht schon. Versucht es doch.«

»Das ist eine Falle«, flüsterte Merlin.

Natalie nahm den Jungen an die Hand und zog ihn am Zauberlord vorbei. Ihre Haare sträubten sich, aber Pveriyan machte keine Anstalten sie aufzuhalten. »Sobald es aufgeht, schlüpfst du hinein und hältst dich fest«, flüsterte sie.

Merlin verzog sein Gesicht, sagte aber kein Wort.

»Bitte aufmachen, Oq!«, sagte sie mit fester Stimme. »Bring uns zum Bannstein.«

Nichts geschah.

Ein Gefühl von Unterlegenheit machte sich in ihr breit. »K'tanaqui? Warum funktioniert es nicht?« Sie sah den Zauberlord an. »Was haben Sie mit den Organazoomern gemacht?«

Oq beschützt das drrreizehnte Rrratsmitglied, sagte K'tanaqui, ohne sein Bernsteinauge von K'veriyan abzuwenden.

Während Natalie noch versuchte zu verstehen, was er meinte, kam Lord Pveriyan auf sie zu. Ein Lächeln umspielte seine Lippen. Auch sein Zauberhund, der hinter ihm hertrottete, schien zu lächeln.

»Was können wir tun?«, fauchte Natalie K'tanaqui an. »Wir müssen vor morgen Nacht den Bannstein erreichen! UNBEDINGT!«

Orrrganazoomerrr nicht derrr einzige Weg. Kind mirrr folgen. Der Zauberhund rannte zu einem der Gänge auf der anderen Seite der Wurzelhöhle.

Lord Pveriyan sah ihm missmutig hinterher. »Es ist nicht

gut, wenn ihr hinausgeht. Von hier aus braucht ihr zu Fuß mindestens eine Woche bis zur Grenze. In Anderserde gibt es nämlich keine Autos. Glaubt mir, hier drin seid ihr viel sicherer während der Öffnung. Nun nehmt doch Vernunft an. Warum habt ihr es eigentlich so eilig?«

Natalies Mut sank. Dass es so weit war, hatte sie nicht gewusst. Vielleicht sollte sie dem Rat doch vertrauen. Seufzend sagte sie: »Lord, als ich im Herzen war, sprach ich mit dem Geist von Lady Atanaqui. Sie sagte, wir müssen Habicht daran hindern, den Raben über die Grenze zu schaffen. Ich dachte, wenn K'tanaqui und ich rechtzeitig durch den Bannstein kommen, könnten wir die Polizei bitten ihn aufzuhalten. Es ist sehr wichtig. Wissen Sie eine andere Lösung?«

Lord Pveriyan lächelte wieder. »Habicht aufhalten? Ich denke, das ist nicht nötig. Soll er nur kommen. Sein Rabe wird nicht funktionieren, aber diesmal wird die Gerichtsbarkeit von Anderserde nicht mehr so nachsichtig sein wie ehedem. Ich habe schon immer gesagt, dass wir seinen Habicht hätten töten und ihn hätten unschädlich machen müssen, aber niemand hat auf mich gehört. Vielleicht glauben sie mir jetzt.«

»Aber Lady Atanaqui hat gesagt …« Ein Blick auf Lord Pveriyan überzeugte Natalie, dass eine Diskussion sinnlos war. Sie nahm Merlin bei der Hand und schob ihn hinter K'tanaqui her.

»Es wird bald dunkel«, sagte Lord Pveriyan noch. »Im Dunkeln spuken alle möglichen Gestalten in Anderserde. Wenn ihr genug davon habt, bittet Oq einfach euch wieder einzulassen. Ich erwarte euch.«

Nicht zurücksehen. Nur nicht zurücksehen.

Der Gang war düster und führte steil bergauf. Spinnweben klebten an ihren Kleidern und an K'tanaquis Fell. Dann hörten sie über sich ein Knarren und sahen ein rotes Licht, das über den Hang herabsickerte. Blinzelnd folgten sie dem Zauberhund und fanden sich auf der Oberfläche von Anderserde inmitten eines rot glühenden Sonnenunterganges wieder. Hinter ihnen schloss sich knarrend die kleine Baumtür. Natalie lehnte sich gegen sie und atmete tief die reine Luft ein, die wild und fremdartig schmeckte. Neben ihr stand Merlin und klopfte sich sauber. Er zitterte.

Natalie traute sich fast nicht zu fragen. »Was bedeutet Plan B, K'tanaqui?«

Der Zauberhund klappte sein Ohr zurück und sah sie mit treuen Hundeaugen an. *Kinderrr rrreiten auf Einhorrrn.*

14

Die Einhörner

31. Oktober, Samstag

Die ganze Nacht lang suchten sie die Einhörner, K'tanaqui mit der Nase am Boden immer voraus, Merlin schmollend am Schluss. Sie kamen nur langsam voran. So nah bei Oq schlängelten sich die einzigen Pfade zwischen den riesigen, dunklen Wurzeln des Seelenbaums durch, die an beiden Seiten wie Wände einer Schlucht aufragten. Sie waren viel zu hoch und zu steil, als dass die Kinder sie hätten erklimmen können. Es blieb ihnen nichts anderes übrig, als den verschlungenen Windungen zu folgen, und oft mussten sie wieder umkehren, wenn K'tanaqui sich doch für einen anderen Weg entschied. Hoch über ihnen ragten die Äste von Oq und warfen dunkle Streifen über den Sternenhimmel. Irgendwo dort oben waren der Ratssaal und mindestens zwei wütende Zauberlords. Natalie ärgerte sich über die Verzögerungen, wusste aber nicht, wie sie sie hätte verhindern können. Außerdem hatte sie genug Probleme mit Merlin.

Als sie ihm von K'tanaquis Plan erzählt hatte, war er

bleich geworden und hatte geflüstert: »Ein…Einhörner? Aber sie spießen die Menschen auf und fressen sie! Und mit den Hinterfüßen kicken sie die Knochen fort.«

»Ein Grund mehr, sich auf ihre Rücken zu setzen.«

»Du meinst, auf ihnen reiten?« Voller Panik hatte er sie angesehen und am Arm gepackt. »Nein, Natalie! Das geht nicht!«

»Ach, um Oqs willen!«, hatte sie geschrien und ihn abgeschüttelt. »Hätte ich dich doch nur im Waldhaus gelassen! Bis jetzt warst du zu nichts nutze.«

Sie hatte ihre Worte bereut, kaum dass sie ausgesprochen waren, aber für eine Entschuldigung war es zu spät gewesen. Merlin hatte kurz mit seiner Maus geflüstert und schmollte von da an noch mehr als zuvor. Seitdem waren sie wortlos weitergelaufen und keiner war bereit gewesen, sein Unrecht zuzugeben.

Als Natalie anhielt, um einen Dorn aus ihrem Stiefel zu ziehen, bemerkte sie die niedergeschlagene Miene des Jungen und seufzte. Sie war vielleicht wirklich zu gemein gewesen. Immerhin war Habicht sein Vater.

»Sieh mal«, sagte sie, »ich weiß doch auch nicht, wie man auf einem Einhorn reitet. Bis jetzt bin ich nur am Strand auf einem Esel geritten und das ist wahrscheinlich kein gutes Training fürs Einhornreiten. Aber ich muss es versuchen, sonst schaffe ich es niemals rechtzeitig bis zum Bannstein. Und dann wird dein Vater Oq umbringen und der Geist meiner Mutter hat kein Zuhause mehr. Wenn du nicht willst, musst du nicht mitkommen.«

Merlin kaute auf seinen Lippen. Er sah in die Wurzelschlucht zurück, aus der sie gekommen waren, dann nach vorn, wo K'tanaqui im Mondlicht auf sie wartete. Lange sagte er kein Wort. Als er schließlich sprach, klang seine

Stimme leise und entschlossen. »Doch, ich will. Ich will dabei sein, wenn sie Vater verhaften, auch wenn das bedeutet, dass ich auf einem Einhorn reiten muss. Obwohl ich wahrscheinlich herunterfalle.«

Zu hören, dass sie das Abenteuer nicht allein durchstehen musste, erleichterte Natalie mehr, als sie gedacht hatte. »Nein, du fällst nicht. Nicht, wenn du dich an der Mähne festhältst.« Sie lächelte zaghaft. »Ich habe das vorhin nicht so gemeint, weißt du. Das mit dem nutzlos sein.«

Merlin lächelte schmal zurück. »Das ist schon okay. Du hast jedenfalls Recht.«

Danach unterhielten sie sich, um sich wach zu halten. Merlin erzählte ihr, was er im Herzen erlebt hatte. Doch als sie ihm von dem Gespräch mit ihrer Mutter erzählte, verfiel er in Schweigen und sie fragte sich, ob er sich wohl wünschte, er hätte auch den Geist seiner Mutter im Herzen gesehen. Wohin kamen Magier, wenn sie starben? Und wie war das bei den Menschen? Sie schüttelte den Kopf, weil sie sich nicht sicher war, ob sie das wirklich wissen wollte.

Kurz vor der Morgendämmerung fand K'tanaqui das Dorf der Hirten. Lange bevor sie die trägen Rauchkringel der Herdfeuer am Himmel entdeckten, rochen sie den Rauch. Hier waren die Wurzeln des Seelenbaums nicht mehr so hoch, sie glichen sanften Hügeln, zwischen denen sich ein Tal erstreckt. An den Wurzelhängen, die dicht mit Mondblumen bewachsen waren, ragten Bäume in normaler Größe empor. Natalie hielt sich die Nase zu, doch die Blüten waren bereits dabei, sich zu schließen, und ihr verräterischer Duft vermischte sich mit dem Essensgeruch aus dem Dorf.

»Frühstück«, flüsterte Merlin und zog schnüffelnd die Luft ein.

Natalie sah ihn angewidert an. »Kannst du nicht mal an etwas anderes denken als an Essen? Was meinst du, wo sie die Einhörner halten?«

»Woher soll ich das wissen?« Er klang beleidigt und sie hätte ihn fast schon wieder angefahren. Doch als sie die Furcht in seinen Augen sah, verschluckte sie ihre Worte.

»Komm schon«, flüsterte sie und nahm seine kalte Hand in ihre verschwitzte, »so schlimm kann das nicht sein mit dem Reiten. Es sind einfach Pferde mit Hörnern.« Trotzdem spielte ihr Herz verrückt, als K'tanaqui die Witterung aufnahm, über den Abhang rannte und sich nach ihnen umsah, ob sie auch kamen.

Pferrrde mit Hörrrnerrrn beim Fluss. Er klang belustigt. *Kinderrr jetzt still. Grrroße Herrrde.*

Kaum wurde Natalie aber der Einhörner gewahr, bemerkte sie ihren Irrtum. *Pferde mit Hörnern* beschrieb nicht annähernd, was sie dort an der dem Wind abgewandten Seite des Dorfes sah. Unten am Ufer graste die Herde. Vom Wasser stiegen dünne Nebelschwaden auf und waberten um die Fesseln der Tiere. Im Zwielicht schimmerte ihr Fell wie flüssiges Silber. Ihre Schweife schwebten in der Luft, leicht wie Samen vom Löwenzahn, die Mähnen bauschten sich wie Wolken und die Hörner ließen die edel geformten Häupter in den Farben des Regenbogens aufstrahlen. Langbeinige Fohlen, deren winzige Hörner noch silbrig beflaumt waren, spielten zwischen den ausgewachsenen Tieren. Natalie wollte sie zählen, aber es war ihr unmöglich, die einzelnen Tiere zu unterscheiden. Kaum meinte sie eins ausgemacht zu haben, verschwamm es in einem Schimmern – und wenn sie wieder hinsah, graste es auf der anderen Seite der Herde.

Niemand ist so flink wie die Einhörrrnerrr, informierte sie

K'tanaqui immer noch belustigt. *Kinderrr hierrr warrrten. K'tanaqui brrringt ein Sanftes.* Er war fort, bevor sie etwas sagen konnte. Geduckt schlich er sich an die Herde heran, damit sie keine Witterung aufnehmen konnte.

Während sie warteten, trat Merlin unruhig von einem Fuß auf den anderen. »Das gefällt mir nicht«, flüsterte er. »Schau, dort drüben ist ein Wächter.«

Der Wächter schlief in einer Mulde auf halber Höhe der Seelenbaumwurzel. Über seinen Knien lag ein Speer, seine Stirn ruhte auf dem Schaft. Als K'tanaqui an ihm vorüberschlich, regte er sich nicht und Natalie atmete erleichtert auf. Dann erreichte der Zauberhund die Herde und vor Sorge um seine Sicherheit vergaß sie den Wächter. Überall diese scharfen Hufe ...

Plötzlich teilte sich die Herde wie Wasser an einem Fels. Natalie presste die Hand an den Mund und beobachtete, wie ein Einhorn aus der silbrigen Woge ausbrach und den Abhang hinauf auf sie zu galoppierte, K'tanaqui immer auf seinen Fersen.

Kind nimmt Horrrn!, hörte sie ihn leise sagen. *Schnell!*

Natalie erstarrte. Das Einhorn war nicht so groß, wie sie es sich vorgestellt hatte. Es ähnelte mehr einem Pony als einem Pferd, nur war es viel schneller. Seine Hufe schlugen lautlos den Boden, seine Augen, grün wie die stürmische See, schienen sie einzusaugen.

Ein Schrei von Merlin brachte sie wieder zur Vernunft. Der Junge rannte los, stolperte und stürzte unter die blitzenden Hufe des Einhorns. Ohne nachzudenken warf Natalie sich über die bauschige Mähne und griff nach dem Horn. Intensiver Mandelduft hüllte sie ein, ihre Brille wurde beiseite geschleudert, vor lauter Silber konnte sie kaum etwas erkennen. Dann bekamen ihre Finger etwas Weiches, Warmes zu fassen. Verzweifelt klammerte sie sich daran fest und hatte Angst weggetragen zu werden. Doch kaum hatte sie das Horn berührt, senkte das Einhorn den Kopf und blieb leise bebend stehen. Seine Mähne strich spielerisch an ihren Haaren vorbei. Sie streichelte das feine Silberhaar und vergaß vor Staunen all ihre Angst. So weich.

Gut gemacht. K'tanaqui keuchte den Hügel herauf. *Und jetzt aufsprrringen.*

Sie sah zu Merlin. »K'tanaqui sagt, wir sollen aufspringen. Du zuerst.«

Er schüttelte den Kopf. »Uh. Nein.«

»Merlin! Schnell, sonst wacht noch der Wächter auf und entdeckt uns. Ich stütze dich.«

Widerwillig näherte sich Merlin dem Tier. Es blähte seine Nüstern und rollte mit den Augen. Er stellte sich neben seine Schulter und machte einen zaghaften, erfolglosen Hüpfer.

Das Horn zuckte aus Natalies Griff und das Einhorn stieg auf die Hinterhufe. Es gab einen markerschütternden Schrei von sich und schlug die Luft mit seinen Vorderhufen. Natalie warf sich zur einen Seite, Merlin wurde auf die andere Seite geschleudert. K'tanaqui knurrte, als das Tier den Abhang hinunterraste und in der schimmernden Herde verschwand. Wie eine Explosion aus lauter Regenbogen schossen die Köpfe nach oben. Dann galoppierte die ganze Herde mitsamt den Fohlen schreiend flussaufwärts. Der Wächter sprang auf, setzte eine Pfeife an seine Lippen und stieß einen einzelnen, schrillen Ton aus.

Natalie warf sich platt auf die Wurzel, ihr Herz hämmerte vor Angst. Atemlos rannten die Hirten vom Dorf herbei und sprachen wild gestikulierend mit dem Wächter. Einige setzten hinter der Herde her, während andere mit ihren Speeren zu dem Abhang deuteten, wo Natalie und Merlin kauerten.

Hastig kroch Natalie auf der anderen Seite hinunter, K'tanaqui schlitterte vorneweg, Merlin, eine Hand schützend um seine Maus gelegt, hinterher.

Unten angekommen verkrochen sie sich ins Unterholz und lagen keuchend im Halbdunkel, während die Hirten an ihnen vorbeirannten.

»Und jetzt?«, fragte Natalie, als die Schreie der Hirten verklungen waren. »Können wir ein anderes einfangen?«

Einhörrrnerrr wollen kein Mäusekind, sagte K'tanaqui. *Wenn Tochterrrkind rrreiten will, muss Trrrickserrr dableiben.*

Natalie warf Merlin einen Blick zu. Sein Umhang war zerfetzt und seine Wange lehmbespritzt. Er streichelte Rotauge, flüsterte ihm ins Ohr und versicherte ihm, die Einhörner würden ihn nicht fressen. »Das geht nicht. Ich kann ihn nicht einfach zurücklassen«, sagte sie bestimmt. »Haben sie nicht auch normale Pferde hier?«

Pferrrde ohne Hörrrnerrr sind nicht schnell genug.

Ihre Zuversicht sank. Vielleicht hätte sie doch in Oq bleiben und versuchen sollen den Rat zu überzeugen. Sie schüttelte den Gedanken von sich ab. Dafür war es jetzt zu spät.

Da sagte K'tanaqui: *Vielleicht gibt es anderrren Weg.*

»Wie bitte?« Natalie richtete sich auf.

Der Zauberhund zwinkerte aufgeregt mit seinen Bernsteinaugen. *Hierrr Zauberrrblätterrr verrrgrrraben, zum Wiederrrbeleben. K'tanaqui kann sie rrriechen. Kinderrr nehmen Zauberrrblätterrr und trrransporrrtierrren sich zum Bannstein.*

Wieder verließ sie der Mut. »Aber ich weiß doch gar nicht, wie das geht.«

Mäusekind weiß.

Zweifelnd sah sie Merlin an, der abwechselnd den Hund

und dann wieder sie anstarrte. »Was sagt er?«, wollte er wissen. »Was meint er mit den Zauberblättern?«

Natalie zögerte. Sie wusste nicht, ob sie sich noch einmal so etwas antun wollte wie bei der Flucht aus dem Waldhaus. Und sie spürte, dass K'tanaqui ihr nicht alles gesagt hatte. Sie sah in die Bäume und versuchte nachzudenken. Die aufgehende Sonne hatte das Wurzeltal in einen verzauberten Ort verwandelt, der vom Gesang der Vögel und von dem süßen Duft des Waldes erfüllt war. Das Laub war kaum verfärbt und die Luft im Schutz der Wurzeln war warm. Es kam Natalie fast wie Sommer und nicht wie Ende Oktober vor, obwohl heute Nacht Halloween war. Die höhnischen Worte von Lord Pveriyan klangen ihr in den Ohren. *Von hier aus braucht ihr mindestens eine Woche bis zur Grenze.*

Sie seufzte. Die Herde war verschwunden. Die Einhörner wären ihr wie ein Mondblütentraum vorgekommen, hätte sie nicht einen wolkenweichen Beweis in Händen gehalten. Sie schlang die Finger um die Strähne aus der Einhornmähne und berichtete Merlin, was K'tanaqui gesagt hatte.

Obwohl K'tanaqui behauptete, die Zauberblätter seien ganz in der Nähe, brauchte der Zauberhund den ganzen Morgen, bis er das Versteck fand. Während die Kinder dem Hund über schattige Pfade folgten, sprachen sie kein Wort miteinander. Merlin versuchte die ganze Zeit, sich die Theorie der Zauberei ins Gedächtnis zurückzurufen. Diesmal wollte er bestimmt alles richtig machen, aber es gab so viel zu beachten, das schief gehen konnte. Je länger er darüber nachdachte, umso mehr Probleme fielen ihm ein. Deshalb war er fast erleichtert, als K'tanaqui plötzlich bellte, einen Satz unter die Bäume machte und wild zu graben begann, wobei er die Erde hinter sich warf wie ein gewöhnlicher Hund, der einen Knochen ausbuddelt.

Merlin sank auf einen Baumstamm und massierte sich die Füße. Die weichen Hirtenstiefel waren für lange Wanderungen nicht geeignet und seine Zehen fühlten sich an, als seien sie mit jedem einzelnen Stein in Anderserde aneinander geraten. Er vermutete, dass es Natalie nicht besser ging, denn sie sah sehr blass aus. Sie saß neben ihm und spielte mit dem Büschel Einhornmähne, nahm die bauschige Strähne mal in die eine, mal in die andere Hand und beobachtete den Hund beim Graben. Merlin fragte sich, woran sie wohl denken mochte, aber dann wollte er die Antwort lieber doch nicht wissen. Seitdem sie aus dem Herzen gekommen war, hatte sie sich merkwürdig verhalten. Erst die verrückte Jagd aus dem Seelenbaum, dann die Einhörner und nun das.

Er beobachtete den Hund mit zunehmender Nervosität. Er konnte nicht begreifen, dass hier die Zauberblätter, die in seiner Welt vorsichtig wie Glas behandelt wurden, einfach in der Erde vergraben wurden.

Rotauge belehrte ihn sogleich eines Besseren. *Was glaubst du, wie die Zauberlords sie wiederbeleben? Sie essen und am anderen Ende ausscheißen?*

Darüber hatte Merlin noch nie nachgedacht, aber es brachte ihn auf ein anderes mögliches Problem.

»Wie lange?«, fragte er.

Bevor Rotauge antworten konnte, fing Natalie an zu schimpfen. »K'tanaqui gräbt, so schnell er kann! Vielleicht willst du ihm helfen? Na mach schon – ich weiß doch, wie sehr du es hasst, saubere Kleidung zu tragen.«

Merlin wurde rot. »Du bist gemein! Außerdem habe ich nur gefragt, wie lange es dauert, bis ein Zauberblatt wiederbelebt ist. Denn wenn die, die dein Zauberhund da ausgräbt, noch halb tot sind, kann ich niemanden nirgendwohin transportieren.«

Sie sah ihn erschreckt an, dann fiel sie in diesen sonderbaren Trancezustand, in dem sie mit ihrem Hund kommunizierte. Der Zauberhund unterbrach sein Graben und schlug seufzend sein Ohr zurück. »K'tanaqui sagt, wegen toter Zauberblätter würde er sich nicht so viel Mühe machen«, berichtete sie lächelnd. »Er sagt, du sollst dafür sorgen, dass sie funktionieren, er wolle dafür sorgen, dass sie genug Kraft haben.«

Das mit dem Sorgen brauchte Merlin niemand zu sagen. Er befeuchtete seine Lippen. »Ich muss dir ein paar Dinge über den Transportationszauber erklären«, sagte er. Eigentlich hatte er ihr nichts verraten wollen, aber die Worte strömten wie ein Wasserfall aus seinem Mund. »Erinnerst du dich, was passiert ist, als ich versucht habe Rotauge zu transportieren? Es funktioniert nur, wenn sich am anderen Ende ebenfalls lebende Zauberblätter befinden. Am besten gleich vier, denn wir sind auch vier. Und die einzigen, von denen ich weiß, sind im Keller unseres Waldhauses.«

Natalie starrte ihn an.

»Da unten ist es stockdunkel«, fuhr er eilig fort, »und wahrscheinlich abgeschlossen. Wir müssen also irgendwie wieder hinauskommen, aber das ist nicht das einzige Problem. Ich könnte uns aus Versehen mitten in der Mauer materialisieren. Außerdem besteht die Gefahr, nur einen Teil von jemandem zu transportieren. Und selbst wenn alles klappt, dreht die Transportation einem den Magen um. Wahrscheinlich wird dir speiübel, mir jedenfalls meistens. Und dann ist da noch das Problem des Rückstoßes …«

»So genau muss ich es nicht wissen«, warf Natalie schnell

ein. »Kümmer dich lieber um die Zauberregeln, um meinen Magen kümmere ich mich schon selber.« Sie grinste ihn zaghaft an und spielte dann weiter mit ihrer Einhornmähne. Ihre Finger bewegten sich dabei schneller und schneller.

K'tanaqui war nun in dem Loch verschwunden und gerade, als Merlin überlegte, ob der dumme Hund vielleicht doch die falsche Stelle erwischt hatte, kam keine Erde mehr nach oben geflogen. Nach einer kurzen Pause strömte rotgoldenes Licht aus dem Loch und strahlte bis zum Himmel.

Natalie sprang auf und rannte hinüber. Merlin kam zögernd hinterher, die Hand, in der er Rotauge hielt, war plötzlich feucht von Schweiß. Der Zauberhund saß stolz mitten im Versteck, das farbige Licht hüllte ihn ein wie ein Heiligenschein. Dort unten lagen bestimmt ein paar hundert Zauberblätter. Alle lebendig und voller Kraft.

Merlin schirmte seine Augen ab und dann rief er plötzlich: »Ich kann sie sehen!«

Natalie sah sich unruhig um. »Das ist auch kein Kunststück. Schnell hinein, bevor jemand kommt. Dieses Licht ist bestimmt meilenweit zu sehen.«

»Ich meine, ich kann sie wirklich sehen. Ich brauche Rotauge nicht mehr dafür.« In plötzlich aufkeimender Hoffnung blickte Merlin zu den Bäumen hoch. Doch über der Grube war alles eintönig grün wie zuvor. Er seufzte.

Nun mach schon, sagte Rotauge. *Für Besichtigungen ist jetzt keine Zeit. Ich hoffe nur, du hast deine Lektion gut gelernt, denn ich kann mir etwas Besseres vorstellen, als mit dem halben Schwanz in irgendeinem Mauerstein stecken zu bleiben.*

Merlins Magen zuckte nervös. Er schlitterte in das Loch und watete durch die glitzernden Zauberblätter zu Natalie, die ihren Arm um den Hals ihres Zauberhundes gelegt hatte und vor Tatendrang strahlte. »Was soll ich machen?«, flüsterte sie.

Merlin holte tief Luft, um seine Nerven zu beruhigen. »Ich glaube, wir setzen uns am besten beide hin. Uh – nimm meine Hand. Und halt K'tanaqui fest.«

Er vergewisserte sich, dass Rotauge sicher unter seinem Umhang verborgen war, dann nahm er mit der freien Hand vier der glitzernden Zauberblätter und legte fest die Finger darum. Diesmal durfte er keinen Fehler machen. Er schloss die Augen und dachte so stark er nur konnte an den Keller im Haus seines Vaters.

Die Kraft fließt durch deinen Arm. Du spürst sie in …

Bevor sein Geist sich aus dem Dunkel hinauskatapultieren konnte, stellte Merlin sich die Hitze vor, die seinem Körper entwich und aus Anderserde hinaus über die Grenze floss. Und dann leuchtete ein Zauberblitz auf, der vor und hinter seinen Augenlidern rotes Gelichter ansteckte. Er spürte den Geschmack von verbranntem Zucker im Hals. Neben sich hörte er Natalies Keuchen. Ihre verschwitzte Hand rutschte aus seiner Hand. Merlin kippte zur Seite und fiel in etwas Weiches, sein ganzer Körper bebte vor Zauberkraft. Rotauge quiekte empört.

Merlin, der kaum glauben konnte, dass es funktioniert hatte, richtete sich auf und blinzelte, um nach dem Zauberblitz wieder richtig sehen zu können … und vor Schreck blieb ihm fast das Herz stehen.

Natalie und K'tanaqui waren wirklich fort, an ihrem Platz waren nur noch zwei flache, rauchende Flecken zu sehen. Aber er und Rotauge befanden sich immer noch im Versteck. Und oben, am Rand der Grube, im Gegenlicht der Sonne, blickten acht grimmige Gesichter hinter einem Kreis blitzender Speere zu ihm herab.

»Keine Bewegung, Trickser!«, befahl eine raue Stimme. »Lass die Zauberblätter fallen und wirf dein Tier nach oben!«

Merlin ließ die toten Zauberblätter fallen. »Nichts bringe ich fertig«, stöhnte er. »Ich bin ja so dumm!«

Das kannst du laut sagen, war Rotauges Kommentar. *Stell dir mal vor, wir werden gefangen genommen, während wir auf einem Stapel Zauberblätter hocken, groß genug den Mond vom Himmel zu holen! Halt den Mund und tu, was sie sagen, sonst wird dein Gedächtnis ausgelöscht und ich bin tot. Das ist nämlich die Strafe für den Diebstahl von Zauberblättern nach der revidierten Fassung des Zauberregenerlasses, falls du es noch nicht gewusst hast.*

Merlins Magen krampfte sich unangenehm zusammen. Er presste die Maus fest an seine Brust, nicht bereit, ihr von den Hirten auch nur ein Haar krümmen zu lassen.

Der Anführer fuchtelte mit seinem Speer. »Hinauf damit, Trickser. Aber beweg dich ganz langsam.«

Merlin schluckte. Um ihn herum lagen überall lebende Zauberblätter. Vielleicht konnte er eins nehmen und …

Die Speerspitze pikte ihn in die Backe. »Los, Trickser! Ich meine es ernst.«

Langsam reichte Merlin Rotauge nach oben, mit der anderen Hand wühlte er verzweifelt im Halbdunkel am Rand der Grube. Als die Hirten seine Maus sahen, lachten sie. Im selben Moment, als der Anführer Rotauge entgegennahm, schlossen sich Merlins Finger um die wächserne Hitze eines Lebendzaubers. Unter diesen Umständen konnte er nicht riskieren ihn anzuwenden, aber er stopfte ihn schnell in seinen Stiefel und kletterte mit klopfendem Herzen nach oben.

Die Hirten sahen ihn verächtlich an. Hinter ihnen standen acht Einhörner, die fast ebenso hell leuchteten wie die

Zauberblätter. Sie schnaubten und schüttelten ihre bauschigen Mähnen. »Tun Sie ihm bitte nicht weh«, bat Merlin und befahl Rotauge lautlos, den Anführer nicht in die Hand zu beißen.

Mit einem grimmigen Lächeln reichte dieser die Maus einem seiner Männer und löste die Schärpe von seiner Hüfte. Er wickelte den weichen Stoff um Merlins Handgelenke und machte einen festen Knoten. Merlins Magen zuckte nervös. »Sie müssen mich nicht fesseln, ich wollte nichts stehlen.«

»Schweig!«, fuhr ihn der Anführer an. »Hier spreche ich. Wie konntest du so weit nach Anderserde hineinkommen, ohne von den Grenzposten entdeckt zu werden? Wie hast du die Zauberblätter gefunden? Woher hast du diese Kleider? Ein Winzling wie du kann unmöglich so ein Loch gegraben haben. Wo sind die anderen?«

Merlin biss sich auf die Lippen und dachte an Natalie. »Keine Ahnung«, antwortete er niedergeschlagen. »Ich wüsste es auch gern.«

»Aha.« Der Anführer sah ihn verächtlich an. »Wie du willst. Der Rat wird es schon früh genug aus dir herauspressen.«

Er gab seinen Männern einen Wink, worauf diese auf ihre Einhörner stiegen. Die Tiere, die weder Zügel noch Sättel trugen, umringten Merlin mit blitzenden Hörnern und glühenden grünen Augen. Er wich zurück, aus Angst, von einem der Männer auf einen der schimmernden Pferderücken gehoben zu werden. Doch der Mann, der Rotauge genommen hatte, ließ die Maus einfach auf Merlins Schulter fallen und ritt los. Der Anführer stieß ihn mit dem Speer an und sagte: »Jetzt heißt es schnell laufen, Trickser. Wir sind in Eile.«

Mit den Einhörnern vor, hinter und neben sich war der Rückweg nach Oq noch unangenehmer für Merlin als der Hinweg. Da die Hirten aber alle Abkürzungen zu kennen schienen, dauerte er wenigstens nicht so lang. Aus ihrer Unterhaltung schloss Merlin, dass sie zu einer Versammlung aller Stämme von Anderserde wollten, die im Stamm von Oq stattfinden sollte. Und als die riesigen Wurzeln wieder neben ihm auftauchten, empfand er sogar so etwas wie freudige Erregung bei der Vorstellung, dem Herzen einen weiteren Besuch abstatten zu können. Er schritt schneller aus, was ihm erstaunte Blicke seiner Begleiter einbrachte.

»Trickser sind verrückt, das habe ich schon immer gesagt«, murmelte einer der Hirten, was die anderen zum Lachen brachte.

Kurz nach Sonnenuntergang erreichten sie den Seelenbaum, wo ein hektisches Treiben herrschte. Rund um den mächtigen Stamm öffneten sich bogenförmige Tore, aus denen grünliches Licht auf die Wurzelschluchten fiel, wo sich die Völker von Anderserde versammelt hatten. Die brodelnde Masse erregter Zauberwesen und Zaubertiere blockierte sämtliche Wege zum und vom Seelenbaum. Manche trugen richtige Waffen bei sich – lange, gekrümmte Messer, Speere, Keulen und Äxte. Andere ritten auf Bären und Hirschen, deren Brüllen und Geweihschlagen im Halbdunkel der Wurzeln widerhallte. Wieder andere waren mit Stöcken und schweren Metalltöpfen bewaffnet oder mit Seilen, an deren Enden Gewichte befestigt waren. Aufgeregte Baummagier rannten in die Baumtore hinein und wieder heraus und riefen Befehle, die niemand beachtete. Gruppen berittener Einhörner, deren Silberfell die Dunkelheit erhellte, wurden mit respektvollem Abstand bedacht.

Die Hirten nahmen Merlin in ihre Mitte und drängten

sich durch die dichte Menge. Jemand schrie: »Ein gefangener Trickser! Tötet ihn!« Und mit einem wütenden Aufschrei stürmten sie auf ihn zu. Mit aller Kraft und mit Hilfe ihrer drohend aufgerichteten Speere gelang es Merlins Wärtern, ihn sicher durch die feindselige Menge zu bugsieren. Aber erst als sie durch eines der Tore ins glimmende Innere von Oq gelangt waren, fühlte Merlin sich wirklich sicher.

Hier fielen die Hirten in Schweigen. Die Einhörner tänzelten nervös und zogen durch ihre geblähten Nüstern die fremdartigen Winde und Düfte ein. Selbst Rotauge war ungewöhnlich still und gab aus dem Kragen von Merlins Umhang nur ein Piepsen von sich. »Schon gut«, flüsterte dieser und wünschte, er könnte seine Maus in der Hand halten, »jetzt sind wir in Sicherheit.«

»Darauf würde ich nicht zählen, Trickser«, murmelte der Anführer.

Bei der ersten Weggabelung stieg er vom Einhorn und stieß Merlin einen kurzen Gang hinauf und in eine Kammer hinein, in der eine Gruppe von Baummagiern versammelt war. Pflichtschuldig übergab er ihn einer aufgeregten Lady Thaypari. »Haben ihn in einem Zauberversteck gefunden«, sagte er schlicht und befreite Merlin von seinen Fesseln. Er schüttelte seine Schärpe aus und band sie sich wieder um die Hüften. Dann verneigte er sich vor der Zauberlady und kehrte eilig zu seinen Männern zurück. Die Baummagier warfen einen Blick auf Lady Thaypari und schlossen sich ihm taktvoll an.

Als sie allein waren, musterte die Zauberlady ihn von oben bis unten und fragte: »Wo ist Natalie?«

»Ich weiß es nicht«, gestand Merlin und rieb sich die Handgelenke.

Sie packte ihn am Arm und schüttelte ihn heftig. »Du

Narr! Warum bist du weggelaufen? Hast du denn gar keinen Verstand? Weißt du nicht, wie ernst die Lage ist? Oq hat den Kontakt zu Natalie und K'tanaqui verloren und niemand hat jetzt Zeit, nach ihnen zu suchen. Du hast gesehen, was da draußen los ist. Jeder Bewohner von Anderserde will heute Nacht Trickserblut sehen. Da draußen herrscht Chaos! Du kannst von Glück reden, dass sie dich nicht gleich umgebracht haben.«

Merlin ließ den Kopf hängen. »Ich weiß. Es tut mir Leid.«

»Leid? Ist das alles, was du zu sagen hast?«

»Es war Natalies Idee.«

Lady Thaypari sah ihn verächtlich an. »Du hättest nicht mitmachen müssen!« Dann seufzte sie und ließ ihn los. »Ich vermute, Lord Pveriyan war keine große Hilfe. Ich weiß nicht, was er sich dabei dachte, als er euch zwei einfach so gehen ließ. Wenigstens bist du jetzt hier, wo Habicht dich nicht kriegen kann. Und jetzt erzähl mir genau, wie ihr getrennt wurdet, und dann bleibt mir nichts anderes übrig, als Oq zu bitten, dich bis nach der Öffnung hier festzuhalten. Es ist viel zu gefährlich für dich, heute Nacht in Anderserde herumzulaufen.«

Merlin biss sich auf die Lippen. Eigentlich war er froh, wieder im Seelenbaum zu sein, aber ihm wäre lieber gewesen, wenn Natalie bei ihm gewesen wäre.

»Ich habe sie transportiert«, sagte er leise. »Das nehme ich jedenfalls an. K'tanaqui auch, aber ich weiß nicht, wohin. Ich habe versucht uns alle zum Waldhaus zu zaubern.«

Lady Thaypari erbleichte unter ihrer Krone aus welkenden Orangenblüten. »Du kleiner Idiot«, flüsterte sie, »hat dir denn niemand erzählt, dass eine Transportation über die geschlossene Grenze unmöglich ist?«

Vom Gang drang plötzlich ein goldener Lichtschein herein. Jemand hatte draußen eine Fackel entzündet. Wilder Jubel ertönte und wurde immer lauter, als die Kämpfer sich zum Aufbruch rüsteten. Merlin hatte keine Zeit, sich darüber zu wundern, warum er plötzlich Farben unterscheiden konnte, und die Zauberlady verlor kein weiteres Wort.

Ängstlich raschelte das Laub des Seelenbaums und Merlins Magen spielte verrückt. »Aber wo … Oh, was habe ich nur getan?«

15

Der Zauberbund

31. Oktober, Samstagnacht

Als Tim am Samstagabend in seine Geburtstagsjacke schlüpfte, rumorte es wild in seinem Bauch. Nach dem Trocknen war die Jacke steif wie Zement geworden, aber seinen alten Anorak wollte er nicht anziehen, nicht an diesem Abend. Er überlegte, ob er seine wunden Füße in die modischen Stiefel zwängen sollte, um sie Jo vorzuführen, aber die Blasen waren noch zu frisch. Turnschuhe waren wahrscheinlich sowieso besser, falls sie rennen mussten.

Er sah auf die Uhr. Sechs Uhr und immer noch keine Spur von Mr Marlins. Er merkte erst jetzt, wie sehr er sich wünschte, sein Stiefvater würde mit Nat, in eine Decke gepackt, auftauchen oder die Polizei würde jemanden verhaften oder Mrs Carter würde Jo verbieten, einen Fuß vor die Tür zu setzen, oder seine eigene Mutter würde ihn daran hindern, an diesem Abend auszugehen. Aber nachdem die beiden Mütter sich mit dem Gedanken angefreundet hatten, dass ihre Sprösslinge gemeinsam in die Disko gingen, schienen sie von diesem Vorhaben direkt begeistert zu sein. Tim hatte ihnen versprechen müssen, Jo abzuholen und sie danach sicher wieder nach Hause zu bringen, dann hatten die Mütter die Augenbrauen hochgezogen und sich dieses geheimnisvolle Erwachsenenlächeln zugeworfen. Und nun war er Jos verrücktem Plan voll ausgeliefert.

Der Abend war klar und kalt, die Sterne glitzerten so hell, dass Tim beinahe schwindlig wurde. Die Hände in den Taschen vergraben eilte er zu den Carters, sein Mund stieß Atemwölkchen in die kalte Luft. Jo erwartete ihn an der Tür, hüpfte von einem Bein aufs andere und hauchte in ihre Hände. Mrs Carter sah Tim streng an.

»Du passt auf sie auf, Timothy Lockley, hörst du? Wenn es irgendwelche Probleme gibt, mache ich dich verantwortlich.«

»Ja, Mrs Carter.« Tim setzte ein beruhigendes Lächeln auf und war davon überzeugt, dass die Lüge in flammenden Buchstaben auf seinen glühenden Wangen geschrieben stand.

Aber Mrs Carter musste es für Verlegenheit gehalten haben. Sie lächelte und gab Jo einen Abschiedskuss. »Sei vorsichtig, Schatz. Und viel Vergnügen euch beiden.«

Früher am Tag hatten sie ihre Fahrräder, Taschenlampen und andere nützliche Gegenstände im Bootsschuppen versteckt. Tim war ziemlich überrascht, alles unversehrt vorzufinden. Schnell verstauten sie die Ausrüstung in ihren Taschen und überprüften die Taschenlampen und die Fahrradbeleuchtung. Dann starrten sie sich an. Jo brach als Erste den Bann. Sie stopfte sich das Haar unter die Baseballkappe und grinste. »Also. Worauf warten wir? Lass uns gehen!«

Bevor Tim protestieren konnte, hatte sie sich schon auf den Weg gemacht. Sie balancierte ihr Rad so geschickt über Bürgersteige und Hindernisse, dass Tim staunen musste. Er trat wie ein Wahnsinniger in die Pedale, um ihr zu folgen, und wagte nicht sich auszumalen, was geschehen würde, wenn sie vor ihm am Brunnen ankäme. Aber am Rand des Kirchplatzes wartete sie auf ihn und sah längst nicht mehr so zuversichtlich aus.

Das konnte Tim ihr nicht verdenken. Das Einkaufszentrum wirkte mit all den geschlossenen Läden gespenstisch. Die Eisengitter waren zur Nacht heruntergelassen worden. Eine Chipstüte flatterte gegen Tims Vorderrad. Eine leere Dose schepperte in der Dunkelheit. Tim zuckte zusammen.

»Wo sind sie?«, fragte Jo. »Ich kann niemanden sehen.« Sie schob das Fahrrad über den gepflasterten Platz bis zum Brunnen, setzte sich auf den Rand und ließ ihre langen Beine baumeln.

Tim setzte sich neben sie und war froh, seinen Blasen ein wenig Ruhe zu gönnen. Ihm fiel auf, dass sie um Armeslänge auseinander saßen. »Sie kommen bestimmt.«

Jetzt kam ihm ihr Plan auf einmal nicht mehr so gut vor, denn das zweite Gesetz der Totenköpfe – es kam gleich nach dem Gesetz, niemals mit der Polizei zu sprechen – hieß, bring niemals ein Mädchen zu den Treffen der Bande mit. Aber eigentlich brachte er Jo doch gar nicht mit, oder? Es war eher so, dass sie ihn mitbrachte. Bei dieser Vorstellung musste er grinsen, worauf sie ihm einen scharfen Blick zuwarf. »Sind deine Füße okay?«

»Prima«, antwortete er, obwohl seine linke Ferse seit dem Bootshaus leicht blutete. »Pst! Sie kommen.«

Mit wildem Geklingel stürmten fünf Mountainbikes auf sie zu, obwohl es verboten war, auf dem Kirchplatz zu fahren. Die drei älteren Jungen sausten klingelnd um den Brunnen, während Little Paulie ein Stück entfernt stehen blieb und Jo misstrauisch ansah. Schließlich bog Pizzaface, wie immer als Letzter, schwer atmend um die Ecke.

»Was haben wir denn da?« Mit voller Absicht stieß Gaz Tims Fahrrad um, dann stützte er sich auf seinen Lenker und sah ihn herausfordernd an. Die anderen Totenköpfe bauten sich hinter ihm auf und pfiffen einander zu. Paulie kicherte, was ihm eine Ohrfeige seines Bruders einbrachte.

Mit hämmerndem Herzen hob Tim sein Fahrrad wieder auf und lehnte es an den Brunnen. Das Wasser war bis zum Montag abgestellt und im Brunnen glitzerten Eiskristalle. Tim nahm alles mit doppelter Schärfe wahr, als hätte er bis zu diesem Augenblick sein ganzes Leben geschlafen.

»Wo ist dein Ohrring?«, fragte Gaz, als er merkte, dass Tim den Fehdehandschuh nicht aufheben wollte. »Mami hat gesagt, du sollst ihn rausnehmen, nicht wahr, Kleiner?«

Mike und Dave lachten über seinen verächtlichen Ton, nur Paulie wurde rot. Tim hatte das Gefühl, dass Paulie den Totenkopf zu Hause nicht tragen durfte.

»Oder sein Mädchen hat ihm das gesagt«, meinte Mike und starrte Jo anzüglich an.

Jo erstarrte und Tim warf ihr einen warnenden Blick zu. Dann sagte er schnell: »Wir haben eine Mutprobe für euch.«

»Kein Interesse. Heute Nacht haben wir was Besseres vor.« Gaz langte unter seine Jacke und zog eine Halloween-Maske mit grünen Haaren und leuchtenden orangeroten Blutspritzern hervor, in deren Halskrause ein Bolzen steckte. »Heute geht's rund, was?«

»Genau!«, rief Pizzaface. »Letztes Jahr gab's jede Menge zu ernten, drüben im Neubauviertel.«

Tim musste lachen. »Ich meine eine echte Mutprobe! Nicht alten Frauen ein paar lumpige Tafeln Schokolade abluchsen.«

Mike und Dave protestierten, doch Gaz setzte sich die Maske auf den Kopf und kniff die Augen zusammen. »Was für eine Mutprobe?«

Tim lächelte. Sie hatten angebissen. »Heute Nacht gibt's ein Fest, drüben im alten Waldhaus im Einhornwald. Ich fordere euch heraus, mit uns dorthin zu gehen und dort eine Süßigkeit zu verlangen.«

Schweigen. Eine Windbö wirbelte plötzlich Abfall auf und jagte Tim Schauer über den Rücken. Die fünf Totenköpfe sahen einander an. Pizzaface schluckte sichtbar. Paulie wurde bleich. »A ... aber im Einhornwald spukt es«, flüsterte er.

»Halt den Mund, du Niete«, zischte Dave.

»Na klar spukt's da«, sagte Tim und fing Jos Grinsen auf, »sonst wäre das keine besondere Mutprobe, oder?«

Gaz begann Interesse zu zeigen. Er schob sich einen Kaugummistreifen zwischen die Zähne und kaute bedächtig. »Eine Halloween-Party? Wie weit ist es denn bis zu diesem Haus?«

»Fünf Meilen oder so.«

»Du weißt den Weg?«

Mit einer schwungvollen Handbewegung zog Tim die Karte hervor und breitete sie auf dem Brunnenrand aus. Gaz verzog das Gesicht, während die anderen nach vorn drängten, um über seine Schulter zu gucken. Jo saß ein Stückchen abseits, kickte mit ihren Absätzen gegen den Stein und pfiff leise vor sich hin.

Gaz kaute etwas heftiger. »Was meint ihr, Totenköpfe?«

»Mit Pizzaface und Paulie brauchen wir dafür die ganze Nacht«, sagte Dave.

»He!«, rief Pizzaface. »Das ist gemein!«

»Halt den Mund«, schimpfte Gaz, »ich denke nach.«

Das merkte man, denn er schwieg eine ganze Weile. Dann unterbrach Jo die Stille und sagte spöttisch: »Hab dir doch gesagt, sie kneifen, oder?«

Die Stimmung schlug so schnell um, dass Tim keine Zeit zum Denken blieb. Gaz spuckte sein Kaugummi aus, packte Jo am Knöchel und kippte sie über den Brunnenrand nach hinten. Ihre Kappe fiel ins Wasser und ihr Fahrrad stürzte um. Jo schlug mit den Beinen um sich und traf Mike am Kiefer. Obwohl das wahrscheinlich ein Versehen war, stürzte dieser sich mit Rachegeheul auf sie und rief Dave um Hilfe.

»Nein!«, kreischte Paulie. »Dad bringt mich um, wenn ich wieder in eine Schlägerei gerate …«

Tim warf sein Fahrrad gegen Pizzaface und fiel über Gaz her. Er schlang die Beine um den Körper des anderen und packte ihn am Hals. Little Paulie war keine Bedrohung. Er befand sich bereits auf dem Rückzug, wobei er sich nervös nach allen Seiten umsah. Gaz ging zu Boden. Tim verlor Jo aus den Augen, während er sich mit dem Anführer der Totenköpfe wütend am Boden wälzte. Doch die Schreie und Flüche der anderen Jungen ließen vermuten, dass Jo sich tapfer schlug.

Dann ein Platschen und ein gellender Schrei. »Helft mir raus!«, schrie Dave und planschte wild um sich. »Das ist eiskalt!«

Gaz war dadurch abgelenkt und Tim konnte sich befreien, sein Fahrrad schnappen und Jo mit sich auf die andere Seite des Brunnens zerren.

»HALT!«, rief er, so laut er konnte.

Es war herrlich. Alle erstarrten – Dave, der immer noch von Wasser triefend im Brunnen hockte, Pizzaface, die Hand auf dem Auge, wo Tims Lenker ihn getroffen hatte, Mike und Gaz, die sich nach einem neuen Gegner umschauten, Paulie, der schon halb über dem Platz verschwunden war.

»Ihr kommt euch wahrscheinlich schrecklich stark vor, einfach ein wehrloses Mädchen anzugreifen«, sagte Tim.

Jo öffnete den Mund. »Ich bin kein wehrloses …«

Tim fuhr eilig fort: »Als ich mich euch anschloss, dachte ich, wir hätten Ideale. Ich dachte, wir würden richtig tolle Sachen machen. Ja, vielleicht ist es da draußen im Wald gefährlich. Vielleicht spukt es da wirklich. Und wenn ihr die Wahrheit wissen wollt, in dem Haus steigt gar keine Party – wir vermuten, dass Nat dort gefangen gehalten wird. Die Entführer, falls sie noch dort sind, könnten Waffen haben. Dumm sind sie jedenfalls nicht. Sie haben die Polizei schon einmal ausgetrickst. Aber sie haben meine Stiefschwester. Und ob ihr nun helfen wollt oder nicht, Jo und ich gehen jedenfalls hin und versuchen sie zu befreien.« Er nahm die aufgeweichte Karte und stopfte sie wieder unter seine Jacke. »Komm, Jo, hier verschwenden wir nur unsere Zeit.«

Das Mädchen klopfte sich den Schmutz von der Hose und fischte seine Kappe aus dem Brunnen. Sie setzte sie auf und sah Gaz böse an. »Ich dachte, du seist inzwischen vernünftiger geworden, seit ich dir damals einen Denkzettel verpasst habe«, sagte sie ruhig, »sonst hätten wir euch gar nicht erst gefragt.«

Tims Magen zog sich zusammen. Aber keiner der Totenköpfe rührte sich. Sie sahen alle auf Gaz, der Jo wütend anstarrte und die Blicke der anderen nicht bemerkte. Schließlich half Mike Dave aus dem Brunnen, Pizzaface rappelte sich auf und Paulie schlich leise schniefend an die Seite seines Bruders.

»Also, gehen wir«, zischte Tim und gab Jo einen Schubs. »Los.«

Diesmal folgte sie. Als sie vom Kirchhof stadtauswärts rasten, warf sie ihm ein schiefes Grinsen zu. Tim grinste zurück und stellte sich in die Pedale. Das Blut rauschte in seinen Adern, die Sterne blinkten am Himmel und sein Fahrrad fühlte sich an, als seien ihm Flügel gewachsen. Und am merkwürdigsten war, dass seine Füße gar nicht mehr wehtaten.

Die Hochstimmung hielt einige Meilen an, verlor sich aber schnell, nachdem sie den Wald erreicht hatten. Hier, zwischen den Bäumen, waren die Sterne nicht mehr zu sehen und ihre Fahrradlampen kamen ihnen sehr klein und schwach vor. Eisige Dunkelheit, zum Anfassen dick, umfing sie von allen Seiten.

Als sie anhielten, um die Karte zu studieren, kamen Tim Zweifel. Und als Jo mit dem großen Blatt kämpfte, um es in die richtige Lage zu bringen, und ein lautes Kreischen aus den Bäumen ertönte, zuckten beide Kinder zusammen. Jo setzte die Kappe ab, wischte sich mit dem Handrücken über die Stirn und suchte die Dunkelheit ab.

»Ein Fuchs, glaube ich«, sagte sie.

Tim bemerkte neue Schweißperlen auf ihrer Stirn.

Gestern musste er hier entlanggekommen sein, aber alles erschien ihm fremd. Und wenn der ganze Wald unter einem Zauberbann läge? Sie würden immer und ewig weiterlaufen und nie wieder herausfinden. Schuldbewusst dachte er an das Versprechen, das er Mrs Carter gegeben hatte.

Jo zog die Kappe wieder auf und sah ihm in die Augen. »Ich habe mich noch gar nicht für das bedankt, was du da am Brunnen gemacht hast.«

Tim zuckte die Achseln. »Ich dachte, ich beende den Kampf lieber, bevor du noch jemanden verletzt.«

»Ich bin froh, dass du das getan hast. Das war echt mutig, sich so hinzustellen. Ich nehme an, die Totenköpfe schmeißen dich jetzt raus?«

»Das macht nichts.« Verlegen sah er zur Seite. »Sie sind nicht unbedingt, was ich mir vorgestellt habe. Ich wollte sowieso austreten.«

Verlegenes Schweigen trat ein. Dann huschte etwas Kleines, Flinkes über Tims Füße und verschwand im Unterholz. Er bekam eine Gänsehaut und verspürte plötzlich den Drang zu sprechen. »Soll ich dir ein Geheimnis verraten?«

»Was?«

»Ich hasse das Landleben. In London war es nie so dunkel. Wenn es regnete, wurde es nie so matschig. Es gab immer einen Ort, wo man hingehen konnte, irgendeinen warmen, hellen Ort voller Leute. Als dieser Zauberlord mich durch seinen Bannstein nach Anderserde schleppte, war ich wie versteinert. Ich dachte, ich würde nie mehr eine Straßenlaterne zu sehen bekommen.«

»Hast du deshalb so einen Hass auf Nat?«, fragte Jo sanft.

Tim blinzelte. Mit dieser Frage hatte er nicht gerechnet. Er hatte gedacht, sie würde ihn einen Feigling nennen, Grund genug hatte sie, benahm er sich doch wie ein kleines Kind, das Angst vor der Dunkelheit hat. »Hass auf sie? Aber ich hasse Nat doch nicht.«

»Das glaubt sie aber.«

Langsam sagte er: »Ich habe es gehasst, meine ganzen Freunde zurückzulassen. Sie lachten mich aus, weil ich in die Provinz zog. Ich glaube, ich gab meiner Mutter die Schuld dafür. Als sie sich bei der Heiratsvermittlung anmeldete, hat sie mich nicht gefragt, was ich will. Hat einfach *Land und Kinder* und so einen Mist in das Formular geschrieben. Als sie dann Mr Marlins heiratete, konnte ich es kaum glauben. Ich meine, selbst ich hatte mitgekriegt, dass er ein Saufkopf war, und ich hatte ihn nur zweimal getroffen! Aber als sie hörte, was mit Nats Mutter passiert war, war die Sache gelaufen. Sie sagte zu mir, wir würden auf dem Land einen neuen Anfang machen. Sie sagte, Mr Marlins sei ein sehr unglücklicher Mann mit einem verwirrten, kleinen Mädchen, das uns brauchte.« Er schwieg und dachte nach. »Zuerst hatte ich nichts gegen Nat, aber die Art, wie meine Mutter sie bemutterte, als wäre sie die Einzige auf der Welt, die je einen Elternteil verloren hätte! Doch das war natürlich nicht Nats Schuld.«

Noch während er sprach, wusste er, dass Jo Recht hatte. Er war gemein zu Nat gewesen. Immer wenn er Millennium Green überhatte, ließ er seinen Frust an ihr aus. Im Stillen schwor er sich, es wieder gutzumachen, wenn sie Natalie zurückbekamen.

Falls sie sie zurückbekamen.

»Ist denn dein richtiger Vater auch gestorben?«, fragte Jo leise.

Tim schüttelte sich. »Nein! Er ist mit einer anderen Frau auf und davon. Habe ihn seither nicht mehr gesehen. Hab auch keine Lust dazu, so wie er uns behandelt hat. Komm, wir sollten weiter, wenn wir es bis zum Waldhaus und wieder zurück schaffen wollen, ehe die Disko aufhört.«

Jo rührte sich nicht vom Fleck. »Und hast du in London auch eine Freundin zurückgelassen?«

Er errötete heftig und war ausnahmsweise froh über die Dunkelheit, die seine Verlegenheit verbarg. »Sei nicht blöd! Ich war doch noch ein Kind, als wir fortzogen.«

Ihr Grinsen blitzte weiß auf. »Ich bin froh, dass du nach Millennium Green gekommen bist.« Bevor er wusste, wie ihm geschah, gab sie ihm einen flüchtigen Kuss auf die Wange, schob ihr Fahrrad unter die Bäume und radelte den lehmigen Waldweg entlang. Ihr Rücklicht blinkte wie ein rotes Auge durch die Nacht.

Benommen starrte Tim hinter ihr her. Er berührte seine Wange, die seltsam prickelte. Dann fiel sein Fahrrad auf seinen Fuß, der Schmerz schoss in sein Bein und brachte ihn wieder zur Besinnung. »He!«, rief er und hob das Fahrrad auf. »Warte auf mich!«

Dann sahen sie plötzlich das Waldhaus vor sich liegen. Eben noch gab es nur schwarze Bäume und silberne Schatten, geheimnisvolles Rascheln und das Flackern ihrer Fahrradlampen. Im nächsten Augenblick ragte vor ihnen ein altes Gebäude auf und erhellte die Nacht. Es lag hinter einem Tor aus gewundenem Schmiedeeisen und einer von Efeu überwucherten Mauer.

Sie stiegen von ihren Rädern und versteckten sich hinter einem umgestürzten Baumstamm. Jo betrachtete schweigend das Haus, während Tim sich vorstellte, wie er gegen seinen Willen verschleppt und im Haus gefangen gehalten würde. Er schauderte.

Beim Haus herrschte reges Treiben. Die unverhangenen Fenster warfen Rechtecke gelben Lichts auf die wildeste Brombeerhecke, die Tim je gesehen hatte. Dunkel gekleidete Leute gingen ein und aus und schleppten Spaten, Säcke, dicke Handschuhe, Rucksäcke und – was besonders gefährlich aussah – richtige Bogen mit Köchern und Pfeilen heraus. Sie verschwanden um eine Hausecke und kamen mit leeren Händen wieder, um die nächste Ladung zu holen. Tim versuchte vergeblich sie zu zählen. Abgesehen von einem groß gewachsenen Mann mit Federn im Haar, der einen Stock schwingend auf und ab ging, als gehöre ihm die ganze Welt, und einer blonden Frau, die den Kopf ein bisschen höher trug als die anderen, sahen alle wie geklont aus. Sie hielten die Augen gesenkt und fuhren jedes

Mal zusammen, wenn der Federmann in ihre Nähe kam. Tim konnte niemanden entdecken, der die Größe von Nat hatte.

»Meinst du, Nat ist hier drin?«, flüsterte er.

Jo schüttelte sich und stand auf. »Das arme Ding! Sie an so einem Ort festzuhalten! Komm, wir schauen nach.«

Entsetzt packte Tim sie am Ärmel und zog sie zurück. »Bist du verrückt? Solange die Leute da sind, gehen wir keinen Schritt weiter. Anscheinend brechen sie zu einer Expedition oder so auf. Ich frage mich, was sie vorhaben.«

Jo starrte ihn an, als sei er der Verrückte. »Was redest du da? Welche Leute?«

»Diese Leute! Und sprich nicht so laut. Sie könnten uns hören.«

»Wer soll mich hören?« Jos Augen blitzten gefährlich. »Wenn das ein Witz sein soll, Timothy Lockley …«

Wütend sah er sie an, aber sie schien es ernst zu meinen. Dann erinnerte er sich an sein Abenteuer am Bannstein und stöhnte. »Du kannst sie also nicht sehen?«

Sie schüttelte den Kopf.

»Was siehst du denn?«

»Na, ein dunkles, altes Haus, von Efeu überwuchert, mit vernagelten Fenstern und einem halb verfallenen Dach. Sieht aus, als stürze es gleich zusammen. Richtig unheimlich.« Sie schauderte.

»Genau das hat die Polizei auch gesagt.« Er sah finster zum Haus hin und dachte angestrengt nach. »Das muss an einem Zauber liegen – deshalb haben sie nichts gefunden, als sie hier suchten. Vielleicht kann ich etwas sehen, weil ich in Anderserde war. Du warst nicht dort, deshalb kannst du nichts sehen.«

Jo schlug mit der Faust auf das Laub. »Was muss ich tun,

um sie zu sehen? Das sind die Leute, die Bilbo umgebracht haben. Ich *will* sie sehen. Wie spät ist es?«

Tim sah auf seine Uhr. »Elf Uhr dreiunddreißig«, meldete er und erstarrte.

»Das ist unmöglich. So lange sind wir noch nicht da.« Jo knipste ihre Taschenlampe an und leuchtete auf ihre Uhr. »Komisch. Auf meiner Uhr auch.«

Schweigend sahen sie sich an.

»Das ist mir schon einmal passiert«, erzählte Tim, »als ich wartete, bis der Lastwagen abgeladen war. Das muss etwas mit dem Zauber an der Grenze zu tun haben. Vorsicht! Sie machen die Lichter aus.«

Als Jo ihre Taschenlampe ausknipste, ging auch das letzte Licht im Haus aus und die blonde Frau trat heraus. Sie hatte dicke Handschuhe an und trug einen zylindrischen Behälter aus Metall mit einem Henkel, der aussah wie eine große Thermosflasche. Er glitzerte im Mondlicht, so dass der große, schwarze Vogel mit ausgestreckten Flügeln zu sehen war, der auf seine silberne Oberfläche aufgemalt war.

»Sie nehmen sogar Proviant mit!«, sagte Tim in einem Versuch, seine Nerven zu beruhigen. »Sie haben Kaffee dabei.«

Jo seufzte. »Jetzt mal ernst. Sag mir, wenn die Luft rein ist, dann gehe ich hinein und suche Nat. Du hältst am besten die Entführer im Auge und warnst mich, wenn sie wiederkommen.«

Tim wollte sie eigentlich nicht allein ins Haus gehen lassen, aber ihr Vorschlag war vernünftig. Leute, die sie nicht sehen konnte, konnte sie auch nicht im Auge behalten. Und wenn sie beide hineingingen, konnten sie nur zu leicht in eine Falle geraten und selbst gefangen werden. »Vielleicht solltest du schon mal die Polizei anrufen?«, schlug er vor.

»Offensichtlich führen sie etwas im Schilde. Sicher ist sicher.«

Jo warf ihm einen spöttischen Blick zu. »Großartig! Und wie sollen sie die Leute sehen, die sie verhaften sollen? Wir landen selbst noch im Knast, wenn wir falschen Alarm geben.« Dann berührte sie ihn am Arm und schlug einen freundlicheren Ton an. »Ich verspreche dir anzurufen, sobald ich Nat gefunden habe oder wenn es Schwierigkeiten gibt. Je nachdem, was zuerst kommt.« Sie klopfte auf das Handy in ihrer Schijacke.

Tim hatte das schreckliche Gefühl zu wissen, was zuerst kommen würde, aber er schwieg. Die blonde Frau war nun auch um die Hausecke verschwunden. Die Tür hatte sie offen stehen lassen. Jetzt, wo alle Lichter aus waren, war hinter dem Haus ein eigenartiges, rotes Leuchten zu sehen. Die Kinder warteten ein paar Minuten, um sicherzugehen, dass niemand zurückkam, dann kletterten sie leise über das Tor. Jo gab Tim mit erhobenem Daumen ein Zeichen, knipste die Taschenlampe an und verschwand im Haus. Und Tim schlich neugierig, obwohl er Angst hatte, in Richtung des roten Scheins.

Ein kleines Stück vom Haus entfernt hatten sich die Trickser auf einem Schießplatz versammelt. Einige Pfeile waren angezündet worden und ragten wie riesige Wunderkerzen in die Luft. Tim duckte sich hinter eine Zielscheibe und hielt sich die Nase zu. Die Flammen brannten hellrot, wie bei einem chemischen Experiment, und selbst aus dieser Entfernung wurde ihm fast übel von dem Gestank nach verbranntem Zucker. Er beobachtete, wie die Mitglieder des Zauberbunds einen Kreis um den Federmann bildeten. Tims Herz machte einen unangenehmen Satz, als er die Leute zählte.

Dreizehn.

Der Federmann sagte etwas, durch den roten Rauch klangen seine Worte gedämpft. Tim schlich sich näher heran und nutzte die Zielscheiben als Tarnung.

»… das Wichtigste ist, nach Wurzeln zu graben …«

»… wenn der Rabe seine Arbeit aufgenommen hat, können wir nach den Ausreißern suchen …«

»… Hunter wird sie schnell aufspüren …«

»… erteile dem Jungen eine Lektion, die er nie vergessen wird.«

Dann sagte die blonde Frau etwas, worauf die anderen ungehalten murmelten. Der Federmann erhob seinen Stock und schlug der Frau ins Gesicht. Mit einem leisen Schrei fiel sie zu Boden und ihr brennender Pfeil flog in einem rot funkelnden Bogen davon. Die anderen duckten sich, als er über ihre Köpfe zischte, im Gras stecken blieb und abbrannte.

Der Federmann sah in die Runde. »Wenn das Mädchen noch bei ihm ist, kann es was erleben. Vielleicht hat sie den Bannstein geöffnet, aber ihre volle Kraft hat sie noch nicht entwickelt und dank Hase ist unser Zauberbund jetzt komplett.« Er zeigte mit dem Stock auf eine Frau, die ihren brennenden Pfeil umklammerte und ihn nervös anlächelte. »Und jetzt will ich kein Wort mehr über Niederlagen hören. Unterschätzt nicht die Macht der Dreizehn!«

Die blonde Frau rappelte sich auf und entzündete schweigend einen neuen Pfeil. Die anderen straften sie mit Missachtung. »Lord Habicht!«, riefen sie, als die roten Funken durch die Nacht stoben. »Lang lebe Lord Habicht!«

Mit gesträubten Nackenhaaren schlich Tim an den Zielscheiben vorbei bis unter die Bäume. Dann rannte er zum Haus zurück.

»Jo«, zischte er und leuchtete mit der Taschenlampe ins

Dunkel. Er hatte schon befürchtet, sie lange suchen zu müssen, aber sie hockte unter einer Treppe und versuchte mit einer Haarklammer ein Schloss zu öffnen. Erschrocken sprang sie auf, in ihrer Hand baumelte ein Paar zerbrochener Inlineskates. »Oben habe ich Sarahs Inliner gefunden! Nat war also ganz bestimmt hier und diese Tür ist verschlossen. Sieht aus wie eine Kellertür. Wenn sie da unten ist …«

»Sie ist nicht hier«, sagte Tim. »Sie jagen nach ihr im Wald. Ruf die Polizei an. Schnell!«

Jo starrte ihn entsetzt an. »Sie jagen sie?«

»Sie muss geflohen sein. Ich habe gehört, wie sie darüber sprachen. Irgendwie ist sie durch den Bannstein nach Anderserde gekommen und jetzt sind sie mit Feuerpfeilen und Bogen hinter ihr her. Los, ruf an! Das schaffen wir nicht mehr allein.« Er griff nach ihrem Handy, doch sie wehrte ihn ab und presste es an ihr Ohr. Dann schüttelte sie den Kopf.

»Was ist los?«

»Kein Freizeichen. Ich geh mal raus.«

Tim wollte ihr folgen, als von draußen Schritte über den Kiesweg kamen. Am Fenster im Zimmer zu ihrer Rechten zog ein Schatten vorbei. Tim erinnerte sich, dass sich auf dieser Seite des Hauses ein Schuppen befand. Der Weg zur Haustür führte daran vorbei. Jo stand auf den Eingangsstufen mit dem Rücken zum Garten, drückte missmutig Nummern in das Handy ihres Vaters und schüttelte es frustriert. Flüsternd zischte Tim ihren Namen und winkte heftig, um sie auf sich aufmerksam zu machen, aber sie hatte nur Augen für das Telefon und ging noch ein Stück weiter hinaus.

Tim zögerte einen Sekundenbruchteil, dann stürzte er in das Zimmer und warf sich gegen das Fenster. Es war mit einem altmodischen Riegel verschlossen, der mit einem rostigen Quietschen aufbrach. Die Gestalt draußen drehte sich überrascht um, auf ihrer linken Hand saß ein riesiger Habicht, der sich flügelschlagend im Gleichgewicht hielt. Zwei gelbe Augenpaare waren auf Tim gerichtet. Lord Habicht schwang seinen Stock und zischte: »Wer bist du? Was machst du hier? Wie kommt es, dass du hinter die Trugbilder sehen kannst?«

Tim sah sich verzweifelt nach Jo um. Sie stand jetzt mit dem Handy am Ohr im Freien und starrte ihn an. Er wusste nicht, ob sie den Habichtmann sehen konnte, aber er nahm an, dass sie ihn nicht sah. *»Geh!«*, formte er lautlos mit den Lippen, dann warf er sich in die Brombeerhecke und flüchtete zu dem kleinen Tor auf der Rückseite des Gartens. »Du blöder Trickser!«, schrie er nach hinten und streckte im Rennen die Zunge heraus. »Deine blöden Zaubersachen wirken bei mir nicht!«

Wie er gehofft hatte, nahm der Habichtmann die Verfolgung auf.

Tim stürzte durch das Tor in den Wald hinein, erst dann wagte er einen Blick zurück. Sein Verfolger war kurz hinter der Gartenmauer schwer atmend stehen geblieben, der Habicht saß immer noch auf seiner Hand. »Fang mich doch!«, rief Tim und tauchte zwischen den Bäumen unter. Er wich schwarzen Baumstümpfen aus, zertrat knirschend gefrorenes Laub unter seinen Füßen und biss sich jedes Mal auf die Lippen, wenn er stolperte und seine Blasen anschlug. Vom Verfolger war keine Spur zu sehen. Schon befürchtete er, der Habichtmann wäre zurückgegangen und hätte Jo erwischt. Da spürte er im Nacken ein merkwürdiges Prickeln und sah sich um.

Der Habicht kam dicht hinter ihm her, schnell und leise, seine Flügel durchschnitten die Nacht wie lautlose Klingen.

Gerade noch rechtzeitig warf Tim sich platt auf den lehmigen Boden. Der Vogel streifte direkt neben ihm an den Blättern vorbei, dann flatterte er mit einem *Kaa-kaa* in die Nacht hinaus.

Mit hämmerndem Herzen rappelte Tim sich auf, sah sich vorsichtig um und klopfte sich den Schmutz ab. Hoffentlich hatte Jo verstanden und war so schnell sie konnte mit dem Fahrrad davongefahren. Er wollte in einem Bogen zum Waldhaus zurückkehren, wenn sie genug Vorsprung hatte. Zehn Minuten, das musste reichen.

Als er auf seine Uhr sah, kam der Mond hervor. Eine Sekunde lang nahm er überall ein Glitzern wahr, als hätte jemand einen Schleier von seinen Augen gerissen. Er hatte gerade noch Zeit zu denken, *Mitternacht.* Dann schoss ein quälender Schmerz in sein Bein, stach ihn ins Rückenmark und explodierte in seinem Kopf. Er brauchte eine Weile, um zu realisieren, was mit ihm geschah. Aber er hatte schon einmal erlebt, wie Oq sein Gedächtnis berührte, und dieses Gefühl war unverwechselbar.

Er stieß einen Schrei aus. Da hörte er einen Stock, der auf das Unterholz eindrosch, und biss sich schnell auf die Unterlippe. Doch der Schrei hatte ihn verraten. Ein Stiefel kam auf ihn zu und der Stock pikste ihn in die Wange.

»Den Knöchel verstaucht, was?« Lord Habicht klang belustigt. »So ein Pech, aber das ist heute Nacht dein Schicksal. Heute werden noch viele Unfälle stattfinden. Die meisten Menschen geben der Dunkelheit oder dem Wetter die Schuld, aber manche von uns wissen es besser, nicht wahr?« Der Stock stieß stärker zu. »Wer hat dich geschickt?«

Tim biss die Zähne zusammen. »Niemand«, zischte er und rang mit der fremden Macht in seinem Kopf, »ich wollte Nat retten.«

Lord Habicht lachte. »Genau das hat der Vasall auch gesagt. Schade, dass ich dich jetzt nicht ausführlicher verhören kann, aber sicher verstehst du, dass ich heute Nacht Wichtigeres zu tun habe.«

Er streckte seinen Stock mit der Spitze nach oben zu den Sternen, wodurch Tim einen Blick auf den schweren Knauf gewann. Mühsam versuchte Tim aufzustehen, aber der Schmerz kam wieder und strömte in dunklen Wogen aus dem Erdboden hervor.

Er spürte den Stock nicht mehr, der auf ihn niedersauste.

16

Die Öffnung

31. Oktober, Samstag um Mitternacht

Die Öffnung riss Natalie aus einem Albtraum. Sie hatte geträumt, sie würde wild durchgeschüttelt und dann in die Kellerwand des Waldhauses transportiert werden, wo sie hilflos stecken blieb und schleimige Mauerwesen näher und näher auf sie zukrochen.

Es dauerte einige Augenblicke, bis sie merkte, dass das warme, feuchte Ding, das ihr über das Gesicht schmierte, keine Monsterschnecke war, sondern die Zunge des besorgten K'tanaqui. Sie schob den Zauberhund von sich und musste sich übergeben. Dann wischte sie sich den Mund am Ärmel ab, rückte ihre Brille zurecht und sah sich um.

Das Mondlicht warf tiefe Schatten durch das Astgeflecht der Bäume. Eine unnatürliche Stille lag über allem, als hielte die ganze Welt den Atem an. Dann, plötzlich, ein kalter Luftzug, der ihre Haare auffächerte und Laub über ihre Beine wirbelte, die in lockerem Erdreich steckten.

Schaudernd strampelte sie sich frei. »Was ist passiert, K'tanaqui? Wo ist Merlin?« Ein schrecklicher Gedanke durchzuckte sie. »Das war … das war doch nicht die Rabenwaffe, die da losgegangen ist?«

Ihr Zauberhund, offenbar zufrieden, dass sie noch vollständig und heil war, schnüffelte an ihr und zwinkerte sie mit seinen Bernsteinaugen an. *Nicht Rrrabe, aberrr Grrrenze jetzt offen. Feinde kommen. Sehen alles bis Morrrgengrrrauen. Mäusekind sicherrr. Aberrr Seelenbaum in grrroßerrr Gefahrrr.*

Natalie rappelte sich auf, klopfte sich die Erde von der Hose und versuchte nachzudenken. »Merlin hat es mal wieder verdorben, nicht wahr? Wo sind wir, K'tanaqui?«

Es überraschte sie nicht, als sie erfuhr, dass sie sich immer noch in Anderserde befanden, keinen halben Tagesmarsch von der Grenze entfernt. In einer Grube, in der ebenfalls Zauberblätter zur Wiederbelebung versteckt waren, die aber nicht so tief war wie die erste, hatten sie wieder ihre natürliche Gestalt angenommen. *Sonst wärrre Kind auch begrrraben,* fügte K'tanaqui hinzu und hechelte sein feuchtes Zauberhundlachen.

»Das ist gar nicht witzig«, sagte Natalie. »Jetzt schaffen wir es niemals rechtzeitig zur Polizei, um Lord Habicht zu stoppen! Merlin, dieser Idiot! Ich hätte das Einhorn nehmen sollen, solange es noch möglich war. Ich hätte wissen müssen, dass er es wieder vermasselt, und jetzt wird Mutter sterben …« Sie schluckte und ballte die Fäuste.

Mäusekind hat verrrsucht, sagte K'tanaqui tadelnd und leckte ihr die Hand. *Wenigstens sind wirrr am Leben und sind zusammen.*

Sie fasste in seine Zotteln und vergrub ihr Gesicht in seinem süß duftenden Fell. »Du hast Recht«, sagte sie und dachte nach. »Wenn wir Habicht nicht daran hindern können, den Raben nach Anderserde zu bringen, müssen wir ihn eben daran hindern, ihn hier zu benutzen.« Sie holte tief Luft. »Kannst du die Trickser finden, K'tanaqui?«

Der Hund schlackerte mit dem Ohr. *Natürrrlich. Trrrickserrr rrriechen starrrk.*

»Wie weit sind sie entfernt?«

Der Zauberhund schnüffelte. *Vielleicht eine Stunde. Trrrickserrr kommen hierrr vorrrbei, drrreizehn sind es. Arroganterrr Habicht kommt auch.* Er zog seine Lefzen zurück und knurrte. Dann klang seine Stimme überrascht. *Ein Mensch auch dabei, keine Krrraft. Sehrrr merrrkwürrrdig.*

»Haben sie den Raben schon eingesetzt?«

Noch nicht.

Natalies Schultern strafften sich, sie schob sich die Haare hinter die Ohren und holte tief Luft. »Bringst du mich hin?«

K'tanaqui sah sie durchdringend an. *Kind mutig. Wie Mutterrr.*

Sie errötete. »Ich bin nicht mutig, ich habe nur keine andere Wahl. Oq hat das Wurzelsystem verschlossen und wir sind den Tricksern am nächsten.«

Wahl gibt es immerrr. Kind wählt mutig.

K'tanaqui ging zügig voran. Sein silberner Umriss bewegte sich lautlos zwischen den dunklen Baumstämmen. Hinter ihm ging Natalie, sie kam sich sehr klein und allein vor. Sie hatte nicht die leiseste Ahnung, was sie tun sollte, wenn sie den Zauberbund gefunden hatten. Der Gedanke, ihren Entführern gegenüberzutreten, jagte ihr kalte Schauer über den Rücken. Sie versuchte nicht daran zu denken und sich zusammenzureißen. Sie achtete weder auf die nächtliche Kälte noch auf die Schrammen an ihren Füßen noch auf die drohende Gefahr, sondern versuchte so zu tun, als führe sie den Hund auf einen Spaziergang durch den Einhornwald und ihre einzige Sorge sei, ob Julie zum Abendessen Pommes frites gemacht habe.

Das gelang ihr so gut, dass sie beinahe über K'tanaqui stolperte, als dieser plötzlich stehen blieb und leise knurrte.

Kind aufpassen, sagte er. *Trrrickserrr vorrr uns mit Zauberrrfeuerrr.*

Durch die dunklen Zweige hindurch sah Natalie ein rötliches Flackern. Und dann konnte sie es auch riechen. Es war derselbe schreckliche Geruch, den sie im Keller wahrgenommen hatte, als der Hühnerhabicht Itsy verspeist hatte.

Ihr Herz begann zu rasen. »Was machen sie da?«, flüsterte sie.

Grrraben, antwortete der Zauberhund voller Verachtung. *Trrrickserrr können das schlecht.*

»Graben? Wonach? Suchen sie Zauberblätter?« Sie kroch so nahe heran, wie sie sich traute, und schob die Blätter auseinander.

Habicht stand mit dem Rücken zu ihr, seine ganze Aufmerksamkeit galt der Arbeit auf der Lichtung, trotzdem bekam sie bei seinem Anblick eine Gänsehaut und sie musste gegen den überwältigenden Drang ankämpfen, aufzuspringen und davonzulaufen. Die Mitglieder des Zauberbundes standen um ein Mondblumenfeld und hielten flammende Pfeile nach oben. Der Rauch der Zauberfeuer überdeckte den Duft der Pflanzen und neutralisierte seine Wirkung. Natalie beobachtete, wie Lord Habicht nach vorn trat und mit seinem Stock in den weißen Blüten stocherte. Dann nickte er. Ferret mit dem schwarzen Bart und ein anderer Mann nahmen Spaten zur Hand und begannen zu graben. Bald darauf war das Mondblumenfeld von zwei großen Erdhaufen verschüttet. Ferret kratzte mit dem Spaten noch ein wenig Erde auf, dann bückte er sich rasch und stieß einen triumphierenden Schrei aus. Die Trickser drängten nach vorn, um besser zu sehen, wichen aber zurück, als Habicht an den Graben herantrat. Der Hühnerhabicht, der fast unsichtbar in einer nahe gelegenen Eiche hockte, ließ sein Kreischen hören.

Natalie duckte sich tiefer ins Gebüsch, ihr Herz hämmerte. K'tanaqui kroch neben sie, sein Bauch streifte den Waldboden. »Ich kann nicht erkennen, was der Rabe sein könnte«, flüsterte sie. Auf der anderen Seite der Lichtung entdeckte sie lediglich ein paar Rucksäcke mit den Pfeilen und Bogen der Trickser. Sie beobachtete den Zauberbund. Alle schienen fasziniert von dem, was sie ausgegraben hatten. Habicht war zu den Arbeitern in den Graben gestiegen.

Natalie begann sich zu den Rucksäcken vorzurobben, ein Auge immer auf den Sitzplatz des Hühnerhabichts gerichtet, die Nerven aufs Äußerste angespannt. K'tanaqui folgte ihr, den Bauch immer noch am Boden. Er versuchte ihr etwas zu sagen, aber sie benötigte ihre ganze Aufmerksamkeit für den Raben. Was sollte sie machen, wenn sie ihn fand? Sie zögerte, drehte sich um, um K'tanaqui um Rat zu fragen, und erstarrte entsetzt.

Er war fort.

»K'tanaqui!«, zischte sie panisch. »Komm zurück! Jetzt ist nicht die Zeit, Kaninchen zu jagen …«

Aus dem Dickicht ertönte ein unterdrückter Schrei.

K'tanaqui hat Mensch gefunden, kam die triumphierende Stimme des Zauberhundes. *Kind unbesorrrgt. Mensch harrrmlos.*

Er robbte aus dem Dickicht heraus und hinter ihm kam ein großes Mädchen in Jeans und schwarzgrüner Schijacke gekrochen. Natalie verschlug es den Atem, als das Mädchen sich grinsend den dicken, kastanienbraunen Pony aus dem

Gesicht warf. »Na endlich«, flüsterte sie, »wenn ich diesem Haufen noch länger hätte folgen müssen, wären mir die Füße abgefallen!«

»Jo!«, quiekte Natalie, als sie endlich wieder ein Wort herausbrachte. »Was tust du hier?« Ihre Seele wurde von einem warmen, goldenen Glanz erfüllt. Sie fielen einander in die Arme und drückten sich.

»Das ist eine lange Geschichte«, sagte Jo und schob Natalie von sich, um sie von Kopf bis Fuß zu betrachten. »Oh, Nat, wir haben uns solche Sorgen um dich gemacht. Du kannst dir nicht vorstellen, was zu Hause alles passiert ist.«

»Doch, kann ich. Aber du kannst dir nicht vorstellen, was mir passiert ist!«

Die beiden Freundinnen zogen sich unter die Bäume zurück und tauschten aufgeregt flüsternd ihre Geschichten aus, während K'tanaqui den Zauberbund im Auge behielt.

»… Trugbilder … Wunderbaum …«

Der unglaublichste Teil von Jos Geschichte war für Natalie, dass Tim im Einhornwald nach ihr gesucht hatte. Aber bei so einer Sache hätte Jo niemals gelogen. Offenbar waren sie während der Durchsuchung des Waldhauses getrennt worden. Und als Jo den Zauberbund entdeckte, hatten sie sich immer noch nicht gefunden. Beklommen sagte sie: »Ich habe so lange gewartet, wie es ging, aber dann hatte ich Angst, sie wieder zu verlieren, wenn ich noch länger auf ihn warten würde, und folgte ihnen. Ich habe mich nicht getraut, sie aus den Augen zu lassen, falls sie sich wieder in Luft auflösen würden. Am Anfang habe ich sie nämlich nicht sehen können. Tim meinte, das könnte etwas mit dem Zauber zu tun haben.«

»Der Trugbildzauber«, sagte Natalie. »Während der Öffnung hat er keine Wirkung.«

Die Freundin verzog das Gesicht. »Tim konnte von Anfang an durch den Zauber sehen. Als er mich nicht mehr fand, dachte er bestimmt, ich sei zur Stadt zurückgeradelt, um die Polizei zu holen. Eigentlich sollte ich sie anrufen, aber mein Handy funktionierte nicht. Vielleicht fiel ihm in der Dunkelheit nicht auf, dass mein Fahrrad immer noch da war.« Sie lächelte. »Tim ist gar nicht so idiotisch, wie er scheint, weißt du. Wahrscheinlich hat er das einzig Vernünftige getan und hat Hilfe geholt. Aber ich hatte nur noch Augen für den Zauberbund, der mit Pfeil und Bogen hinter dir her war. Als sie in den Wald aufbrachen, schlich ich ihnen nach.«

»Sie sind hinter mir her?« Natalie zitterte und wusste nicht, ob sie an Jos Stelle dasselbe gewagt hätte.

»Das hat Tim jedenfalls behauptet. Aber ich muss schon sagen, das ist die merkwürdigste Verfolgungsjagd, die ich je gesehen habe. Sie blieben immer wieder stehen, um diese weißen Blumen auszugraben. Stundenlang.« Sie sah auf ihre Uhr, schüttelte sie und grinste ratlos. »Das dumme Ding ist um Mitternacht stehen geblieben, das habe ich ganz vergessen.«

K'tanaqui, der während ihres Gesprächs immer unruhiger geworden war, kam zurück und blinzelte mit seinen Bernsteinaugen. *Trrrickserrr haben Seelenbaumwurrrzel ausgegrrraben. Kinderrr bleiben hierrr. K'tanaqui holt Hilfe.*

Bevor Natalie etwas sagen konnte, war er in der Dunkelheit zwischen den Bäumen verschwunden. Sie musste an sich halten, ihm nicht nachzurennen, und zwang sich, ihre Aufmerksamkeit wieder auf den Zauberbund zu richten.

Lord Habicht kletterte aus dem Graben. Er steckte seinen Stock in einen der Erdhaufen, legte sich den Schal über die Nase und zog ein Paar dicke Handschuhe über. Vorsichtig band er einen der Rucksäcke auf und zog einen Metallbehälter hervor, in dem sich das Zauberfeuer spiegelte. Die Trickser traten zurück. Als Natalie das Symbol auf dem Behälter sah, jagten kalte Schauer über ihren Rücken.

»Was das wohl ist?«, flüsterte Jo. »Eine Bombe?«

Natalies Herz krampfte sich zusammen. »Sie wollen Oq in die Luft sprengen!« Sie kämpfte sich durch das Unterholz und wäre mitten unter die Leute gerannt, hätte Jo sie nicht am Knöchel gepackt und nach unten gezogen.

»Bist du verrückt?«, zischte sie.

»Aber wir müssen sie aufhalten! Das verstehst du nicht!« Ohne die Augen vom Raben zu lassen, erklärte sie ihrer Freundin alles.

Jos Augen wurden zu Schlitzen. »Also gut … angenommen es ist wirklich eine Bombe. Sie werden sie nicht sofort hochgehen lassen, oder? Sie wollen sich sicher nicht selbst in die Luft sprengen. Warte, bis sie fort sind, dann können wir sie vielleicht entschärfen oder so. Sich fangen lassen bringt uns nicht weiter.«

Natalie seufzte und ließ sich auf das Laub fallen. Eigentlich wusste sie, dass Jo Recht hatte. Aber wenn sie warteten, bis es zu spät war? Wie sollten sie wissen, wie man eine Bombe entschärft?

»Jedenfalls«, flüsterte Jo, robbte auf Ellbogen und Knien vorwärts und reckte den Hals, um besser sehen zu können, »jedenfalls glaube ich nicht, dass es eine Bombe ist. Er schraubt den Deckel ab. Sieht aus, als wäre etwas drin.«

Natalie kroch neben sie. Sie waren kaum noch geschützt, aber die Trickser hatten nur Augen für Lord Habicht. Natalie wagte kaum zu atmen, als sie den Kopf hob, bis sie alles genau sehen konnte.

Die Wurzel, die der Zauberbund ausgegraben hatte, war

höchstens so dick wie ihr Bein, kein Vergleich zu den eindrucksvollen Gängen, durch die sie und Merlin mit den Organazoomern gesaust waren. Trotzdem leuchtete sie genauso hell wie alle anderen Teile von Oq. Und sie wehrte sich. Vier Männer, die wie Lord Habicht Handschuhe anhatten, standen breitbeinig und schwitzend da, zerrten die sich windenden Wurzelstränge aus dem Erdreich und legten sie vor sich hin. Lord Habicht kratzte mit seinem Stock ein Stück des schützenden Flaums ab. Dann tröpfelte er vorsichtig eine schwarze Flüssigkeit aus dem Behälter auf die freigelegte Stelle. Aus dem Graben stieg beißender Dampf, der nach faulendem Obst stank. Die Wurzel bäumte sich noch einmal in den Händen der Männer auf, dann sank sie verglühend in sich zusammen. Die umstehenden Trickser jubelten.

Verzweifelt packte Natalie Jos Arm. »Wir müssen etwas unternehmen! Sie verletzen Oq! Wenn nur K'tanaqui endlich zurückkäme.« Ängstlich sah sie sich um und Jo drückte beruhigend ihre Hand.

»Schsch. Das ist die erste Wurzel, die sie gefunden haben. Das kann unmöglich den ganzen Baum zerstören, oder? Vor allem, wenn er wirklich so groß ist, wie du erzählt hast. Und wenn sie die kleine Wurzel ganz abhackten, würde der Baum einfach eine neue wachsen lassen.«

Natalie biss sich auf die Lippen. Das klang so vernünftig, was Jo sagte, aber trotzdem hatte sie ein ungutes, kaltes Gefühl im Bauch.

Während sie dem Zauberbund misstrauisch weiter zusah, kam der Hühnerhabicht flügelschlagend aus seiner Eiche und glitt über die Lichtung, seine Schwingen waren schwarze Schatten am Sternenhimmel. Natalie und Jo zogen sich ins Unterholz zurück und pressten sich flach auf den Boden. Die

Trickser sahen unruhig zum Himmel. Einige nahmen ihre Bogen, legten Pfeile an und knieten, die Umgebung aufmerksam beobachtend, nieder. Der Habicht schraubte sich hoch, bis er nur noch ein schwarzer Fleck vor dem Mond war, dann drehte er und kam laut kreischend zurück.

Natalies Herz machte einen Satz. »K'tanaqui?«, flüsterte sie hoffnungsvoll. »Bist du das?«

Hilfe kommt, antwortete der Zauberhund schwach, aber deutlich. *Kinderrr bleiben. Warrrten auf Einhörrrnerrr.*

Natalie grub ihre Finger in den Erdboden und versuchte nicht an die verendende Wurzel zu denken. Jo hatte Recht. Eine einzelne Wurzel zu töten, konnte dem Baum nicht schaden. Bestimmt nicht.

Als Erstes begannen Oqs kleinste Zweige und Blätter zu beben wie im Sommerwind. Dann begannen kleine Äste zu zittern, gefolgt von größeren Ästen, bis sich der ganze Baumstamm vor Angst und Schmerz schüttelte, wie durch Stöße eines herannahenden Erdbebens.

Merlin schlug die Arme fester um sich und starrte nervös auf die fein verästelten Ranken am Eingang der Kammer, wo Lady Thaypari ihn mit der strikten Anweisung zurückgelassen hatte, sich nicht vom Fleck zu rühren. Mit Hilfe der scharfen Zähne von Rotauge hätte er die Ranken vielleicht durchtrennen können. Oder er hätte versuchen können das Zauberblatt zu benutzen, das immer noch in seinem Stiefel glühte. Aber dort draußen waren Einhörner und Bären und Männer, die ihn töten wollten. Hier war er wenigstens sicher. Das dachte er jedenfalls.

Er zupfte sich ein Blatt aus den Haaren und starrte auf die Blüten, die den Boden bedeckten. »Was ist los, Rotauge?«

Statt einer Antwort quiekte die Maus und verschwand unter seinem Umhang. Jetzt, während der Öffnung, brauchte Merlin sein Tier nicht zum Sehen, trotzdem langte er in seinen Ärmel und zog die Maus hervor. »Sei nicht so dumm!«, zischte er. »Wenn der Baum auf mich stürzt, wirst du ebenfalls erschlagen …« Er unterbrach sich, denn die Ranken am Eingang teilten sich raschelnd und offenbarten den Grund für Rotauges Furcht.

Lord Pveriyan trat ein, dicht gefolgt von Lady Thaypari, Lord Gerystar und den anderen neun Mitgliedern des Rats mitsamt ihren Zauberhunden. Alle warfen nervöse Blicke zum Dach hinauf.

Bevor Merlin wusste, wie ihm geschah, packte Lord Pveriyan ihn am Arm und schüttelte ihn, bis seine Zähne aufeinander schlugen. »Was weißt du davon, Trickser?«, fragte er streng.

»N … nichts.«

»Das kannst du dir sparen! Was hast du Oq angetan? Ich weiß nicht, wie, aber du hast hier etwas hereingeschmuggelt. Was ist es? Antworte, Trickser, oder ich werde …« Wütend verstummte er.

Hinter ihm gab Lady Thaypari ein Husten von sich. »Wir sollten ihn so bald wie möglich zum Herzen bringen, Pveriyan.«

Zwischen Aufregung und Entsetzen schwankend starrte Merlin sie an.

Doch Pveriyan entgegnete aufgebracht: »Dort kommt dieser Junge auf keinen Fall hin! Kannst du dir vorstellen, was er im Herzen alles zerstören könnte, wenn er schon hier draußen so viel Schaden anrichtet?«

»Ich habe nicht …«, begann Merlin, doch Lady Thaypari brachte ihn mit erhobenem Finger zum Schweigen.

»Nimm Vernunft an, Pveriyan«, sagte sie. »Das kann unmöglich der Junge getan haben. Oq hätte ihm niemals Zutritt gewährt, wenn er eine Bedrohung für sie wäre. Bestimmt haben die Trickser diesen Raben eingesetzt. Niemand von uns weiß, wie er funktioniert, aber Merlin stammt von der anderen Seite. Oq denkt, er kann uns vielleicht helfen. Er muss es wenigstens versuchen.«

»Was versuchen?«, fragte Merlin.

Pst!, sagte Rotauge.

»Und ich sage dir, wir können einem Trickser unmöglich trauen!«

Thaypari lächelte Pveriyan müde an. »Das letzte Mal hast du ganz anders gesprochen. Ich meine mich zu erinnern, dass du den armen Jungen nicht schnell genug zum Herzen schleppen konntest.« Sie lachte still in sich hinein.

»Da gibt es nichts zu lachen!«, gab Pveriyan scharf zurück. »Seid ihr denn alle blind? Ich weiß nicht, wie er es angestellt hat, aber offensichtlich hat der Junge Oq beim letzten Mal, als er im Herzen war, ausgetrickst, und jetzt lässt du ihn sein Zerstörungswerk auch noch vollenden! Verschwenden wir keine Zeit mit Diskussionen. Heute ist die Öffnung, um Oqs willen! Die Trickser marschieren bei uns ein. Ganze Truppen von Bären und Hirschen müssen in die Schlacht geführt werden. Wir sollten dort draußen bei unseren Leuten sein und gegen die Trickser kämpfen!«

Sein Zauberhund sträubte die Nackenhaare und zustimmendes Gemurmel war zu hören. Merlin sah von einem zum andern und schluckte. Dann ging erneut ein Beben durch Oq und über ihnen brach donnernd ein Ast herab. Bestürzt sahen alle nach oben, die Decke knirschte und Blätter wirbelten herunter und setzten sich wie grüne Schneeflocken in die Haare der Zauberlords.

»Thaypari hat Recht«, sagte Lord Gerystar und tätschelte

seinen aufgeregten Hund. »Und auch Pveriyan hat Recht. Für lange Diskussionen ist keine Zeit. Hat jemand den Jungen gefragt, ob er bereit ist, uns zu helfen?«

Merlin trat verlegen von einem Fuß auf den anderen, als alle Augen sich auf ihn richteten. Lady Thaypari lächelte. »Nun?«, fragte sie sanft. »Willst du?«

»Will ich was?«

»Willst du Oq helfen den Raben zu besiegen?«

Merlin befeuchtete seine Lippen. »Aber ich weiß doch gar nicht, wie.«

»Da hört ihr es«, sagte Lord Pveriyan. »Sperren wir den Trickser hier ein, einer unserer Zauberhunde kann aufpassen, dass er keinen Unsinn anstellt, während wir fort sind. Und dann lasst uns nach draußen gehen, wo wir gebraucht werden.« Er stieß einen Finger in die zitternden Ranken am Eingang.

Lady Thaypari achtete nicht auf ihn. Sie ließ sich auf ein Knie nieder, nahm Merlins von den Zauberblättern versengte Hand in ihre zarten, sauberen Hände und sah ihm in die Augen. »Wir bitten dich nur, es wenigstens zu versuchen. Oq meint, deine Kenntnis der menschlichen Technologie könnte beim Kampf gegen den Raben helfen. Niemand macht dir einen Vorwurf, wenn du es nicht schaffst. Bitte, Merlin. Wir wissen nicht, worauf es ankommt. Aber du weißt es.«

Nie in seinem Leben war Merlin so verlegen gewesen wie in diesem Augenblick. Aber wenn er wieder ins Herz durfte, konnte er vielleicht Natalie finden. »Also gut«, murmelte er mit glühenden Wangen, »ich werde mein Bestes tun. Bitte stehen Sie auf, Lady, Ihr Rock wird ganz schmutzig.«

Lord Gerystar prustete los, dann setzte er eine für einen Zauberlord passendere Miene auf und sagte ernst: »Danke, Trickser. Das werden wir dir nicht vergessen.«

Lord Pveriyan schnaubte. »Ich kann es einfach nicht glauben, dass ihr so weit gehen wollt! Einen Trickser während der Öffnung ins Herz lassen, das ist ungeheuerlich! Wo soll das um alles in der Welt noch hinführen?«

»Die Welt verändert sich«, sagte Thaypari ruhig und klopfte sich Blätter und Blüten vom Kleid, »und wir müssen uns mit ihr verändern. In Zukunft müssen wir diese Rabentechnologie genau studieren, um an der Grenze wirkungsvollere Gegenzauber anzubringen. Heute Nacht aber scheint Merlin der Einzige zu sein, der uns helfen kann. Wir sollten ihm dankbar dafür sein, dass er eingewilligt hat, vor allem nach dem, wie er von einigen von uns behandelt wurde.« Sie warf Pveriyan einen Blick zu, der mehr sagte als ihre Worte. »Ich bleibe vor dem Herzen und leite den Jungen an. Du kannst währenddessen …«

»Ich werde ihn anleiten«, warf Pveriyan ein und sah Merlin wütend an.

»… du kannst währenddessen zu den Truppen hinaus und den Transport koordinieren«, beendete Thaypari ihren Satz, nahm Merlin am Ellbogen und geleitete ihn hinaus. »Vor allem die Einhornhirten brauchen eine starke Hand. Oq hat gemeldet, dass ein Achtertrupp bereits ausgeschert ist und sich allein auf den Weg gemacht hat. Wenn sie zuerst auf den Feind stoßen, sind sie in der Minderzahl. Du wirst an der Front benötigt, Pveriyan. Keiner von uns hat so viel Erfahrung im Kampf gegen die Trickser.«

Lord Pveriyans finsterer Blick machte einem verkniffenen Lächeln Platz. »Das ist wahr«, sagte er, »aber ich werde trotzdem erst überprüfen, dass der Junge ordentlich angeschlossen wird. Ich traue ihm immer noch nicht.«

Sie eilten durch Gänge, die unter ihren Schritten bebten, durch brechende Zweige und herabfallende Blätter. Merlin musste an seine letzte Reise ins Herz von Oq denken, als er von Natalie getrennt worden war und sich verängstigt und allein gelassen gefühlt hatte. In dieser Nacht aber war alles anders. Die Zauberlords folgten mit ihren Hunden in respektvollem Abstand, als begleiteten sie keinen Gefangenen, sondern einen Prinzen. Sie krochen alle in die Herzkammer hinein, um zuzusehen, wie er angeschlossen wurde. Das Beben, das draußen den ganzen Baum erschütterte, war im Herzen nicht so stark zu spüren. Trotzdem knisterte die Luft vor Spannung. Die zwölf Zauberhunde beobachteten ihn interessiert – ein beunruhigender Kreis aus Bernsteinaugen.

Beachte sie nicht, sagte Rotauge.

Zwölf Zauberhunde nicht beachten, die ihn ansahen, als wollten sie ihn gleich fressen? Wie sollte das gehen? Doch kaum spürte Merlin an den Kontaktpunkten seiner Schläfen Tropfen des warmen, klebrigen Pflanzensaftes, entspannte er sich.

Lord Pveriyan hockte vor ihm und kontrollierte die Anschlüsse. »Nicht übermütig werden, Trickser«, flüsterte der Zauberlord so leise, dass die anderen ihn nicht hören konnten. »Ich habe Einfluss in diesem Rat. Den Menschenjungen habe ich schon löschen lassen. Er ist vor Schmerz ohnmächtig geworden. Wenn du auch nur einen Zweig von Oq beschädigst, mache ich mit dir dasselbe, das schwöre ich. Aber dann lösche ich nicht nur deine Erinnerung an Anderserde, sondern dein ganzes Gedächtnis, bis dein Kopf leer ist wie eine taube Nuss.«

»Hör auf mit dem Unsinn, Pveriyan!«, rief Lady Thaypari. »Oq hat bestimmt keinen Fehler gemacht.«

»Man kann nie wissen«, fuhr Pveriyan sie an und riss grob an einer der Ranken, die an Merlins Schläfen befestigt waren. »Vielleicht schlägt der Rabe hier zuerst zu, um zu verhindern, dass wir etwas durch den Jungen herausfinden.«

Hinter Merlins Netzhaut blinkten Sterne auf und Rotauge flüchtete in seinen Stiefel. Die Zauberlords rutschten hin und her und ließen ein nervöses Husten hören.

»Wenn der Rabe das Herz bereits angegriffen hat, sitzen wir alle in der Falle«, entgegnete Thaypari bestimmt. »Geh jetzt, Pveriyan. Lass den Jungen in Frieden seine Aufgabe vollbringen.«

Mit einem letzten bösen Blick auf Merlin raffte Lord Pveriyan seinen Umhang und ging mit seinem Zauberhund auf den Fersen aus dem Herzen. Die anderen Zauberlords folgten ihm und einige flüsterten im Hinausgehen: »Viel Glück.« Bald war nur noch Thaypari übrig, ihr Hund äugte ängstlich hinter ihrem Rock hervor auf Merlin.

»Alles in Ordnung mit dir?«, fragte sie. »Brauchst du noch irgendetwas?«

Merlin klammerte sich am Stuhl fest. »Essen«, flüsterte er. Dann holte er tief Luft, machte die Augen zu und vergaß seinen Hunger, als Oq ihn hinwegwirbelte.

Es war noch besser als das erste Mal. Ein riesiger Strom von Bildern aus allen Ecken von Anderserde und ferneren Regionen. Da die Grenze jetzt geöffnet war, verbanden sich die Wurzeln von Oq mit den Wurzeln anderer Bäume und erstreckten sich über zwei Welten. Von der Furcht einflößenden Kraft des Seelenbaums getrieben, wirbelte Merlin mit unglaublicher Geschwindigkeit an silbernen Einhorngruppen, tappenden Bären und springenden Hirschen vorbei, deren Reiter schreckliche Waffen schwangen. Er erhaschte einen Blick auf die flackernden Zauberfackeln der Baummagier, die die langsameren Truppenteile von Versteck zu Versteck brachten. Er drang in das Labyrinth von

Wurzeln und Ästen ein und sauste an Kriechpflanzen und Ranken vorbei. Er suchte und suchte, bis er in einer der äußeren Wurzeln landete …

Schmerz.

Weit fort vom Seelenbaum erwachte Tim in vollständiger Dunkelheit. Sein Kopf dröhnte und ihm war, als hätte er das alles schon einmal erlebt. Stöhnend fasste er sich an den Schädel und spürte eine klebrige Feuchtigkeit.

Vorsichtig setzte er sich auf. Der Stein, auf dem er gelegen hatte, war feucht, kalt und sehr hart. Jeder Millimeter seines Körpers war steif und von blauen Flecken übersät.

Was war geschehen?

Ein paar Sekunden lang war eine Furcht erregende Leere in seinem Kopf, schwarz wie die Dunkelheit, die ihn umgab. Dann blitzten Fetzen von Erinnerungen in ihm auf. Ein Mann mit gelben Augen und Federn im Haar … Ein großer Habicht, der kreischend auf ihn niederstürzte … Ein großes Mädchen, das mit einem Handy hantierte …

»Jo!«, schrie er. Seine Stimme hallte wider, doch er bekam keine Antwort.

Er wühlte in seinen Taschen, mit jeder Sekunde kamen mehr Erinnerungen. Er und Jo waren in den Einhornwald geradelt, um nach etwas Wichtigem zu suchen. Sie hatten sich für Notfälle ausgerüstet, auch mit Taschenlampen … ja, hier war sie. Er knipste sie an und befürchtete schon, sie würde nicht funktionieren. Orangegelb flackerte das Licht über ein gemauertes Gewölbe, er sah eine weiß getünchte Wand mit Schlieren von Lehm. Er schüttelte die Taschenlampe, bis das Licht heller wurde, dann leuchtete er überall herum. Ein abgeschalteter Generator, der nach Diesel stank. Bänke. Leere, verdreckte Käfige. Ein Aquarium mit Wasser, aber ohne Fische. Ein umgekippter Stuhl ... und lag darunter nicht eine Hasenpfote? Tim schauderte. Der Lichtkegel fiel auf eine steinerne Treppe, die nach oben zu einer Tür führte. Er kroch hinauf. Vor Zittern schlugen seine Zähne aufeinander. Die Folge eines schweren Schlags, vermutete er.

Die Tür war verschlossen. Mit Fäusten hämmerte er auf das unnachgiebige Holz. »He!«, schrie er. »Lasst mich raus!« Geschwächt, wie er war, ließ er bald nach. Er sank auf die oberste Stufe, stützte den Kopf in die Hände und machte die Augen zu. Denk nach, Tim, denk nach.

Er musste im Waldhaus sein, schloss er. Es war das einzige Gebäude in der Gegend, das vermutlich einen Keller hatte – das einzige Gebäude weit und breit überhaupt. Vage erinnerte er sich daran, dass der Habichtmann gesagt hatte, er habe nicht viel Zeit. Zeit wofür? Tim stieg die Treppe wieder hinab und machte sich halbherzig auf die Suche nach einem Schlüssel. Kaum hatte er begonnen mit der Taschenlampe die Ecken abzuleuchten, hörte er ein Stöhnen in der Dunkelheit.

Er erstarrte, seine Haare sträubten sich. *Ein Geist.*

»Sei kein Idiot«, murmelte er. »Geister und Hexen kommen nur im Märchen vor.« Aber eine bohrende Stimme in seinem Kopf sagte: *Bist du dir da sicher?*

Wieder dieses Stöhnen. Er kroch in Richtung des Geräuschs und hielt seine Taschenlampe wie eine Waffe vor sich, sein Atem ging stoßweise. Die hintere Wand des Kellers öffnete sich zu einem Tunnel. Das Stöhnen kam von dort unten. Tim kroch bis zum Eingang und leuchtete vorsichtig hinein.

Ein Monster bewegte sich auf ihn zu und gab merkwürdige, gedämpfte Schreie von sich. Sein Schatten tanzte an der Wand des Tunnels. Tim strauchelte nach hinten, sein Herz klopfte rasend. Wieder ertönte dieses Stöhnen, diesmal klang es noch schrecklicher. Was immer dort unten war, es konnte nicht heraus.

Ermutigt spähte Tim wieder nach unten und diesmal sah er, dass das »Monster« ein Mann war, dem mit Klebeband Arme und Beine gefesselt und der Mund verschlossen war. Als Tim erkannte, wer der Gefangene war, drehte sich ihm der Magen um. »Mr Marlins!«, flüsterte er. »Was machst du denn hier?«

Erleichterung mischte sich mit einer unbegreiflichen, rasenden Wut. Tim schüttelte die Wut von sich ab. Das war nicht die Zeit für dumme Fehden. In weniger als einer Minute hatte er das Klebeband mit Hilfe seines Taschenmessers durchgeschnitten und seinen Stiefvater befreit. Kurz darauf saß Mr Marlins an das Kellergewölbe gelehnt und rieb sich Handgelenke und Bartstoppeln. Tim schauderte beim Anblick der harten, schwarzen Haare, die auf dem Klebeband zurückgeblieben waren.

Mr Marlins musterte ihn mit einem durchdringenden Blick, dann stand er unsicher auf. »Komm, wir müssen hier raus.«

»Die Tür ist zu«, murmelte Tim. Und ausgerechnet wir zwei sind hier eingeschlossen, dachte er.

Sein Stiefvater schwankte und musste sich an der Wand abstützen. Seine Augen brannten aus dunklen Höhlen, seine Lippen waren aufgesprungen. Suchend blickte er sich um, dann stolperte er zum Aquarium hinüber, machte die Hände hohl und trank doch tatsächlich das faule, grüne Wasser. Tim wurde übel. »Seit wann bist du hier unten?«, flüsterte er.

Mr Marlins spritzte sich noch eine Hand voll fauliges

Wasser ins Gesicht und seufzte. »Seit ich dich zum Bannstein gebracht habe. Bin hergekommen, um Natalie zu befreien, und wurde erwischt. Meine Schuld.«

»Der Bannstein«, wiederholte Tim und spürte wieder die bohrende Stimme im Kopf. »Natalie …« Als würde ein Schleier entzweigerissen, brach die Erinnerung wieder über ihn herein. »*Anderserde!*«, rief er atemlos und spürte wieder die alte Wut. Er wich einen Schritt zurück. »Du hast mich allein gelassen! Du hast gewusst, was der Zauberlord mit mir machen würde, und bist einfach davongefahren!«

Sein Stiefvater hustete. »Äh … Tim … tut mir wirklich Leid. Ehrlich. Ich war verrückt vor Sorge um Natalie, aber das ist keine Entschuldigung. Das hätte ich dir niemals antun dürfen. Ich hätte wissen müssen, dass sie dich gegen deinen Willen zum Vasallen machen. Die Gedächtnislöschung ist nicht angenehm, wenn man sich dagegen wehrt, und den Flecken an deinem Kopf entnehme ich, dass du dich gewehrt hast.« Er runzelte die Stirn. »Aber du kannst dich trotzdem erinnern, oder? Ich frage mich, was bei dir schief gelaufen ist.«

»Das möchte ich gern von dir wissen«, sagte Tim. Er war immer noch wütend, aber Mr Marlins sah so blass und abgekämpft aus, dass seine Wut verflog. Außerdem gab es jetzt Wichtigeres zu besprechen. Zum Beispiel, wie sie aus dem Keller kämen, bevor der Habichtmann zurück war.

»Schau«, sagte Tim und wühlte in seinen Taschen, bis er einen ziemlich zerdrückten Schokoriegel fand. »Hast du Hunger? Jo und ich haben eine Notration mitgebracht, falls Nat am Verhungern wäre, wenn wir sie finden. Bier habe ich keins, aber es ist besser als nichts.« Er hielt ihm die Schokolade hin.

Mr Marlins schüttelte den Kopf. »Das behalte für dich«,

sagte er ruhig, »Vielleicht sind wir noch eine Zeit lang hier unten.«

Tim kniff die Lippen zusammen und drückte seinem Stiefvater die Schokolade in die Hand. »Nimm schon! Das soll kein Almosen sein. Ich weiß nur nicht, was ich tun soll, wenn du ohnmächtig wirst und … ich will das nicht allein durchstehen.« Erst als er die Worte gesagt hatte, merkte er, wie wahr sie waren. Er lächelte müde und dachte an die Worte seiner Mutter. *Manchmal ist so eine Krise nötig, um die Familie wieder zusammenzubringen.* Er hätte nie gedacht, dass eine Krise schlimm genug werden könnte, ihn und Mr Marlins zusammenzubringen.

Mit zwei Bissen war der klebrige Schokoriegel verschwunden. Mr Marlins leckte das Papier ab und seufzte. »Sieht so aus, als ob ich dir unrecht getan hätte, Tim«, sagte er rau. »Danke, das war viel besser als Bier.«

Tim zuckte verlegen die Achseln. »Zu Hause sind jede Menge Flaschen, die niemand sonst trinkt.«

Die Augen von Mr Marlins bekamen einen harten Glanz. »Ich habe es wirklich so gemeint. Schluss mit der Sauferei. Wenn man gefesselt im Dunkeln liegt, hat man viel Zeit zum Nachdenken. Als Atanaqui starb, redete ich mir ein, dass es genüge, eine Ersatzmutter für Natalie zu finden. Als du und Julie in unser Leben tratet, dachte ich, ich könnte mich in meinen Schmerz zurückziehen und euch euch selbst überlassen. Ich weiß jetzt, wie falsch das war. Ich habe Nat im Stich gelassen und dich auch, ganz zu schweigen von deiner armen Mutter. Sie ist nicht nur wegen Nat hierher gezogen, oder? Sie hat mich genauso gebraucht wie ich sie, aber ich war zu egoistisch, um das zu merken. Bestimmt ist sie verzweifelt, dass wir beide verschwunden sind.«

»Als ich sie das letzte Mal gesehen habe, war sie ziemlich

besorgt.« Tim fingerte am Reißverschluss seiner Jacke. »Und wenn ich Jo nicht finde und vor Morgengrauen nach Hause bringe, wird sie ausflippen und Mrs Carter auch. Sie denken, wir seien zur Halloween-Disko gegangen.«

Mr Marlins zog die Luft ein. »Halloween? Schon? Das hätte ich mir denken können. Kein Wunder, dass die Trickser so in Eile waren, als sie mich hier einsperrten! Wie spät ist es?«

»Keine Ahnung. Meine Uhr ist um Mitternacht stehen geblieben.«

»Die Öffnung.« Mr Marlins schloss die Augen, dann sah er nachdenklich zum Tunnel. »Ich glaube, da ist etwas, was wir untersuchen sollten. Bring deine Taschenlampe.«

Widerwillig folgte Tim seinem Stiefvater in den Tunnel. Der Gang wand sich um mehrere Ecken und endete an einer eisernen Tür, die so stabil aussah, als müsste sie einem Panzerangriff standhalten. An der Tür war ein Zahlenschloss angebracht.

»Sieht aus, als traue jemand seinen eigenen Zauberblättern nicht«, sagte Mr Marlins und schälte ein bronzen schimmerndes Blatt von den Türangeln.

Neugierig richtete Tim die Lampe darauf. »Das ist ein Zauberblatt?«

»Ja.« Mr Marlins gab der Lampe einen Stoß. »Halt das Licht auf die Tür.« Er probierte an der Zahlenkombination herum, dann schlug er frustriert gegen die Eisentür.

»Was wohl dahinter ist?«, fragte Tim.

»Lebende Zauberblätter vermutlich. Für die Trickser sind sie von großem Wert. Aber bevor sie abzogen, war hier unten ein ständiges Kommen und Gehen. Außerdem sagte Lord Pveriyan, der Rat rechne bei der diesjährigen Öffnung mit Unruhen. Ich weiß nicht, ob ein Trickser sich wirklich die Mühe machen würde, ein unterirdisches Verlies zu graben, nur um Zauberblätter darin aufzubewahren.«

»Wir haben gesehen, wie sie jede Menge Sachen aus dem Haus getragen haben.« Tim kramte in seinem Gedächtnis. »Pfeil und Bogen, Rucksäcke, Spaten und so etwas.«

»Pfeil und Bogen? Ja, das könnte passen. Moderne Technik ist Gift für ihre Zauberkräfte und die Grenze ist durch Antitechnologiezauber geschützt. Innerhalb von Anderserde würden moderne Waffen nicht funktionieren. Draußen im Wald haben sie einen Schießplatz, die Waffen sind demnach kein Geheimnis. Ich vermute, sie haben hier unten noch etwas anderes hergestellt, das sie dann mitgenommen haben. Wenn ich richtig liege, befinden wir uns wahrscheinlich hier am sichersten Ort weit und breit. Vielleicht sollten wir gar nicht versuchen herauszukommen.«

Tim starrte seinen Stiefvater an. Sollte das ein Witz sein? Da legte Mr Marlins die Hand über den Lichtkegel. »Psst! Ich glaube, ich habe etwas gehört.«

Alles, was Tim hörte, war ihr eigenes Atemgeräusch, das ihm in dem engen Gang sehr laut vorkam. Doch dann hörte er es auch – ein leises Kratzen. Mit abgedeckter Taschenlampe krochen sie bis zum Ende des Tunnels und spähten vorsichtig hinaus. Das Kratzen kam von der anderen Seite der Kellertür.

Mr Marlins legte einen Finger auf die Lippen. Leise hob er einen leeren Käfig hoch und schlich die Stufen hinauf. Tim, der seine Meinung über seinen Stiefvater in der vergangenen halben Stunde beträchtlich geändert hatte, wollte ihm nicht nachstehen und kroch hinterher, die schweißnassen Hände um die Taschenlampe geklammert. Vielleicht konnte er damit jemanden niederschlagen, wenn er richtig zielte. Zumindest ordentlich wehtun.

Von außen waren gedämpfte Stimmen zu hören, ein unterdrücktes Lachen, dann das Knirschen eines Schlüssels im Schloss. Die Tür schwang auf und gab den Blick auf fünf gesichtslose Gestalten frei, deren Umrisse sich schwarz gegen das hereinströmende Mondlicht abzeichneten. Mr Marlins machte einen Satz auf sie zu und schwang den Käfig über seinem Kopf. Tim richtete den Strahl der Taschenlampe auf erschreckte Augen, die aus Maskenlöchern hervorleuchteten. Erleichtert lachte er, als er die Totenkopfohrringe erkannte. »Nein!«, schrie er und fiel seinem Stiefvater gerade noch rechtzeitig in die Arme. »Das sind Freunde!«

Die Totenköpfe erkannten Tims Stimme und konnten gerade noch ihre Entsetzensschreie und ihre Flucht nach draußen stoppen, ohne sich eine Blöße zu geben.

Gaz, dessen orangefarbene Halloween-Maske im Schein der Taschenlampe unheimlich leuchtete, schob sich nach vorn und grinste Mr Marlins verlegen an.

»Wollen Sie Streiche oder Bonbons?«, fragte er.

17

Der Rabe

Sonntag, 1. November, Mitternacht bis Morgen

Sobald sie den Keller verlassen hatten, übernahm Mr Marlins das Kommando. Gaz und Dave, beide kräftige Fahrradfahrer mit guten Rädern, schickte er mit einer hastig gekritzelten Nachricht nach Millennium Green zurück, die sie sofort der Polizei übergeben sollten. Keiner protestierte. Anscheinend hatte die Befreiung der Gefangenen bei den Jungen eine unerwartete Ader von Verantwortungsgefühl getroffen. Oder vielleicht waren Gaz und Dave auch einfach froh, auf diese Weise dem Einhornwald zu entkommen. Dreck und Laub spritzte von ihren Rädern auf, als sie davonrasten. Tim und den übrigen Totenköpfen befahl Mr Marlins, das Waldhaus gründlich zu durchsuchen. Sie müssten nach Zauberblättern suchen, erklärte er ihnen nüchtern und zeigte ihnen das, das er von der Eisentür geschält hatte. Wenn sie glitzerten, seien sie lebendig und müssten mit Samthandschuhen angefasst werden. Wenn sie nicht glitzerten, seien sie tot. »Vor allem brauchen wir die Trugbildzauber, die das Waldhaus verbergen«, erklärte er den staunenden Jungen. »Heute, während der Öffnung, müsstet ihr sie sehen können, aber seid vorsichtig. Ihr könnt euch daran die Finger verbrennen oder euch schwer verletzen.«

Bei der Aussicht auf ein gefährliches Abenteuer blitzten die Augen der jüngeren Totenköpfe begeistert auf, und bald krochen sie unter Tischen und in Schränken, leuchteten mit ihren Fahrradlampen hinter schwere Möbelstücke, heulten wie Gespenster und sprangen mit blutrünstigem Geschrei aus dunklen Ecken hervor. Mr Marlins verschwand währenddessen im Keller und versuchte den Generator anzuwerfen.

Tim zog die Jacke enger und ging hinaus. Er brauchte frische Luft. Jos kleine Ansprache hatte bei Gaz also doch Wirkung gezeigt, dachte er mit einem Lächeln. Und die Gier nach Abenteuer hatte das Übrige getan. Anscheinend hatten sie den Kellerschlüssel an einem großen Haken im Flur des Waldhauses gefunden. »Das ist noch blöder, als den Haustürschlüssel unter der Matte zu verstecken!«, meinte Mike, bis er von den Trugbildzaubern erfuhr. Da verstummte er. Der Kellerschlüssel war nämlich in ein lebendes Zauberblatt gewickelt gewesen. Pizzaface hatte sich die Finger daran verbrannt, als sie Geräusche aus dem Keller hörten und sich gegenseitig herausforderten, die Tür zu öffnen. Sie hatten geglaubt, Pizzaface suche nur eine Ausrede, um sich drücken zu können. Merkwürdig, wie die Sache ausgegangen war.

Tim sah zu den Bäumen hoch. Die Äste knarrten im Nachtwind und hatten noch immer diesen unnatürlichen Glanz. Irgendwo dort draußen waren Nat und Jo. Hoffentlich ging es ihnen gut.

Bis der Konvoi der Polizeiautos mit Blaulicht und Sirenen eintraf, hatte Tim drei Lebendzauber gefunden. Einer lag unter der Matte an der Haustür, ein anderer steckte in einem über den Weg wuchernden Brombeergestrüpp und der dritte war in einem Vorhängeschloss am Gartentor. Er zog ihn mit der Pinzette seines Taschenmessers heraus und wollte ihn gerade in die Jackentasche stecken, als der erste lehmbespritzte Streifenwagen vorfuhr. Ein uniformierter Polizist, bewaffnet mit einer großen Drahtschere, machte mit der Kette am Tor kurzen Prozess und zog mit Tims Hilfe die Torflügel weit auf, um die anderen Autos hereinzulassen. Die Türangeln protestierten mit einem Quietschen, als kratze ein Riese mit seinem Fingernagel über eine Tafel, und Wolken rostigen Staubs stiegen auf.

Mr Marlins kam aus dem Haus und wechselte mit dem Einsatzleiter ein paar Worte, während die anderen Polizisten eigenartige Ausrüstungsgegenstände aus einem Bus luden und damit im Haus verschwanden. Tim eilte ihnen nach, bevor jemand ihn zurückhalten konnte. Gaz und Dave kletterten aufgeregt aus einem der Autos, schlichen um den Mann, der an der Haustür Posten bezogen hatte, herum und schlüpften ebenfalls hinein.

Sie fanden die anderen drei Totenköpfe am oberen Ende der Kellertreppe. Sie hüpften auf und ab, um zu sehen, was unten vor sich ging. Ein großer Polizist in Uniform versperrte ihnen mit verschränkten Armen den Weg. »Ihr bleibt erst einmal oben, Jungs«, sagte er. »Vielleicht müssen sie die Tür sprengen.«

»Cool!«, sagte Gaz. »Mit Dynamit?«

Tim dachte an die Zauberblätter. »Ist das nicht gefährlich?«

Die Totenköpfe warfen ihm vernichtende Blicke zu, aber der Polizist lächelte. »Keine Sorge, Junge, dein Vater hat uns alles erklärt. Die Jungs kennen sich bei solchen Sachen gut aus. Sie gehen mit aller Vorsicht vor.«

Den *Vater* ließ Tim diesmal durchgehen. Jetzt ging es um Wichtigeres. Aber als die Explosion erfolgte, war er enttäuscht. Nur ein Plop, gefolgt von einer kleinen Staubwolke aus dem Tunnel.

»Dürfen wir jetzt hinunter?«, fragte Gaz und reckte den Hals, um über die Schulter des Polizisten zu sehen.

»Jetzt noch nicht.«

»Aber mein Stiefvater ist dort unten«, sagte Tim.

»Tut mir Leid, Junge. Du musst warten, bis meine Kollegen alles geprüft haben.«

»Aber …«

Der Polizist kniff die Lippen zusammen und legte seine Arme wieder vor die Brust. Tim seufzte. Es hatte anscheinend mal wieder keinen Zweck, sich mit einem Beamten anzulegen. Die Totenköpfe zogen sich zurück, setzten sich an die Wand im Flur und tauschten Neuigkeiten aus, während Tim seinen letzten Schokoriegel verteilte. Natürlich aß Pizzaface wieder das meiste. Während sie dort saßen, jaulten Sprechfunkgeräte und offiziell aussehende Männer und Frauen eilten hin und her, klapperten die Stufen hinauf und hinunter und fluchten auf Geräte, die offenbar nicht so funktionierten, wie sie sollten. Dann erschienen in der Haustür zwei von Kopf bis Fuß in Silber gekleidete Gestalten. Eine von ihnen schleppte einen Gegenstand herein, der aussah wie eine mit grellgelben Warnzeichen beklebte Kühlbox. Sie verschwanden im Keller und kamen kurze Zeit später wieder. Den Behälter trugen sie vorsichtig zwischen sich.

Tim stand auf. »Können wir jetzt nach unten?«

Der Mann, der die Kellertür bewachte, sah immer noch unschlüssig aus, aber dann erschien Mr Marlins am Fuß der Treppe und rief nach hinten in den Tunnel: »Jetzt besteht keine Gefahr mehr, oder?«, worauf ein bestätigendes Murmeln ertönte. Mr Marlins lächelte. »Tim? Du kannst jetzt runter, aber nichts anfassen, verstanden? Willst du nicht wissen, was die Trickser im Schilde führten?«

Nachdem er die silbernen Gestalten gesehen hatte, war Tim sich nicht mehr so sicher, ob er das wirklich wissen wollte. Als er jedoch die neidischen Blicke der Totenköpfe bemerkte, machte er sich auf den Weg nach unten. Im Tunnel waren provisorische Lampen installiert worden, die unstet flackerten, während Tim seinem Stiefvater durch den sich setzenden Staub folgte. Als er vorsichtig durch die dicke Eisentür trat, die durch die Explosion aus den Angeln gerissen worden war, stieß er einen Pfiff aus.

Es sah aus wie das Chemielabor seiner Schule, nur größer und besser ausgestattet. Im Schein starker Scheinwerfer glitzerten überall Glasröhrchen, Flaschen und Kolben. Er entdeckte auch eine Zentrifuge, aber das meiste sah hochtechnisch und teuer aus. Unter den Tischen standen Kisten, auf denen fliegende schwarze Vögel aufgedruckt waren. Tims Blicke wurden von einem Regal voller Glaskolben angezogen, die zusammengerollte Zauberblätter in verschiedenfarbigen Flüssigkeiten enthielten. Einige davon schimmerten, andere sahen trüb aus.

Er sah Mr Marlins an. »Was haben sie mit den Zauberblättern gemacht?«

»Pst!«

Sein Stiefvater machte eine Kopfbewegung zu einem Mann in Zivil, der im Labor auf und ab ging und in ein Diktiergerät sprach. »Herbizide … systemische … heterozyklische … Genome …« Das Diktiergerät schaltete sich ständig ab und der Mann schüttelte es verärgert.

Chemie war nicht gerade Tims Stärke. Er griff das einzige

Wort auf, das ihm bekannt vorkam. »Herbizide?«, fragte er. »Das sind doch Unkrautvernichtungsmittel, oder?«

Mr Marlins nickte. »Der Mann ist vom Landwirtschaftsministerium. Er ist ziemlich beunruhigt. Er glaubt, dass sie hier unten eine verbotene biochemische Substanz hergestellt haben.« Er senkte die Stimme. »Das ist schlau. Anderserde hat Abwehrzauber gegen moderne Technologie, aber so etwas könnte es ganz schön in Bedrängnis bringen. Die Trickser haben mit Genen und Ähnlichem herumexperimentiert. Ich vermute, sie haben die Zauberblätter analysiert, um magische Gene nachzubilden und ein Gift zur Bekämpfung des Seelenbaums zu entwickeln. Sie müssen es nur einem kleinen Zweig oder vielleicht einer Wurzel einimpfen, dann wird der ganze Baum davon infiziert wie von einem Virus.«

Tims Herz begann zu klopfen. »Was ist das, ein Seelenbaum?«

Mr Marlins lächelte. »Ständig vergesse ich, dass du keiner von uns bist. Ich erkläre es dir später. Pst.«

Der Mann vom Ministerium hatte es aufgegeben, sein Diktiergerät zum Laufen zu bringen, und kam auf sie zu. Er sah Tim stirnrunzelnd an. »Du sollst diese Leute beobachtet haben, als sie von hier aufbrachen. Es wäre eine große Hilfe, wenn wir wüssten, wie viel von dieser Substanz sie mitgenommen haben. Hast du irgendetwas gesehen, das eine gefährliche Flüssigkeit enthalten haben könnte? Eine Flasche oder sonst ein Gefäß?«

Tim schüttelte verneinend den Kopf. »Nur Pfeil und Bogen und solche Sachen, obwohl, sie hatten auch Rucksäcke dabei …« Da fiel ihm etwas ein. »Der Kaffee!«

»Wie bitte?«

»Sie hatten einen Metallbehälter dabei – ungefähr so groß – und da war auch so ein schwarzer Vogel aufgemalt!«

Der Mann seufzte. »Mehr als genug, um Schaden anzurichten.« Er wandte sich an Mr Marlins. »Wir haben einen Hubschrauber mit einer Infrarotkamera eingesetzt. Außerdem einen Suchtrupp mit Hunden. Wenn die Leute dort draußen sind, werden wir sie bald finden. Ich hoffe nur, Ihre Tochter und ihre Freundin haben so viel Vernunft, sich von dem Behälter fern zu halten. Bis zu einer eingehenden Analyse können wir natürlich nicht sicher sein, aber häufig sind diese Mischungen für Menschen ebenso gefährlich wie für Pflanzen.« Er warf ihnen einen besorgten Blick zu und verließ das Labor.

Tim sah Mr Marlins alarmiert an.

Sein Stiefvater starrte mit einem höchst merkwürdigen Ausdruck auf die eingestürzte Tür. »Oh ja, da draußen werden sie sein«, sagte er leise. »Aber ich glaube nicht, dass ihr sie finden werdet.«

Die Ohren auf die Erde der anderen Welt gepresst, hörten die beiden Mädchen die Einhörner heranstürmen, lange bevor sie zu sehen waren – ein wildes Rauschen, wie die Brandung an einem Kiesstrand. Blätter wirbelten vom sternklaren Himmel herab, sie drängten sich enger aneinander und fassten sich an den Händen. Der Hühnerhabicht gab ein warnendes Kreischen von sich und als die Hirten laut gellend auf silbernen Wolken durchs Dickicht brachen, spannten die Trickser ihre Bogen.

Lord Habicht sprang aus dem Graben und rief Befehle.

Über den welkenden Mondblumen blitzten Speere auf, die Hufe der Einhörner schimmerten und ihre Hörner malten Regenbogen in die Nacht. Als der erste Ansturm vorüber war, schossen die Trickser ihre Pfeile ab. Die Zauberfeuer beschrieben einen hohen Bogen und zogen einen Schweif von Funken hinter sich her. Sie verfehlten ihr Ziel um Längen.

Niemand ist so flink wie die Einhörrrnerrr, sagte K'tanaqui, beugte sich vor und lachte mit rollender Zunge sein zauberhündisches Lachen.

Natalie schlang die Arme um seinen Hals und drückte ihn. »Sehr schlau, K'tanaqui! Aber sie haben Oq bereits geschädigt.«

Jo starrte die Einhörner mit aufgerissenen Augen an. »Sehe ich recht?«, flüsterte sie atemlos. »Oh, sie sind wunderschön!«

Trrrickserrr haben alle Hände voll zu tun, sagte K'tanaqui hämisch. *Oq tun sie nichts mehrrr.*

Natalie beobachtete, wie ein Einhorn den schwarzbärtigen Ferret in die Enge trieb. Seine Reiterin, deren üppiges Goldhaar in einem Zopf um den Kopf geschlungen war, lag geduckt auf dem glänzenden Nacken des Tieres und legte ihren Speer an. Ferret schoss einen Pfeil ab und traf daneben. Er griff nach hinten, um einen neuen zu holen, doch ihm blieb keine Zeit, ihn anzulegen. Da warf er seinen Bogen fort und rannte in den Wald. Das Einhorn holte ihn auf halbem Wege ein, spießte ihn auf und schleuderte seinen Körper hoch in die Bäume. Er schlug gegen einen Baumstamm und verschwand in einem Gewirr von zurückschlagenden Zweigen und fallenden Blättern. Das Einhorn bäumte sich auf, von seiner Hornspitze tropfte Blut.

Entsetzt schlug Natalie die Hand vor den Mund. Sie hatte geglaubt, Merlin hätte übertrieben, als er erzählte, dass Einhörner Menschen aufspießen und fressen.

Hörrrnerrr sind nützliche Waffen, erklärte K'tanaqui. *Aberrr Einhörrrnerrr sind Pflanzenfrrresserrr.*

»Aber er ist doch tot? Das Einhorn hat ihn getötet!« Ein

hysterisches Kichern entwich ihr. Jo, die nicht minder entsetzt aussah, legte ihre Arme um sie und hielt sie fest.

Nachdem der erste Überraschungsangriff vorüber war, sammelten sich die überlebenden Trickser zum Gegenangriff. Den Graben als Deckung nutzend schossen sie ihre tödlichen Feuerpfeile ab und duckten sich hinter die Erdhügel, bevor die Hirten ihre Speere werfen konnten. Die Einhörner zogen sich aus dem Schussfeld zurück und schnaubten frostige Atemwolken in die Nacht. Natalie zählte rasch, wie viele es waren. Sie hatte vermutet, es seien Hunderte, aber es waren nur acht. Unantastbar schimmerten sie zwischen den brennenden Grasflecken und trugen ihre stolzen Reiter ohne Zaumzeug und Sättel.

»Wir räuchern euch aus wie Kaninchen!«, rief die Frau, deren Einhorn Ferret aufgespießt hatte.

»Wir stampfen euch in den Boden!«

»Das war ein Fehler, hierher zu kommen, Trickser!«

Der Zauberbund blieb stumm, sie hatten sich im Graben zusammengedrängt und die Köpfe eingezogen. Natalie runzelte die Stirn. »Irgendetwas haben sie vor«, flüsterte sie, und im selben Augenblick ertönte ein unwirkliches Kreischen und Hunter schoss auf die Frau mit dem Goldhaar nieder. Seine mächtigen Schwingen schlugen in ihr Gesicht und seine Klauen gruben sich in ihre Augen. Das Einhorn stieg auf die Hinterbeine und zwang die anderen zum Ausscheren. Im gleichen Moment rief Lord Habicht einen Befehl und eine neue Salve von Feuerpfeilen machte sich auf den Weg.

Die Hirtin bekam ihr Pferd wieder unter Kontrolle, trotzdem fand einer der Pfeile sein Ziel und traf es an der Flanke. Die Pfeilspitze bohrte sich fest und das Einhorn brüllte auf, als sich das Zauberfeuer in sein Silberfell fraß. Sofort schlug sie mit ihrem Umhang auf die Flammen ein, vergebens. Mit einem neuerlichen Schrei brach das verwundete Einhorn aus und flüchtete zwischen die Bäume. Rote Funken stoben von seinem Schwanz, kühn klammerte sich die Frau in seiner Mähne fest. Mit einem triumphierenden *Kaa-kaa* nahm Hunter die Verfolgung auf.

»Mir wird übel«, jammerte Jo. »Das war schrecklich. Hast du den brennenden Schweif gesehen?«

Natalie zwang sich, nicht an das leidende Einhorn zu denken, und stieß Jos Arme fort. »Das Übelwerden heb dir für später auf. Wir müssen diesen Behälter klauen, bevor Lord Habicht ihn noch einmal benutzen kann. Schnell, solange sie abgelenkt sind.«

Jo sah sie entsetzt an. »Du bist so verändert, Nat, weißt du das?« Sie rückte ihre Kappe zurecht und sagte entschlossen: »Es kann losgehen.«

Dicht ins Unterholz geduckt schlichen sie zu den Rucksäcken. Da die Trickser nur Augen für die restlichen sieben Einhörner hatten und der Hühnerhabicht noch nicht zurück war, war der Weg weniger schwierig, als Natalie befürchtet hatte. Ängstlich robbte K'tanaqui hinter ihnen her, auf seinem Fell sammelten sich Blätter und Lehm.

Kinderrr vorrrsichtig. Trrrickserrr nicht unterrrschätzen.

Der Zauberbund und die Hirten schienen jetzt auf Abstand zu gehen. Solange die Einhörner außer Reichweite der Pfeile waren, konnten die Trickser ihnen nichts antun. Diese wiederum konnten nicht riskieren, ihre Deckung zu verlassen, sonst hätte ein Einhorn auf sie losgehen und sie aufspießen können.

Der Rucksack, in dem der Rabe transportiert worden war, war leer. Mit ausgetrocknetem Mund kroch Natalie bis zum Graben und spähte hinab. Auf einem Vorrat von Pfeilen hockten Lord Habicht und Claudia. Claudia wickelte Lebendzauber von den Pfeilspitzen ab, die Lord Habicht um seinen Stock legte. Der Kanister lag scheinbar unbeachtet hinter ihm auf der Erde. Natalie stutzte. Dann begriff sie. »Sie wollen sich hinaustransportieren!«, zischte sie. »Wenn es ihnen gelingt, finden wir sie nie wieder! Wir müssen den Raben holen. Jetzt sofort!«

Bevor sie sich zu viele Gedanken darüber machen konnte, ließ sie sich in den Graben hinab und packte den Kanister. Alarmiert schwangen die Trickser ihre Bogen herum und Claudias Augen weiteten sich vor Überraschung und Angst. Habicht wirbelte herum, Zauberblätter flogen von seinem Stock. Mit einem Satz war Natalie am Grabenrand, aber die Wände waren zu steil und hoch, um ohne Hilfe der Hände hinaufzuklettern. Und den Kanister konnte sie nicht unter den Arm klemmen, er war zu schwer, außerdem war der Verschluss nicht richtig zugeschraubt. Als sie verzweifelt versuchte die lockere Erde hochzukrabbeln, lief schwarze Flüssigkeit aus und spritzte über ihre Hand.

Es brannte wie Feuer.

Sie schrie, als eine Hand sie am Knöchel packte und zog. Den Kanister immer noch umklammert, rutschte sie gegen Lord Habichts Füße. Ihre Brille fiel herunter und sie hörte ein Knirschen. Habicht trampelte absichtlich auf die Gläser. Sie warf sich herum, drehte den Verschluss fest und hob die Hand an die Lippen.

»Nein, Natalie!«, schrie Claudia. »Nicht lecken! Das ist Gift!«

Ihr Herz tobte. Sie blinzelte zum Grabenrand und versuchte etwas zu erkennen. Da stand Jo, sie hüpfte und klatschte in die Hände. »Wirf ihn rauf!«, schrie die Freundin.

Natalie prüfte noch einmal den Verschluss und zielte sorgfältig. Doch bevor sie werfen konnte, traf sie Habichts Stock an der Schulter. Alle Kraft wich aus ihr und sie fiel längs über die verätzte Wurzel des Seelenbaums. Einer der Trickser nahm Jo ins Visier, die sofort aus der Schusslinie sprang. Dann ertönte ein fürchterliches Knurren und ein silberner Schatten warf sich über Lord Habicht.

»K'tanaqui!«, keuchte Natalie erleichtert, erinnerte sich aber gleich voller Bestürzung, wie es Bilbo ergangen war. »Sei vorsichtig!«

Kind verrrückt! Kind rrrennen! Schnell!

Lachend wehrte Lord Habicht den Hund mit seinem zauberumwickelten Stock ab. »Wenn das nicht meine kleine Spinne ist! Hast dir ein Tier mit Zähnen ausgesucht. Zu spät. Dein kostbarer Baum stirbt.«

»Das ist nicht wahr!« Übelkeit befiel sie. Die Wurzel war kalt und schwarz.

»Was hast du mit meinem Sohn gemacht?«, fuhr Lord Habicht fort. »Hat dein Hund ihn gefressen? Oder versteckt er sich, der kleine Feigling?«

Natalie kochte vor Wut. »Merlin ist kein Feigling! Er …«

Sie konnte es ihm nicht mehr erklären. Ein Mitglied des Zauberbundes schrie: »Vorsicht! Sie greifen wieder an!«

Die Hirten mussten Natalies Sprung in den Graben beobachtet und sich entschlossen haben, sich die Ablenkung zu Nutze zu machen.

Während die Trickser hastig wieder auf Position gingen, bäumte sich ein Einhorn am Rand des Grabens auf und ein Speer zischte über Natalies Kopf hinweg direkt auf Lord Habicht zu. Sie hielt den Atem an, doch er wehrte den Speer lässig mit seinem Zauberstock ab.

»Muss ich denn alles allein tun?«, sagte er. Mit ebenso lässiger Geste warf er ein Zauberblatt gegen das Einhorn. Rote Funken stoben durch die Nacht. Die Trickser hielten sich die Augen zu. Die Luft roch nach verbranntem Zucker. Als der Rauch sich verzogen hatte, waren Einhorn und Reiter verschwunden.

K'tanaqui knurrte und schnappte nach jedem Trickser, der Natalie zu nahe kam. *Zauberrrblätterrr starrrk. Trrransporrrtierrrt Einhorrrn. Kind wegrrrennen.*

Natalie ging rückwärts zum Rand des Grabens, den Kanister gegen ihre Brust gepresst. Ihre Hand brannte wie Feuer. Sie konnte ihn kaum noch festhalten, vom Werfen ganz zu schweigen.

Habichts gelbe Augen folgten ihr. »Mach ein Zauberseil, Claudia«, sagte er. »Wir nehmen Spinne mit. Fessel ihren Hund, damit sie stillhält.«

Über Claudias Gesicht ging ein Flackern, sie hob die Hand und bedeckte den Striemen auf ihrer Wange, ihre Augen wurden leer. Langsam wickelte sie zwei Zauberblätter von den Pfeilen und band sie zusammen. Unter ihrem kaum hörbaren Singsang begannen die Zauberblätter zu glühen. Zwischen ihren tanzenden Fingern wuchs langsam ein grüngolden leuchtendes Seil, das sich wie eine Schlange durch die Nacht ringelte. Entsetzt beobachtete Natalie, wie das Zauberseil sich zu einer Schlinge formte und auf K'tanaqui zuflog.

Zauberrrseil sehrrr schlecht … Als sich die Schlinge um seinen Hals schloss, erstarb die Stimme des Zauberhundes, winselnd presste er sich gegen Natalies Füße. Ihre Knie ließen nach.

»*Nat!*«, Jos Schrei rüttelte Natalie wieder auf.

Mit letzter Kraft schmiss sie den Kanister, so hoch sie konnte. Alle, selbst Lord Habicht, duckten sich, als er über ihre Köpfe sauste. Das verhalf Jo zu den entscheidenden Sekunden, die sie brauchte, in die Luft zu springen, den Kanister zu fangen und loszurennen. Nicht umsonst war sie Stürmerin in der Handballmannschaft der Schule.

Lord Habicht schrie wütend auf. »Ihr nach!«, brüllte er.

Mehrere Trickser krabbelten aus dem Loch. Sie fürchteten ihren Herrn mehr als die Einhörner.

Natalie warf sich auf das Zauberseil und riss mit ihren Fingernägeln an der schrecklichen Schlinge. Der arme Zauberhund bebte und schwitzte. »Durchhalten, K'tanaqui!«, schluchzte sie. »Ich befreie dich.«

Von irgendwo weit her schrie Jo, sie solle fortlaufen, aber sie konnte doch unmöglich K'tanaqui allein lassen. Über ihr tobte eine heiße Schlacht zwischen den Einhörnern und den Tricksern, die hinter Jo herjagten. Pfeile sirrten, Schreie und beißender, roter Rauch erfüllten die Nacht. Nein, nicht die Nacht. Mit Schaudern bemerkte sie, dass der Himmel sich färbte.

Lord Habicht sah spöttisch auf sie herab. »Ich habe gewonnen. Deine Freundin wird die Grenze nicht mehr rechtzeitig erreichen, bevor sie schließt. Und ohne deine Hilfe wird sie auch nicht durch den Bannstein kommen. Wir werden uns später um sie kümmern. Mein Rabe tötet deinen Seelenbaum und nichts kann ihn daran hindern.« Er beugte sich nieder und streichelte den gefesselten Zauberhund, der unter seiner Berührung zitterte. »Bald wird mir der ganze Rat so zu Füßen liegen. Ich denke, es wird ihnen sehr Leid tun, dass sie mich verbannt haben. Also, Spinne, nimmst du endlich Vernunft an oder muss ich auch dich mit Zauberblättern bändigen?«

Natalie ballte die Fäuste, Tränen schossen ihr in die Augen. »Ihrem schrecklichen Zauberbund werde ich niemals beitreten!«

Habichts gelbe Augen sprühten vor Zorn, K'tanaqui ließ ein Wimmern hören und sagte schwach, *Zauberrrblätterrr sterrrben bald. Dann ist K'tanaqui frrrei. Such das anderrre Kind.*

Natalie bebte. Mit größter Anstrengung löste sie ihre Fäuste. *Spiel weiter.* »Ich werde vernünftig sein«, flüsterte sie und ließ den Kopf hängen. Sie spähte durch ihre Haarsträhnen, ob sie Habicht überzeugt hatte.

Dieser lächelte breit. »Siehst du, das ist gar nicht so schwer, wenn du es wirklich willst. Ich denke, wir überlassen den Einhörnern nun das Schlachtfeld.« Er rief seine Trickser zurück und wickelte zwei zusätzliche Zauberblätter um seinen Stock. Ganz langsam zog Natalie sich zurück. Claudia verfolgte sie schweigend mit ihren blauen Augen. Lautlos kletterte Natalie aus dem Graben. Sie biss sich auf die Lippen, um den Schmerz in der Hand zu unterdrücken.

Fast hatte sie es geschafft, als Habicht sie bemerkte. Einen Augenblick sah er sie überrascht an, dann runzelte er die Brauen. »Was hast du vor, kleine Zauberlady? Ich habe deinen Hund, vergiss das nicht.«

Mit hämmerndem Herzen kickte Natalie lose Erde in seine Augen und setzte zum Sprung an. Das unheimliche *Kaa-kaa* des Hühnerhabichts saß ihr im Nacken. Ohne Brille konnte sie den Wald nur verschwommen erkennen und einen schrecklichen Augenblick lang wusste sie nicht, wohin sie rennen sollte. Da rief Jo: »Hierher!«

Sie raste auf die Stimme zu, ihr Atem ging in kurzen Stößen. Die Bäume um sie herum schwankten, dass ihr übel wurde. Sie meinte Jo auf einem Einhorn zu entdecken. Dann erschien unter Blitzen und Schatten ein weiteres Einhorn zwischen den Bäumen.

Natalie kam schlitternd zum Stehen. Sie wusste nicht, ob

ihr das Einhorn nach dem, was bei der letzten Begegnung geschehen war, freundlich gesinnt war. Aber es senkte sein stolzes Haupt und schnaubte und sein Reiter reichte ihr lächelnd die Hand.

Kinderrr rrreiten, kam kaum hörbar K'tanaquis Stimme, *rrreiten wie derrr Wind.*

Als der Hirte sie um die Taille fasste und sie vor sich aufs Einhorn schwang, warf Natalie einen letzten, angsterfüllten Blick zum Graben. »Halt aus, K'tanaqui.« Ihre geflüsterten Worte gingen im Mandelduft der Mähne unter. »Ich komme zurück, das verspreche ich. Bald. Sobald ich kann …«

18

Die Macht der Dreizehn

1. November, Sonntagmorgen

Unter dem verblassenden Sternenhimmel rasten die sechs Einhörner dahin. Laub wirbelte auf, Zweige knackten, ihre Hufe verschwammen im Nebel, ihre Flanken blitzten silbern. Es war großartig und gleichzeitig aufregend und schrecklich, auf ihnen zu reiten.

Niemand ist so flink wie die Einhörner. Als Natalie das Wogen der kräftigen Muskeln unter sich spürte, hoffte sie, dass K'tanaqui Recht behalten würde. Der warme Mandelduft des Tieres machte sie benommen und sie nahm kaum die vorbeirauschenden Bäume wahr, als sie waghalsig über Gräben und Hügel setzten. Sie vergrub ihre Hände in die weiche Mähne und sah zum Himmel hinauf.

»Schneller!«, flüsterte sie.

Schloss sich die Grenze beim ersten Dämmerlicht oder erst bei Sonnenaufgang? Wie lange würde es dauern, bis die Zauberblätter, die K'tanaqui gefesselt hielten, gestorben waren? Konnte sie ohne seine Hilfe überhaupt den Bannstein öffnen? Sie hatte so viele Fragen, die ihr bei der unheimlichen Geschwindigkeit in der Kehle stecken blieben.

Plötzlich wogte unter ihnen der Boden wie Meereswellen und die Einhörner kamen ins Stolpern. Natalie blieb fast das Herz stehen. Ihr Hirte aber legte nur den Arm fester um sie, lachte und trieb das Tier zu noch höherer Geschwindigkeit an. Dann hörte sie Jo lachen und musste trotz allem auch lächeln. Ihre Freundin würde wochenlang von nichts anderem reden.

Sie lächelte immer noch, als die Luft plötzlich kalt wurde und alles um sie herum verschwamm. Ihre Ohren rauschten, die Bäume wurden dunkel und der Boden bebte zum zweiten Mal. »Monde und Sterne!«, rief der Hirte aus. Das Einhorn schlitterte und kam mit einem Satz zum Stehen. Seine Nüstern berührten fast den Bannstein.

Natalie wurde nach vorn geschleudert und schlug mit der Nase gegen den Hals des Tieres. Sie schmeckte Blut. Zitternd richtete sie sich auf. Ganz in der Nähe waren die anderen fünf Einhörner auf die gleiche Weise zu einem plötzlichen Stillstand gekommen. Jo lag rücklings im Gras und hielt den Kanister immer noch an die Brust gepresst.

»Jo!«, schrie Natalie entsetzt.

»Nur keine Panik, ich bin nicht verletzt. Das war ein Erlebnis!« Die Freundin sprang auf, lachte und berührte zaghaft ihr Gesicht. »Meine Augen!«

Natalie beruhigte sich. »Keine Angst, Jo, mit deinen Augen ist alles in Ordnung. Das ist nur die Grenze, die jetzt zugeht. Ich muss den Bannstein öffnen.«

Sie ließ sich zu Boden gleiten und stolperte mit weichen Knien zu dem Stein. Mit geschlossenen Augen steckte sie die Arme in das Loch. Die Einhörner schnaubten unruhig, als sie den Dieselgeruch wahrnahmen, der durch die Öffnung waberte. Natalies linke Hand begann wieder wehzutun, dort, wo das Rabengift hingespritzt war. Sie ignorierte den Schmerz und seufzte erleichtert, als die Ränder der Öffnung zu schmelzen begannen.

Jo, die sich an Natalies Umhang klammerte, hielt den Atem an. »Wer sind denn all diese Leute? Was machen sie hier? Da ist ja ein Hubschrauber!«

Natalie öffnete die Augen. Es mochte nur wenige Tage her sein, seitdem sie das letzte Mal Autos gesehen hatte, trotzdem kamen sie ihr fremd vor. Auf der anderen Seite des Bannsteins blitzten blaue und gelbe Lichter im grauen Novembermorgen. Uniformierte Männer und Frauen rannten hin und her und schrien in Funkgeräte. Über den Bäumen lärmte ein riesiger Hubschrauber mit rotierenden Blättern. Das Loch wurde größer und ein paar Leute drehten sich aufgeregt danach um. »Stehen bleiben!«, rief eine Stimme durch ein Megaphon. »Weisen Sie sich aus!«

Natalie trat zur Seite. »Du zuerst«, sagte sie und gab Jo einen sanften Stoß. Die Freundin zögerte. »Geh schon! Ich muss den Durchgang offen halten. Ich komme gleich hinterher.«

Das war nur die halbe Wahrheit. Sie hielt das Loch so lange offen, bis Jo durchgeschlüpft war, und hörte noch, wie jemand rief: »Es ist eins der Mädchen, Sir!« Hinter ihr schnaubte ein Einhorn. Ein Polizist starrte genau auf das Fabelwesen und keuchte: »Mein Gott! Was ist *das*?« Dann zog sie schnell ihre Arme zurück.

»Natalie!«, hörte sie Jos ängstliche Stimme auf der anderen Seite.

»Sag Dad und Tim und Julie, dass ich sie lieb hab!«, rief sie, als undeutliche Gestalten ihre Freundin umringten. Dann wurden die Lichter und Stimmen immer schwächer, als verschwänden sie in einem langen Tunnel, und Natalie stolperte nach hinten.

Direkt in die Arme von Lord Habicht.

Als sie schrie, wendeten die Hirten ihre Einhörner und legten ihre Speere an. Habicht presste seinen Stock auf Natalies Hals und drückte ihr die Luft ab. »Macht keine Dummheiten«, sagte er, »dieses Kind gehört dem Rat des Seelenbaums an. Ich könnte es töten, bevor ihr mir zu nahe kommt.«

Die Hirten sahen Natalie bestürzt an. »Er muss einen Transportationszauber benutzt haben«, murmelte einer, als der Hühnerhabicht flügelschlagend auf dem Bannstein landete.

Der Lord kicherte. »Aber natürlich! Habt ihr etwa gedacht, ich würde mich in Anderserde einsperren lassen? Wir hatten für alle Fälle beim Bannstein ein paar Zauberblätter deponiert. Den Raben habt ihr mir abgenommen, aber eine einzige infizierte Wurzel ist genug. Euer kostbarer Seelenbaum geht in diesem Moment gerade ein.«

»Nein!« Natalie wand sich unter seinem Griff und brachte stockend hervor: »Das ist nicht wahr!«

Wieder ein Kichern. »Oh, ich glaube doch. Und wir werden hier still und brav warten, bis der Rabe sein Werk vollendet hat. Ich wusste, du würdest zurückkommen, Spinne. Du bist meine Versicherung. In der Zwischenzeit können wir unser Experiment von letzter Woche fortsetzen.«

Er sah auf den Hühnerhabicht, der mit schlagenden Flügeln laut *Kaa-kaa* schrie. Nun traten die Mitglieder des Zauberbundes eines nach dem anderen unter den Bäumen hervor. Als Letzte kam Claudia, die den bebenden, schwitzenden K'tanaqui an dem schrecklichen Zauberseil hinter sich herzog. Bei seinem Anblick erstarb Natalies Widerstand. Erschöpft ließ der Hund sich in das Gras im Schatten des Bannsteins fallen und sah sie aus matten Bernsteinaugen an. Die übrigen Mitglieder des Zauberbundes machten sich das Zögern der Hirten zu Nutze und bildeten einen Verteidigungsring um den Bannstein. Ihre mit Zauberblättern bestückten Pfeile waren auf die Einhörner gerichtet.

»Claudia, du knebelst das Vieh und bindest ihm die Füße«, befahl Habicht. »Das Mädchen muss auch gefesselt werden. Sie hat heute schon genug Schaden angerichtet.«

Ein Trickser mit schwarzem Bart trat hervor. Entsetzt sah Natalie ihn an. Es war Ferret, der in der Schlacht aufgespießt und in die Bäume geschleudert worden war. Er hätte eigentlich tot sein müssen. Das Einhorn hatte seinen Rücken aufgeschlitzt und drei gebrochene Rippen ragten aus der blutig glitzernden Wunde. Trotzdem bewegte er sich. Nur seine leeren, kalten Augen verrieten, dass er tot war. Er nahm ein Seil aus einem der Rucksäcke und schnürte der zitternden Natalie die Handgelenke zusammen. Dann stellte er sie an den Bannstein und wand das eine Ende des Seils um den Sockel. Natalie zerrte an ihren Fesseln und brach in Tränen aus. Warum griffen die Hirten nicht ein? Warum halfen sie ihr nicht?

Lord Habicht beugte sich vor und nahm eine Strähne ihres Haares zwischen die Finger. »Sieh genau hin und merke dir, was du siehst, Spinne«, sagte er. »Siehst du Ferret?« Er deutete auf den aufgespießten Trickser. »Schon ein Kratzer eines Einhorns ist tödlich, ganz zu schweigen von solch einer Wunde. Da aber Hunter Ferrets Tier gefressen hat, kann er nicht sterben. Er muss mir dienen, bis ich beschließe ihn zu erlösen – und das werde ich tun, sobald du an seine Stelle getreten bist.«

Er beobachtete lächelnd Natalies Schaudern und richtete

seinen Stock auf Claudia, die die Arme um sich geschlungen hatte und kopfschüttelnd murmelte: »Das kannst du nicht tun, das hat noch niemand getan, das ist unser Untergang.«

»Siehst du meinen Fisch mit den kalten Augen? Sie wehrt sich, sie kämpft gegen mich. Aber solange Hunter am Leben ist, kann sie nichts gegen mich ausrichten.«

Jetzt berührte er mit der Stockspitze Natalies Wange. »Du bist ein kluges Mädchen. Bestimmt begreifst du, dass jeder Widerstand es dir nur schwerer machen wird. Versuche dich zu entspannen und lass Hunter seine Arbeit tun. Ich weiß, es wird schmerzhaft für dich sein, wenn er frisst, doch danach kannst du dich ausruhen. Wir haben keine Eile mehr.«

Er entfernte den Stock und wischte mit einer überraschend sanften Geste ihre Tränen fort. Dann trat er zurück und gab seinem Tier ein Zeichen. Alle Kraft verließ Natalie, als ihr klar wurde, was er vorhatte.

Der Hühnerhabicht segelte vom Bannstein herab, hockte sich auf K'tanaquis Schulter und riss mit seinem furchtbaren Schnabel ein Stück Fleisch aus seiner Flanke. Das war zu viel. Die Sonne, die gerade über dem Nebel des Einhornwaldes aufging, verschwand in brausender Schwärze. Weit in der Ferne begann jemand zu schreien.

Auch im Herzen von Oq schrie jemand. Es war Merlin.

Der Schmerz fraß sich durch die infizierte Wurzel und zerstörte alles auf seinem Weg. Ein schwarzer Giftstrom wälzte sich auf die Mittelhöhle zu.

»Es brennt!«, kreischte Merlin. Er sprang panisch vom Stuhl und riss an den Fühlern, die an seinem Kopf befestigt waren. Erst als Lady Thaypari zu ihm stürzen wollte, dann aber zögerte, weil ihr Zauberhund sie am Rocksaum zurückhielt, erinnerte er sich an sein Versprechen.

»Tut mir Leid!«, keuchte er, immer noch mit den Fühlern kämpfend. »Ich kann das nicht. Bringt mich hier raus. Bitte! Das ist zu viel. Ich weiß nicht, wie …«

Das Brennen kam wieder und bemächtigte sich einen schrecklichen Augenblick lang seines ganzen Körpers. Dann schnitt die Stimme von Rotauge durch den Schmerz, vernichtend wie eh und je.

Natürlich weißt du, wie, du hirnloses Küken. Es ist doch wie dein blöder Computer, oder? Glaub nur nicht, ich wüsste nicht, was du vorhattest, als ich im Keller saß und mich von fauligem Obst ernähren musste. Oq ist viel besser als das Internet. Ph! Aber nicht mehr lange, wenn dieses Rabending weiter vorankommt.

Wie zur Bestätigung seiner Worte wirbelten Sterne durch das Herz.

Merlin setzte sich wieder, irgendetwas kam ihm bekannt vor. »Wie mein Computer? Infiziert? Oh Gott, nein, die arme Oq! Wenn das so eine Art Virus ist, vermehrt es sich mit jeder Sekunde.«

Er biss die Zähne zusammen und konzentrierte sich wieder auf die infizierte Wurzel. Das hatte sein Vater verbrochen. Aber zum ersten Mal in seinem Leben konnte sich Merlin dagegen wehren. Er hatte die uralte Kraft eines Seelenbaums aus Anderserde auf seiner Seite. Und unten am Boden war eine riesige Armee von Einhörnern, Hirschen und Bären, die alle auf den Bannstein zuhielten, wo der Zauberbund seines Vaters sich versammelt hatte. »Diesmal gewinnst du nicht, Vater«, zischte er zwischen zusammengebissenen Zähnen, als Oq die Information aufnahm, in Millisekunden verarbeitete und einige ihrer Zellen zum Gegenangriff rüstete. Das Herz zitterte wie bei einem Erdbeben. Um nicht umzufallen, musste Merlin sich am Stuhl festhalten. Ihm war alles egal. Er hatte keine Angst mehr.

Er sah Lady Thayparis sorgenvollen Blick und grinste. »Alles in Ordnung, Lady!«, rief er mit einem Anflug von Stolz. »Ich kann es, ich kann es wirklich!« Er kniff die Augen zusammen und flüsterte inständig: »Warte, Natalie, wo du auch bist. Ich werde dich finden, bald. Das verspreche ich.«

Als Natalie wieder zur Besinnung kam, tobte um sie und K'tanaqui eine wilde Schlacht. Der Hühnerhabicht hatte sein Fressen im Stich gelassen – irgendwo oben hörte sie ihn kreischen. Der Hund blutete, war aber noch am Leben. Unter dem Schlachtruf »Tötet die Trickser!« stürmten die Einhörner mit donnernden Hufen auf den Zauberbund ein.

Natalies Herz machte einen Sprung. Diesmal waren es Hundertschaften von Tieren. Diesmal hatten die Trickser keinen Schutzgraben. Natalie und den Bannstein im Rücken knieten sie im Kreis und feuerten eine Salve nach der anderen auf die auf sie zurollende Silberwoge, dirigiert vom Hühnerhabicht über ihnen.

Es war ein erregendes Schauspiel. Die Einhörner waren von einem blutroten Schein umgeben, hinter ihnen stieg die Sonne von Anderserde aus dem Nebel auf, roter Rauch wehte über das Schlachtfeld. Den Einhörnern folgten schwerfällig riesige, braune Bären, alle mit mehreren Reitern bestückt, die mit Äxten und Keulen bewaffnet waren. Dahinter kamen Hirsche, die mit gesenktem Geweih den Boden aufwühlten. Und hinter den Hirschen folgten schattenhaft die Fußtruppen, Soldaten, die ihre selbst gefertigten Waffen schwangen und tote Zauberblätter aus ihren Haaren schüttelten. Als Letzte kamen die Baummagier, die die Armee zum Bannstein geführt hatten. Ihre Schultern hingen müde herab, aber in ihren Augen blitzte Siegesfreude. Natalie schmiegte sich an K'tanaqui, so eng es die Zauberfessel zuließ, und presste ihre Wange an seine blutende Flanke. »Warte, mein armer Liebling, halte noch ein bisschen durch.« Sie empfand fast Mitleid mit den Tricksern.

Der erste Angriff war vorüber. Die Einhörner machten kehrt, um sich neu zu ordnen. Die Pfeile der Trickser hatten manchen Hirten zu Fall gebracht. Sie wälzten sich auf dem Boden und versuchten so, die Flammen zu ersticken. Die anderen scheuten offenbar einen neuen Angriff, solange ihre verletzten Kameraden im Weg waren. Ein Bär jedoch brach durch die Reihen und mit einem herausfordernden Schrei warf einer seiner Reiter seine Axt und verfehlte Claudia nur knapp. Ruhig zog sie die Waffe aus der Erde und legte sie neben sich. Dann legte sie einen neuen Flammenpfeil auf den Bogen, zielte sorgfältig und traf den Axtwerfer in die Brust. Der Bär erhob sich auf seine Hinterbeine und alle drei Reiter fielen herunter. Der Verwundete schrie vor Schmerz.

Als die Einhörner erneut angriffen, kniff Natalie ihre Augen zu. Diesmal *mussten* sie einfach den Verteidigungsring der Trickser durchbrechen. Aber wieder wurden sie zurückgeschlagen. Als Natalie die Augen wieder aufschlug, wusste sie auch, warum. Zwei Mitglieder des Zauberbundes waren bei dem Angriff tödlich verwundet worden. Dem einen steckte ein Speer in der Brust, dem anderen – es war eine Frau, die sie noch nie gesehen zu haben meinte – war der Bauch von einem Einhorn aufgeschlitzt worden. Trotzdem kämpften beide weiter und legten einen Pfeil nach dem anderen an, als sei nichts geschehen. Wie Ferret konnten auch sie nicht sterben.

Natalie fror vor Entsetzen und K'tanaqui unter ihr zitterte. *Die Macht derrr Drrreizehn,* sagte er schwach. *Habicht jetzt sehrrr starrrk. Kind muss jetzt auch starrrk sein. Späterr weinen.*

Natalie holte tief Luft und wischte sich mit den gefesselten Händen die Tränen ab. K'tanaqui hatte Recht, sie durfte die Zeit nicht nutzlos verstreichen lassen. Die Trickser waren offenbar in dem Glauben, ihr Widerstand sei gebrochen, und beachteten sie nicht. Mit tauben Fingern zerrte sie an K'tanaquis Zauberfessel, konnte sie jedoch ebenso wenig lösen wie zuvor. Dann wandte sie ihre Aufmerksamkeit dem Bannstein zu. Wenn sie K'tanaqui zum Stein schaffen und ihre Fessel irgendwie bis zum Loch hinaufschieben und es öffnen könnte …

Mit tauben Fingern versuchte sie die Zotteln des Zauberhundes zu packen. In diesem Moment nahm sie in den hinteren Reihen der Truppen von Anderserde eine Bewegung wahr. Die Reihen teilten sich und machten den Weg frei für drei Zauberlords, die in ihren offiziellen Ratsroben auftraten. Natalie beobachtete sie mit klopfendem Herzen.

Lord Pveriyan führte die Delegation an, sein weißes Haar war mit frischen Dornen und Disteln gespickt. Zu seiner Rechten schritt Lord Gerystar, der eine Krone aus roten Beeren trug, und zu seiner Linken schritt eine ihr unbekannte Lady, in deren dunklem Haar goldene Blumen glitzerten. Hinter den Ratsmitgliedern trotteten laut knurrend und mit gesträubtem Nackenhaar die dazugehörigen Zauberhunde. Sie alle waren umringt von wachsamen Baummagiern, die lebende Zauberblätter in ihren gewölbten Händen trugen.

»Trickser!«, rief Lord Pveriyan mit schrecklicher Stimme.

»Ihr seid umzingelt und in der Minderzahl! Ergebt euch! Ihr habt die Wahl, über die Grenze abgeschoben und der Gerichtsbarkeit eurer eigenen Welt ausgeliefert oder einer Gehirnwäsche von Anderserde unterzogen zu werden und der Hinrichtung eures Zaubertieres gemäß den Bestimmungen des Zauberregenerlasses beizuwohnen. Wehrt ihr euch, seid ihr auf Gedeih und Verderb den Einhörnern ausgeliefert.«

»Und den Bären!«, schrie jemand.

»Und Hirschen!«

»Und unseren Messern!«

Als die Schreie verstummten, kletterte Lord Habicht auf den Bannstein und stellte sich, das Gesicht der Sonne zugewandt, breitbeinig hin. Seine gefiederten Zöpfe fielen ihm lang über die Schultern. Der Hühnerhabicht kreiste kreischend über den Truppen von Anderserde. Ein Hirte warf einen Speer nach ihm, doch der Vogel war zu hoch oben.

Lord Habicht lachte und zeigte mit dem Stock auf Natalie. »Habt ihr etwa vergessen, dass ich euer dreizehntes Ratsmitglied gefangen halte? Beim nächsten Angriff werde ich sie töten, mitsamt ihrem Zauberhund. Gebt auf, dann lass ich einen von beiden am Leben.«

Natalies Blut gefror.

Aber Lord Pveriyan ließ sich nicht beeindrucken. »Wenn ihr oder dem Hund etwas geschieht, kennen wir keine Gnade. Oq wird euch langsam und grausam sterben lassen. Jetzt, da die Grenze geschlossen ist, könnt ihr nicht mehr gut sehen. Ich warne euch, Oq ist gesünder denn je und giert nach Rache. Euer armseliger Versuch, sie zu töten, ist fehlgeschlagen.«

Ein Schatten flog über Habichts Gesicht. Dann lachte er und rief: »Ich kann noch gut genug sehen. Ich habe einst hier gelebt, falls ihr das vergessen habt. Und wenn ich mir das ganze Gerümpel hier ansehe, würde ich sagen, dass Oq alles andere als gesund ist. Außerdem könnt ihr mich nicht töten. Nicht solange ich die Macht der Dreizehn besitze!«

Er forderte sie heraus. Sich so auf dem Bannstein zu präsentieren kam einer Verspottung der Zauberlords und einer Einladung zu einem neuen Angriff gleich. Natalie schirmte sich die Augen ab und blinzelte befangen zu Habicht hinauf.

»Das ist ein Trick«, flüsterte sie.

K'tanaqui zwinkerte matt. *Kind hat vielleicht Rrrecht. Aberrr sei vorrrsichtig.*

Die drei Zauberlords berieten sich mit gedämpften Stimmen. Sie waren umgeben von Bären, die unruhig von einer Tatze auf die andere tappten, von Hirschen, die ihre Geweihe schüttelten, und von Einhörnern, die die Erde aufwühlten. Die Stammesmitglieder aus Anderserde spielten mit ihren Waffen und dürsteten nach dem Blut der Trickser. Die Mitglieder des Zauberbundes hatten ihre Pfeile angelegt, ihre Gesichter waren vom Licht der Zauberfeuer rot überstrahlt, sie warteten gespannt und misstrauisch. Der Rauch biss Natalie, sie musste husten. Sie kauerte neben K'tanaqui und wagte nicht sich zu rühren. Auch alle anderen, selbst Lord Pveriyan, schienen in Angst erstarrt zu sein. Die Luft knisterte vor Hass und unerträglicher Spannung. Da ertönte plötzlich ein Wutschrei, und einer der Hirten sprengte mit seinem Einhorn direkt auf die knienden Trickser zu und schleuderte seinen Speer auf Lord Habichts Herz.

Alles geschah so schnell, dass die Zauberlords keine Zeit hatten zu reagieren, die Mitglieder des Zauberbundes keine Zeit hatten, ihre Pfeile abzuschießen, der Hühnerhabicht keine Zeit hatte, nach unten zu stoßen, und Lord Habichts Stock, an dem nur noch ein einziges Zauberblatt glitzerte, gerade erst halb erhoben war, als der Speer über die Köpfe der Trickser hinwegsauste. Doch bevor er sein Ziel erreichte, begann die Luft über dem Bannstein zu schimmern und Lord Habicht verschwand in einem roten Blitz. Beißender Zauberrauch senkte sich herab und der Speer prallte klirrend gegen den Stein und fiel zu Boden.

Ganze dreißig Sekunden verharrten alle in Bewegungslosigkeit. Die Trickser wie die Truppen von Anderserde starrten ungläubig auf den Bannstein. Dann stürmten die Reihen wütend nach vorn.

»Wo ist er hin?«

»Auf sie, bevor er wiederkommt!«

»Worauf warten wir? Sie sind nur noch zu zwölft!«

Und natürlich: »Tötet die Trickser!«

»NEIN!«, schrie Lord Pveriyan und schob sich nach vorn. »Wir wollen nur Lord Habicht.« K'veriyan rannte bis zur vordersten Linie und drängte beißend und knurrend die Einhörner und Bären hinter die Schusslinie der Pfeile zurück.

Der Zauberbund rückte enger zusammen. Hunter schraubte sich hoch zu den Wolken hinauf und äugte misstrauisch auf die Truppen und den Zauberbund hinunter. Natalie presste sich an K'tanaquis verschwitztes Fell und hielt sich so gut es ging von den Tricksern fern, von denen drei tot sein mussten. Es war furchtbar.

Lord Pveriyan rief: »Trickser! Euer Führer hat euch verlassen. Werft die Waffen und die Zauberblätter fort!«

Das Geschrei der Soldaten verstummte. Die Trickser sahen einander an. »Solange wir das Mädchen haben, wagen sie nicht uns zu berühren«, sagte Ferret finster. Er packte Natalie am Arm und zog sie von K'tanaqui fort. Es war ihr linker Arm, der sich bis zur Schulter hinauf taub anfühlte.

»Nein«, schluchzte sie und trat gegen sein Schienbein.

Der untote Trickser schien nichts zu spüren. Verzweifelt drehte sie sich zu Claudia um, die gerade den Bannstein erklomm, wobei ihr das Loch als Fußstütze diente. Dann stand sie dort, wo noch vor einer Minute Lord Habicht gestanden hatte. Sie nahm einen Zauberpfeil aus dem Köcher und zückte ihren Bogen.

»Heb das Mädchen hier hoch, damit sie sie sehen«, befahl sie.

Natalie schlug wild um sich, doch die Trickser waren in der Überzahl und sie waren stark, wogegen sie durch K'tanaquis Leiden geschwächt und ihr Arm vom Rabengift betäubt war. Sie hoben sie auf den Stein, wo sie niederkniete und ungläubig beobachtete, wie Claudia den Pfeil auf ihr Herz richtete.

»Vertraust du mir?«, flüsterte Claudia.

Natalie blinzelte verwirrt bei dieser unerwarteten Frage. »Warum sollte ich?«, schniefte sie. »Du hast mir die Spritze gegeben! Du hast geholfen, den Raben herzustellen, der nun Oq vernichtet. Du warst dabei, als Lord Habicht Bilbo ertränkte. Du hast mir Schlafmittel ins Essen gemischt! Und du hast K'tanaqui mit dem Zauberseil gefesselt …« Unfähig weiterzusprechen schluckte sie.

Claudia nickte traurig. »Ja, das alles habe ich getan. Aber jetzt werde ich mich bessern. *Bitte,* Natalie, tu, was ich dir sage. Wir haben nicht mehr viel Zeit.«

Natalie sah zu ihrem Zauberhund hinab, ihr schwindelte von der Höhe. Nun erst gewahrte sie die starren Blicke der stummen Soldaten, das Silbermeer der Einhörner, die dunklen Umrisse der Bären, Fußtruppen und Baummagier, die Speere, Klingen und Lebendzauber, die im Licht der aufgehenden Sonne glitzerten und blitzten. Alles wartete, so wie Claudia auf ihre Antwort wartete.

»K'tanaqui?«, flüsterte sie. »Was soll ich tun?«

Der Zauberhund seufzte. *Manchmal muss Kind allein entscheiden.*

Sie holte tief Luft, wagte aber nicht, noch einmal nach unten zu sehen. Wie leicht wäre es, sich vom Stein zu werfen und Claudia mit sich zu reißen, den Truppen die Möglichkeit zu geben, die Trickser zu überwältigen. Aber Claudia war im Waldhaus freundlich zu ihr gewesen, und hatte Lord Habicht nicht gesagt, sie kämpfe gegen ihn, könne aber nicht gewinnen? »Was muss ich tun?«, hörte sie sich fragen.

Die Frau lächelte. »Braves Mädchen. Stell dich zwischen mich und die Zauberlords. Warte, bis ich dir ein Zeichen gebe.«

Als Natalie sich vorsichtig am Rand des Steins entlangschob, sang Claudia leise einen Zauberspruch, worauf das Zauberblatt an der Pfeilspitze in Flammen aufging. Natalie zuckte zusammen, als die rote Flamme ihr folgte.

»Bleibt zurück!«, rief Claudia mit heller Stimme. »Dieses Kind ist das letzte eures Stammes. Bevor eure Speere mich treffen, werde ich ihm das Zauberfeuer in die Kehle gerammt haben. Tut genau, was ich sage. Ich rufe jetzt unseren Habicht herbei, unsere Zaubertiere sollen verhandeln, wie es früher Sitte war. Niemand rührt sich vom Fleck mit Ausnahme der Zauberhunde eurer Anführer. Und versucht nicht den Habicht anzugreifen … sonst ist das Kind tot.«

Natalie wurde es eng ums Herz. Wie hatte sie nur so dumm sein können? Sie hatte sich Claudia direkt in die Hände gespielt.

Es entstand eine kurze Pause. Dann trottete K'veriyan auf ein Zeichen seines Lords aus der vordersten Reihe und begab sich auf das gefährliche Stück Land im Schussfeld der feindlichen Pfeile. Claudia sah nach oben. Kurz darauf stürzte der Hühnerhabicht aus den Wolken und segelte auf den Zauberhund zu. Auch er befand sich nun in Reichweite der Waffen von Anderserde. Claudia hielt den Pfeil fest auf Natalies Kehle gerichtet, bis die beiden Tiere etwa eine Armeslänge voneinander entfernt waren. Beim Landeanflug schlug Hunter die Schwingen nach hinten. In diesem Augenblick flüsterte Claudia: »Jetzt, Natalie, duck dich!«, und ließ den Pfeil von der Sehne schnellen.

Funken stoben über Natalies Haar, als sie sich flach auf den Stein warf. Sie drehte den Kopf und beobachtete den Pfeil in seinem todbringenden Flug am Himmel von Anderserde. Es sah aus, als bewegte er sich nur langsam fort, mit zunehmender Entfernung wurde er immer verschwommener, und schließlich konnte sie nicht mehr ausmachen, welches Ziel er ansteuerte.

Ein einziges, überraschtes *Kaa* ertönte, brach ab, dann folgte ein dumpfer Schlag. Drei Herzschläge lang herrschte absolute Stille. Dann war ein Aufschrei der drei tödlich verwundeten Mitglieder des Zauberbundes zu hören und sie stürzten zu Boden. Claudia schwankte, als sei sie selbst getroffen worden. Das Zauberseil verschwand und mit ihm K'tanaqui.

Als Natalie sich suchend nach ihrem Zauberhund umsah, entdeckte sie in K'veriyans Maul ein Büschel rauchender Federn, aus dem der Schaft von Claudias Pfeil ragte. Die beiden anderen Zauberhunde stürmten vorwärts und machten sich über den Habicht her. Knurrend und zähnefletschend, in einem Durcheinander aus schwelenden Federn und hellem, unnatürlich gelbem Blut, rissen sie ihn in Stücke.

19

Das Opfer

1. November, Sonntag

Nach dem Tod des Habichts ergaben sich die Mitglieder des Zauberbundes ohne Widerstand. Bereitwillige Hände halfen Natalie vom Bannstein, Claudia wurde grob heruntergezerrt. Soldaten sammelten unter der Aufsicht Lord Gerystars die Pfeile ein, brachen sie über dem Knie entzwei und stapelten die Zauberblätter ordentlich auf einem Haufen. Die Hirten umzingelten die verbliebenen Trickser und hielten sie mit ihren Speerspitzen in Schach. Die drei Verwundeten wurden fortgetragen – die unbekannte Frau stöhnte noch, die beiden andern waren bereits tot.

»Warum?«, flüsterte Natalie.

»Für uns«, sagte Claudia. »Wir sind endlich frei.« Das Leuchten ihrer blauen Augen aber war verschwunden und hatte einem stumpfen Ausdruck Platz gemacht, der Natalie an Ferret erinnerte.

Sie schauderte und wünschte, Lord Habicht möge, wohin auch immer er sich transportiert haben mochte, ein ähnliches Schicksal erleiden.

Die Hirten wollten Claudia zu den anderen bringen, wurden aber von Lord Pveriyan aufgehalten. Mit wütend verzerrtem Mund sah er die Trickserfrau an. »Wo ist er?«, fauchte er.

»Ich weiß es nicht.«

Pveriyan schlug ihr ins Gesicht. »Lüg mich nicht an!«

Natalie verspürte ein Unbehagen. Einer der Baummagier hatte ihr die Fesseln aufgeschnitten und geleitete sie unter mitfühlendem Murmeln von den Tricksern fort. Sie riss sich los, bekämpfte das Schwindelgefühl, das sie plötzlich überfiel, und zerrte an der Robe des Zauberlords. »Bitte tun Sie ihr nichts! Sie hat mir geholfen.«

Lord Pveriyan sah sie streng an. »Du hältst dich hier raus, Tochter von Atanaqui.« Er wandte sich wieder an Claudia. »Ich frage dich zum letzten Mal. *Wo ist er*?«

Claudia schüttelte den Kopf. »Wenn ich das wüsste. Er hat sich forttransportiert, als er merkte, dass der Seelenbaum nicht so starb wie geplant, mehr weiß ich nicht. Aber Sie müssen sich keine Sorgen machen. Ohne sein Zaubertier ist er machtlos.«

Das erinnerte Natalie an ihren eigenen Verlust. »Was ist mit K'tanaqui?«, sagte sie. »Fragen Sie sie, was mit meinem Zauberhund passiert ist …« Eine neue Welle von Schwindel überfiel sie. Sie wankte und wäre gefallen, hätte Lord Pveriyan sie nicht aufgefangen.

Im gleichen Augenblick kniete Claudia nieder und betastete die blasige Haut auf Natalies Arm. »Davor hatte ich Angst«, sagte sie und legte eine Hand auf Natalies Stirn. »Ist dir übel? Oder schwindlig? Hast du Probleme beim Atmen?«

»Ja«, bestätigte Natalie alle drei Fragen. »Aber wenn K'tanaqui wieder da ist, wird es mir besser gehen.«

Claudia sah Pveriyan an. »Das Mädchen ist sehr krank. Ich

befürchte, sie hat etwas vom Rabengift abbekommen. Ich kann es auf die Schnelle nicht genau erklären, aber wir haben den Raben so konstruiert, dass er die Zaubergene angreift, also nicht nur Oq umbringt, sondern auch die Seelenfrüchte und den Zauberregen vergiftet. Jeder vom alten Geblüt, der die Früchte isst oder ein Zauberblatt benutzt, sollte vergiftet werden. Habicht war sogar bereit, seine Macht dafür zu opfern, Anderserde sterben zu sehen. Und selbst darin zeigte sich sein Zynismus. Rabentropfen gegen Regentropfen, das war seine Antwort auf den Zauberregenerlass.«

Niemand lachte. Pveriyan starrte auf Claudia. Natalie fühlte sich immer schlechter.

»Ich bin froh, dass der Seelenbaum sich gegen den Raben wehren konnte«, fuhr Claudia fort, »aber Natalie braucht Hilfe. Sie muss sofort ins Krankenhaus. Ich werde sie begleiten und …«

»Du wirst nichts dergleichen tun«, fuhr Pveriyan sie an. »Hältst du mich für dumm? Von diesem Raben ist nie eine ernste Bedrohung ausgegangen, das habe ich von Anfang an gewusst. Wenn das Kind krank ist, wird Oq es schon heilen. Ich möchte aber endlich wissen, wo Habicht ist, und du wirst es mir verraten.« Er schnippte mit den Fingern und gab den schwebenden Baummagiern ein Zeichen. »Verbindet sie mit dem Seelenbaum. Wir werden die harte Methode anwenden müssen.«

Bedrückt beobachtete Natalie, wie zwei Männer Claudia am Arm packten und unter die Bäume zerrten. Lord Pveriyan und sein Zauberhund folgten. Ohne Brille konnte sie nicht erkennen, was sie taten. Doch als Claudias Schreie das Licht der aufgehenden Sonne über Anderserde durchschnitten, stolperte sie unsicher hinter ihnen her und rief: »Tut ihr nichts! Oh bitte, nicht! Claudia!«

Lieblich duftende Arme umfingen sie. Die Zauberlady mit den goldenen Blumen im Haar führte sie zum Bannstein zurück. »Schsch, meine Kleine«, sagte sie. »Setz dich, so ist es gut. Ich bin Lady Fayhilia, drittes Mitglied des Rats.« Sie raffte ihr langes Gewand und ließ sich neben Natalie im Gras nieder. »Also, was soll diese Aufregung? Du hast viel durchgemacht, ich weiß, aber das ist jetzt vorbei. Pveriyan ist sehr erfahren und wird zu einem Ergebnis kommen. Dann werden wir auch deinen Zauberhund finden und das Gedächtnis dieses Tricksers, der sich Habicht nennt, löschen, seinem Zauberbund wird es nicht besser ergehen. Es wird eine vollständige Gedächtnislöschung geben, kein Gedanke, keine Erinnerung wird bleiben. Er wird dir nichts mehr antun, keine Sorge.«

Natalie sah sie erschreckt an. »Aber Lord Pveriyan hat gesagt, sie könnten wählen.«

»Sie werden die Gedächtnislöschung wählen, glaube mir.«

»Aber … warum? In meiner Welt gibt es so etwas nicht, dass man jemandem das Gedächtnis raubt. Dort kämen sie ins Gefängnis, nehme ich an, aber …« Ein weiterer Schrei von Claudia hielt sie vom Weiterreden ab. »Bitte stoppen Sie ihn«, flehte sie. »Wenn sie irgendetwas wüsste, hätte sie es uns gesagt.«

Lady Fayhilia lächelte. »Vielleicht, vielleicht auch nicht. Aber so ist es für alle am besten. Wenn sie wirklich nichts weiß, wird Pveriyan das von Oq erfahren und aufhören. Halt dir die Ohren zu, wenn du es nicht aushältst. Es wird aber nicht mehr lange dauern.«

Aus einem der äußeren Äste des Seelenbaums kamen verwirrende Informationen. Obwohl die ursprünglich verseuchte Wurzel weit entfernt war, rutschte Merlin unruhig auf seinem Stuhl hin und her. Hatte er womöglich eine Rabenzelle übersehen, als er sich auf die Wurzel konzentrierte? War sie in einen gesunden Ast eingedrungen und rüstete sich nun für einen neuen Angriff? Dann begriff er. Die Informationen kamen aus der Umgebung des Bannsteins, wo sich die Truppen nach der Schlacht wieder sammelten.

Merlin machte sich nicht die Mühe, Genaueres herauszufinden. Ihm schwirrte der Kopf, sein Magen knurrte vor Hunger, und vom langen Sitzen war er ganz steif geworden. Außerdem war die Schlacht vorüber. Die Niederlage seines Vaters hatte er zwar verpasst, aber es hatte sich gelohnt. Er lächelte. Wahrscheinlich verlor Oq die verseuchte Wurzel bis zur fünften Gabelung. Aber was bedeutete schon eine einzelne Wurzel verglichen mit dem Schaden, den der Rabe angerichtet hätte, wären die Giftzellen durch den ganzen Organismus gedrungen? Merlin reckte die Schultern und wollte sich gerade auf die Suche nach Natalie machen, als die Luft im Herzen von Oq anfing zu schimmern und die zarten Fühler, die an seinem Kopf befestigt waren, brutal weggerissen wurden. Ein heftiger Schmerz, ein Beben, dann fand sich Merlin auf Knien wieder, die Hände an die Schläfen gepresst. Durch seine Finger rann eine klebrige Masse aus Schleim und Blut.

»Was soll das?«, fragte er. »Wir haben doch gewonnen!« Er rappelte sich auf und dachte, die große Gestalt vor ihm sei Lord Pveriyan. »Ich habe nichts getan, was Ihrem kostbaren Baum schaden könnte! Sie können selbst fragen …«

Der Stock krachte auf seinem Rücken nieder, dass ihm der Atem wegblieb und er erneut in die Knie sank. Diesmal blieb Merlin unten. Eine Welle von Mutlosigkeit überschwemmte ihn. Diesen Stock kannte er. Er hatte ihn in der Vergangenheit oft genug zu spüren bekommen.

Das Schlimmste befürchtend sah er sich suchend nach Lady Thaypari um. Sie stand immer noch am Eingang und starrte Habicht mit offenem Mund an. »Was machen Sie da?«, schrie sie endlich. »Hören Sie sofort auf! Wie sind Sie hier hereingekommen?«

Ihr Zauberhund knurrte den Eindringling an und setzte zum Sprung an. Habicht jedoch richtete den Stock auf die Zauberlady und lachte – ein schreckliches, krächzendes Lachen, schlimmer als alles, was Merlin je aus dem Mund seines Vaters gehört hatte. »Komm! Versuch es nur! Ich bin Habicht, der Lord der Dreizehn! Ich habe die Macht, deinen Hund ins ewige Magma zu schicken und dich hinterher!«

Merlin wagte einen kurzen Blick auf das Gesicht seines Vaters. Die gelben Augen glitzerten. Aber irgendetwas stimmte nicht mit ihnen. Er sah nicht direkt auf Thaypari, sondern auf einen Punkt schräg hinter ihr.

Mit klopfendem Herzen glitt Merlin aus der Reichweite des Stocks. Stumm forderte er Lady Thaypari auf, das einzig Vernünftige zu tun und Hilfe zu holen. Sie jedoch richtete sich gerade auf und legte ihr Orangenblütenhaar wie einen Mantel um sich.

»Wie kannst du es wagen, ein Mitglied des Rats im Herzen seines eigenen Seelenbaums zu bedrohen?«, sagte sie ruhig. »K'aypari! Greif dir sein Zaubertier.«

Lord Habicht warf den Kopf zurück und ließ erneut sein schreckliches Lachen hören. »Oh, du glaubst doch nicht, ich sei so dumm, Hunter hierher zu bringen? Ich gebe zu, meinen missratenen Sohn habe ich hier nicht erwartet. Ich nehme an, ihr lasst jetzt sein Gedächtnis löschen, nachdem ihr meint den Raben neutralisiert zu haben. Du hättest mit Oq in Verbindung bleiben sollen, stolze Lady. Vielleicht hätte sie dir noch helfen können. Doch jetzt musst du sterben.« Er öffnete seine Hand und warf ein zerknittertes, braungoldenes Zauberblatt auf Thaypari.

»Nein!« Merlin sprang auf die Füße und packte seinen Vater am Arm. Er hängte sich mit seinem ganzen Gewicht an ihn. Das Zauberblatt, in seiner Wurfbahn behindert, verfehlte sein Ziel und flatterte harmlos zu Boden. Lord Habicht fluchte und schleuderte Merlin gegen die Wand des Herzens. Welke Orangenblüten sanken zu Boden, als Thaypari und ihr Zauberhund die Flucht ergriffen.

Fluchend drehte sich Lord Habicht um. Mit fiebrig glänzenden, unsteten Augen blickte er auf Merlin hinunter. Seine Lippen zuckten. Der Anblick seines am Boden kauernden Sohnes schien ihn zu belustigen. »Aha, noch nicht ganz gelöscht. Ich hätte genauer hinsehen sollen, bevor ich die Kontakte herausriss. Allerdings hast du nie viel zwischen diesen schmutzigen Ohren gehabt. Es hätte wohl kaum etwas verändert.«

Merlin ballte die Fäuste. »*Ich* habe den Raben vernichtet«, sagte er.

»Du?« Sein Vater lachte. »Red keinen Unsinn. Du hast doch keine Ahnung.«

»Meinst du?« Merlin richtete sich ein wenig auf. »Was denkst du, was ich die ganze Zeit gemacht habe, während du und Claudia-der-Fisch unten im Keller wart? Aliens auf meinem Computer abgeschossen? Das hat mich bald gelangweilt. Ich habe diese Zeitschriften gelesen, Wort für Wort, von vorne bis hinten. Ich weiß mehr über Viren in Computersystemen, als du dir vorstellen kannst, und Oq ist auch so ein System. Ein riesiges und lebendiges System, aber es funktioniert genau gleich. Es war gar nicht so schwer.«

Angeber, murmelte Rotauge aus dem Stiefel. *Ich war doch*

derjenige, der dich auf die richtige Spur gebracht hat, hast du das vergessen? Übrigens, dein Fuß stinkt.

Habicht ging nervös auf und ab, stocherte mit seinem Stock im sanft leuchtenden Fleisch von Oq und schlug auf jeden Fühler, der sich bewegte. Oq sprühte vor Zorn. Merlin wackelte mit dem Fuß, weil Rotauge sich wild wand und ihn am Zeh kitzelte. »Hör auf«, zischte er, »ich habe Sorgen genug.« Plötzlich kam ihm eine Idee. »Kann Vater überhaupt sehen?«

Ungefähr so gut wie eine Fledermaus, erwiderte Rotauge hämisch. *Der Habicht ist tot. Den sind wir los, wenn du mich fragst.*

»Tot?«, flüsterte Merlin schaudernd. »Kein Wunder, dass er sich so merkwürdig verhält! Wir müssen hier raus.« Er kroch zum Eingang, aber sofort versperrte ihm der Stock seines Vaters den Weg.

»Wohin, kleine Maus?«, zischte Habicht mit diesem irren Glitzern in den Augen. »Du kommst dir wohl schrecklich schlau vor mit deinem Computergeschwätz? Ein Verräter, das bist du. Du und dein missratenes Zaubertier. Zieh die Stiefel aus!«

»Lady Thaypari wird gleich zurückkommen«, sagte Merlin und versuchte einen zuversichtlichen Ton anzuschlagen. »Sie wird Hirten und Speere mitbringen! Sie hassen die Trickser.«

Der Vater lächelte. »Nein, das wird sie nicht. Sie sind alle beim Bannstein. Wir sind allein und ich denke, du hast eine ordentliche Strafe verdient für das, was du mir angetan hast. Erinnerst du dich an den süßen kleinen Kanarienvogel deiner Mutter?«

Merlin wurde übel. Er warf einen Blick auf den Eingang. Kein Zeichen von Lady Thaypari. So langsam wie es nur ging, begann er den rechten Stiefel auszuziehen.

Der Stock krachte auf seinen Knöchel. »Nicht diesen! Den mit der Maus. Beeil dich! Niemand wird dir jetzt noch helfen.«

Da mochte er Recht haben, jetzt wo ihr Baum gerettet war. Merlin holte tief Luft. »Renn, Rotauge!«, schrie er, streifte den linken Stiefel ab, drehte ihn um und rannte im selben Augenblick auf den Eingang zu.

Nun geschahen mehrere Dinge zur gleichen Zeit.

Habicht griff nach der Maus, verfehlte sie jedoch. Rotauge sauste an Merlins Bein hoch, in der Schnauze ein ziemlich zerknittertes Zauberblatt, das immer noch kraftvoll glänzte und glitzerte. Ein Rudel silberner Zauberhunde stürmte herein und sprang knurrend und schnappend an dem Eindringling hoch. Lady Thaypari rief Merlin zu, er möge verschwinden. Lord Habicht schwang seinen Stock – und erstarrte, den Blick auf Merlins Hand fixiert.

Wirf es, du Idiot!, sagte Rotauge.

»Nein«, flüsterte sein Vater. Zum ersten Mal, seit er das Herz betreten hatte, lag so etwas wie Vernunft in seinen Augen. »Nicht …«

Merlin biss die Zähne zusammen. »Nicht einmal eine Fliege, die den halben Weg allein zurücklegt, kann ich transportieren, nicht wahr, Vater?« Zwölf Jahre Enttäuschung und Leiden strömten durch seinen Arm bis in das Zauberblatt. Als er es warf, entwickelte es eine Hitze und eine Kraft, die ihn zu Boden schleuderten. Der Zauberblitz, der darauf folgte, ließ das Herz rot aufleuchten und blendete Merlin, Rotauge, Zauberhunde und Zauberlords. Es roch nach verbranntem Zucker und nach versengtem Haar und Fleisch. Als Merlin wieder etwas sehen konnte, war sein Vater verschwunden.

Er stand bewegungslos da. Die Zauberhunde schnüffelten

überall im Herzen umher und jaulten verwirrt. Die Zauberlords fächelten den Rauch von ihren Gesichtern. Dann nahm ihn Lady Thaypari in ihre weichen, warmen Arme. »Es ist gut, kleiner Trickser«, sagte sie und umarmte ihn fest. »Du bist jetzt in Sicherheit. Es ist vorbei.«

Die Befragung am Bannstein war bald vorüber. Nach wenigen Minuten kam Lord Pveriyan mit Claudia zurück, die er am Handgelenk hinter sich herzog. Lady Fayhilia erhob sich, bürstete sich Gras vom Kleid und zog fragend eine Augenbraue nach oben. Natalie sah Claudia ängstlich an, aber von ein paar kleinen Verletzungen an den Schläfen abgesehen, schien ihr nichts passiert zu sein.

Im Schatten des Bannsteins stieß Pveriyan Claudia zu Boden und sah sie hasserfüllt an. »Sie hat keine Ahnung! Sie weiß nicht einmal, wo K'tanaqui ist, von Habicht ganz zu schweigen. Sie spricht ständig nur davon, dass Atanaquis Tochter durch den Stein in ein so genanntes Krankenhaus gebracht werden muss, um richtig versorgt zu werden. Ph!«

»Vielleicht hat sie Recht«, sagte Lady Fayhilia ruhig.

Pveriyan verzog finster das Gesicht. »Sie lügt, um ihre Haut zu retten. Das Gift hat Oq geschädigt und …«

»Das ist ja etwas ganz Neues, Pveriyan«, ertönte hinter ihm eine belustigte Stimme. »Ich meine mich zu erinnern, dass du sagtest, der Rabe stelle für uns keine Bedrohung dar.«

Alle drehten sich um. Pveriyans Miene verfinsterte sich noch mehr, aber um Fayhilias Mundwinkel bemerkte Natalie ein Zucken. Die Stimme gehörte Lady Thaypari, die mit den übrigen Ratsmitgliedern eingetroffen war. Ihre Zauberhunde jagten einander schwanzwedelnd um den Bannstein und zwischen den Hufen der Einhörner. Schnappend begrüßten sie die Hunde von Fayhilia und Gerystar.

Nur K'veriyan blieb steif und abweisend, sein Nackenhaar war gesträubt und aus seiner Kehle kam ein Knurren.

Der Anblick der kleinen, schmuddeligen Gestalt, die hinter den Neuankömmlingen herrannte, ließ Natalies Herz höher schlagen. Die Hirtenkleidung des Jungen war bis zur Unkenntlichkeit zerrissen und schmutzig, aber sein Grinsen war breit wie immer. Hinter seinem Ohr lugte eine weiße Maus hervor. »Merlin!«, rief Natalie. »Wie bist du hierher gekommen?«

Der Junge hockte sich neben sie. »Durch das Wurzelsystem natürlich. Lady Thaypari meinte, wir sollten nachsehen, ob die Organazoomer noch funktionieren. Und wie sie funktionieren! Sogar besser als vorher. Ich habe viel weniger blaue Flecken abbekommen.«

»Und der Rabe?«

»Ist verschwunden. Und Vater auch.«

Natalie spürte einen Stich in der Magengegend. »Lord Habicht, meinst du? Hast du ihn gesehen? Er war hier, hat sich aber dann fortgezaubert.«

»Ins Herz von Oq. Ich weiß, da war nämlich ich. Aber ich habe ihn schnell wieder hinausgezaubert.«

»Wohin?«

Merlin lächelte. »So weit weg wie möglich.«

»Merlin!« Natalie berührte ihren Arm. Das alles ging über ihre Kraft.

Merlins Grinsen erstarb. »Geht es dir gut? Du siehst schrecklich aus. Was ist mit deinem Arm? Bist du verletzt worden? Hat Vater das getan? Hoffentlich habe ich ihm wehgetan, hoffentlich habe ich ihn *getötet*!«

Auch die Mitglieder des Rats unterhielten sich über Lord Habicht. Lord Pveriyan schien außer sich vor Wut, dass der Anführer des Zauberbundes wieder verschwunden war, doch Lady Thaypari sagte beschwichtigend: »Selbst wenn er die Transportation überlebt hat, bis zur nächsten Öffnung ist er in Anderserde gefangen. Um ihn können wir uns später kümmern. Nachdem du sein Zaubertier zerstört hast, ist er machtlos.«

Lord Pveriyan knurrte: »Wir mussten es gar nicht zerstören. Anscheinend gab es in seinem Zauberbund eine Meuterei.« Er zeigte auf Claudia. »*Sie* hat den Hühnerhabicht erschossen.«

Alle starrten Claudia an. Thaypari half der Trickserfrau auf die Füße, berührte die Wunden an ihren Schläfen und sah Pveriyan böse an. Während die anderen Zauberlords aufgeregt murmelten und sich um sie scharten, nahm Thaypari ein paar orangefarbene Beeren aus ihrem Haar, zerdrückte sie zwischen ihren Fingern und bestrich mit ihrem Saft Claudias Wunden.

Die Trickserfrau lächelte. »Danke, Lady«, sagte sie ruhig. »Aber ich fürchte, Ihre Medizin kann Natalie nicht helfen. Der Rabe ist in ihrer Welt gemacht worden und nur in ihrer Welt kann sie geheilt werden. Wir müssen uns wirklich beeilen.«

Lord Pveriyan verzog seine Lippen. »Soll ich dir vorher nicht eine schnelle kleine Gehirnwäsche verpassen, Trickser? Wenn du zurückgehst, wirst du für geraume Zeit ins Gefängnis wandern. Ob du das ohne deinen Habicht durchhältst? Die anderen bestimmt nicht.«

Er deutete zur anderen Seite der Lichtung, wo sich leuchtende Ranken vom Himmel herabschlängelten und fest um die sich am Boden windenden Gestalten legten. Natalie versuchte mit zusammengekniffenen Augen etwas zu erkennen und war plötzlich froh, dass sie ihre Brille verloren hatte. Kein Wunder, dass die Soldaten so laut jubelten.

Merlin erbleichte. »Sie foltern sie«, flüsterte er.

Lady Thaypari schüttelte den Kopf. »Die Schmerzen sind schnell vorüber. Wenn alles vorbei ist, werden sie in Anderserde zum Arbeiten herangezogen – einfache Tätigkeiten, bei denen sie nicht denken müssen. Manchmal kann es ein Segen sein, sich an nichts zu erinnern.«

Claudia zuckte zusammen, als wüsste sie, was sie erwartete. Sie nahm Natalies Hand. »Die Ärzte müssen die genaue Zusammensetzung des Raben erfahren«, sagte sie bestimmt. »Ich glaube, ich bleibe lang genug bei Verstand, um sie zu informieren. Komm, Natalie, schaffst du es allein, den Durchgang zu öffnen, oder soll ich einen der Zauberlords bitten uns hinauszulassen?«

Natalie zögerte. »Und was ist mit Merlin? Ohne ihn gehe ich nicht.«

Der Junge grinste. »Schon gut, ich bleibe und bringe dem Rat alles über Viren bei und wie man mit anderen Seelenbäumen kommuniziert oder sogar ein weltweites Wurzelsystem errichtet. Die Wurzeln der Seelenbäume reichen nämlich auch bis unter die Meere. Es ist einmalig, Natalie! Stell dir vor, du könntest mit einem Organazoomer überallhin – wusch, schon bist du da!«

Natalie sah ihn erstaunt an. »Aber ich dachte, du hasst Organazoomer?«

»Das war früher. Außerdem hat Oq meine Augen für Anderserde geöffnet und in deiner Welt brauche ich womöglich Rotauge, um richtig zu sehen, davon habe ich wirklich genug – autsch!«

Trotz ihrer Schmerzen und der Sorge um K'tanaqui musste Natalie kichern. Die Maus hatte ihn ins Ohr gebissen. Doch dann gaben ihre Beine nach und sie sank gegen Claudia.

»Wir müssen gehen«, sagte diese, »jetzt sofort!«

Lady Thaypari nickte und öffnete eigenhändig den Bannstein. »Vergiss uns nicht, Natalie«, sagte sie. »Dein Platz im Rat ist immer noch frei. Ich hoffe, du wirst ihn eines Tages einnehmen.«

Lord Pveriyan stellte sich vor sie hin, seine Kiefer mahlten. Natalie zuckte zusammen. Aber er sagte nur mürrisch: »Spute dich und werde gesund, Tochter von Atanaqui. Und wenn du in diesem Krankenhaus bist, vergiss nicht zu fragen, ob ihre Wundermittel nicht auch K'tanaqui finden können, denn Oq kann es nicht.«

Natalie blieb eine Antwort erspart, da Claudia sie durch den Stein zerrte. Grünes Licht blitzte auf und ihre Ohren dröhnten. Sie roch Benzin und spürte kalte Luft auf ihren glühenden Wangen. Dann rannten viele Menschen auf sie zu, alle schrien durcheinander.

Gerade als der Stein sich wieder schloss, warf Natalie einen Blick zurück. Schweigend standen die Zauberlords mit ihren Hunden da, umringt von erschöpften Baummagiern. Hinter ihnen die Einhörner mit ihren Regenbogenhörnern, riesige Bären mit drei oder vier Reitern auf dem Rücken und Hirsche mit stolzen Geweihen. Alles verschwamm im geheimnisvollen Licht von Anderserde. Das Letzte, was sie sah, war Rotauge, der von Merlins Schulter kroch und eine Beere aus Thayparis Haaren stibitzte.

Ihre wurde eng ums Herz und sie machte einen zaghaften Versuch umzukehren. Aber alles um sie herum drehte sich, grobe Hände rissen sie und Claudia auseinander und warfen die Trickserfrau zu Boden. Jemand hüllte Natalie in eine Decke und führte sie fort. Handschellen schlossen sich um Claudias Gelenke. Natalie wollte ihnen sagen, dass sie Claudia nichts tun durften, dass sie ihr geholfen hatte, aber die

Anstrengung war zu viel für sie. Sie war kaum zwei Schritte gegangen, als sie das Bewusstsein verlor.

Mit heulenden Sirenen wurde Natalie in einem Krankenwagen fortgebracht, der sich am Rand der Lichtung in Wartestellung befand, seit die offiziellen Suchtrupps ihr Hauptquartier am Bannstein aufgeschlagen hatten. Dem Krankenwagen folgte ein ziviles Auto, das mühsam über die aufgewühlten Fahrspuren schlingerte. Im Fond saß die Entführerin, die Natalie aus dem Wald gebracht hatte. Zwei Polizeiautos fuhren mit Blaulicht als Begleitschutz hinterher. Mr Marlins saß im Krankenwagen und hielt Natalies Hand. Julie, die sofort nach Natalies Erscheinen von der Polizei benachrichtigt worden war, wollte im Krankenhaus auf sie warten. Der Mann vom Ministerium war bereits mit dem Rabenkanister in halsbrecherischer Fahrt in einem schwarzen Lieferwagen vorausgefahren. Die übrigen Polizisten durchkämmten die Gegend um den Bannstein, immer noch in der Hoffnung, Claudias Komplizen zu finden. Nur Tim, Jo und die Totenkopfbande standen einsam am Rand der Lichtung und versuchten verzweifelt, die Augen offen zu halten, nachdem die Aufregung sich gelegt hatte.

Tim starrte dem Konvoi nach, bis die Sirenen verstummt waren. Zitternd zog er sich seine Geburtstagsjacke enger um den Leib. Es war Tag geworden, ein feuchter, grauer Novembertag. Tim war bis auf die Knochen durchgefroren. »Ich hoffe, Nat wird wieder okay«, sagte er und sprach damit ihrer aller Ängste aus.

Niemand sagte etwas. Nach einer halben Minute meinte Gaz: »Bestimmt wird sie wieder okay, Tim. So leicht kriegt man kleine Schwestern nicht los.«

Die jüngeren Totenköpfe kicherten, verstummten aber gleich wieder.

»Das ist bestimmt schrecklich, entführt zu werden«, sagte Paulie nach einer Weile.

»Ich weiß nicht«, meinte Pizzaface. »Ich wette, das war ganz schön aufregend. Sie kann ihre Geschichte jetzt an die Zeitungen verkaufen und jede Menge Geld für Süßigkeiten kassieren.«

Die anderen sahen ihn verächtlich an.

»So viel Spaß haben wir noch nie gehabt!«, brach Gaz die Spannung. »Ich glaube, wir kommen jetzt immer hier raus an Halloween. Was meint ihr, Totenköpfe?«

»Niemals«, schrien die anderen, stürzten sich auf ihren Anführer und kugelten ihn durchs Laub. Lachend stopften sie sich gegenseitig schmierig feuchte Blätter in den Nacken.

Jo legte sich die Decke, die sie von den Sanitätern bekommen hatte, wie einen Mantel um die Schultern. Ihre Kappe war fort, Ponysträhnen fielen ihr in die Augen. »Nat war so mutig, als sie in Anderserde den lecken Kanister gepackt hat«, sagte sie ruhig.

Tim warf den Totenköpfen einen ängstlichen Blick zu. Doch diese waren so beschäftigt, sich im Dreck zu wälzen, dass sie Jos Ausrutscher nicht bemerkt hatten. »Du hast die Trickser verfolgt«, sagte er, »*das* war mutig. Ich habe nur eine paar armselige Trugbildzauber gefunden.«

Er hatte sich Sorgen gemacht, was Gaz und die anderen mit den Lebendzaubern, die sie im Waldhaus gefunden hatten, anstellen würden. Aber kaum war die Grenze geschlossen worden, hatten sie die glitzernden Fetzen achtlos angesehen, sie zusammengeknüllt und weggeschmissen. Erst als Mr Marlins sie anschrie, keinen Abfall herumliegen zu lassen, hatten sie sie wieder eingesammelt. Jetzt lagen alle Zauberblätter in einem schwarzen Müllsack, der in einem Schuppen hinter dem Waldhaus versteckt war. Mr Marlins hatte Tim versprochen, sie, sobald sich die Aufregung gelegt hätte, zum Bannstein zu bringen, mit Lord Pveriyan Frieden zu schließen und den Ratsmitgliedern zu versichern, dass Tim sich an nichts erinnern könne. »Dann lassen sie dich in Frieden«, sagte er mit einem verlegenen Lächeln zu Tim. »Aber du musst mir versprechen, vernünftig zu sein. Dass du mir keine Dummheiten machst mit den Zauberblättern, deinen Freunden einen Streich spielst oder so etwas.«

»Natürlich nicht!«, hatte Tim gekränkt erwidert. Aber Mr Marlins' Warnung hatte ihn auf neue Ideen gebracht.

Er lächelte Jo an. »Wenigstens kann ich mich an alles erinnern. Wer weiß? Vielleicht biete ich mich ihnen irgendwann als Vasall an. Das ist besser als im Supermarkt Regale aufzufüllen.«

Es entstand eine kurze, verlegene Pause. Dann sagte Jo: »Dein Kopf blutet schon wieder. Du hättest mit ins Krankenhaus fahren sollen.«

»Ach, hör auf. Du klingst schon wie meine Mutter.«

»Na ja, du bist aber auch ein Idiot, Timothy Lockley! Wenn du wieder einmal im Alleingang einen Zauberbund hochgehen lassen willst, vergiss nicht, den Kopf einzuziehen.«

Tim grinste. Er hatte immer noch nicht Jos ganze Geschichte gehört und sie wusste auch nicht alle Einzelheiten von seiner. Aber er hatte das Gefühl, dass es ihnen beiden Spaß machen würde, die fehlenden Teile später zusammenzusetzen.

»Du hast Glück, dass sie dich nicht wegen Kontamination weggeschafft haben«, gab er zurück. »Wenn die Leute vom

Ministerium dich in diesen schwarzen Wagen gebracht hätten, wärst du für immer weg vom Fenster gewesen.«

Jo warf ihm einen vernichtenden Blick zu. »Du siehst zu viel fern.«

»Das sagt meine Mutter auch immer.«

Sie waren nicht die Einzigen, die sich über die merkwürdigen Geschehnisse dieser Nacht unterhielten. Müde Polizisten standen diskutierend in Gruppen zusammen, stampften mit den Füßen und tranken Kaffee aus Pappbechern. Unweit davon warteten die erschöpften Suchhunde und ließen die Schwänze hängen. Über ihnen war immer noch der Polizeihubschrauber zu hören, der dicht über den Bäumen die Gegend um den Bannstein absuchte.

»Sieht aus, als hätte die Frau die Wahrheit gesagt«, meinte einer der Polizisten. »Keine Spur von irgendjemandem – obwohl ich die ganze Nacht Gespenster gesehen habe. Aber als ich meinen Hund darauf angesetzt habe, hat er keine Witterung aufnehmen können.«

»Glaubst du auch, dass du etwas gesehen hast?«, fragte ein anderer. »Larry schwört, er hätte ein Einhorn gesehen.«

»Drei habe ich gesehen«, murmelte Larry, aber die anderen lachten so laut, dass sie ihn nicht hörten.

Tim und Jo tauschten Blicke aus.

»Und was ist mit diesem Aufruhr, der direkt vor unserer Nase stattgefunden haben soll?«, sagte ein anderer. »Hunderte von Menschen? Ha, ha! Dass ich nicht lache!«

»Das waren bestimmt diese Regierungsleute mit ihren Störsendern.«

»Hm, die haben ziemlich geheimnisvoll getan mit ihrem schwarzen Lieferwagen.«

»Pst.«

Als sich ein Inspektor näherte, verstummten die Männer.

Er zeigte auf den Bannstein und sie stöhnten. Aber dann pfiffen sie ihre Hunde herbei und begannen den Stein zu untersuchen. Gehorsam klopften sie mit ihren Stöcken darauf und stocherten im umliegenden Gestrüpp. Einer leuchtete mit der Taschenlampe in das Loch. Über den Bäumen kreiste der Hubschrauber.

Jo zog aufgeregt die Luft ein. »Was machen sie da? Sie können doch nicht nach Anderserde sehen, oder?«

Tim starrte sie an. Ein kalter Schauer fuhr ihm über den Rücken, wenn er daran dachte, alles noch einmal durchstehen zu müssen.

Doch nach einigen Minuten kamen die Polizisten zurück. »Diese Infrarotkamera taugt nichts, wenn ihr mich fragt«, murmelte einer von ihnen kopfschüttelnd. »Ihr glaubt nicht, was die mir heute Nacht für einen Schrecken eingejagt hat. Da war jemand in dem Stein versteckt, wirklich! Habt ihr gesehen, wie klein dieses Loch ist? Da passt nicht einmal mein kleiner Finger durch. Als Nächstes sollen wir noch an Zauberei glauben.« Bei diesen Worten fingen wieder alle an zu lachen.

Einer von ihnen merkte, dass Tim und Jo ihnen zuhörten, und wurde sofort wieder ernst. »He, jemand sollte die Kinder nach Hause bringen. Die armen Würmchen sehen ziemlich fertig aus.«

20

Ein Wiedersehen

7. November, Samstag

Erst fast eine Woche später wurde Natalie aus dem Krankenhaus entlassen. Die Ärzte sprachen von einer »erstaunlichen Genesung«, wollten sie aber zur Beobachtung noch ein paar Tage dabehalten.

Es waren die schlimmsten Tage ihres Lebens, schlimmer als ihre Gefangenschaft im Waldhaus. Am liebsten hätte sie geschrien, sie werde bestimmt nicht wieder krank, sie müsse hinaus, aber das hätten die Ärzte nicht verstanden, und im Krankenhaus schreien bedeutete nur eine weitere Spritze.

Während dieser Zeit spukte ihr der Zauberhund als flüchtiger, unsteter Schatten durch den Kopf. Ganze Nächte lag sie wach und flüsterte: »K'tanaqui, K'tanaqui, K'tanaqui«, ganz leise, auf eine Antwort hoffend. Aber, wo auch immer er war, er konnte sie nicht hören. Sie überlegte, aus dem Fenster zu steigen, während alles schlief, und nach ihm zu suchen. Als sie aber daran dachte, was ihre Familie schon alles durchgemacht hatte, blieb sie mutlos im Bett liegen. Außerdem hatte sie keine Kleidung für draußen und im dünnen Nachthemd im Novembernebel herumrennen hätte sie geradewegs wieder ins Krankenhaus gebracht.

Dad und Julie besuchten sie jeden Tag. Sie erzählten, dass Claudia ins Gefängnis komme, aber nur eine Mindeststrafe absitzen müsse, weil sie mit den Ärzten und den Leuten vom Ministerium kooperiert habe. Das munterte Natalie ein wenig auf. Die Trickserfrau war durch den Verlust ihres Zaubertiers gestraft genug. Es wäre ungerecht gewesen, wenn sie auch noch eine lange Gefängnisstrafe bekommen hätte.

Als Natalie am Freitagnachmittag endlich entlassen wurde, konnte sie an nichts anderes als an die Suche nach K'tanaqui denken. Aber Julie, Mr Marlins und Tim ließen sie keine Sekunde aus den Augen, als könnte sie jeden Moment zwischen den Dielenritzen verschwinden. Dann kam Jo vorbei und erzählte, ihre Mutter wolle mit ihr und Sarah am nächsten Tag ins Hundeheim, um einen neuen Welpen auszusuchen, ob Nat Lust habe mitzukommen. Julie zögerte, doch zu Natalies Erstaunen sagte Mr Marlins, das sei eine ausgezeichnete Idee, und bot an, sie zu fahren, worauf Julie sagte, sie wolle auf jeden Fall auch dabei sein. Jo sagte, auch ihr Vater komme mit, und Tim protestierte, auch er wolle mitkommen.

Schließlich artete der Besuch im Hundeheim zu einem richtigen Familienausflug aus. Die Carters fuhren vorneweg und Mr Marlins folgte mit Julie, Tim und Natalie in seiner schicken schwarzen Limousine. Für die Marlins war das eine Premiere. Natalie konnte sich aber nicht darüber freuen, denn sie war ganz darauf konzentriert, ein Zeichen von K'tanaqui aufzufangen. Während der Fahrt starrte sie erwartungsvoll aus dem Fenster und fingerte die ganze Zeit an einem Büschel Einhornhaar in ihrer Anoraktasche, das den Platz von Itsys Streichholzschachtel eingenommen hatte. Sie bemerkte nicht das feine Lächeln auf Julies Lippen noch die Blicke, mit denen Tim und Mr Marlins sich und dann Natalie ansahen, als planten sie eine Überraschung.

Das Hundeheim befand sich auf einem ehemaligen Bauernhof ungefähr zehn Minuten außerhalb von Millennium Green. Die Wirtschaftsgebäude waren in Zwinger umgewandelt worden, und sobald sie die Autotüren öffneten, wurden sie von aufgeregtem Japsen und Winseln und dem Scharren Hunderter Hundepfoten begrüßt. Jo zog sich die Kappe tiefer über die Augen und starrte mit einem seltsamen Ausdruck auf die Hunde, während Sarah sofort zu einem Zwinger mit täppischen Labradorwelpen rannte und ihre Hand durch den Maschendraht steckte, um sich die Finger lecken zu lassen.

Natalie bemerkte die Welpen kaum. Sie wischte sich ein paar Regentropfen von der neuen Brille und suchte eilig die Zwinger ab. Aber kein weißer Wolf schlug sein zerrissenes Ohr zurück, keine Bernsteinaugen blickten sie an, keine Stimme sprach in ihrem Kopf. Sie seufzte. Es wäre zu schön gewesen, um wahr zu sein.

»Diesen hier will ich!«, verkündete Sarah. »Seine Augen sind genau wie die von Bilbo – seht nur!«

Mrs Carter sah Jo an. »Es ist auch der Hund deiner Schwester, Sarah«, sagte sie geduldig.

Jo schüttelte den Kopf. »Schon gut, Sarah soll ihn auswählen. Ich glaube, ich sehe mich mal um. Kommst du mit, Nat?« Schnell schritt sie die Zwinger ab, die Schultern gespannt, das Gesicht von den anderen abgewandt. Natalie eilte ihr nach, die Sorge um die Freundin ließ sie für einen Augenblick K'tanaqui vergessen. Tim schloss sich ihnen an.

Bei einem lang gestreckten Schuppen, in dem ältere und von Krankheiten genesende Hunde im Warmen gehalten wurden, holten sie Jo ein. Das Mädchen starrte auf einen zotteligen, braunen Mischling, der seitlich im Stroh lag. Natalie zögerte und Tim flüsterte: »Sie hat es ziemlich schwer genommen. Du hättest sie sehen sollen, nachdem es passiert war.«

Jo hörte sie und sah sich mit schmalem Lächeln nach ihnen um. »Schon gut«, sagte sie. »Ich werde nicht in Tränen ausbrechen oder etwas in dieser Art. Ich wollte euch nur von den Müttern weglotsen, das ist alles.« Sie sah sich prüfend in der Scheune um, ob sie allein waren, dann warf sie einen zweifelnden Blick auf Tim. »Erinnerst du dich noch?«

»Klar! Timothy Lockley lässt sich von keinem das Gedächtnis löschen!«

»Gut!« Jo holte tief Luft. »Denn ich glaube, ich weiß, was mit Habicht passiert ist.«

»Was?«, fragten Natalie und Tim gleichzeitig.

»Ich habe über das nachgedacht, was am Bannstein passiert ist. Erinnerst du dich an die Infrarotkamera? Und wenn sie doch richtig funktionierte? Die Grenze war zu dieser Zeit wieder geschlossen, meine Uhr funktionierte auch wieder.«

»Red keinen Unsinn«, sagte Tim. »Sie haben im Stein einen Körper entdeckt, oder? Einen *lebenden* Körper.«

»Genau.«

Beide starrten Jo an.

»Vielleicht war es einer der Zauberlords, der den Durchgang überprüfte«, sagte Natalie. In ihrem Magen aber rumorte es seltsam.

»Wenn das so wäre, müssten wir mit unseren technischen Möglichkeiten die ganze Zeit Gestalten aus Anderserde wahrnehmen. Hört zu, es ist alles ganz logisch. Nat, du hast erzählt, der Transportationszauber wäre ziemlich riskant, nicht wahr? Und dass niemand über die geschlossene Grenze gezaubert werden kann. Wenn dieser Trickserjunge Merlin seinen Vater wirklich so weit wie möglich weggezaubert hat, könnte er dann nicht im Bannstein gelandet sein? Groß genug wäre er.«

Tim begann zu grinsen, dann schüttelte er den Kopf. »Nee, sogar ich weiß, dass das unmöglich ist. In einem Stein kann man nicht atmen. Schade, verdient hätte er es.« Er verzog das Gesicht und kratzte sich am Hals.

»Wer weiß«, beharrte Jo. »Der Bannstein besitzt Zauberkräfte. Er ist kein gewöhnlicher Stein. Nat? Was meinst du? Du weißt mehr über Anderserde als wir – he, was ist los?«

Natalie wurde es mit jeder Sekunde kälter. Die meisten Hunde standen hechelnd vorn in ihren Käfigen und winselten um Aufmerksamkeit. Sie aber sah nur einen silbernen Wolfshund mit gelblichen Zotteln, verletzt und gefesselt, der sie um Hilfe anflehte.

»K'tanaqui«, flüsterte sie und schlug die Arme um sich. »Und wenn die Kamera *K'tanaqui* im Stein entdeckt hat? Das würde erklären, warum ich ihn nur so verschwommen sehe und ihn nicht mehr hören kann.«

Die beiden anderen tauschten Blicke aus und Tim formte lautlos die Worte: *»Siehst du jetzt, was du angestellt hast?«*

»Ich bin sicher, dass es nicht K'tanaqui ist«, sagte Jo rasch. »Tim hat Recht. Die Kamera hat nicht richtig funktioniert, das ist alles.«

»Nein«, sagte Natalie und versuchte einen klaren Gedanken zu fassen. »Das stimmt mit der geschlossenen Grenze. Die Geräte haben wieder richtig gearbeitet und vielleicht konnten sie mit der Kamera irgendwie hineinsehen. Ich muss unbedingt hin! Armer K'tanaqui, wie dumm ich doch bin, hätte ich nur früher daran gedacht.«

Sie rannte in den Novemberregen hinaus, über den Hof und an den erstaunten Erwachsenen vorbei, die am Welpenzwinger versammelt waren.

»Nat, warte!«, rief Jo und rannte hinter ihr her. Sie sah, wie Tim Mr Marlins zur Seite zog und ihm etwas ins Ohr flüsterte. Julie rannte ihnen nach und wollte wissen, was los war. Zwischen Natalie und dem Wald lag nur noch ein Gebäude. Sie rannte schneller, ohne daran zu denken, wie weit es vom Hundeheim bis zum Bannstein war, noch was passieren könnte, wenn sie einsam im Wald zusammenbrechen würde.

Sie war beinahe an dem Gebäude vorbei, als in ihren Augen smaragdgrüne Sterne explodierten und sie zwangen stehen zu bleiben und sich den Kopf zu halten. Als die Sterne sich verzogen hatten, befand sie sich vor der Tür zu dem Gebäude und starrte auf ein Schild.

Jo holte sie ein. »Du bist verrückt, Nat!«, keuchte sie. »Wenn du nicht aufpasst, liefern sie dich sofort wieder ins Krankenhaus ein. Lass dich wenigstens von deinem Dad hinfahren, anstatt dich so fertig zu machen.«

Dann sah sie das Schild auch und ihre Augen leuchteten auf. Sie verstand. »Veterinärstation? Du meinst …?«

Langsam öffnete Natalie die Tür. In ihrem Kopf kribbelte es. Sie befanden sich in einem hell erleuchteten Flur, in dem es nach Antiseptikum roch. Am hinteren Ende war noch eine Tür, in der oben ein kleines, quadratisches Fenster eingelassen war. Dahinter waren Menschen in grünen Schürzen und Masken zu sehen. Ohne Zögern drückte Natalie die Klinke hinunter.

»Halt!«, rief hinter ihnen eine Frau in einer Art Schwesternuniform. »Da dürft ihr nicht rein!« Aber Natalie war schon durch die Tür und überließ es Jo, der Frau eine Erklärung abzugeben.

Metallischer Blutgeruch empfing sie und rief Erinnerungen an die Schlacht wach. Ihr Magen krampfte sich zusammen und sie musste sich zwingen ruhig zu bleiben. Im gleißenden Licht lag ein großer silberfarbener Hund unter einer grünen Plastikplane. Er wurde gerade operiert. Aus einer Flasche mit Narkosemittel führte ein Schlauch in seine Schnauze, über dem Rand des Operationstischs hing ein zerrissenes Ohr. Der Tierarzt und seine Assistenten blickten überrascht auf, als Natalie hereinplatzte. Eine Frau ging stirnrunzelnd auf sie zu. Sie zog die Maske und die mit Blut bespritzten Handschuhe ab.

Natalie starrte auf den Tisch. Die Erleichterung strömte von den Zehenspitzen die schlotternden Beine hinauf bis ins Herz hinein. In ihrem Kopf funkelte ein bernsteinfarbenes Licht. Sie wusste nicht, ob sie lachen oder weinen sollte, und tat schließlich beides. »Das ist mein Hund«, sagte sie der Pflegerin. »Er wird doch wieder gesund, oder?«

Der Zorn der Pflegerin verwandelte sich in Mitgefühl. Sie legte Natalie einen Arm um die Schultern und schob sie sanft zum Ausgang. »Er wird wieder, keine Sorge. Er war in einem schlimmen Zustand, als wir ihn fanden, aber wir haben ihn operiert und er hat ein starkes Herz. Wir dachten, er sei ein Streuner. Was ist passiert? Ist er angefahren worden?«

»Ich habe ihn verloren.«

Die Schwester führte sie aus dem OP. »Ein so schönes Tier verdient ein gutes Zuhause. Um die Wahrheit zu sagen, unser Tierarzt war nicht sehr begeistert, als wir ihn brachten, so einen alten Hund. Aber ich hatte von Anfang an ein komisches Gefühl. Er hat so intelligente Augen, man könnte fast meinen, er versuche zu sprechen. Du kannst von hier draußen zuschauen. Du verstehst doch, dass wir den OP möglichst steril halten müssen.«

In der Zwischenzeit hatten sich alle im Flur versammelt und redeten und fragten durcheinander. Jo versuchte ihr Bestes, plausible Antworten zu geben, ohne etwas zu verraten. Tim schwieg, die Finger in die Jackentaschen gehakt. Natalie meinte zu bemerken, wie er versuchte ein Lächeln zu unterdrücken. Julie zog die Augenbrauen hoch, als sie den Zauberhund erblickte, und murmelte: »Ich dachte eigentlich eher an einen jungen Hund.«

Mr Marlins jedoch warf nur einen Blick durch das Fenster, hakte Julie unter und lächelte die Krankenschwester an. »Ja, das ist er. Wir nehmen ihn nach Hause, sobald er aus der Narkose erwacht – das ist dir doch recht, Nat?«

Natalie brachte nur ein benommenes Nicken zu Stande. Als ihr Vater die anderen nach draußen führte, presste sie Nase und Hände ans OP-Fenster und lächelte unter Tränen.

»Ich weiß, du kannst mich nicht hören, K'tanaqui«, flüsterte sie. »Aber ich verspreche dir, dass wir bald einen Besuch in Anderserde machen werden. Wir werden Lady Atanaqui im Herzen besuchen und ihr alles erzählen, vielleicht nehmen wir auch Dad mit. Vielleicht lasse ich mir von Merlin auch zeigen, was er mit dem Wurzelsystem gemacht hat. Du konzentrierst dich jetzt nur darauf, gesund zu werden. Ich werde dich in der Flussaue spazieren führen, damit du wieder zu Kräften kommst. Du musst vielleicht mit Jos neuem Welpen auskommen und eine Weile so tun, als seist du ein normaler Hund, aber darin hast du bestimmt Übung.«

Warrrum weint Kind, wenn glücklich?, tönte es in ihrem Kopf wie ein Zirpen. Ihr stockte der Atem. *Denkt Kind, dass K'tanaqui nicht hörrrt? Unserrr Band ist starrrk. Kind muss keine Angst mehrrr haben, denn Habichtmann ist zwischen den Welten gefangen.*

Natalie strich sich eine Haarsträhne aus den Augen und starrte den leblosen Zauberhund ungläubig an. »K'tanaqui! Ich kann dich hören!« Dann wurde ihr klar, was er gesagt hatte. »Lord Habicht gefangen? Dann hat Jo Recht gehabt! Warte, das muss ich den anderen erzählen.«

Jubelnden Herzens rannte sie in die Kälte hinaus, um die gute Nachricht zu verbreiten.

Kleiner Führer durch Anderserde

Anderserde Ein Zauberreich, das neben unserer eigenen Welt existiert, Lebensraum für von der modernen Technologie bedrohte Wesen, geschützt durch Antitechnologiezauber. Die Zugänge nach Anderserde können nur von einem Zauberlord geöffnet werden. Die meisten Bewohner von Anderserde sind in unserer Welt nahezu blind und wir sind dort nahezu blind. Magier, die die Grenze überschreiten, können durch die Augen ihrer Zaubertiere sehen.

Bannstein Ein im Einhornwald befindlicher Zugang nach Anderserde in der Form eines aufrecht stehenden Steins mit einem Loch, das angeblich so groß ist, dass ein kleines Kind hindurchpasst. Manchmal öffnet sich durch dieses Loch ein Blick auf Anderserde.

Baummagier Ein Magier, der freiwillig sein Zaubertier einem Zauberhund geopfert und somit das Privileg errungen hat, im Seelenbaum zu leben und dem Rat zu dienen. Zu seinen Pflichten gehört die Pflege des Seelenbaums.

Einhorn Silbernes Pferd mit einem regenbogenfarbenen, leuchtenden Horn, das schnellste Wesen der Welt. Einhörner sind sehr stolz und lassen niemanden auf sich reiten, der ihnen feindlich gesinnt ist.

(Einhorn-)Hirten Personen, die sich dem Schutz der Einhörner und der Pflege der Einhornherden verpflichtet haben.

Grenze Unsichtbare Linie zwischen unserer Welt und Anderserde. Sie wird von Zauberkräften geschützt, die die menschliche Technologie unwirksam machen.

Macht der Dreizehn Die Macht eines mit dreizehn Magiern vollständigen Zauberbundes, angeführt von einem zum Zauberlord aufgestiegenen Magier, dessen Zaubertier die Tiere der anderen zwölf Magier gefressen haben muss.

Magier Eine des Zauberns mächtige Person, die immer mit einem Zaubertier verbunden ist.

Mondblume Kleine, weiße Blume, die sich bei Mondlicht öffnet. Mondblumen wachsen in Kolonien oberhalb von dicht unter der Oberfläche liegenden Seelenbaumwurzeln und haben eine einschläfernde Wirkung.

Öffnung Ein Zeitpunkt, zu dem sich Anderserde unserer Welt öffnet. Die Öffnung findet einmal im Jahr, in der Nacht des 31. Oktober zwischen Mitternacht und Morgen, statt. Dann ist die Grenze frei passierbar, nicht nur an den offiziellen Zugängen. Wir bezeichnen diesen Zeitpunkt als Halloween. Während der Öffnung wird Anderserde für uns Menschen sichtbar und die Trugbildzauber verlieren ihre Wirkung.

Organazoomer Speziell konstruierte Ballons, in denen man in hoher Geschwindigkeit durch die großen, hohlen Wurzeln eines Seelenbaumes fahren kann.

Rat des Seelenbaums Ein aus dreizehn Zauberlords und Zauberladys bestehender Rat, der sich dem Schutz des Seelenbaums, in dem er lebt, verpflichtet hat. Die Zaubertiere der Ratsmitglieder sind Zauberhunde. Jedes Ratsmitglied besitzt die Macht der Dreizehn, wodurch der Rat weitaus mächtiger ist als ein normaler Zauberbund.

Seelenbaum Riesiger, empfindungsfähiger Baum, dessen magisches Wurzelsystem ganz Anderserde durchzieht. Stirbt ein Seelenbaum, entstehen lebende Zauberblätter (siehe auch Zauberregen), aus denen ein neuer Seelenbaum wachsen kann. Ansonsten bildet ein lebender Seelenbaum weder Samen, noch wirft er Laub ab.

Seelenfrucht Frucht des Seelenbaums, einer Birne ähnlich und sehr nahrhaft. Sie besitzt magische Kräfte, zum Beispiel kann sie die Loyalität eines Menschen sichern.

Trickser Abfällige Bezeichnung für einen Magier, der außerhalb von Anderserde lebt, weil er oder seine Eltern aus Anderserde verbannt wurden.

Vasall Ein Mensch, der sich durch Verzehr der Seelenfrucht in den Dienst eines Seelenbaumrates gestellt hat.

Zauberblatt Ein in einem sterbenden Seelenbaum entstehender Samen, der die Form eines großen, bunten Blattes hat und in unserer Welt oft für Abfallpapier gehalten wird. Die Färbung changiert zwischen Bronze, Grün und Rot, je nach Herkunftsbaum. Ein Zauberblatt kann nur einmal verwendet, durch Einlagerung in die Erde von Anderserde jedoch wieder aufbereitet werden. In lebendem Zustand ist das Zauberblatt warm und glänzend, in totem Zustand ausgesprochen stumpf und kalt.

Zauberblatt, verschiedene Anwendungsarten

- **Transportation** Der Transportationszauber befördert in Sekundenschnelle Dinge oder Wesen von einem Ort zu einem anderen. Gewöhnlich wird dafür ein Zauberblatt an jedem Ende benötigt, ersatzweise kann an einem Ende auch ein Zauberkraftfeld, wie zum Beispiel der Bannstein, benutzt werden.
- **Trugbild** Vorübergehende Illusion, die dem menschlichen Auge die wahre Natur eines Gegenstandes oder

Wesens aus Anderserde verbergen soll. Das Trugbild besteht so lange, bis das Zauberblatt stirbt oder entfernt wird. Da es während der Öffnung einen Teil seiner Kraft verliert, können manche Menschen dann Dinge sehen, die sie nicht sehen sollen. Trugbilder gehören zu den leicht zu erlernenden Zaubern.

- **Zauberfeuer** Rotes Feuer, das bei der Verbrennung eines Zauberblattes entsteht. Kann erst gelöscht werden, wenn das Zauberblatt tot ist.
- **Zauberseil** Der Knoten eines Zauberseils kann nur von dem Magier, der ihn geknüpft hat, wieder gelöst werden, außer die verwendeten Zauberblätter sterben.

Zauberbund Besteht aus einem Zauberlord oder einer Zauberlady und zwölf ihnen verbundenen Magiern.

Zauberhund Weißer Wolfshund, Zaubertier eines Mitglieds des Rats des Seelenbaums. Magier aus Anderserde können ihr Zaubertier einem Zauberhund opfern und erlangen auf diese Weise den geachteten Status eines Baummagiers, der im Seelenbaum leben darf.

Zauberlord/Zauberlady Ein Magier, der die Macht der Dreizehn erlangt hat, indem sein Zaubertier zwölf Zaubertiere anderer Magier gefressen hat.

Zauberregen Abwurf lebender Zauberblätter von einem sterbenden Seelenbaum. Passiert äußerst selten wegen der langen Lebenszeit eines Seelenbaums.

Zauberregenerlass Regelt das Verhältnis zwischen den Räten der Seelenbäume und den Tricksern. Er verbietet den Tricksern, neue Zauberblätter zu verwenden, und verpflichtet die Räte, alte Zauberblätter für die Verwendung durch Trickser wieder aufzubereiten.

Zaubertier Engster Vertrauter eines Magiers.

Katherine Roberts wurde im englischen Torquay geboren und lebt heute in Ross-on-Wye im wunderschönen Grenzgebiet zwischen England und Wales. Nach ihrem Mathematik-Studium ging sie allen möglichen Berufen nach, von Computerprogrammieren bis zur Arbeit mit Rennpferden. »Natalie und die Zauberlords« ist ihr erstes Kinderbuch im Carlsen Verlag.